The Scandalous Flirt
by Olivia Drake

シンデレラの魔法は永遠に

オリヴィア・ドレイク
井上絵里奈[訳]

ライムブックス

THE SCANDALOUS FLIRT
by Olivia Drake

シンデレラの魔法は永遠に

主要登場人物

オーロラ（ローリー）・パクストン……………………………随筆家
ルーカス・ヴェール……………………………………………ダシェル侯爵
バーニス・カルペパー…………………………………………ローリーのおば
キティ・パクストン……………………………………………ローリーの継母
セレステ・パクストン…………………………………………ローリーの異母妹
レディ・ダシェル………………………………………………ルーカスの母親
ヘンリー…………………………………………………………ルーカスの弟
ペリグリン（ペリー）・ダヴェンポート………………………ヘンリーの友人
アリス・キプリング……………………………………………女相続人
ステファノ………………………………………………………イタリア人外交官
ナディーン・エジャートン……………………………………キティの友人
グリムショー……………………………………………………キティの執事
フォスター………………………………………………………キティのメイド
ウィッテンガム公爵……………………………………………セレステの婚約者
クラリッサ・ミルフォード……………………………………社交界の重鎮

1

ほんのわずかにスキャンダルのにおいがあるだけで、レディは破滅する。

ミス・セラニー

王室の一員のひとりから、ぎりぎりになって晩餐会の招待を受けることがなければ、クラリッサ・ミルフォードが遅い時間に銀行を訪れることはなかっただろう。そして、次にシンデレラの魔法の靴を履くにふさわしい、若いレディを見いだすこともなかった。

四月の風はまだ冷たく、クラリッサは銀行に入ると身震いした。空には厚く雲がかかり、そのせいでいつもより早い時間からあたりが暗くなってきている。家から出ずに、ずっと暖炉の前で過ごしたいと思うような晩だ。もっとも彼女はまだ、膝掛けをして揺り椅子で丸くなるような年齢ではない。それにセント・ジェームズ宮殿への招待を無視するわけにはいかなかった。当然ながら、家の金庫に置いてあるような普段使いの宝石をつけていくわけにもいかない。こんな機会にこそ、手持ちの中で一番高価なティアラを引っ張り出さなくては。

銀行内はガス灯が灯り、つややかなオーク材のカウンターにあたたかな光を投げかけている。仕切りの向こう側の出納係が最後の数人の客に応対していた。まもなく閉店の時間なのだ。

黒いスーツ姿の中年の支配人が、さっとクラリッサに近づいてきた。でっぷりとした腰に鍵束をさげている。彼は残り少ない茶色の髪を丁寧に撫でつけた頭頂部を見せて、一礼した。

「これはレディ・ミルフォード。どういったご用件で？」

「こんばんは、ミスター・タルボット。貸金庫を開けたいのだけれど」

支配人はクラリッサをドアのほうへ案内した。彼女はいったん足を止めて記帳をすませてから、鉄製の引き出しが並ぶ金庫室に入った。支配人が鍵束からひとつ鍵を取って、数字の書かれた引き出しを開ける。そして、取り出した金庫を小部屋に運んでテーブルの上に置くと出ていった。

貸金庫にはさまざまな法的書類や高価な宝石がしまってあった。クラリッサは黒いベルベットの巾着袋を取り、ひもを引いて開けた。中から豪奢（ごうしゃ）なティアラが現れた。蜂の巣状に配されたダイヤモンドがガス灯の黄金色の明かりを受けてきらめく。中央には珍しいすみれ色の、大きな涙形のダイヤモンドがはめ込まれていた。その輝きはクラリッサの瞳に実に似合った。だから何年も前、皇太子はこのティアラを彼女に贈ると決めたのだ。

切なげな笑みがもれる。ああ、懐かしいこと。短いあいだだったけれど、彼は情熱的な恋人だった。

思い出に浸りながら、ティアラを手さげ袋（レティキュール）にしまう。金庫室へ戻り、用事はすんだと支配人に告げようとしたとき、突然隣の小部屋のドアが開いて女性が飛び出してきた。クラリッサは間一髪で衝突を逃れ、体のバランスを保ったが、相手はそう幸運ではなかった。

女性はよろめき、うしろ向きに戸枠にぶつかった。革の手袋をはめた手から小さな箱が滑り、音を立てて床に落ちる。金色の小箱が開いて、ダイヤモンドのネックレスが黒い大理石の床にこぼれた。

「まあ、どうしましょう」

女性はあわててかがみ込むと小箱を拾い、ネックレスをベルベットの内張りの中に押し込んだ。最新のファッションに身を包んだ、豊満な女性だった。縁に何重にも襞(ひだ)飾りのついたアップルグリーンのドレスに、ワインカラーのカシミアのマント。ボンネットについた薄いベールのせいで顔ははっきり見えないが、彼女が立ちあがったとき、クラリッサは縦巻きにしたブロンドの髪と大きなブルーの目、そして成熟した顔立ちを見て取った。

この顔、どこか見覚えが……。

女性が小さくお辞儀をした。「まあ、奥さま(マイ・レディ)! 失礼をいたしました」そう言うと、彼女は急ぎ足で金庫室を出て、銀行のロビーへ向かった。

〝マイ・レディ〟相手はわたしのことがわかったらしい。どなただったかしら?

前を歩く女性のうしろ姿を見ながら、クラリッサはゆっくりとあとを追った。天井の高い金庫室に、足早に歩く踵(かかと)の音が響く。あの女性は動揺した、いえ、怯(おび)えたような顔をしていた。警備員がドアを開け、彼女は外に消えた。

ミセス・キティ・パクストン。そうだわ、それが彼女の名前。

クラリッサは社交界の全員を知っているとはいえ、ミセス・パクストンとは会釈する程度の仲だった。ふたりは交友関係がまったく違う。それは伯爵未亡人であるクラリッサのほうがはるかに地位が高いというだけでなく、政治や文学といった重い話題を好むからでもあった。ミセス・パクストンのまわりはファッションや人の噂話が好きな軽薄な女性ばかり。最近、彼女の娘がウィッテンガム公爵と婚約したはずだ。数日前、新聞で婚約発表の記事を目にした気がする。

ロビーを横切りながら、クラリッサはふと眉をひそめた。ミセス・パクストンにはもうひとり、上の娘がいなかったかしら。継娘で七、八年前にデビューした……そう、ミス・オーロラ・パクストン。

漆黒の髪ときらめく茶色の瞳の生き生きとした社交界デビューしたばかりの娘(デビュタント)を、クラリッサは思い出した。美貌と機知の両方に恵まれた、稀有(けう)な少女だった。持参金は少なかったけれど、溌溂(はつらつ)とした魅力があり、多くの紳士の心をとらえたものだ。やさしい心の持ち主だったことも覚えている。舞踏会の最中にある少女がダンスフロアでつまずいて転んだとき、ミス・パクストンは真っ先に駆けつけて助け起こし、困惑する少女をなだめるように愛想よく話しかけていた。

あのままいけば、ミス・パクストンは山ほど結婚の申し込みを受けただろう。だが、彼女は外国の外交官と醜聞を起こし、社交界から姿を消した。以来、ロンドンでは見かけていない。

ミス・パクストンはどこに行ったのだろう？　いまどうしているのかしら？　身持ちの悪い女という烙印を押されて、わびしい人生を送っている？

がぜん興味がわいてきた。かつて継母と暮らしたことがあるクラリッサとしては、ミス・パクストンに共感を覚えずにはいられなかった。愛されず、求められず、見捨てられるのがどういうものかはよく知っている。昔、裕福だった父が亡くなると、クラリッサは継母から使用人として厨房に追いやられた。そんなある晩、ロマ族の女が裏口へ物乞いに来た。クラリッサは気の毒に思い、あたたかな食事を出してあげた。そのお礼として魔法の靴をもらったのだった。その靴を履く女性は真実の愛を手に入れるという。事実、クラリッサは愛する人と結ばれた。以来、彼女は魔法の靴にふさわしい、けれども困難な状況にある女性を助けることを自らの使命と心得ていた。

ミス・オーロラ・パクストンは候補者として完璧だ。この機会にミセス・パクストンに継娘のことをきいてみよう。

クラリッサは急ぎ足で銀行を出た。暗い雲が冷たい雨粒を吐き出す中、通りを見渡す。時間が遅いので、もう通りは空いていた。貸し馬車が数台、丸石敷きの通りをがたごと走っていく程度だ。労働者たちは長い一日を終えて家路につき、店はどこもすでに閉まっている。点灯夫が歩道にぽつぽつと置かれたガス灯に明かりを灯していった。霧の中、黄金色の球体がぼんやりとあたりを照らす。

　ほんの一、二分しか経っていないのに、キティ・パクストンの姿はどこにもなかった。

　クラリッサは縁石に停めてあった馬車のほうへ向かった。御者は高い御者台の上でマントにくるまって背中を丸めていたが、もうひとり使用人がドアの脇に控えていて、こちらは背筋をぴんと伸ばして立っていた。刈り込んだ髪の下のいかめしい顔には年月が刻まれている。

　クラリッサは彼の前で足を止めた。「ハーグローヴ、たったいまベールをかぶった女性が銀行から出てくるのを見なかった？」

「見ました、奥さま」

「あんなに急いでどこへ向かったのかしら？　ほかには馬車もないし。貸し馬車以外には」

「徒歩でした」

「徒歩ですって？　この界隈で？　まあ、ミセス・パクストンは高価なネックレスを持っているのよ！」

「あの角を曲がっていかれました」彼が左のほうへ頭を傾ける。「あとを追いましょうか？」

「わたしも行くわ」

　ふたりは通りを歩きはじめた。ハーグローヴがいてくれてよかった、とクラリッサはつくづく思った。彼は単なる執事以上の存在だ。誰より信頼のおける使用人でもあり、銀行に行くときは必ず付き添いを頼んでいる。軍務経験もあるハーグローヴは護衛役、ときには密偵役まで買って出てくれるのだ。しかも絶妙なタイミングで。

クラリッサは胸騒ぎを覚えていた。ミセス・パクストンも、こんな時間に商業地区を徒歩でうろついてはいけないことくらいわかっているはずだ。この街にはならず者がたくさんいる。何かがおかしい。彼女の身の安全を確かめなくては。

角を曲がると、ひとけのない路地はほとんど闇に沈んでいた。突き当たりで馬車と御者が待っている。ミセス・パクストンの馬車だろう。けれど、当人の姿は見えなかった。

「見失ったようね」クラリッサはがっかりした。彼女の継娘のことを尋ねる、いい機会だと思ったのに。

「そこにいます」ハーグローヴが小声で言った。「茂みのそばに」

彼の脇で足を止め、通りをのぞいた。木の下の暗がりに豊満な人影が見えた。ハーグローヴの鋭い目がなければ気づかなかっただろう。

見ていると、ミセス・パクストンがしゃがみ込んで茂みの下に何かを置いた。金色の鈍い光を放ったことからして、例の小箱のようだ。そのあと彼女は小走りに通りを抜け、待っていた馬車に乗り込んだ。馬車はすぐに走りだした。

「どうなっているの?」クラリッサは言った。「あれは彼女のダイヤモンドのネックレスよ。あの箱、見覚えがあるわ」

妙な話だ。どうしてミセス・パクストンは貴重な宝石を茂みの下に置いていったのだろう? しかも、こそこそと。だから銀行でもあんなに落ち着かない様子だったのか。

そんなことを考えていると、ふいに近くの建物からマントを着た男が現れた。とっさにハーグローヴがクラリッサを戸口の陰に引っ張り込む。男は小箱を拾いあげるとポケットに入れ、走り去った。

「あの男、盗んでいったわ！」男の姿が見えなくなると、クラリッサは叫んだ。

「違います」ハーグローヴが言う。「彼はあれを受け取ったのです。何かの支払いだったのかもしれません」

「脅迫ということ？」

「おそらく。あの男のあとを追いましょうか？」

クラリッサは一瞬考えた。自分たちはいったい何を目撃したのだろう？

「その必要はないわ。明日、わたしがミセス・パクストンを訪ねて、困っていることはないかきいてみるから」

うまくいけば、それをきっかけにミス・オーロラ・パクストンをロンドンへ連れ戻せるかもしれない。

噂好きは嬉々（きき）としてひそひそ話をする。それが人を破滅させるかもしれないことなど考えもせずに。

ミス・セラニー

2

「オーロラ・アン・パクストン、待って！　それは捨てちゃだめ！」

背後からしゃがれ声がした。ローリーは屋根裏から古い糸車を担ぎおろしたところだ。重い荷物を階段のてっぺんに置き、寝室から飛び出してきたおばのバーニスのほうを振り返った。

バーニスは本気で驚き、怒っているのだろう。ローリーをフルネームで呼ぶのは彼女が真剣な証拠だ。

ふたりは午前中いっぱい屋根裏の片づけをしていた。村の教会で近々開かれるがらくた市に寄付する品を探すためだ。数時間作業したにもかかわらず、玄関先に出した不要品の山は哀れなほど小さかった。

バーニスは物を捨てられない性質なのだ。糸のほつれたペティコートは切ってハンカチや雑巾として使う。小さくなったろうそくは溶かして細いろうそくに作り直す。壊れた椅子と棚は割って薪にする。おばの節約精神は、その喪服のように質素な黒いドレスに包まれたがっしりした体と同じく、彼女の一部なのだった。背が高く、薄くなりかけた灰色の髪をうしろでまとめ、未亡人用の白いキャップをかぶっている。五八歳になるが、雄牛のようにたくましく、頑固だった。

そしていまも、決然とした表情を浮かべている。ローリーはおばを愛しているものの、いつものように、ここは我慢と自分に言い聞かせた。

「これは取っておいてもしかたがないわ、おばさま」彼女は糸車のはずれたペダルを指さした。「ここが壊れているもの」

「直せるかもしれないわ」

「ただでは直せないのよ。修理費もばかにならないの。実際いくらかかるか見当もつかないわ」

「修理費ですって？　そんなもの、半ペニー以上は出す気にならないわね。なら、マードックに見てもらいましょう。彼ならきっと、あっというまに新品同様にしてくれるわ」

マードックはふたりにとって雑用係であり、庭師であり、ときに執事となってくれる男性だ。とはいえ、バーニスは彼の能力を過大評価しすぎている。あの老人はラム酒をちびちびやる癖があり、午後はたいてい食糧庫か庭の小屋で昼寝をしている。いまここでこの糸車を捨てなかったら、結局は倉庫で修理を待つ古い壊れた器械の山が大きくなるだけだ。

使えない物をある場所から別の場所へ移動させても意味はない。おばに物を捨てさせようとすると、ひと波乱起きるのは毎度のこと。目的を達成するためには、ちょっとした駆け引きも必要だ。

「教会は売りに出すものを必要としているの。おばさまだって、わたしたちが教会の屋根の修理にひと役買えたらうれしくない？」ローリーは倹約精神に訴えてみた。「それより、お金を寄付するほうがいい？」

現金の話を持ち出したのは効果があった。

バーニスがため息をついた。「しかたないわね、これは手放すとしましょう。何年もこれで糸を紡いでいたことを思うと残念だけど」期待をこめた目で、屋根裏へと続く急な階段を見あげる。「たぶん織機はまだあったわね」

「いいえ、ないわ」ありがたいことに。ロンドンを離れて以来、節約生活を強いられているものの、自分で生地を織るまではせずにすんでいる。おばが機織りのことを言いだす前に、ローリーはつけ加えた。「これを階下（した）におろすの、手伝ってくれる？　けっこう重くて」

おばとふたりで糸車を持ちあげ、羽目板張りの壁やオーク材の古い手すりにぶつからないよう気をつけながら、そろそろと階段をおりる。

新しいドレスが買えたらどんなにいいだろう——そんな思いがローリーの胸をよぎった。素朴な手織りのものではない、本物のドレス。最近になってちょっとした小遣い稼ぎになる仕事を始めたとはいえ、もうしばらくは古びた手持ちの服で間に合わせるしかない。それはわかっているけれど、ときおり絹やモスリン、羽根のついたボンネットやサテンの靴を買う喜びが恋しくなる。

後悔の念が胸を刺した。そういう生活はもう終わったのだ。ノーフォークのうらぶれた海岸沿いに立つ、海の見える石造りのコテージに住んでいる人間が流行を追ったところでしかたがない。いまあるドレスはどれも、社交界デビューのときにそろえたものだ。それを直し、かがり、継ぎを当てて着ている。あのシーズン中にローリーは、女たらしのイタリア人外交官と抱擁している現場を人に見られた。世間知らずだった彼女は相手の情熱的な行為を愛と勘違いして——。

玄関をノックする大きな音が響き、ローリーは物思いから覚めた。音は玄関ホールに反響し、壁の古い絵画を揺らした。

バーニスが糸車を持つ手を滑らせた。「おっと。まったく、誰かしら?」

ローリーはあわてておばの側を持とうと手を伸ばし、スピンドルをつかんだ。人差し指にちくりと鋭い痛みが走る。一瞬ひるんだものの、しっかりと糸車をつかみ、最後の数段をおりて器械をほかの寄付品の脇に置いた。

バーニスがドアに向かって眉をひそめた。「こんなところに客なんて。いったい誰が——」

彼女の茶色の目が姪に吸い寄せられる。「あらまあ、けがをしたの?」

ローリーは自分の人差し指を見た。指先に血の粒が一滴浮いていたが、エプロンの端で拭き取った。「スピンドルに指を刺しただけよ」

「〝眠れる森の美女〟みたいね」いかつい顔のわりに、バーニスはおとぎばなしが好きだった。「なるほど、そういうこと」

「そういうことって？」

「王子さまが愛のキスをしに、いま着いたところなんじゃないかしら」

「隣のミスター・ネスビットのことなら、勘弁して！」

「ふうん、四キロ以上の道のりをわたしたちに会いに来る人間なんて、ほかに思い浮かばないのだけど」

思わせぶりな視線で見られ、ローリーは指の痛みのことを忘れた。「彼のはずはないわ。先週の日曜日の礼拝のあとに、あなたの求愛には応えられないっていう意味のことを言ったもの。彼、わたしよりずっと年下なのよ」

「たったの四歳じゃないの。ミスター・ネスビットはまだ二二歳だけど、見た目も悪くないし、肥えた土地を三〇〇エーカーも持ってるわ。うかうかしてると、ほかの子にさらわれてしまうわよ」

たしかにミスター・ネスビットは感じはいいし、ハンサムだし、この一帯では一番好ましい独身男性と言えるだろう。けれどもローリーは、立派な紳士には興味がなかった。

「彼はまだほっぺの赤い少年よ。それにわたしはここであなたと暮らしているだけで、じゅうぶん幸せなの、おばさま」

バーニスが舌を鳴らした。「この八年間、あなたと一緒に暮らせて楽しかったことはわたしも否定はしないけれどね。女には、やはり愛する夫が必要よ。嵐のときに港となってくれるような人が。わたしのいとしいオリーのようなすばらしい男性とめぐり合えば、あなたにもわかるだろうけれど」

バーニスは大人になってからの人生のほとんどを船上で過ごし、商人だった夫と世界じゅうを旅してまわった。ともに幸せな日々を送り、異国の地で珍しい土産物を買っては集めていた。いまも家じゅうに置かれている。ブラジル原住民の像、カナダの籐製のかご、アフリカ部族民の仮面。一〇年前に夫のオリバーが亡くなると、彼女は愛する海が見渡せるこの海岸に腰を落ち着けたのだった。

バーニスは、姪がいまの社会を風刺する文章を書くことで満足し、恋愛に興味を示さないのがどうしても納得できないようだ。「夫はわたしが随筆を書くことをいやがると思うわ」

ローリーは言った。「誰とも知れないミス・セラニーで満足しているの、わたしは」

「その男性があなたを本当に愛していたら、好きなことをやめさせたりはしないものよ。だいたい、あなたくらい賢い女性なら、あっさり男を手なずけてしまうでしょうに」

かつてのローリーは、恋のゲームはお手のものだった。けれど、それも昔の話。いまなら、たとえば男性がラテン語、ギリシア語、代数、地理を学んで知識を広げているときに、女性の教育は編み物、ダンス、作法に限られている不公平について論じるほうが楽しい。ロンドンの新聞『ウィークリー・ヴァーディクト』が最近になって、彼女の記事をいくつか採用してくれた。原稿料は微々たるものだが、見出しの下に自分の筆名〝ミス・セラニー〟を見たときは喜びに震えたものだ。

ふたたびノックの音がした。今回はさらに大きな音だ。

「きっとミスター・ネスビットね。あれは男性のノックだもの」バーニスは言い、手を伸ばしてローリーの襟を直した。「これではまるで小間使いみたい。彼はどう思うかしらね?」

「屋根裏を掃除していたと思うでしょう。そもそも、来るなら事前に知らせてくれるべきだわ」

「ばかな子ね。階上に行って、薔薇色のドレスに着替えてきなさい」

「いやよ。彼はありのままのわたしを受け入れてくれないと。うまくいけば、この姿を見て二度と声をかけてこなくなるかもしれないわ」

ローリーはすたすたと歩いて、勢いよくドアを開けた。海風が吹き込み、彼女の黒髪をなびかせる。けれど顔にかかる髪にも気づかず、彼女は玄関ポーチに立つ男性をぽかんと見つめた。一分の隙もない装いの従僕だ。白いかつらをかぶり、黄緑色のお仕着せを着たその姿は、公爵の城からの使いと言われても納得できそうだった。

「ミス・パクストン?」

「ええ。どちらさま――」

ローリーがそれ以上言う前に、従僕は一礼して脇にどいた。そのうしろから優雅なレディが姿を現した。

彼女は滑るように進み出た。一歩ごとに、ほっそりとした体にまとった濃いワインカラーのドレスがさらさらと音を立てる。ドレスの上には毛皮で縁取りされたマント。羽根飾りのついたボンネットに包まれた顔は、まばゆいばかりに美しい。若くはないだろうが、髪は漆黒で、肌はなめらかだ。正確な年齢はよくわからない。長いまつげ。すみれ色の瞳。整った顔立ち。彼女は年齢を超えた魅力と女性らしさを放っていた。

遠い記憶が頭をもたげる。ふと名前が浮かんだ。ありえないことだけれど、この訪問者は――。

「レディ・ミルフォード？」

笑みが品のよい顔立ちにあたたかみを添えた。「あなたはミス・オーロラ・パクストンね。デビューなさったシーズンを覚えているわ」

本当に？

レディ・ミルフォードは社交界の重鎮だった。紹介されたことはないはずだ。ローリーの一家は単なるジェントリー（貴族のすぐ下の階級）で、階級からするとはるかに低い。ローリーが貴族や政府の官僚とともに出席した舞踏会やパーティで見かけたことがあるくらいだ。このレディが覚えていると言ったのは悪名高い醜聞のことに違いないと思い、ローリーは顔を赤くした。

レディ・ミルフォードは興味津々といった目つきでローリーを見ている。事件のいきさつを思い出しているのだろう。それにしても、どうしてこんな人里離れた場所までやってきたのかしら？

そのときローリーはふと、車寄せ沿いの雑草だらけの草地に停まっている、瀟洒な馬車に気づいた。おとぎばなしに出てくるようなクリーム色の馬車だ。大きな金張りの車輪と装具がついており、白い馬が数頭つながれている。横には御者が立っていた。従僕が歩いていって、その一団に加わった。

「馬車が壊れたのですか？　何かお手伝いが必要でしょうか？」老マードックがあの馬車を直そうと奮闘する姿を想像し、ローリーはこみあげる笑いをこらえた。

「そうではありません。わたしの馬車はじゅうぶん走ることのできる状態です、実はあなたにお会いしたくて来たのですよ、ミス・パクストン」

「わたしに？」ローリーは驚いた。このレディがわたしになんの用があるというの？　そのために、はるばるこんなところまで来るほどの用とは何？　自分が間抜けのようにぽかんと口を開けていることに気づき、あわてて言った。「まあ、失礼いたしました。どうぞ、お入りになって」

一歩さがって、レディ・ミルフォードを通す。彼女はごみの山に放り込まれた高価な宝石さながらだった。それでもさすがに、狭い玄関ホールにごちゃごちゃと置かれた古代の壺や異国の神の像などをじろじろ見ないだけの慎みは持ち合わせていた。

バーニスが好奇心もあらわに眉をあげる。「いったい誰なの？」

ローリーは紹介した。「レディ・ミルフォード、こちらはおばのミセス・バーニス・カルペパーです。おばさま、こちらはレディ・ミルフォード。その……ロンドンからいらしたの」

「ハルシオン・コテージにようこそ」バーニスが言った。「はっきり言って、ロンドンからお客さんが来ることはめったになくて。それをいえば、お客さん自体、めったに来ることがないけれど」

子山羊革の手袋をはめた優美な手で、レディ・ミルフォードはバーニスのあかぎれのできた手を握った。「突然お訪ねしたことをお許しください。ミス・パクストンに急いでお話ししたいことがあって来たのです」

誰かが病気になったか、けがでもしたのだろうか？　ローリーは不安に駆られた。

「セレステが――」

「安心なさって、妹さんはお元気よ。お継母(かあ)さまも。わたしが来たのはまったく別の理由からです。個人的なことで」

ローリーはほっとした。ありがたいことに、妹は元気なのだ。セレステはローリーがロンドンを去ったとき、まだ一〇歳だった。以来会っていないけれど、ときおり手紙のやりとりはしている。

ちょうどそのとき、マードックが厨房のほうから足を引きずって廊下を歩いてきた。いささか千鳥足で、髪はぼさぼさ。丸めた肩からしわだらけの黒いスーツがだらしなく垂れさがっている。いかにも酔って寝ていたところを起こされたというふうだ。「なんなんだね、死人も飛び起きそうなノックの音が聞こえたぞ」

「レディ・ミルフォードがいらしているの」ローリーはマードックに厳しい一瞥をくれた。この老人は無神経な意見を露骨に口にする癖がある。家族の知らせを持ってきてくれたらしい高貴な客の気分を損ねるようなことはしてほしくなかった。「客間にお茶を持ってきてもらえる？」

「お茶？」マードックは目を細め、訪問者を上から下まで眺めた。「ラム酒のほうがいいんじゃないですかね、奥さん。元気づけの一杯をやりりゃ、体の芯があったまりますって」

「お茶を」ローリーは断固として繰り返した。「ジンジャーブレッドを添えてね。すぐにお願い」

「はいはい、船長」マードックは敬礼するとくるりと向きを変え、厨房のほうへよろよろと戻っていった。

「憎めない男ね」バーニスが愛情をこめて言う。「彼は何年もわたしの夫の船の一等航海士だったんですよ。ちょっと変わってるけど、この家ではずいぶんと役に立ってくれている。彼がいなかったらわたしたち、どうしていいかわからなかったでしょうね」

「いい使用人を見つけたら、手放さないようにしなくてはなりませんわ」レディ・ミルフォードは如才なく応じた。

バーニスが客を客間に案内するあいだ、ローリーは壁にかかった曇った古い鏡に映る自分の姿を見やった。髪は鳥の巣のよう。うしろでまとめた髪はあちこちほつれている。ねばつく蜘蛛(くも)の糸を払い、いくつかピンを留め直すと、エプロンを取って大きな中国製の花瓶に押し込んだ。それでも色あせた青いドレスを着た使用人といったところだ。

階上に行って、急いで着替えるべきかしら？

いいえ。別に労働は恥ずかしいことじゃない。わたしはもう社交界の一員ではないんだもの。レディにどう思われようと、どうでもいいわ。メイフェアの客間で社交上の訪問を受けているわけではないのだから。

狭苦しい客間に入ると、レディ・ミルフォードはすでにボンネットとマントを脱いでいた。ローリーはそれらを受け取り、ドアのそばに置かれたアフリカの太鼓の上にかけた。レディ・ミルフォードがたわんだ茶色のソファに腰かける。すべての動きが洗練された優雅さの見本のようだった。かたい馬の毛のクッションやみじめにすり切れた肘掛けには、気づいたそぶりも見せなかった。

バーニスが暖炉の燃えさしを鉄の火かき棒を使ってかき混ぜる。朝の冷気を撃退しようとつけたささやかな暖炉の火は、屋根裏にあがっているあいだに消えてしまっていた。おばは火床に薪を足し、炎があがるまで数回突いた。

「さて」バーニスは棒をマントルピースに立てかけると、レディ・ミルフォードのほうを振り返った。「わたしとしては、ようやくローリーの知り合いがロンドンから訪ねてきてくれてうれしく思ってますよ。ロンドンを出たのはしかたのないことだけど、永久追放されるいわれはないわけだから」

「わたしもそう思いますわ」レディ・ミルフォードが言った。「あなたは寛大にも彼女を迎え入れました。すばらしいことだと思います」

バーニスは探るように客を見ていたが、やがて満足げにうなずいた。「じゃあ、わたしはちょっと失礼します。あとはおふたりでごゆっくりどうぞ」

レディが紳士に勝手なふるまいを許したとする。責めを受けるのは女性のほうだけだ。ミス・セラニー

3

バーニスはいっぱいに帆を張った帆船さながらに悠然と客間を出ていった。ローリーとしてはおばに、ロンドンの、かつて属していた世界の人と会話する気まずさをいくらかでもやわらげてもらいたいところだったが、あえて止めはしなかった。

レディ・ミルフォードは、わたしが社交界を追放されたいきさつも知っているに違いない。当惑しつつ、ローリーは暖炉のそばの椅子に腰かけてスカートを直し、中綿がはみ出しているソファの穴を隠した。レディ・ミルフォードは手袋をはずしているところだった。薪のはぜる音と、遠くで砕ける波の音だけが沈黙を埋めている。

ローリーは顎をあげた。このレディにどう思われるか気に病むなんて、ばかげているわ！「遠いところをお越しいただいて」当たり障りのない会話から始めた。「快適な旅でしたか？」

「ええ。でも、わたしの関心があるのはあなたの状況なの、ミス・パクストン」レディ・ミ

ルフォードは手袋をきちんと膝の上に置いた。「あなたがどこにいるか、誰も知らなかったんですもの。わたしも昨日あなたのお継母さまを訪ねて、初めて聞きました。亡くなったお父さまの遺志で、あなたはおばに当たる方とここに住んでいると」

ローリーの胸が締めつけられた。父を失望させたことを思うと、いつも心が痛む。悲しみと非難の色を浮かべた茶色の目は忘れられない。父はその一年後、熱病で亡くなった。ローリーはお別れを言う機会もなかった。

「わたしはおばとの暮らしに満足しています」彼女は言った。「田舎暮らしのほうが好きなんです」

「そうなの？　デビューシーズンのことを思い出すと、あなたは社交界での催しやお友だちづきあいを大いに楽しんでいたようだけれど」

「人は変わります。いまのわたしは、その頃とは違う人間なんです」

「ええ、人生経験が人を作るものね。とはいえ、あなたが本当に友人知人から切り離されて楽しく暮らしているとは思えないの。しかも、あんなふうに唐突に」

レディ・ミルフォードはいたって穏やかな表現を使ったが、それでもローリーはむっとした。この人はそのために来たの？　古い噂話を掘り起こすために？　はるか昔の不名誉な出来事を根掘り葉掘り聞き出すつもり？

「社交界の矛盾を目の当たりにできて、よかったと思っています」ローリーは言った。「紳士は分別ある情事は許される。成果を称賛さえされる。けれども若い女性が同じことをしたら、徹底的に貶（おとし）められ……」

彼女は口を閉じた。言い訳をしたところで意味がない。それにあの一件に関しては、自分の中ですでに折り合いがついていた。わたしはもう刺激を求め、ハンサムで魅力的なだけの男性になびく無鉄砲で愚かな娘ではない。

ステファノにはイタリアに妻がいたなんて、あのときのわたしには知る由もなかった。

「若い女性が従わなくてはいけないルールには、たしかに不当と思われるものもあるわね」レディ・ミルフォードが静かに口を開いた。「ただ、紳士は結婚してできた最初の子が間違いなく自分の子であるという保証が欲しいだけなの。でも、もう過去の話はいいわ。そんな理由であなたを探していたわけではないのよ」

「そうなのですか？」

「要点に入らせていただくわね。あなたのお継母さまが、とても困った事態に追い込まれているの。実は最近になって、手紙がひと束盗まれ、そのことで脅迫されているそうなのよ。手紙を返してほしければ言うとおりにしろと」

「脅迫ですって！」ローリーは椅子の肘掛けをつかんだ。信じられない話だ。キティは品行方正を旨とし、社交界におけるパクストン家の地位を保つことに日々汲々（きゅうきゅう）としている。彼女が醜聞に巻き込まれるなど想像もできなかった。「でも……誰に？」

「ミセス・パクストンによれば、心当たりはあるけれど、決定的な証拠がないらしいわ。すでにダイヤモンドのネックレスを手放しているのよ。なのに相手は手紙を返してこないんですって」

「そんな……どういうことなんでしょう。手紙って、どんな手紙なんです？　重大な秘密か何かが書かれているんですか？」

「わたしからは言えないわ。知りたければ、あなたがご自分でおききになって」

ローリーは苦笑いをしながら首を横に振った。「そんな機会、あるはずがありません。継母はわたしとはいっさい関わりたくないんです。八年前、はっきりそう言いました」

実際に、以来キティ・パクストンは継娘と完全に連絡を絶っていた。父が亡くなったときでさえ、手紙で知らせてくれたのはセレステだった。ローリーが知らせを受け取ったのは、すでに葬儀がすんだあとだった。

レディ・ミルフォードが励ますようにローリーを見た。「時間が経って、彼女の心も軟化したことでしょう。もう以前のようにあなたを悪く思ってはいないはずよ。事実、あなたがそばにいてくれたらとおっしゃっていたもの」

無作法ながら、ローリーはつい鼻を鳴らした。キティはレディ・ミルフォードの前できれいごとを言ったにすぎない。「本気かどうかわかりませんわ」

「わたしは彼女の言葉を繰り返しただけよ。彼女が言うには、あなたは自分よりはるかに賢いし、機転が利く。この難しい状況で、頼りにできるのはあなたしかいないと」

「わたし？」

「そう。あなたならこの犯人を暴き、手紙を取り返してくれると彼女は信じているの。醜聞を避けるためにも、早急に手を打たなくてはいけないわ。というわけで、わたしがここに立ち寄ったのよ。あなたに一刻も早くロンドンへ戻ってきてほしいという彼女の伝言を伝えるために」

信じられない。ローリーの喉から失笑がもれた。「ロンドンに戻る？　継母を助けるために？　冗談じゃないわ」

冷静に応じようと決めていたにもかかわらず、彼女は椅子から勢いよく立ちあがると、海の見える窓まで歩いた。ガラス越しに、サテン地のような青緑の海面の縁で白波のレースがひるがえっているのが見える。静かな波音の合間に、ときおりかもめの甲高い鳴き声が響いた。海の光景と音は、いつも心を静めてくれる。でも、今日は違った。

腹が立って、風景を鑑賞するどころではない。何年ものあいだわたしを遠ざけていたくせに、いまさら協力を求めてくるなんて、継母は厚かましいにもほどがある。もっとも、そうやって人を自分に都合よく動かそうとするところはいかにもキティらしい。彼女は社交界での自分の立場にしか関心のない、粘着質で自己中心的な人なのだ。盗まれたという手紙に何が書かれているかは想像もできないけれど、そのせいでキティが困っているとしても、それは本人の責任だろう。

とはいえ、切なさが波のように胸にこみあげた。ローリーはロンドンの喧騒が恋しかった。同年代の友人を持つ喜びも、村に一軒だけの店ではなくて多彩なしゃれた店で買い物をする楽しみも。もちろん、この突然の要求を受けるとしても——受けるつもりはないが——自分が社交界に復帰できるとは限らない。キティが許さないだろう。

それにしても、継母は相当な窮地に追い込まれているに違いない。レディ・ミルフォードにこんな話を打ち明け、わたしに協力を求めるとは……。

ローリーは振り返った。「脅迫のことはどうして知ったのですか？　継母があなたと親しいおつきあいがあったとは思えないのですが」

レディ・ミルフォードがいわくありげな笑みを浮かべた。「彼女が困ったことになっているとわかる場面を偶然見てしまったの。それで直接尋ねてみると、彼女はすっかり話してくれたわ。それでわたし、力になると約束したのよ。ちょうど友人を訪ねるところで、ここに寄るのはなんてことなかったものだから」

この女性がすべてを話しているわけではないという疑念は振り払えなかったが、だとしてもかまわなかった。いずれにせよ、どこへも行くつもりはない。「キティには自分で窮地を切り抜けてもらいます。すぐに断りの手紙を書きますわ」

「考え直してくださらないかしら。醜聞はあなたの異母妹のセレステにも影響を与えるかもしれないのよ。だからこそ、あなたのお継母さまは手紙を取り戻そうと必死なの。あれが公表されたら、結婚がご破算になるのではないかと心配なさっていてね」

「結婚？」

「セレステはウィッテンガム公爵と婚約しているの。四週間後にセント・ジョージズ教会で式を挙げることになっているわ」すみれ色の瞳に驚きの色を浮かべ、レディ・ミルフォードが身を乗り出した。「まさか、ご存じないの？　誰も手紙であなたに知らせていないの？」

ローリーは無言でかぶりを振り、窓台に手を置いた。セレステが婚約ですって？　かわいいセレステ。去年まで人形の服を縫ったり、手紙に幼い絵を描いたりしていたあの子が？　ここ数カ月手紙がなかったけれど、社交界デビューを控え、ドレスの試着やダンスのレッスン、舞踏会やパーティで忙しいのだろうと思っていた。

デビューしたのはこの四月のはず。なのに、もうセレステは結婚の申し込みを受けたのだ。そして数週間のうちには妻になる。しかも、そんな位の高い貴族の。デビューシーズンのときの記憶からすれば、ウィッテンガム公爵は自分より下位の人間をばかにするような、高慢な男だった。

ローリーが妹の相手として思い描いていた、やさしくて愛情深い夫になるとは思えない。胃が締めつけられた。これほど家族との距離を感じたことはない。本当なら、妹のそばにいて相談に乗ってあげるべきなのに。こんな玉の輿はキティの画策があってのことに違いない。継母は前々から、娘の結婚を通して社交界における階級を這いのぼることをもくろんでいた。初めはローリーを爵位のある紳士たちと引き合わせ、それが失敗に終わると、その野望をセレステに向けた。

玄関ホールのほうから足を引きずる音が聞こえ、やがてマードックが背中を丸めて客間に入ってきた。銀製のトレイを手にしているが、それがわずかに傾き、カップが滑っていまにも床に落ちそうになっている。「お茶です、どうぞ」

ローリーはカップを救出するために小走りで近づいた。そしてトレイをソファの前のテーブルに置くと、マードックが残っている二客だけの磁器のカップを使ったこと、それを割らずに運んできたことにほっとした。

彼はさらにレディ・ミルフォードへ近づき、しょぼしょぼした目でじっと彼女を見た。

「ラム酒をピッチャーに入れて持ってきましたよ。旅の疲れには、そいつをちっとばかし紅茶に入れるのが何よりです」

「それはご親切に」レディ・ミルフォードが如才なく応える。「実を言うと、試したことはありませんの」

「そりゃそうだ。どっちかっていうと、ラムをそのまんまぐいとやるほうをお勧めしますがね」マードックがだらだらとしゃべりだした。「船の上じゃ、毎食ごとに一杯やったもんです。朝食のときでもね。そうそう、航海中にラムの蓄えがなくなったときなんて、乗組員が反乱を起こしかけて――」

「ありがとう、マードック」ローリーはさえぎった。「もういいわ」

「あんたも少し飲んだらいいよ」彼がまじまじとローリーを見る。「今日はやけに顔色が悪い。飲めば多少は赤みが戻るだろう」

頼まれてもいない忠告を口にしながら、マードックはぎこちなくお辞儀をして客間を出ていった。

ローリーはそわそわと紅茶を注いだ。セレステのことが心配でならない。気を紛らわせるためにも、することがあるのはありがたかった。「お砂糖とミルクはいかがします？」

「ラムを一、二滴、垂らしてくだされぱいいわ」レディ・ミルフォードが答える。

「あら、そんな気をお遣いにならなくても……」

「そうではないの。何事も最低一度は試してみる主義なのよ」

ローリーは小さな白目製のピッチャーからラム酒を少量垂らし、カップをレディ・ミルフォードに渡した。いまの心境からすれば、自分はラム酒をそのままカップ一杯一気に飲みたいところだ。お酒が心配ごとを押し流してくれるわけではないけれど。

ふたたび椅子に腰かけ、湯気の立つ紅茶に砂糖を加えてかき混ぜた。「ウィッテンガム公爵はセレステの二倍以上の年齢だったはずです。記憶にある限りでは、いささか古風な方だったような――それも八年前のことですけれど。いまでは年を取られて、いっそう頑なになられているんじゃないかしら」

「公爵はたしか四〇歳よ」レディ・ミルフォードはラム酒入りの紅茶をひと口飲んだ。「あら、意外とおいしいわ」

それには応えず、ローリーは言った。「妹はまだ一八歳なんですよ。どうしてそんな不釣り合いな結婚に応じたのか、わたしには想像がつきません」

「公爵夫人になる機会を逃す女性はあまりいないと思いますよ。年といっても、地位のある男性が若い妻をめとるというのはよくあること。跡継ぎを確保する必要があるからでしょうね」

「でも、なぜセレステなんです？　公爵の気を引くような持参金があるわけでもないし」

「ウィッテンガム公爵は莫大(ばくだい)な富の持ち主よ。だから誰と結婚しようと自由なの。あなたの妹さんは、まれに見るほどおきれいですもの。物静かで控えめで、いかにも貴族の方々が好む女性。従順ないい妻になるでしょうね」

ローリーはいきなりカップを置いた。カップが受け皿に当たって音を立てる。「従順な妻ですって！　彼は年を取りすぎてるし、高慢な人です。あの子を不幸にするわ！」

「だったら、ミス・パクストン、ロンドンに戻ることを考えてみてはどうかしら？」

巧みに誘導されたことに気づき、ローリーはいらだたしげに息を吐いた。

「一番いいのは盗まれた手紙が公表されることかもしれませんね。あなたのおっしゃるような扇情的な内容なら、すぐにこの婚約は破棄になるでしょうから」

カップ越しに、レディ・ミルフォードが鷹揚(おうよう)な目つきでローリーを見た。

「そんなことになったら、妹さんも汚名を着せられることになるわ。それがあなたの望み？　妹さんもあなたのように社交界から追放されてもよろしいの？」

ローリーは何も言えなかった。数年かけてロンドンでの生活を懐かしむのをやめ、いまでは心の平安を見いだしたとはいえ、セレステにまで同じ道を歩ませる権利は自分にはない。手紙の中でセレステは、恋をし、妻となり母となる夢を語っていた。あのやさしい穏やかな妹の夢をつぶすようなことはできない。万が一、本当にセレステがその公爵と結婚したいと願っているのであれば。

妹の真意を探る道はただひとつだ。

「わかりました」ローリーは言った。「わたし、ロンドンに行って、直接事情をききます。継母を助けるという約束はできませんけれど」

「けっこうよ。あなたを説得できるかどうかはミセス・パクストン次第ということね」レディ・ミルフォードはレティキュールに手を伸ばし、絹の引きひもを引いた。「あなたは長いこと街を離れていたから、衣装も買い足さないとならないでしょう。舞踏会やパーティに出席するとなったら――」

「社交界には復帰しません。継母が許さないでしょうし」

「でも、妹さんは公爵と婚約しているのよ。さまざまな催しに招かれる可能性はあるわ。これが役に立つこともあるでしょう」

驚いたことに、レディ・ミルフォードはベルベットのレティキュールから一足の靴を取り出した。優雅な深紅のハイヒールで、一面についた小さなビーズが日の光を受けてきらめいている。ひと目見て、ローリーは欲しくてたまらなくなった。デビュタントの頃でも、いえ、ロンドンの最高級の店でさえ、これほど美しい靴は見たことがない。

視線を靴から引きはがして、レディ・ミルフォードを見た。どうしてこの女性はこんな特別な贈り物をくれようとしているの？　わたしたちは友人同士でもないのに。

「施しは必要ありません」ローリーはかたい声で言った。

「あら、差しあげるわけではないのよ。少しのあいだ、お貸しするだけ。必要がなくなったら返していただくわ」レディ・ミルフォードは身をかがめ、靴を絨毯の上に置いた。「さあ、履いてごらんなさい」

ローリーは自尊心と闘った。でも本当に貸してくれるだけというなら、断るのも無作法になる。「合わないと思います。わたしはあなたよりも背が高いし、たぶん靴の寸法も大きいでしょうから」

そう言いながらも、みじめにすり切れた革靴を脱いで、その華奢な靴にそろそろとつま先を入れた。やわらかな革がすっぽりと足を包んだ。まるで名人級の靴職人が、彼女のために作ったかのように。

うれしくなって思わず椅子から立ちあがり、くるりとひとまわりしてみた。色あせた青いスカートからのぞく靴をうっとりと眺める。愚かな望みかもしれないが、もう一度踊りたくなった。舞踏会でハンサムな紳士に手を取られて踊れたら、どんなにすてきかしら……。

レディ・ミルフォードは謎めいた笑みを浮かべてローリーを見守っていた。

「このハイヒールはあなたにぴったりだったようね」

「信じられないけれど本当ですね。でも、どこに履いていったらいいのかしら」

「あら、どこにでも、あなたの好きなところに。なんなら明日、ロンドンへ向かう旅のときに履いてもいいと思うわ」

4

初心(うぶ)な少女がしばしば年上の紳士と愛のない結婚を強いられるのは悲しいことだ。

ミス・セラニー

ローリーは、かつてわが家と呼んでいた屋敷の玄関ホールに足を踏み入れた。帰ってきたという、ほろ苦い思いに包まれる。淡いグリーンの壁、黒と白の大理石の床、錬鉄製の手すりがついた階段。どれもよく覚えている。趣味のいい飾りつけ――風景画が数枚と、金張りの椅子、石の台座の上の白い薔薇がいけられた壺など――も昔のままだ。花の香りが蜜蠟(みつろう)のさわやかなにおいに混じっている。とはいえ、ローリーは雑然としたバーニスの家に慣れてしまったのかもしれない。この場所が完璧すぎて無味乾燥に思えた。

「上着をお預かりしましょうか、ミス・パクストン?」

振り返ると、黒いお仕着せを着た執事が立っていた。細面で唇が薄く、茶色の髪を丁寧に撫でつけている。グリムショーは単純な問いかけにも非難の響きを添える、特別な才能があった。その侮蔑の表情からして、放蕩(ほうとう)娘は正面玄関でなく勝手口から入るべきだと思っていることがうかがえた。

ローリーは執事にマントとボンネットを手渡した。デビュタントの頃から彼が苦手だった。何かと人の生活に踏み込んでくるところが許せなかったのだ。けれどもいまは、そのかしこまったうわべにひびを見つけたいという思いつきが心をくすぐった。

「目の下に隈ができているわね、グリムショー。継母にこき使われているの？」

案の定、執事は気色ばんだ。「わたしは完全な健康体です。さあ、ここでうろうろしていてはいけません。誰に見られるかわかりませんから。こちらへどうぞ」

グリムショーは廊下の奥へ進んだ。彼のあとを追って階段を通り過ぎながら、ローリーは上を見あげた。くぐもった話し声が聞こえてきた。

「待って」彼女は声をかけた。「すぐに妹に会いたいわ」

グリムショーは悦に入った目でローリーを見た。「ミス・セレステは一〇分前に出かけられました。バークレースクエアへ。ウィッテンガム公爵閣下とそのお母上もご一緒に、お茶を召しあがるそうです」

残念だこと。あと一時間早く戻っていたら、結婚のことについて話ができたのに。セレステが無理をしていないか、それだけは確かめたい。長旅をしてきて妹が家にいないなんて、これも運命のいたずらだろうか。

レディ・ミルフォードが旅の手配をすべて整えてくれた。前日、脅迫と婚約という驚愕の知らせを伝えたあと、彼女はさらに一五キロほど先の友人を訪ねていった。けれども夕方遅くになって、御者がハルシオン・コテージに戻ってきた。彼と従僕は厩舎(きゅうしゃ)で夜を過ごし、夜明けとともにローリーひとりを馬車に乗せてロンドンへ向かったのだった。

バーニスは戸口に立って手を振っていた。ローリーは一緒に行こうと誘ったのだが、おばは大きな街には住めないと断った。たぶん、ノーフォークにとどまるのが一番なのだろう。幸い、おばは脅迫のことは知らない。ローリーは婚約したセレステのことが心配で出かけると思っている。

グリムショーは長い廊下を進んでいく。軍隊の行進のように無駄のない足取りだ。ローリーのハイヒールが立てる軽い足音があたりに響いた。レディ・ミルフォードからこの美しい靴を借りて以来、胃が妙にざわつく。何か重大なことが起きようとしているという予感が振り払えない。

「どこまで行くつもり?」彼女はきいた。

「ミセス・パクストンは来客中です。あなたさまを図書室で待たせるよう、指示を受けております」

ローリーとしては、請われてロンドンまで来たのにこんな粗末な扱いを受けることと、不名誉な娘は立派な人々と交わるのは許されないという事実のどちらに、より腹を立てたらいいのかわからなかった。もっとも、実際はどちらでもかまわない。社交界に復帰するために戻ったわけではないのだから。ただ妹が幸せかどうかを確かめに来たのだ。

グリムショーはローリーを、かつて父の書斎だったこぢんまりした部屋に通した。

「ミセス・パクストンにあなたさまの到着を知らせてまいります」

執事はそっけなくうなずくと出ていった。

ローリーはまわりを見渡した。思い出が押し寄せてくる。以前と同じ、小さな中庭を望む窓を縁取る深緑色のカーテン。天井までの高さがあるオーク材の本棚。ずらりと並ぶ本が、その豊かな革の香りで部屋を満たしている。そしてここで、暖炉のそばの褐色のソファで、彼女は人生最大の過ちを犯したのだった。

その記憶だけはごみ箱に捨ててしまいたい。

記憶を振り払うように、ローリーは部屋の奥に置かれた大きなマホガニー材の机に向かった。父がそこに座っているところを思い浮かべる。金縁の眼鏡を鼻にちょこんとかけ、羽根ペンで紙に何か書きつけている。

いま、その革張りの椅子には誰も座っていない。父は彼女が社交界を追放された一年後に亡くなった。さよならも言えなかった。

ローリーはかすんできた目から涙を払った。幼い頃、彼女は午後しばしばこの書斎にいる父に会いに来て、ともに特別な時間を過ごしたものだ。父は元帳なり、書きかけの手紙なりを脇に置き、娘の相手をしてくれた。カードをしたり、一緒に本を読んだり、ときには彼女のお気に入りの人形と三人でお茶を飲んだりした。

それも父が再婚するまでのことだ。

ローリーには実の母の記憶がない。母は出産後すぐに亡くなった。夜に寝かしつけてくれたのは父だ。公園に連れていってくれたのも。だが、八歳のときにキティ・パクストンがやってきた。しばらくしてセレステが生まれ、すべてが変わってしまった……。

ローリーは机まで歩き、父の椅子に座った。白檀のコロンのかすかな香りがいまだに漂ってくる気がする。書類や本はすべて片づけられ、磨きあげられた天板があるだけだ。キティはこの部屋から父のものを一掃してしまったのだろうか？

忘れ形見になるようなものはないかと、ローリーは一番上の引き出しを開けて、中を探った。切ない笑みがもれる。父のお気に入りの羽根ペンが残っていた。銀のインク壺と父の頭文字が刻まれた文具も。砂の入った小さな皿を取り出し、指で少しつまんでみた。父は彼女に、新しいインクがにじまないよう便箋に砂をかけさせてくれたものだった。

父はわたしが随筆を書いていることをどう思うだろう？ ミス・セラニーという筆名で書かれた娘の進歩的な意見が、『ウィークリー・ヴァーディクト』紙に載っていることを誇らしく思うだろうか？ ローリーとしては、父が褒めてくれるものと信じたかった。

「オーロラ！ あなた、なんだって引き出しを探っているの？」

ぎょっとして、ローリーは砂を机の上にこぼした。顔をあげると、キティ・パクストンが立っているのが見えた。継母は目のまわりにかすかなしわができたこと、縦巻きにした髪に白いものが交じりはじめていることを除けば、あまり変わっていなかった。襟と袖口にレースの縁取りがされた黄色い縞模様の絹のドレスの下のウエストは明らかに太くなっていて、既婚女性らしい貫禄が身についているけれど。

ローリーは手のひらの端を使って砂を皿に戻した。「父のものがどうなったのかと思って」立ちあがりながら、冷ややかに言う。「ここはもう自分の家ではないことを、一瞬忘れていたわ」

つかのまキティが唇をすぼめた。それから表情をやわらげ、申し訳なさそうな笑みを浮かべる。彼女はドアを閉め、ローリーに駆け寄った。「ごめんなさいね。何年も会わずにいたのに歓迎の言葉もなくて、わたしのこと、冷たいと思ったでしょうね」

気がつくと、ローリーは薔薇の香水の香りに包まれていた。キティが本物の愛情を示してくれていると信じたい気持ち半分、こちらを懐柔して協力させようとしているだけと思う気持ち半分で、おざなりに抱擁を返す。

単刀直入に要点に入ろうと決めて身を引いた。「セレステが結婚するという話を聞いて来たの。お継母さま、本気であの子をウィッテンガム公爵に嫁がせるつもりではないでしょう？」

キティが目をしばたたく。「もちろん本気よ。そんなすばらしい縁組にどうして反対しなくちゃいけないの？」

「第一に、あの方はセレステの父親くらいの年よ」

「何を言っているの。年齢を重ねているということは、放蕩もし尽くし、落ち着いて家庭に幸せを見いだす時期だということよ」キティは至福の表情を浮かべ、豊かな胸の前で手を組み合わせた。「ウィッテンガム公爵はセレステにぞっこんなの。彼から次々に届く贈り物の山、あなたも見たらいいわ。ブレスレット、花束、ショール。家宝のダイヤモンドの指輪なんて、女王さまの宝石にも匹敵するくらいなんだから」

「わたしが気にしているのは、彼がセレステを愛しているかではなくて、セレステが彼を愛しているかなの。あなたが無理に婚約させたのでは？」

「まさか！　セレステは喜んで求婚を受けましたよ。将来、公爵夫人になれるというのに喜ばない娘がいるものかしら？　社交界での地位がどれだけあがるか考えてごらんなさい！」

そしてあなたの地位もね。位の高い貴族の母親になるというのが、キティの究極の夢だった。ローリーの社交界デビューのときにそう明言していた。だから、強要したなどとは間違っても認めないだろう。セレステの結婚の話は、ひとまず置いておこう。妹と率直に話をすることができれば、彼女の本音はわかる。

「いずれにしても、結婚式までたどりつくかどうか、微妙な状況だそうね」ローリーは言った。「あなたが脅迫を受けているとか」

キティの明るいブルーの瞳が曇った。メロドラマを演じる女優さながらに、彼女は震える手を額に当てた。「そうなの！　わたしがどれほど心を痛めているか、あなたには想像もつかないと思うわ」横目でちらりとローリーを見る。「レディ・ミルフォードからどこまで聞いている？」

「手紙が盗まれ、その手紙のことで脅迫を受けているとだけ。だから、それ以外のことはあなたから説明してもらわないと」

「恐ろしいことよ。とても人に話す気にはなれないわ。この一週間はまったく眠れていないの」キティはふらりとよろめき、豊かな胸が大きく上下した。「どんなことになるかと思うと気が遠くなりそうよ」

「だったら、お願いだから座っててちょうだい」

継母の芝居がかった言動には慣れているので、ローリーは彼女を暖炉のそばのソファに座らせた。キティは褐色のクッションにもたれ、ハンカチを取り出して扇代わりに顔をあおいだ。ローリーは机のうしろのキャビネットまで歩き、シェリー酒をグラスにたっぷり注いで、キティのぽっちゃりした手に渡してやった。

「ありがとう」継母がひと口飲んで言う。「あなたが戻ってくれてどれほどうれしいか、言葉にできないほどよ。あなたは昔から、難しい状況に対処することに関してはわたしよりはるかに得意だったわ。実際、お父さまとわたしがあなたを田舎へ追いやったときも、涙ひとつこぼさなかった」

もちろんローリーは泣いた。夜中、寝室でひとりきりのときに。怒りと悔しさ、恥ずかしさから。自分の軽薄な行為で父を傷つけたという後悔から。けれども自己憐憫に浸ることを自分に許したのは、その一度だけだ。以来、苦い経験を人生を再構築する糧にしようと決めた。

ローリーはソファの、継母の隣に腰かけた。「それなら、わたしにすべてを話してくれないと。何があったのか詳しく聞きたいわ」

キティはグラスの縁越しに用心深げに彼女を見た。「詳しく?」

「ええ。まずは手紙が消えたところから始めましょう。いつのこと?」

「一週間以上前かしら。居間で古い手紙を読み返していたの。そのとき人が訪ねてきて、わたしは手紙の束をリボンで結び、縫い物かごの底に押し込んだ。そのあとセレステの婚約披露パーティのことで忙しくて、手紙のことはすっかり忘れていたわ。それでパーティの二日後に、ようやく手紙がなくなっていることに気づいたの。というか、そのとき……郵便受けに入った恐ろしい手紙を受け取ったのよ」

「それが脅迫文だった?」

「ええ。男性の筆跡で、ダイヤモンドのネックレスを渡せと書いてあったわ。父が結婚のお祝いにくれた品よ。もし渡さなければ、わたしの秘密がありとあらゆるタブロイド紙に載ることになるというの。ああ、どれほど衝撃を受けたか、あなたには想像もできないでしょうね」

「わたしにも経験があるわ」ローリーはそっけなく言った。「となると、それがどういう内容の手紙だったか、教えてもらわないといけないわね」

キティは指でハンカチをねじりながら、すねたように下唇を突き出した。「それは重要なことじゃないわ。教えても意味はないと思う」

同情心が胸を突いたが、ローリーはそれを抑えた。継母は子どもではないのだ。甘やかしたり、守ったりする必要はない。「いますぐに話してくれないと。そうでないなら、わたしは帰るわ。あなたは自分の好きにすればいい」

「わかったわよ」キティが震える息を吐く。「個人的な手紙よ。いわゆる恋文（ビエドー）。以前の愛人がわたしに宛てたもの」

ローリーは身をこわばらせた。旅の途中、情事絡みかもしれないという考えは頭をよぎったものの、信じたくはなかった。たとえば父が海軍時代に知った政府の秘密に言及しているとか、社交界の人々に関する辛辣な意見が書かれていて、継母としては公表されるとまずいとか、ほかにも可能性はあると思っていた。

皮肉な話だ。ローリーが社交界を追放されることとなった罪を、キティも犯していたとは。

「わかったわ」冷ややかに言う。「情事があったのは正確にはいつのこと？　未亡人であれば、節度ある関係なら許されるものでしょう。デビュタントとは違って」

継娘にじっと見つめられ、キティは身じろぎした。「それが、実は……あなたのお父さまが亡くなる少し前のことなの」

彼女は父を裏切っていたのだ。

ローリーは怒りに震えた。この浅はかで愚かな女は、身勝手な欲望を満たすために結婚の誓いを破ったのか。「お父さまは情事のこと、知っていたの？」

キティは唇を噛み、自分の膝を見おろした。「ええ、わたしから打ち明けたの。許してくれたわ。あなたも許してくれるといいのだけれど」

彼女は継母を見据えた。この人はまだ何か隠している。「ずっと持っていたくらいだから、その恋文はあなたにとって大切なものだったんでしょうね。心から後悔していたら、燃やしていたはずよ」

「そうしたかったわ。あなたにはわからないかもしれないけれど」キティは洟をすすり、涙に濡れた目を軽く押さえた。「とにかく手紙を取り戻さなくてはならないの！　公になどなったら、わたしは低俗な噂話の餌食になるわ。破滅してしまう！」

「なら、田舎に引っ込めばいいわ。わたしがそうさせられたように。いずれ噂もおさまるでしょう」

「わかっていないのね。ウィッテンガム公爵は婚約者の家族の醜聞など許さないわ。レディ・メアリー・ヘイスティングスとの婚約だって、妹がダンス教師と駆け落ちしたというので破棄したのよ」

「ということは、公爵はわたしのことは知らないのね」

「八年も前の出来事だもの。あなたのささやかな過ちのことは世間も覚えていないと、あの方を説得したのよ。それにあなたはロンドンに住んでいないし、と。だから、あなたが戻ったことを公爵に知られてはならないの」

「なるほど。わたしは正気を失って病院に入れられた女みたいに、隠れていなくてはいけないのね」

　キティが哀願するように手を差し伸べた。「悪く取らないでちょうだい、オーロラ。結婚式までは、あなたに目立たないようにしていてもらうしかないの。お願いだから協力して。

わたしのためでなければ、せめてセレステのために」

継母は痛いところを突いてきた。ローリーとしても、異母妹を醜聞に巻き込むことだけはしたくない。緊張を解くために深く息を吸いながら、彼女は言った。「手紙はセレステの婚約披露パーティのときに盗まれた可能性が高いのね。大勢の人がいたと思うけれど、犯人に心当たりはあるの？」

「ええ、あるわ！　悪党はダシェル卿よ！」

「ダシェル侯爵？　あの年取った放蕩者？」レディをつねっては悲鳴をあげさせるという悪癖のある、赤ら顔の好色漢が頭に浮かんだ。

「いいえ、ウィリアムではないの。彼は去年、事故で亡くなったわ」キティが鼻を鳴らした。唇がへの字を描く。「そうではなくて、長男のルーカスのこと。いまの侯爵よ」

ローリーは片方の眉をあげた。ルーカス・ヴェールが？　信じられない。

いかめしい顔つきの無愛想な男だった。デビューシーズンに幾度か、求愛者に囲まれているときに、彼がこちらをにらんでいるのに気づいたことがある。一度だけ、ダンスを申し込まれた。ルーカスの暗い魅力に満ちた顔立ちとたくましい体つきには胸がときめいたものの、あそこまで不機嫌でよそよそしい男性と会話をするのは難しかった。いくら話しかけても、ひと言返事が返ってきたかどうかだ。そしてダンスが終わると、さよならも言わずに立ち去った。ハンサムだけれど、冷たくて堅苦しく、陽気な弟とは正反対だった。

「信じられないわ」ローリーは一蹴した。「彼はウィッテンガム公爵より堅物よ。だいたい、彼があなたの古い恋文を盗む動機はなんなの？」

「あるのよ、理由が」キティが座ったまま身じろぎする。「実を言うと……」

「なんでもいいから話して」

「だったら言うわ。情事の相手というのが彼の父親なの。あの手紙を書いてきたのはウィリアムなのよ。だから、その息子が関心を持つのは当然なの」

ローリーは唇を引き結んだ。キティはあんな女たらしのためにお父さまを裏切ったの？あの侯爵は人でいっぱいの舞踏室の真ん中で酔いつぶれたとか、けばけばしい尻軽女を横に乗せてハイドパークを馬車で走りまわったとか、悪い噂に事欠かない放蕩者だった。

「あきれたわ！　どこがよかったの？」

キティがうつむく。「あなたにはわからないわ」

「そうでしょうね」嫌悪感を押し殺し、ローリーは目の前の問題に意識を集中した。「でも、筋が通らないわ。どうしてダシェル卿が父親の手紙を公開すると脅すの？　彼の一族にとっても醜聞になるのよ」

「だからって、犯人じゃないとは言いきれないわ。冷たくて意地の悪い男だもの。婚約披露パーティの夜、彼が居間にいるのを見たの。弟に説教していたわ。そのとき手紙を見つけ、父親の筆跡だと気づいてポケットに入れたに違いない。きっとそうよ！」

「だとしても、あなたを脅迫するのではなくて、破って捨てるんじゃないかしら」

「彼、お金に困ってるのよ」キティは面白い噂話をするときのように身を乗り出した。「噂によると、投資に失敗して遺産をあらかた失ったんですって。地所はすべて担保に入っているらしいわ」

ローリーは眉をひそめた。「そんな無茶をする人には見えなかったけれど。借金を受け継いだわけじゃないのはたしかなの？」

キティが熱心にうなずく。「絶対にたしかよ！　レディ・ミルフォードがそうおっしゃったんですもの、間違いないわ。為替で失敗したそうよ。そのうえ商船が嵐で沈没して。いまはお金持ちの花嫁を探しているんですって。それだって、破産を免れるかどうかわからない状況なのよ」

「なるほど。本当にそうだとしたら、彼が犯人ということもありえなくはないわね」

「たしかだと言っているでしょう。ともかく、彼が気難し屋なのは誰でも知っているわ。あの陽気で愉快な父親とは似ても似つかない。あの男ならまばたきひとつせず、わたしから全財産を巻きあげるでしょうね。レディ・ミルフォードも彼が怪しいと思ってらっしゃるし」

ローリーは考えをめぐらせた。まともな人間であっても、困窮すれば破れかぶれで卑劣な手段に出ることはありうるかもしれない。それにレディ・ミルフォードの意見は無視できない。彼女は人から尊敬される知的な女性だ。理由もなく貴族のひとりを泥棒扱いするとは思えない。彼女がダシェル卿が手紙を盗んだと考えているなら、事実そうなのかもしれない。

「脅迫状は持っている？」ローリーはきいた。「見たいわ」

「机の一番下の引き出しに入っているわよ。だから、さっきあなたがそこに座っているのでぎょっとしたの。事情を説明する前に見られたらどうしようと思って」キティは目を押さえながら、弱々しくクッションにもたれかかった。「手紙は自分で探してくれる？　二通あるから」

「一通ではないの？」

「ええ。まさに今朝、もう一通が届いたの。数日前、犯人にダイヤモンドのネックレスをくれてやったのだけれど、まだ手紙は返ってこなくてね。週末までに、さらにお金を払えと言うのよ！」

ローリーは机まで歩き、一番下の引き出しを開けた。たたんである手紙を二通見つけ、机の上で目を通す。どちらも紋章の入っていない赤い封蠟で閉じてあった。紙は一般的な模造皮紙。どこの文具店でも買えるものだ。

短い文面を読むと背筋に寒気が走った。男性の筆跡だが、どことなく見覚えがある。だが、漠然とした印象でそれ以上ではなかった。ダシェル卿の筆跡を見たことがあっただろうか？覚えていない。短いデビューシーズンのあいだに、大勢の求愛者から数えきれないほど詩や花束を贈られた。あれから八年が経つ。侯爵から手書きのカードをもらったかどうかなど忘れてしまった。

「この二通、わたしが持っていていいかしら？」ローリーは尋ねた。「ダシェル卿の筆跡と比べてみるわ」

肩を落として泣いていたキティは一気に復活した。「じゃあ、わたしのために手紙を探してくれるのね？　ああ、ありがとう、うれしいわ！」

　ローリーとしては、父親を裏切った女を助けたくなどなかった。キティは報いを受けて当然なのだ。けれどセレステのことを考えなくてはならない。異母妹が母親の罪で汚名を着せられるのは、あまりに気の毒だ。

「ただし、働きに対して報酬を要求するわ」ローリーは冷ややかな目で継母を見つめ、立ちあがりながら言った。「お父さまはわたしのために持参金を取っておいてくれたはずよ。わたしは結婚しないと思うから、そのお金を報酬として受け取りたいの」

「でも……三〇〇〇ポンドよ！　セレステの結婚式にお金がかかるし、脅迫者は週末までに一〇〇〇ポンド要求してきているし、とてもそんな額は払えない」

「なら、その半分でどう？　一五〇〇ポンド」

　頭の中で計算しているかのように、キティが目を細めてこちらをにらんだ。「一〇〇〇ポンドならいいわ。悪党に払うくらいなら、あなたにあげる。ただし、失敗したら受け取れないわよ」

「わたしは失敗しないわ」

　ローリーは喜びを隠すのに苦労した。要求額の三分の一だけれど、実は相手がキティでは一〇〇ポンド引き出せたら御の字と思っていたのだ。降ってわいた自由に使えるお金が一〇〇〇ポンド！　いま、この場で踊りだしたいくらいだった。それだけあれば、おばを食べさせてあげられる。日々お金の勘定をしながら生活しなくてよくなるのだ。

キティがソファから立ちあがり、近づいてきた。「手紙を見つけるには一度の訪問では無理よ、どこにあるかもわからないんだもの。屋敷じゅう、くまなく探す必要がある。しかもやたらと広い屋敷なのよ」

「方法を考えるわ。彼がわたしを晩餐に招待してくれることはなさそうだけど」

「わたしもそれを考えていたの。ダシェル卿には体の不自由なお母さまがいてね。なかなかの気難し屋で、話し相手（コンパニオン）を雇うんだけれど、すぐに辞めてしまうらしいの。でもあなたがその職につけば、屋敷内を探す機会はいくらでもある」

ローリーは興味を引かれた。たしかに、グローヴナースクエアにある彼の大邸宅の住居部分に自由に出入りするためにはいい方法だ。「いま、その職が空いているって、なぜ知っているの？」

「レディ・ミルフォードから教えていただいたのよ！　本当に、あれほど社交界の事情に通じている方はほかにいないわね。協力を申し出ていただいたときには、わたし、卒倒しそうになったものよ」キティはローリーの腕を取り、ドアのほうへ導いた。「さあ、急ぎましょう。無駄にしている時間はないわ。すぐにでも行って、お相手役に名乗りをあげなくては」

5

女相続人は、文なしの紳士を大いに引きつける。

ミス・セラニー

五代目ダシェル侯爵こと、ルーカス・ヴェールはじきに妻をめとる予定だった。じきに、というのは、結婚を申し込むべき時機だと彼が判断したときに、ということだ。

まもなく彼の婚約者となるはずのミス・アリス・キプリングは、家族と友人だけという小さな集まりのために紅茶を注いでいた。ルーカスはその優雅な仕草を見守った。彼女はカップを自分の母、次いでルーカスに渡した。それから彼の弟のヘンリー卿、その友人であるペリグリン・ダヴェンポートに手渡す。

アリス・キプリングは貴族の生まれではないが、イングランドのレディそのものだった。きれいな巻き毛にした金髪。しみひとつない桃色の肌。淡いピンクの絹のドレスに包まれたすらりとした体。外見だけでなく、しとやかな物腰と非の打ちどころのない評判も持ち合わせている。おしゃべりではないし、浮ついたところもない。目が合うといつも、はにかみがちに微笑んで頬を赤らめる。

癇癪（かんしゃく）持ちの母親のもとで育ったせいか、ルーカスは女性の従順さを高く評価していた。しかしそれよりも、ミス・キプリングの父親がマンチェスターに紡績工場をいくつも持つ資産家であることのほうが大切だったが。彼女の持参金は五万ポンドにのぼると噂されている。

その金はなんとしても欲しい。そんな大金のためなら、馬顔のあばずれと結婚したってかまわない。いまのダシェル侯爵家の財政状況を改善させるのは、並大抵のことではないのだ。

そう思うなら、なぜさっさと結婚の申し込みをしない？

何かが引っかかっている。ルーカスは分析してみた。彼女が平民であることは関係ない。貴族の妻が務まるだけの、じゅうぶんな教育を受けている。あの財産と作法があれば、すんなり社交界に受け入れられるだろう。ひょっとすると、自分が独身時代に別れを告げたくないだけかもしれない。ダシェル・ハウスでの快適な日常を乱されたくないという思いはあった。女性というのは物事を変えたがる。要求し、模様替えをし、金を使う。とはいえ、いずれは結婚しなくてはならないのだ。すでに三二歳、跡継ぎをもうける義務がある。

そして祖先から受け継いだ土地や屋敷を守る義務もあった。いまや崩壊寸前だが。結局のところ、ミス・キプリングとは利害が一致している。侯爵の爵位と金の山。この結婚は互いに大いに得るものがあるのだ。

アリスは自分のカップを取ると、ソファのルーカスの隣に腰かけた。暖炉のそばに座っていた彼女の母が心得顔で微笑む。ミセス・キプリングは幅広の顔にさえない茶色の髪をした、太った女性だった。この数カ月、娘をダシェル侯爵と結びつけようとやっきになっている。

「よくできました、アリス」彼女は娘に言った。「侯爵閣下も感心なさったに違いないわ」

「やめて、お母さま」アリスが頬をピンク色に染める。「ごく当たり前のことをしただけですもの。なんとも思っていらっしゃらないわ」

「じゃあ、きいてみましょう。どう思われました、ダシェル卿？」

ルーカスは一瞬、何をきかれたのかわからなかった。とりとめのないことを考えているうちに、どんな会話が交わされた？　何か聞き逃したのだろうか？

椅子にもたれていたヘンリーがルーカスの視線をとらえた。面白がっているようなその表情は、亡くなった父の若い頃を思い出させる。青い瞳と茶目っ気たっぷりな笑みも同じだ。ヘンリーの巻き毛は灰色ではなく茶色だが、粋な身なりにこだわるところも、そして残念ながら傍若無人なところも父親に似ていた。

ヘンリーは笑いをこらえているかのように唇を引きつらせ、さりげなく人差し指でカップを示した。

紅茶か。彼女たちはアリスが紅茶を注いだことを話題にしていたのだ。

「文句のつけようがない作法でしたよ、ミス・キプリング」ルーカスはふさわしい褒め言葉を探した。こうした雑談は苦手だ。時間と労力の無駄としか思えない。カップを持ちあげ、ひと口飲んだ。「さらに言わせてもらえば、加えたクリームの量が申し分ない」

アリスがちらりと母親のほうを見ると、ミセス・キプリングは軽くうなずいた。無言のメッセージが交わされたようだ。アリスはルーカスのほうを振り返り、軽く顎を引いた。目は大きく、鮮やかなブルーだった。

「わたしのことはアリスと呼んでください」声も耳に心地いい。「ずいぶんと親しくしていただいているのですから、もう堅苦しい呼び名は必要ないと思うんです。その、あなたさえよろしければ」

「ありがとう、アリス。ならば、ぼくのことはルーカスと」

「それよりダッシュと呼ぶといい」ヘンリーが口を挟んだ。「兄は侯爵になって以来、やたら粋(ダッシュイング)な男とまわりに思われているからね」

「ダッシュ」アリスが微笑んで繰り返す。「ダシェルを縮めたのでしょう？　わたしもすてきだと思いますわ。そう呼んでよろしくて？」

ルーカスはいらだたしげな視線をヘンリーに向けた。兄が放蕩者の父親と同じ呼び名を嫌っているのは承知のうえなのだ。「よろしくないな」ぴしゃりと言う。「弟はふざけているんですよ。こいつの言うことは真に受けないほうがいい」

ヘンリーは暗紅色の上着の襟を手でなぞった。「ひどい侮辱だ。ぼくに嘘つきの烙印を押すなんて。今後彼女に、ぼくの言うことは信じるに足らないと思われてしまう」

ペリグリン――ペリー・ダヴェンポートが座ったまま姿勢を変えた。ひょろりと背が高く、金髪で、ヘンリーほど放埒(ほうらつ)ではなく、人の上に立つよりは従う性質の男だった。「彼女を信用しろよ、ヘンリー。もっと賢い女性だと思うぞ」

「裏切り者め」ヘンリーはペリーの腕を突いた。「こういう場合は友人を、つまりぼくを援護するべきだろう。そう思いませんか、ミス・キプリング？」

アリスが薔薇色の唇を開いた。軽口に戸惑った様子で、助けを求めるようにルーカスを見る。「わたし……あの……」

「彼女をからかうのはやめろ」ルーカスは弟に命じた。「おまえのおふざけは、もうたくさんだ」

「おっと、ダッシュ、女性の話をさえぎっちゃだめじゃないか」ヘンリーが言った。「最近読んだ記事によると、レディも自由にもっと自分の意見を言うべきなんだそうだ。作法の代わりに代数や地理学を学ぶべきとも書いてあった」

「信じられませんわ」ミセス・キプリングが叫び、音を立ててカップを受け皿に置いた。「わたしはアリスにいきなりしゃべりだすなんてこと、許しませんよ。そのかわいい頭をレディに不適切な話題でいっぱいにすることも。どこでそんな記事をお読みになったの、ヘンリー卿？」

「『ウィークリー・ヴァーディクト』です。人民の……そして女性の社会的地位向上を目指す、啓蒙(けいもう)的な新聞ですよ」

ミセス・キプリングは咳(せき)払いをした。「そういう過激な発言は上流社会では受け入れられません。なんていう人が、そんなくだらない記事を書いているのかしら？」

「ミス・セラニーという筆名の人間です。ごたまぜ(ミセラニー)。わかります？　なかなかよく考えた筆名だ。それで覚えていたんですよ」ヘンリーはルーカスに向かってにやりとした。「読んだんだろう、ダッシュ。そもそもぼくは先週、朝食のテーブルでその新聞を見たんだ」

ルーカスは歯ぎしりしたいという衝動を闘った。ほかの数名の議員が話題にしているのを耳にして、議会の外の売店でその新聞を買ってみたのだ。くだんの記事はよく書かれているが、その主張はかなり常識はずれだと思った。『ウィークリー・ヴァーディクト』は扇情的な戯言(たわごと)だらけのタブロイド紙ですが、ぼくのような立場にある人間は、そういう過激な輩(やから)がどんなことを考えているか知っておく必要があるわけです」

「さすがですわ、閣下。視野が広くていらっしゃる」ミセス・キプリングが褒めちぎった。「あなたのような指導者がいなかったら、大衆が反乱を起こします。そのうち、ハイドパークにギロチンを設置せよ、なんて言いだしかねませんわ！」

アリスが小さな悲鳴をあげた。「お母さま、そんな恐ろしいことをおっしゃらないで。ルーカス、あなたがわたしたちを守ってくださるでしょう？」

長いまつげに縁取られた青い目で、彼女はすがるようにルーカスを見た。情熱より保護本能をかきたてられるまなざしだった。アリス・キプリングは美人だが、若く、信じられないくらい初心だ。こんなときは子どもをかどわかしているような気持ちにさせられる。

「もちろんです」ルーカスは答えた。

学校を出たばかりの娘は結婚相手として最適だと、そう自分に言い聞かせる。容易に理想の妻に仕立てられるだろう。もちろんそれより大事なのは、アリスの持参金で借金があらかた返せることだ。さらに屋敷の改築にも取りかかれる。ウエスト・サセックスにある先祖伝来の屋敷は雨もりがするのだ。すぐにも屋根を修理しなくてはならない。排水設備を完備すれば農地からの収入増が見込めるし、借地人のぼろ小屋も直してやれる。

そんなことを考えて、ルーカスは決意を新たにした。迷ってなどいられない。明日にも彼女の父親のもとを訪ね、結婚の許しをもらおう。もっとも、それは形式的なものにすぎない。結婚の申し込みがアリスと、社交界での地位向上を望む母親に熱烈に受け入れられるのは確実だ。

ジャーヴィスが客間に入ってきた。背の低い禿げた執事はもったいぶった足取りで近づいてくると、ルーカスに一礼した。「お邪魔して申し訳ございません。少々お耳をお借りしてよろしいでしょうか？」

ルーカスはすぐに立ちあがった。「失礼、みなさん」

執事のあとについて廊下に出る。客に話が聞こえないところまで行くと、ルーカスは冷静な口調で言った。「母上か？　また誰か使用人を首にしたのか？」

昨日もひとり辞めたばかりだ。落ち着いた中年の既婚女性で、ルーカスとしてはかなり期待していた。一カ月と少しは持ちこたえた。しかし彼女でさえ、ダシェル侯爵夫人は手に負えないと言い放った。

「いいえ、旦那さま」ジャーヴィスが淡々と答える。「ご安心を。いま、ミセス・ジャーヴィスが奥さまのおそばにおります。その分、家政婦としての仕事が滞っておりますが。わたしがお伝えしたかったのは、人が来ているということです。ミス・パクストンという女性です」

その名前は拳のようにルーカスの胸を打った。肺から空気が叩き出されるほどの衝撃だった。ローリー・パクストン？　彼女がここへ？

ありえない！

過去の薄れかけていた記憶が浮かびあがった。楽しげな茶色の瞳、漆黒の髪、いつまでも見つめていたいと思うような美しい顔。だが、ルーカスの心を奪ったのはその外見だけではなかった。彼女からは生命力がほとばしり、生の喜びがあふれ出ていた。その活力に磁石のように引きつけられたのだ。とはいえ、分別のない衝動は抑え込んだ。彼女はルーカスの好みからすると軽薄すぎて、奔放すぎた。お行儀のいいレディではなかった。当時、あの調子ではいずれ身を持ち崩すのではないかと思ったものだ。そして、そのとおりになった。

「従僕が彼女を書斎に通しました」執事は続けた。「お話し中に申し訳ありませんでした。ですが、ミス・パクストンがどうしても旦那さまといますぐ話したいとおっしゃるものですから」

わけがわからない。なぜローリー・パクストンが自分を訪ねてくるのだ？　彼女のことはほとんど知らない。一度だけ誘惑に負けてダンスを申し込んだ。ワルツだった。彼女の心地よい曲線を描く体を腕に抱いた喜びは、いまも忘れられない。曲が終わると、彼女はこちらを振り返りもせずに求愛者たちのほうへ戻っていった。

あれから八年が経つ。例のおぞましい醜聞のあと、彼女は両親に勘当され、田舎に追いやられたはずだ。なぜいまになってロンドンへ戻ってきた？　しかもぼくと話がしたいと？　そんなはずがない。

ふいに頭にかかった霧が晴れた。自分のばかげた思い込みに笑いだしそうになる。ミス・パクストンが、あのローリーとは限らないではないか。妹のセレステのほうかもしれない。近頃ウィッテンガム公爵との婚約が発表になった娘だ。

胸郭を締めあげていた緊張がほぐれた。そうだ。それならありうる。同じ紳士クラブに所属していることから、ルーカスはウィッテンガム公爵を友人と考えていた。おそらくウィッテンガム公爵が来る婚礼の際に、ぼくに何かやってほしいというのだろう。たとえば乾杯の音頭を取るとか。あるいは、ミス・セレステ・パクストンが婚約者への贈り物について助言を求めているのかもしれない。彼女のことはよく知らないが、それなら手紙ではなく個人的に訪ねてきたことにも説明がつく。

「すぐに書斎へ行く」ルーカスは言った。

そして客間に戻った。ヘンリーは椅子に寄りかかり、ペリーに何やら耳打ちしていた。ふたりが忍び笑いをもらす。ルーカスは鋭く彼らを見た。何を笑っている？　弟ももう二〇歳なのだから、子どもじみたふるまいは控えなくてはいけないのに。

「少しのあいだ、席をはずさなくてはならなくなりました」ルーカスは言った。「ヘンリー、ぼくが戻るまで、お客さまのお相手を頼む」

弟は曖昧に手を振った。「行っていいよ、ダッシュ。心配はいらない。ペリーとぼくで、レディたちを楽しませておくから」

キプリング母娘を弟に任せていくのはいくぶん不安だったが、ルーカスは考えまいとした。ヘンリーのことだから恥ずかしげもなく色目を使い、非常識な話をすることだろう。でも、だからといってアリスとあの熱心な母親の気持ちが冷めることはないはずだ。いまもアリスはうっとりとルーカスを見つめて微笑んでいる。花嫁候補はすでに釣り針にかかった。あとは引きあげるだけだ。

客間を出て大階段を一階までおり、広い図書室を抜けた。この屋敷はいまよりはるかに裕福な先祖によって建てられ、現在は修繕の必要に迫られていた。ひびの入った大理石の床から、客間の古びた家具まで。それらを見るたび、自分の身の振り方を決めなくてはという思いに駆られる。ミス・セレステ・パクストンがどういう用件で来たにせよ。せいぜい数分ですむ話だろう。そうしたら客のもとに戻り、明日の午前中にご主人を訪ねたい旨をミセス・キプリングに伝えるのだ。許しが出たら、アリスに結婚の申し込みをする。

明日のいまごろには、女相続人との婚約が成立しているだろう。

満足して、ルーカスは書斎に近づいた。ドアはきちんと閉まっていなかった。ノックせずにドアを押し開けて中に入り、はたと足を止めた。

全身が凍りつく。話すことも動くこともできなかった。そこにいたのはミス・セレステ・パクストンではなかった。

彼女だった。

夢から抜け出した妖精のような姿で、ローリーは机のうしろに立ち、開いたままの元帳を見ていた。漆黒の髪はうしろで束ねられ、白い優雅な喉元をあらわにしている。やわらかなグリーンのドレスが女性らしい体を包んでいた。襟元にレースのショールを巻いているが、それでも豊かな胸の曲線は隠しきれていない。時が経ち、彼女は罪深いほど魅惑的に成長していた。

ルーカスは口の中がからからになった。脈も速くなっている。彼女がなぜここにいるのか、想像もつかなかった。そもそも何も考えられない。

ローリー・パクストンがふと顔をあげ、ルーカスを見ると体を伸ばした。茶色の瞳がまっすぐに向けられる。クリームのような肌は、多くの時間を戸外でボンネットやパラソルなしで過ごしているのか、健康的な色に輝いていた。

しばし、ふたりは見つめ合った。やがてローリーが机のうしろから出てきたが、そのとき初めて、ドレスがかなり古ぼけていることにルーカスは気づいた。レースはほつれているし、生地は色あせている。深紅のハイヒールが裾からのぞいているのが妙になまめかしい。

まさに落ちぶれた女性という印象だ。

彼女は怪しげな申し出をするために来たのだろうか？　金に困ったあげく、非常識な行動に出たのか？　愛人にしてくれとでも言いだすつもりか？

不本意ながら、ルーカスは熱い波が血管を焦がすような感覚を抱いた。婚約中も同然の身で、そんな衝動に屈するなど愚の骨頂だ。ローリー・パクストンとはいっさい関わりたくない。厄介ごとはごめんだ。

ローリーが軽く膝を折った。そんなレディらしい仕草さえ、彼女がすると官能的に見える。やわらかな薔薇色の唇に笑みを浮かべながら、彼女は手袋をはめた手を差し出した。

「ダシェル卿、またお会いできて光栄です。わたしはオーロラ・パクストン。家族からはローリーと呼ばれています。以前、お会いしたことがありますわね」

「覚えている」

敵意のこもった低い声に、ローリーは気がくじけそうになった。差し出した手は無視され、やむなく引っ込めた。爵位を継いだことで、ルーカス・ヴェールはさらに高慢になったようだ。顔は花崗岩(かこうがん)から掘り出したかのように表情がない。

それでも気取った貴族が好きな女性からは、美男子と見なされるかもしれない。深いブルーの上着は広い肩にぴったりと合い、糊(のり)の利いた白い首巻き(クラヴァット)は日に焼けた肌を引き立てている。コーヒーブラウンの髪に鉄灰色の瞳。その刺すように冷ややかなまなざしを見て、ローリーは背筋に震えが走るのを感じた。

この人は何を考えているのだろう？　わたしの昔の過ちを思い出しているの？　それとも、わたしが訪ねてきたのは盗んだ手紙と関係があるに違いないと気づいたのかしら？　後者のほうがありそうだ。結局のところ、わたしは彼が脅迫している女性の継娘なのだから。

ローリーは元帳をのぞく前に、書斎のドアをきちんと閉めておかなかったのを後悔した。

まるでこちらが悪いことをしているみたい。だが、ダシェル卿の筆跡を脅迫文と比べたかったのだ。元帳はほとんどが数字の羅列だったので、無駄に終わったけれど。

とりあえず疑いをそらさないと、彼のことを調べに来たとばれてしまう。愛敬を振りまいてでも、わたしを雇う気にさせなくては。

ローリーは顎を引き、なまめかしい表情を作ってみせた。「急に訪ねてきてごめんなさい。お忙しいでしょうに」

「用件を言って帰ってくれ」

アプローチを間違えたようだ。率直に切り出したほうがいいのかもしれない。

「では、そうさせていただきます。レディ・ダシェルのことでうかがいました。ご病気と聞いています」

思ってもみない答えだったのか、ダシェル卿の目がわずかに見開かれた。「なぜきみが母の健康状態に関心を持つのかわからないな。会ったこともないだろう」

「ええ、たしかに。ただ、わたしならお母さまのお役に立てると思う理由が——」

「母は客に会わない」彼が無礼にもさえぎった。「ことに醜聞を起こした人間には。さようなら、ミス・パクストン」

ダシェル卿が向きを変えて部屋を出ようとすると、彼女は前に飛び出して行く手をさえぎった。「待って。もう少しだけ時間をください。あなたがレディ・ダシェルのコンパニオンを探していると聞いたんです。ぜひ、わたしを雇っていただきたくて」

　彼が片方の眉をあげた。あからさまな軽蔑をこめて、ローリーを上から下まで眺める。

「だめだ」

「もうどなたかに決まったんですか？」

「その職にきみを雇うわけにはいかないということだ、ミス・パクストン。従僕に玄関まで送らせよう」

　ローリーは内心で憤慨した。なんて憎たらしい男なの。自分は人にどれだけ無作法な態度を取ってもかまわないと思っているのね。あの尊大な顔を思いきり平手打ちしてやりたい。とはいえ、コンパニオンの職はなんとしても手に入れなくては。ローリーは腕を組んだ。

「そうあっさり決めてしまわないほうがいいと思いますよ。わたしがその仕事に適した人材かどうか、確かめもしないで」

　上背のあるダシエル卿が威嚇するように彼女を見おろす。「きみがかつて過ちを犯したことは知っている。それだけでも侯爵夫人のコンパニオンとしてはふさわしくない。家族を醜聞にさらすわけにはいかないからな」

「レディ・ダシエルがベッドから出られないのであれば、社交界に顔を出すこともないでしょう。だったら、わたしがここにいることは誰にもわかりませんわ」

「だとしても、ぼくの答えは変わらない。帰ってもらおう」

　ダシエル卿が一歩近づいてきたが、ローリーはドアの前から動こうとしなかった。

「侯爵夫人は気難しい方と聞いています。コンパニオンを次々に辞めさせているとか」

「だから、母がきみを辞めさせる手間を省こうとしているんだ」

「わたしはほかの女性たちのように、簡単に怖じ気づいたりはしません。だからこそ、あなたはわたしを欲しがると思うんです」

口にしたとたん、それが別の意味を持つことにローリーは気づいた。ダシェル卿の目に何か熱いものがひらめいた。怒りだろう。こんな冷たい人が、欲望といった人間的な衝動を感じるとは思えない。それでも彼女は、心臓がかたいコルセットの中で跳ねあがるのを感じた。ダシェル卿から、松や革の魅惑的な香りが漂ってくる。その香りに惑わされ、毅然としなくてはいけないときに弱さを見せてしまいそうだ。男性に――飲んだくれの老人と頰が赤い少年以外の男性にこれだけ近づいたのは、いつ以来だろう?

そんなことはどうでもいい、もう男性には興味がない。随筆のねたとして以外は。自分がここに来たのはダシェル卿がキティから盗んだ手紙を探すため、それだけだ。

ローリーは急いで先を続けた。「わたしは短気な年配のレディと上手につきあうこつを身につけています。この八年間、ノーフォークでおばと暮らしてきました。わたしがあちらに移った頃、おばのバーニスはいつも不機嫌で怒りっぽい人でした。でも、いまではすっかり仲よしです。忍耐と強い意志の賜物ですわ」

彼の唇がゆがみ、冷ややかな笑みらしきものを作った。「母の相手をするには無尽蔵の体力がいるぞ。第一に、母は物を投げる」

「でしたら、受け止めるのが上手になるでしょうね。それともよけるのが上手になるかしら。わたしは順応性があるし、働き者です。レディ・ダシェルに気に入られてみせますわ。そのうちきっと、雇ってよかったと思っていただけるはずです」

ローリーが大見栄を切るあいだ、ダシェル卿は値踏みするような鋭い目つきでじっと見ていた。彼女は息を詰めた。これで彼の心が動くといいけれど。ダシェル侯爵夫人がそれほど気難しいなら、コンパニオンに強い女性が求められているのは間違いない。ダシェル卿としては、脅迫を実行する時間が欲しいことだろうし。

彼が借金まみれで金に困っているとキティから聞いたとき、最初は信じられなかった。だが、いまならこの人はどんな極悪非道な行いもしかねないと思う。ニューゲート監獄にいる最悪の犯罪者にも匹敵する冷酷さだ。

ダシェル卿が数歩離れ、振り返って彼女を見た。「きみは社交界を追放された。なぜ戻ることを許された?」

彼はこれがキティの差し金であることを疑っているに違いない。自分は自発的にここへ来たのだと信じさせ、そんな疑いはつぶしてしまわなくては。

ローリーは悲しげな表情を浮かべた。うつむきかげんで、まつげの隙間から相手を見あげる。「実を言うと、正確には戻ることを許されたわけではないんです。玄関に現れたわたしを見て、継母はいい顔をしませんでした。けれど、街に来るしかなかったんです。ほかにはどうしようもなくて」

「どういうことだ？」

「ノーフォークには、レディがするような仕事はほとんどありません」ローリーはその場で話を作った。「おばは貧しく、わたしがお金になる仕事を見つけて送金してあげなくてはならないんです」

「きみは自分の財産は持っていないのか？」

「どんな形のものも、ありません。わたしは文なしで追い出されたんです」それは本当だった。キティから約束の報酬を受け取らない限り。

ダシェル卿は眉をひそめ、糸のほつれた絨毯の上を行ったり来たりした。「きみの妹さんは、まもなくウィッテンガム公爵と結婚するんだろう。ご家族は、その姉が仕事を探しているなんて知られたくないんじゃないのか」

「父は七年前に亡くなりました。継母はわたしを遠ざけられてうれしいでしょう。実際、結婚式の準備のあいだ、人目につくところに出るなと命じられました」

「わからないでもないな。きみは相変わらず、分別のない行動に出る傾向があるようだから」

「なんですって？」

ダシェル卿が鋭いまなざしで彼女を見つめ、近づいてきた。「いま、ぼくの元帳をのぞき見していたな。なぜだ？」

心臓が飛びあがった。彼が目の前で足を止める。ローリーも平均的な女性よりは背が高いとはいえ、ダシェル卿の視線を受け止めるには上を向かなければならない。それでも、岩のようなその顔の下の感情を読み取るのは不可能だった。

けれど、彼もわたしが筆跡の見本を探していたとは想像もしていないだろう。

ローリーは申し訳なさそうな笑みを作った。「その職でいくらぐらいいただけるものなのか、知りたい衝動を抑えられなくて。何しろ無一文なものですから。申し訳ありません。ご理解いただけるといいのですが」

ダシェル卿の瞳は人間的なあたたかみのまるでない、石の粒だ。そんな懇願に彼が心を動かされるはずがない。その腹が立つほど男性的な体には、同情心というものが存在しないのだ。継母を脅して高価なダイヤモンドのネックレスを奪い、さらに次の支払いとして一〇〇〇ポンドを要求するような男なのだから。

こういう悪党を言いくるめるにはどうすればいいのだろう？　女性の魅力に訴える手はいっさい通用しなかった。

「給金は年に六〇ポンドだ」彼が唐突に言った。「昼夜を問わず、一日じゅう侯爵夫人の世話をしてもらう。夜は化粧室の簡易ベッドで寝ることになる。母の癇癪をなだめ、要求を満たしてやること。ほかの使用人が仕事の邪魔をされることがないように」

ローリーの心臓が早鐘を打ちはじめた。「つまり、わたしを雇ってくださるんですか？」

「その条件でよければ、明日の朝七時にここへ来なさい。さようなら、ミス・パクストン」

そう言うと、ダシェル卿は彼女を押しのけるようにして脇を通り過ぎ、書斎を出ていった。

思いがけない成功に驚き、ローリーは広い廊下でくるりとまわり、大声で笑いだしたい衝動に駆られた。その代わりに急ぎ足で新しい雇い主のあとを追う。彼は大理石の床に足音を響かせながら、玄関のほうへずんずん進んでいった。

どうして急に雇う気になったのだろう？　わたしの本当の目的を疑っていたはずなのに。ならば自分の目の届くところに置いておいたほうがいいと判断したのだろうか？

どちらでもいい。これは持参金の一部を手に入れる格好の機会だ。すぐにも屋敷内を調べはじめたい気持ち半分、家に戻ってセレステと話したい気持ち半分……。

ダシェル卿は大階段のたもとに来ると、向きを変えてローリーのほうを見た。その顔は鉄の仮面のようにこわばり、いままで以上に不愛想だった。「なぜあとをついてくる？」

「帰るところですから。仕事は今日からではないと、あなたがおっしゃったんですよ」

「使用人用のドアは裏手だ」

もちろん、ローリーはいまでは使用人のひとりなのだ。ふたりが立っているのは、家族や高貴な客のための玄関ホール。腹立たしいことだが、いまは勝利の喜びが大きくて、さほど気にならなかった。

ローリーは軽く膝を折ってお辞儀した。「失礼しました、ダシェル卿。自分が社交界から追放された身であることを、一瞬忘れていました」

彼女の皮肉めかした表情を見て、ダシェル卿が顎を引きつらせた。そのまなざしは激しく、ローリーの中に熱く、不穏なものを引き起こす。彼の瞳は魅惑的だった。虹彩（こうさい）は鉄灰色で、縁は一段暗い炭色。彼女は心ならずも惹かれるものを感じた。

微笑みでもしたら、ダシェル卿はすごくハンサムだろう。わずかでも心を開けば、ローリーは自ら課した恋愛禁止令を破りたいという誘惑に駆られるかもしれない。あの肩のくぼみに顔をうずめ、男らしい香りを思いきり吸い込んだら、どんなふうかしら？　彼に強く抱きしめられ、唇が合わさるのを感じたら？　彼の自制心の壁を打ち破り、情熱に狂わせる力が自分にあるとわかったら——。

品のいい話し声が聞こえて、ふとわれに返った。物思いをさえぎった声のしたほう、階段の上方を見あげる。ローリーは驚いて目をしばたたいた。紳士ふたりとレディふたりが大階段をおりてくるところだった。

6

女性も男性に幸せにしてもらおうと思わず、自ら人生に喜びを見いだすべきだ。
ミス・セラニー

ルーカスは歯を食いしばって悪態をのみ込んだ。キスを待つかのようなローリーの唇に気を取られ、弟と客たちが階段をおりてきていることに気づかなかった。まったく、ヘンリーのやつめ！　自分が戻るまで、客間でレディたちの相手をしていろと言ったのに！

ローリーのほっそりとしたウエストに手を当て、屋敷の奥のほうへ軽く押しやった。

「さあ、もう行くといい」

茶色の瞳に好奇心がきらめいた。「仰せのとおりに」

彼女は足を踏み出したが、すでに遅かった。

ヘンリーがほかの三人より先に、大理石の階段を駆け足でおりてきた。「おやおや、ダッシュ！　ぼくたちを置き去りにしたのは議会で問題が起きたからじゃなかったのか。謎の美女に会うためだったとは！　なぜぼくに紹介してくれないんだ？」

ルーカスとしては、醜聞を起こした女性を雇ったことはしばらく伏せておきたかった。自分自身、なぜ雇用を決めたのか説明できない。ローリーがあの鹿のような瞳でこちらを見あげ、なんとしても仕事が欲しいのだと訴えたとき、一瞬気の迷いが生じたとしか思えない。金の心配をするというのがどういうものかは、よく知っている。

「母上の新しいコンパニオンを雇ったんだ」彼は短く答えた。「明日、仕事を始めてもらうときに紹介する」

ヘンリーがローリーの手を取り、甲にキスをした。「兄の無礼を気にしてはいけないよ、ダッシュは生まれながらの暴君なんだ。ぼくはヘンリー・ヴェール卿。きみは……？」

彼女は手を引っ込めながら、横目でルーカスを見た。「適切な折りに、ダシェル卿が紹介してくださると思います」

「では、いまがそのときだ。でないとぼくはきみがどこの誰かわかるまで、迷子の子犬みたいにきみの踵を嗅ぎまわらなきゃいけなくなる」

ルーカスは追いつめられるのは嫌いだった。だが、家族はじきに彼女の名前を知ることになる。ならば、悪意のある噂が耳に入る前に自分から言ったほうがいいだろう。

「こちらはミス・パクストン。もう帰るところだ」

「パクストン、と言ったかな？」階段のたもとに来ていたペリーがきき返した。片方の腕をアリスに、もう一方の腕をミス・キプリングに取られていたが、ふたりを置いてローリーに近づいてきた。金髪に囲まれた若々しい顔を好奇心で輝かせている。「ミス・セレステ・パクストンのご親戚ですか？」

「彼女は異母妹です」

ペリーとヘンリーが驚いたように視線を交わした。ルーカスはふたりが今年のデビュタント、ことにセレステ・パクストンに熱をあげていたのを知っている。幸い、どちらも懐具合が寂しく、持参金の少ない娘に本気で求愛するゆとりはなかった。そしていま、彼女はすでに売約済みだ。姉とは違って間違った男にのぼせて身を滅ぼすようなまねはせずに、ウィッテンガム公爵の求婚を受けた。

「美人の家系らしい」ヘンリーが、これも父親譲りの茶目っ気たっぷりの声で言った。「彼女は金髪、きみは黒髪。美しい硬貨の裏表だな」

「変だな、セセは姉がいるなんて話していなかった」

「妹を愛称で呼びましたね」ローリーは振り返り、じっとペリーを見た。「妹と親しいのですか、閣下（サー）？」

ペリーが顔を赤らめ、そのせいでそばかすがいっそう目立った。自分に注目が集まると、決まってこうなるのだ。「いえ、す、少しだけ」口ごもりながら答える。

「こいつに〝サー〟なんて、つけなくていいんですよ」ヘンリーが友人の背中を叩いて言った。「彼はペリグリン・ダヴェンポート。よければペリーと呼んでください。そうそう、こちらはミス・アリス・キプリング。そしてそのお母上のミセス・キプリングです」

ルーカスは弟の耳をつかんでこの場から引き離し、勝手に紹介を始めたことを叱りつけてやりたかった。ミセス・キプリングとその娘は礼儀正しくうしろに控えていたが、いまは彼が雇ったという魅力的な独身女性のことをどう考えていいかわからないというように、不審げな目つきでローリーを見ていた。

ましてや、彼女はひと目でレディだとわかる。

ただひとつ幸いなのは、誰もローリーの過去の醜聞については知らないということだ。ヘンリーとペリーは八年前には噂話が耳に入るような年齢ではなかったし、キプリング家が裕福な美しい娘のおかげで社交界に受け入れられるようになったのは、ごく最近のことだった。

「ミス・パクストンをわが家の客と引き合わせる必要はない」ルーカスは弟に言った。「彼女はずっと二階で、侯爵夫人の相手をすることになる」

「ミス・キプリングが寝室にいる母上に会いたいとなったときはどうなる？　味方がいるとわかったほうが安心だろう」ヘンリーがローリーに近づき、大声で耳打ちした。「彼女はダッシュが求愛中の女性でね。つまりは、いずれ母上に会わなくちゃならない――」

「ヘンリー」ルーカスはさえぎった。「いいかげんにしろ」

だが、ローリーの注意深い視線はすでにアリスへ移っていた。ルーカスは自分の人生計画をローリーに――いや、すべての人に見透かされ、詮索されているような居心地の悪さを覚えた。正式な申し込みもしていないうちに噂になっては困る。

ミセス・キプリングが丸々とした顔を輝かせた。「侯爵夫人にお会いするなんて光栄の極みですわ。あんな高貴なレディが寝室に閉じこもりきりだなんて、さぞ退屈なさっているに違いありませんもの。よろしかったら、わたしどもも喜んでお相手を務めさせていただきます」促すように娘を見やる。「ねえ、ダーリン？」

「もちろんです」アリスはルーカスに向けてまつげをはためかせた。「楽しみにしておりますわ」

やれやれ。あの気難しい母親に紹介したら、せっかくの女相続人も恐れをなして逃げ出すかもしれない。それは最後の最後、結婚式の直前まで引き延ばしたほうがいい。

「そのうちに」彼は曖昧に応えた。

「早いほうがいいと思いますわ」ミセス・キプリングが言った。ふたたびローリーに不審の目を向けてから、へつらうようにルーカスに微笑みかける。「閣下、差し出がましいようですが、ミス・パクストンのような若い女性が侯爵夫人のコンパニオンとしてふさわしいと、本当にお思いですの？」

「ええ。立派な紹介状がありました」

自薦だが、とルーカスは心の中でつけ加えた。言い訳めいたことを口にしなくてはいけないのは腹立たしいけれど、ローリーが自分で言ったとおり母の癇癪を抑えられるというなら、多少面倒なことがあっても雇った甲斐はあるだろう。

「それにしても、なぜあなたがこんなところで職を探しているのか不思議だな、ミス・パクストン」ヘンリーが言った。「妹さんはウィッテンガム公爵と結婚するんだろう。あなたも家にいたほうがいいだろうに」

「いえ、わたしはロンドンには住んでいないんです。ノーフォークから馬車で――」

「ヘンリー」ルーカスはふたたびさえぎった。「ぶしつけな質問はもうたくさんだ。ミス・パクストンは帰るところなんだよ」

なぜ生活費を稼がなくてはいけないかきかれたら、彼女は無一文で勘当されたことを明かさざるをえなくなる。ひいては醜聞のことも知れてしまう。

ありがたいことにローリーは彼の意図を汲んで、お辞儀をすると裏口へ向かった。そのしなやかな足運びを見ていると、ふいに二階の母の寝室にいる彼女が目に浮かんだ。ネグリジェ姿で髪をおろし、足は素足で。体がかっと熱くなり、ルーカスは場違いな反応を押し殺した。彼女を同じ屋根の下に住まわせるなど、まったく自分は何を考えていたのか。あの感情豊かな目で見つめられたとはいえ。

ローリーの揺れるヒップから視線を引きはがし、アリスに微笑みかける。母親のほうは明晩のコプレー伯爵の舞踏会のことをだらだらとしゃべり、ヘンリーとペリーは書斎へ消えた。おおかた、ブランデーでも飲みながらセレステ・パクストンの噂話でもするのだろう。

ミセス・キプリングとその娘がいとまごいをすると、従僕が飛んできて玄関のドアを開け、ルーカスはふたりを緑豊かなグローヴナースクエアに面する柱廊式玄関に送り出した。アリスは手袋をはめた華奢な手を彼の手に重ね、愛くるしい笑みを浮かべて、はにかみがちにさよならを言った。ふたりが豪奢な黒塗りの馬車に乗り込んだあとになってようやく、翌朝ミスター・キプリングを訪ねる許可をもらうことをすっかり忘れていたと気づいた。

急いで御影石の階段をおり、彼女たちを呼び止めることもできた。だが、ルーカスはそうしなかった。

馬車が出ると、また先延ばしにした罪悪感がちくりと胸を刺した。だが、それがどうだというのだ？ 急ぐことはない。結婚の申し込みをあと一日か二日延ばしたところで、どうということはないではないか。借金取りが催促に押し寄せているわけではない。

少なくとも、いまのところは。

フランス製の白い家具と薔薇色のフリルのカーテンという寝室に足を踏み入れたローリーは、つかのま過去の一場面を眺めているかのような錯覚に陥った。

異母妹は天蓋付きのベッドにうつ伏せに横たわっていた。ドアに背を受け、羽根枕を抱えながら、膝から下を天井に向けてゆっくり前後に振っている。淡い黄色のドレスの下に着た白いペティコートのフリルと、絹のストッキングが見えていた。金髪の頭をスケッチブックに近づけ、紙の上に鉛筆を走らせている。ドアの開くかすかな音や厚い絨毯の上を歩くローリーの足音にも気づかないくらい、絵を描くのに熱中しているようだ。

一〇歳の頃、セレステはこうしてベッドの上で絵を描くのが好きだった。ドラゴンにお姫さま、城が登場するおとぎばなしの一幕のような絵を描いた。でも、いまはもう幼い少女ではない。一八歳の女性で、まもなく妻になろうとしている。

ローリーはさまざまな感情がわきあがるのを感じた。妹と再会した喜び。そして長いあいだ会えずにいた無念さ。ウィッテンガム公爵と婚約することで、妹が人生最大の過ちを犯そうとしているのではないかという懸念。キティによれば、ふたりは熱烈に愛し合っているという。けれども、それが本当かどうかを確かめなくては。

ローリーは咳払いした。

鉛筆を動かす手を止めることなく、セレステが肩越しに言った。「早すぎるわ、フォスター。家を出るまで、まだ二時間もあるのよ。わたし、これを描き終えてしまいたいの。お願い、先にお母さまの身支度を手伝ってくれない？」

「セセ」ローリーは愛称で呼びかけた。まだよちよち歩きでようやく言葉がしゃべれるようになった頃、セレステが自分でつけたあだ名だ。ローリーも、オーロラという名前に同じことをした。「わたしよ」

セレステがぱっと振り返った。ローリーを見つけ、青い目を大きく見開く。姉妹が見つめ合うあいだ、マントルピースの上の金めっきの時計が時を刻む音だけが聞こえていた。ローリーは妹の形のいい鼻や華奢な顎、弓形の眉を食い入るように見つめた。たしかに覚えていたとおりの顔だが、少女らしい面立ちは成熟し、女性らしい美しさに輝いていた。

ローリーは前に出た。「戻ってきたの。わたしに会えて、うれしくない？」

セレステはスケッチブックと鉛筆を放り出してベッドからおりると、異母姉の腕の中に飛び込んだ。「ローリー！　本当にあなたなのね！　信じられない。夢を見てるに違いないわ！」

ローリーもきつく異母妹を抱きしめた。涙で視界がぼやけ、喉が詰まる。ライラックの香りを吸い込み、抱擁のぬくもりを存分に味わってから身を引いて、いとおしげにセレステを見つめた。「夢じゃないのよ。あなたったら、わたしがこの家を出たときはまだ子どもだったのに！　すっかり大きくなったのね」

「八年前ですもの。でも、どうしてロンドンに来ることを手紙で知らせてくれなかったの？お母さまは知ってるの？」

ローリーは胃が締めつけられるのを感じた。ということは、キティはわたしが来ることを誰にも話していなかったのだ。すぐにダシェル・ハウスで仕事につき、ここには姿を見せないことを期待していたのだろう。当然ながら、キティはセレステに何も話していないはず。脅迫状のことも、ローリーにダシェル卿から盗まれた手紙を取り戻させようとしていることも。

腹立ちを隠して、ローリーは微笑んだ。「驚かせたかったのよ。少しのあいだしかいられないの。ねえ、座って、あなたのことを話してちょうだい」

ふたりで暖炉のそばの薔薇色と白の縞模様のソファに腰かけた。セレステは姉の手をぎゅっと握った。「どういう意味、少しのあいだしかいられないって？　どれくらい？」

「明日の朝にはグローヴナースクエアのダシェル・ハウスに行かなくてはいけないの。そこでダシェル侯爵夫人のコンパニオンをすることになったのよ。これからは向こうに住むことになるわ」

少なくともやるべきことをやり終え、盗まれた手紙を見つけるまでは。悪事が発覚して、あの冷酷なダシェル卿が報いを受けることになったら、胸がすく思いがするだろう。そのあとは仕事を辞め、ここに戻ってしばらく滞在しよう。キティに文句を言われようと気にしない。

セレステは口をあんぐりさせた。「コンパニオンですって！　お姉さまが！　しかもレディ・ダシェルの？」

「侯爵夫人を知っているの？」

妹が一瞬目をそらした。「息子さんのヘンリー・ヴェール卿なら知っているわ。それと、お友だちのミスター・ペリー・ダヴェンポートのことも。ふたりとも親切で、わたしが壁の花にならないよう、ダンスに誘ってくれたの」

セレステが顔を赤らめるのを見て、ローリーはいぶかった。公爵の求婚を受ける前にも、男性に言い寄られたことがあるのかしら？「あなたが壁の花ですって？　あなたほどの美人の前を素通りするなんて、社交界の紳士はみな盲目に違いないわ」

セレステは肩をすくめてお世辞をやり過ごした。「お姉さまがなぜ働かなくちゃいけないのかわからないわ。バーニスおばさまはどうしているの？」

「おばさまには仕送りをするつもりよ。彼女には自分名義のお金はわずかしかないから、わたしが働いて生活費を稼ごうと決心したというわけ」嘘はほとんどついていない。報酬をもらえたら、ふたりの生活水準を向上させるために使おうと思っている。

「お母さまにお金を出してもらえばいいのに。お姉さまの給金分くらい、楽に融通できるはずよ。わたしの結婚準備に必要なものはなんでも、値段もかまわず買ってくれるもの」

セレステの無邪気さに、ローリーは胸を打たれた。妹にはわからないのだろう。キティに経済的な援助をしようという気持ちがあるなら、とうにそうしていたということが。継娘に八年前のドレスを着せ、田舎で貧乏暮らしをさせてはおかないはずだ。けれどもセレステは昔からキティのお気に入りで、贈り物も愛情もたっぷりと与えられてきた。醜聞のあとは誰もが、愛する父さえもローリーを悪者扱いし、田舎へ追いやろうとするキティに味方した。悪い評判が、いずれセレステに影響を与えるのを恐れてのことだ。けれど、それはセレステの落ち度ではない。彼女は生まれたばかりの赤ん坊みたいに無垢(むく)なのだ。

ローリーは異母妹のやわらかな手を軽く叩いた。「キティにそんなことは頼めないわ。まして、あなたの社交界デビューでずいぶん出費がかさんだはずだもの。ともかく、わたしは自分で働くことに決めたの。すぐに出ていかなくてはいけないのは残念だけれど、少なくとも今日一日はいろいろ話ができるわ」

セレステの表情が曇り、目の輝きが消えた。「でも、わたし、今夜は一緒にいられないの。お母さまと晩餐会に出席しなくてはならないのよ」

「抜けられないの？　子どもの頃、わたしたちがよくやったみたいに病気のふりをするとか」

「お姉さまが、でしょう。わたしにはそんな度胸はなかったわ。いずれにしても無理よ、ウィッテンガム公爵と一緒に彼のおばさまのお宅を訪ねることになっているの」セレステはわずかにうつむき、唇を嚙んだ。「お姉さまは知らないのよね……わたし、来月公爵閣下と結婚するの。手紙を書こうと思ったのよ。本当にそのつもりだったんだけれど、お母さまがもう少し待ったほうがいいと言うから」

「評判の悪い異母姉がいると、公爵が結婚を考え直すかもしれないからでしょう」セレステの恥じ入った表情を見て、ローリーは口調をやわらげた。「気にしないで、セセ。キティはあなたを守ろうとしているだけ。それについさっき会ったとき、結婚のことを話してくれたわ」

「ロンドンにいるなら、お姉さまも式に来てくれないとだめよ」セレステは真剣なまなざしで身を乗り出した。「ねえ、来てくれるでしょう？　レディ・ダシェルに一日休みをもらって。お姉さまがいないなんて、わたし、耐えられないと思うわ」

その熱心さが、逆にローリーの疑念をかきたてた。セレステの天使のような顔となめらかな肌、金髪と大きな青い目を見つめる。尊大な公爵が彼女を妻として選んだのは理解できると思った。でも、セレステのほうは二倍の年の男性に何を見たのだろう？　彼女が自分の気持ちより野心を優先させたとは思えない。「もちろん出席させてもらうわ。でも、ダーリン、教えてちょうだい。あなたはウィッテンガム公爵を愛しているの？　彼と結婚することになって、本当に幸せ？」

ほんのわずかに、セレステがためらった。「もちろんよ！　このシーズン、誰もが公爵閣下のことを狙っていたのよ。わたしが公爵夫人になることを、ほかの女の子たちがどれほどうらやんでいるか」

キティが言いそうなせりふだった。セレステは母親の言葉を受け売りしているだけでは？　キティを喜ばせるために、自分の夢や希望を抑え込んでいるのではないかしら？

「もし不安があるなら、わたしには打ち明けてほしいの。いまならまだ、白紙も戻すこともできるわ」

「そんなこと、できるはずないじゃない！　公爵閣下は大勢の女性の中からわたしを選んでくださったのよ。第一、お母さまが悲しむわ」

「でも、あなたが悲しむことになるよりはましよ」ローリーは言った。「結婚は一生のことなのよ。自分の気持ち、そして相手の気持ちに確信が持ててからでないと」

「公爵閣下はとても気のつく方で、毎日お花や贈り物を届けてくださるの。やさしくて、人の欠点にも寛大な、本物の紳士よ」

セレステがキティとの争いを避けるために役を演じているのではないかという疑念を、ローリーはどうしても振り払えなかった。子どもの頃から妹は従順すぎて、人の言いなりになってしまうところがあった。ただ、この年齢差のある結婚に飛び込む決意をかためているのは間違いないようだ。ローリーとしては、いまあまり妹を追いつめたくはなかった。まだ時間はある。手紙を取り戻してからここへ戻り、セレステから本心を聞き出すこともできるだろう。

内心緊張しているのか、セレステは膝の上で指をきつく組み合わせていた。

「家宝の指輪を公爵閣下からいただいたとキティから聞いたわ。どうしてつけていないの?」

「ああ、指輪!」セレステのクリーム色の頬がピンク色に染まった。「重いから、家にいるときはときどきはずすの。すぐにつけるわ」

彼女は立ちあがってベッド脇のテーブルまで飛んでいき、琺瑯(ほうろう)細工の箱を開けた。そして指輪をはめ、振り返って、いくぶん恥ずかしそうに手をあげてみせた。「ほら、豪華でしょう?」

巨大なスクエアカットのダイヤモンドが、古風な金の台座の上できらめいている。セレステの華奢な手には大きすぎ、派手すぎるように思えた。「すばらしいわね」ローリーは如才なく言った。「こんなに大きなダイヤモンドを見たのは初めてよ」

「この指輪は公爵閣下のお母さまのものだったの。なくさないように気をつけないと」セレステはふたたび唇を噛んだ。「思い出させてくれてありがとう。公爵夫人も今夜いらっしゃるから、わたしが指輪なしで人前に出たら、気を悪くなさったと思うわ」

ローリーが応えようとしたとき、ドアのほうから足音が近づいてきた。ブルーの絹のスカートをはためかせ、キティが寝室に入ってきた。そして油断のない目で娘とローリーを見やり、不機嫌そうにかたい笑みを浮かべた。

「グリムショーからあなたが戻ったと聞いたのよ、オーロラ。おしゃべりの邪魔をしてごめんなさいね。でも、もう晩餐会に行く用意をする時間よ、セレステ。フォスターが着替えを手伝いに来ているわ」

さえない茶色の髪に地味な顔立ちの娘がキティのうしろに控えていた。くすんだ灰色の服を着たそのメイドは、うつむきかげんで小走りに化粧室へ向かった。比較的最近雇われたのだろう、とローリーは思った。初めて見る顔だ。

「でも、お母さま」セレステが抗議した。「ローリーはいま来たばかりなのよ。着替えのあいだ、一緒にいてもかまわないでしょう？　なんなら手紙を送って、お姉さまも晩餐会に行けないか――」

「論外よ。そんなことをお願いしたら、公爵閣下が気を悪くなさるわ。思い出して、あなたのお姉さまはもう社交界では受け入れられていないの。自分自身の過ちのせいでね」

キティの態度には腹が立ったが、口論になればセレステがつらい思いをするだけなのはわかっていたので、ローリーは立ちあがって異母妹にさっと腕をまわした。

「いいのよ、セセ。わたしは起きて待っているから、あなたが家に戻ってから、また話しましょう」

ローリーはキティに追い立てられるようにドアへ向かった。「話があるの、オーロラ」

「わかったわ」

廊下に出ると、キティはうしろ手にドアを閉めた。それからローリーの腕をつかみ、引きずるようにして自分の寝室へ入る。金とグリーンで飾りたてられた贅沢な部屋だった。継母の好きな、甘ったるい薔薇の香りがする。

「あなたが今日、ここに戻ってくるとは思わなかったわ」キティが声をひそめて言った。

「職を得るのに失敗したの？」

ローリーは継母を困らせてやろうかとも考えたが、やめておくことにした。

「心配しないで、失敗はしていないから。レディ・ダシェルのコンパニオンに雇われたわ。明日の朝から始めるの」

キティは袖からレースのハンカチを引っ張り出し、肉づきのいい顔をあおいだ。

「ああ、よかった。ダシェル卿が悪評の立った娘は雇わないんじゃないかと心配だったの。それとも、もうあのことを忘れているのかしらね。ともかくほっとしたわ！」

ダシェル卿の顔に浮かんだ冷ややかな侮蔑の表情が脳裏に浮かんだ。彼が目の前にいるかのように、炭色に縁取られた、御影石を思わせる鉄灰色の瞳が見える。ふと、妙な震えがローリーの肌を刺した。ダシェル卿は彼女の唇を見つめていた。その唇にみだらな思いをかきたてられているかのように……。

「わたしのことは覚えていたわ。最初は断られたけれど、なんとか説得したの。お母さまの世話をする人がいなくて困っていたんでしょうね。何しろ、彼はミス・キプリングという女性に求愛しているようだから。帰るときにお会いしたわ」

「あの小娘ね。ウィッテンガム公爵もシーズン初めは、あの娘を追いかけまわしていたのよ。わたしが彼の注意をセレステに向けてやるまでは」

「そうなの？」

「ええ、そうよ。まあ、ダシェル卿がミス・キプリングに目をつけたと聞いても驚かないわね。身分は低いけれど、父親がマンチェスターの紡績工場でひと財産築いたのよ。レディ・ミルフォードの言うとおり、彼がお金に困っているという何よりの証拠だわ」

ローリーは片方の眉をあげた。ダシェル卿が、わたしをキプリング母娘に紹介したヘンリー卿に怒っていたのもうなずける。評判の悪い娘とひとつ屋根の下でいちゃついているなどと思われては迷惑なのだろう。「ダシェル卿がわたしの本当の目的に気づかないことを祈るわ。自分が脅迫している女性の継娘が仕事を求めてきたなんて、不自然だと思って当然だもの」

「たしかにね」キティは大きな胸の前でハンカチを握りしめた。「気づかれないようにじゅうぶん気をつけて。彼は腹いせに、あの手紙を新聞に公表するかもしれないわ。そうなったら、わたしはとんでもない醜聞に巻き込まれてしまう。ウィッテンガム公爵との結婚も破談になってしまうわ！」

継娘が脅迫者と暮らす危険よりも、自分の計画が成功するか否かが重要だというのはいかにもキティらしい。

ローリーはむっとして窓際まで歩き、通りを急ぎ足で歩く通行人を見おろした。それから振り返って腕を組む。「ダシェル卿はあなたにお金を要求するかもしれないけれど、実際に手紙を公表するようなまねはしないんじゃないかしら。あの手紙を書いたのは彼の父親なのよ。醜聞になれば、彼の結婚にも影響が出るわ」

「成金はそんなこと、さして気にしないわよ。貴族社会にもぐり込めるならね。それに情事で男が責められることはないの。非難の矛先はわたしに向くのよ――それとあなたの異母妹に」

その点に関してはローリーも同感だった。社交界は女性に厳しい。「セセといえば、この結婚が正しいかどうか、もう一度確かめたいわ。あの子と話したけれど、心から結婚を望んでいるのかどうか、よくわからないの」

「何を言っているの。もちろんセレステはウィッテンガム公爵との結婚を望んでいるわ。公爵と結婚するなんて、あらゆる女の子の夢の頂点よ！」

「あなたの夢の頂点なんじゃないの？」ローリーはそっけなく返した。「あなただって、あの子に不幸せになってほしくないでしょう？」

「ばかばかしい。公爵夫人になれて不幸せな女性なんている？」キティは化粧台に近づくと、鏡をのぞき込んで髪を整えた。「わたしの娘は王族とおつきあいするのよ。社交界の中心となり、いずれその長男が――わたしの孫が公爵になるの！」

継母にその輝かしい未来をあきらめさせようとしても無駄だろう。「せめて式を延期できないかしら。ふたりにお互いをもっとよく知る時間を与えるために」

「延期ですって？　早く結婚の誓いを交わすに越したことはないでしょうに」キティはローリーに向かって指を振った。「セレステに変なことを吹き込まないでよ！」

「わたし、公爵閣下にお会いしたいわ。ふたりが一緒にいるところを自分の目で見て、愛情が本物かどうか判断したい」

「とんでもない！　ウィッテンガム公爵はあなたがロンドンに戻ったと聞いただけで、憤慨なさるわよ。セレステにとってまたとない結婚話を台なしにするような、残酷なことはしないで」

「でも――」

「〝でも〟も〝もし〟もなしよ、オーロラ。今夜、公爵閣下がセレステとわたしを迎えに来るときには姿を見せないでちょうだいね」


ローリーは階段のてっぺんの陰になったアルコーブに身を潜めた。この場所からは玄関ホールがよく見える。子どもの頃、パーティがあるとここにもぐり込んで、手すりの錬鉄製の柱のあいだからのぞき見したものだ。着飾った客が入ったり出たりするのを眺めているのが好きだった。色鮮やかなドレスに身を包んだレディたち。かしこまった黒の装いの紳士たち。

今夜、玄関ホールにいるのは四人だけだった。クリーム色の絹のドレスを着たセレステは、まさに天使のようだ。金髪をカールさせてまとめ、耳のうしろに薔薇のつぼみをひと束差している。グリムショーが彼女にマントを着せた。少し離れて、キティが懸命にウィッテンガム公爵のご機嫌を取っている。

ローリーは眉をひそめた。本来なら、セレステにマントを着せるのは執事ではなくて、婚約者の公爵ではないのだろうか？ キティが言うように公爵がセレステにぞっこんなら、できるだけ彼女の近くにいたいと思うのではないか？ 指で頬を撫でたり、身をかがめて耳元で甘い言葉をささやいたり。まわりには目もくれず、うっとりと彼女を見つめたりするのでは？

だがローリーを失望させたのは、そんな公爵の態度だけではなかった。

ウィッテンガム公爵は八年間でずいぶんと年老いた。記憶にあるよりもでっぷりしている髪の生え際は劇的に後退して、つるんとした頭が壁かけ燭台(しょくだい)のろうそくの明かりを受けて光っている。頬にも肉がだぶつき、広い鼻に蜘蛛の巣のように走る赤みが、長年の飲酒癖を物語っていた。彼は振り返ってセレステに腕を差し出したが、婚約者というよりは父親に見えた。

公爵の笑みも、どこか保護者めいている。「なんと美しい。さあ、行こうか」

「はい、閣下」

ふたりの声は階段の上まで漂ってきた。横柄で力強い声と、従順な小さな声。セレステが、公爵の黒い上着の袖に手袋をはめた手を添えた。ふたりがキティを従えて歩きはじめると、グリムショーが急いで玄関を開けに行った。

ローリーとしては階段を駆けおり、公爵にセレステをどう思っているか問いただしたかった。もっと愛情と敬意を持って妹に接してほしいと言いたかった。

アルコーブから出ようとわずかに体を動かしたとき、キティが振り返って階段を見あげた。

ローリーの存在に気づいたかのように、鋭く油断のない目を向けてくる。

ローリーは身を引き、物陰に戻った。いまはセレステのことで継母と衝突するときではない。それはあとだ。盗まれた手紙を取り戻し、報酬を手に入れてから。

7

ミス・セラニー

社交界は大御所（グランデイム）と呼ばれる女性たちの圧政下にある。

翌朝早く、ローリーはダシェル・ハウスの地下にあるあわただしい厨房に足を踏み入れた。あたりは焼きたてパンの香りやベーコンを焼くにおいに満ちている。メイドに家政婦の前へ連れていかれた。ミセス・ジャーヴィスは鳥を連想させる、風が吹けば飛びそうな女性で、喪服のような黒いドレスを着ていた。ローリーはほかの使用人たちに紹介された。彼らは朝食の準備をする手を止め、彼女に軽く会釈した。執事のミスター・ジャーヴィスとも会った。家政婦の夫で、背の低い、頭の禿げた男だった。

ミセス・ジャーヴィスはせわしなく行ったり来たりしながら銀器や陶器を並べ、合間に侯爵夫人の予定をざっと見やった。「奥さまは七時半ぴったりにお目覚めになるから、その時間に半熟卵とチョコレートをお持ちするように。それから昼食は正午、二時に昼寝、夕食は六時と決まってます」家政婦が疑り深い目つきでローリーを見る。「あの方が寝たきりだということは聞いてるわね？」

「はい、でも原因は知りません」

「一年前、馬車の事故でけがをなさったのよ。公爵閣下は亡くなられた――ご冥福をお祈りします。それで夫人は背骨を損傷なさった。言っておくけれど、少々……短気なお方よ。侯爵閣下から聞いていると思うけれど」

「ええ、聞いています」

「紹介所から来たこれまでのコンパニオンはたいてい、あなたよりかなり年上だったわ。誰も長くは続かなかった。最長で二週間。半日で辞めた人もいるのよ」

「わたしは八年間、おばの世話をしてきました。気難しい年配のレディには慣れています」

「なら、大丈夫かもしれないわね」

とはいえ、ミセス・ジャーヴィスは薄暗い使用人用の階段をのぼっていくあいだも心配そうだった。侯爵夫人の朝食のトレイを持った従僕が、ふたりのあとに続いた。急な階段を二階分ほどあがったあと、静かな廊下に入った。足音は厚い絨毯に吸い込まれていった。年月を経て黒ずんだ風景画が、壁紙のはげた壁を飾っている。この屋敷はどこもそうだが手入れがされず、どこか寂しげだった。片側のドアはすべて閉まっている。どれがダシェル卿の寝室なのだろう、とローリーはふと思った。

まだ寝ているのかしら？　貴族はたいがい宵っ張りだ。パーティや舞踏会、劇場へ出かけ、翌朝は昼頃までまどろんでいる。なぜか彼がベッドに横になっている姿が頭に浮かんだ。髪は乱れ、シーツが下にずれて、筋肉質な体があらわに……。

ローリーはあわてて不謹慎な想像を振り払った。ルーカス・ヴェールは厚かましい脅迫者だ。女性の夢想の対象になる価値などない。彼のことをそんなふうに考えるなんて、まったくわたしはどうかしている。相手がどんな男性であっても二度とばかなまねはしないと、つらい経験から学んだはずなのに。持参金目当てに求愛されるミス・アリス・キプリングが気の毒になってくる。彼女はセレステのように若くて世間知らずな感じの娘だった。

ミセス・ジャーヴィスが長い廊下の突き当たりのドアの前で足を止めた。「まずはわたしが先に話をするわね、ミス・パクストン」小声で言う。「レディ・ダシェルのご機嫌の取り方を、よく見ておいたほうがいいわ」

彼女はドアの取っ手をまわし、つま先立ちで暗い寝室に入った。そして身振りでローリーに、隅の優美な書き物机のそばに立つよう合図する。従僕が進み出て、テーブルの上に静かにトレイを置いた。そしてすばやく部屋を出るとドアを閉めた。

巨大な天蓋付きのベッドから、大いびきが響いていた。暗いうえに、上掛けの下なので夫人の姿は見えない。ベッドの脇のナイトテーブルで、小ぶりな金張りの時計が小さく音を刻んでいる。何年も窓を開けていないかのような、すえたかびくさいにおいがした。

ミセス・ジャーヴィスが足早に部屋を横切り、青いベルベットのカーテンを開けた。

「おはようございます、奥さま」明るい声で挨拶する。「ちょうど七時半、お目覚めの時間でございます」

雨空からの鈍い日差しが上等な家具をぼんやり照らした。いびきが止まり、レディ・ダシエルがベッドの中で身じろぎした。骨張った腕が刺繍を施した寝具の下から現れ、ナイトテーブルの上を探る。かぎ爪のような爪が時計をつかんだ。そして、それをしわの寄った顔に近づけた。「七時三十分じゃないの。なんだって遅れたの？」

「申し訳ございません、厨房で少し手間取りまして」ミセス・ジャーヴィスはおそるおそるベッドに近づき、一礼した。「枕をふくらませましょうか、奥さま？」

「わたしが言うまで近づいてこないで」

「はい、奥さま。今日は昨日よりもお加減がいいとよろしいのですが」

「お加減がいい？」突然勢いづいて、レディ・ダシェルが時計を投げつけた。家政婦は間一髪でうしろに飛びのき、時計は床に激突した。「いいはずがないでしょう。関節が痛くて、ゆうべはひと晩じゅう眠れなかったんだから」

さっきまで太鼓の音もかき消されそうな大いびきをかいていたのに、とローリーは思った。そもそも家政婦のような弱腰では、侯爵夫人がわがままになるだけだ。

ローリーは物陰から出て、時計を拾いあげた。ミセス・ジャーヴィスが息をのみ、彼女にさがっているよう合図したが、ローリーは無視してまっすぐにベッドへ近づいた。

「ご自分で思っているよりもよくお眠りになったのではないでしょうか、レディ・ダシェル。それに、もしまだお疲れなのでしたら、こんな早い時間にお目覚めになる必要はありませんん」

レディ・ダシェルが疑り深げに目を細めた。白髪交じりのぼさぼさの髪の上に、白いナイトキャップが斜めにのっかっている。彼女はナイトテーブルに置いていた鼻眼鏡をかけると、レンズ越しにローリーを見あげた。「あなたは誰？　知らない人間にここへ入ってほしくないわね。すぐに出ていきなさい！」

「じきに知らない人間ではなくなります。奥さまの新しいコンパニオンとして雇われたのです。今日から来ると、息子さんからお聞きかと思いますが」

「失礼な娘ね。第一、コンパニオンには若すぎるわ。名前は？」

「ミス・オーロラ・パクストンです。家族や友人からはローリーと呼ばれています」

「パクストン？」レディ・ダシェルはじっとローリーを見つめていたが、やがてばかにしたように上唇をゆがめた。「噂になったのを覚えているわ。外国の色男といちゃついた奔放な娘ね。相手は既婚の外交官だった」

ローリーは青ざめた。動揺を隠すために時計を眺める。まだ動いていることを確かめ、ナイトテーブルに戻した。おばとの経験から、引いたら負けとわかっていた。弱みを見せたら、なおのこと難しい立場に追いやられる。「はい。わたしはその娘です。最悪の経験をしていますから、奥さまが何をおっしゃろうと、何をなさろうと、わたしはひるみません」

レディ・ダシェルが目をむいた。鉄灰色の目と、冷淡で取りつく島のない態度は侯爵と同じだ。実際、母と息子はよく似ている。ローリーは先に目をそらすまいとした。このひねくれたレディに自分の勝ちとは思わせたくない。

「それで?」侯爵夫人はくしゃくしゃの上掛けを引っ張った。「どうしてあなたはばかみたいに、そこに突っ立っているの? わたしは起きて朝食をとりたいんだけれど」

ミセス・ジャーヴィスがテーブルに駆け寄り、皿からドーム形の蓋を取った。ローリーは侯爵夫人の背中に腕を差し入れて体を起こし、羽毛入りの枕に寄りかからせた。夫人は痩せて華奢だが、思いのほか力が強そうだった。

ひょっとして、底意地の悪さがそう思わせるのかもしれないけれど。

家政婦がトレイをベッドに運び、レディ・ダシェルの膝にのせた。彼女は音を立ててチョコレートをすすると、顔をしかめた。「また冷めてる。この家ではどうして熱い飲み物が口にできないのかしらね。使用人が全員、役立たずだから?」

「大変申し訳ありません、奥さま」ミセス・ジャーヴィスは節くれ立った指をエプロンの前でよじった。「料理人に注意しておきます。二度とこういうことは――」

「言い訳はたくさん!」

レディ・ダシェルが腕をうしろに振りあげたとたん、ローリーは彼女の痩せた手首をつかみ、半分中身の入ったカップを取りあげた。それをミセス・ジャーヴィスに渡す。

「お代わりをポットで持ってきてください。それとカップをもうひとつ、わたしの分として、お願いします」

「ええ、わかったわ」逃げる機会とばかりに、家政婦はそそくさと部屋を出ていった。

「あなたの分?」侯爵夫人が軽蔑もあらわに繰り返す。「勘違いしないでもらいたいわね、ミス・パクストン。わたしは使用人とは食事をとらないの」

「トーストはいかがです？」返事を待たずに、ローリーはパンにオレンジマーマレードを塗った。「わたしはレディとして育てられましたから、一緒に食事をと誘ってくださってもよいのではと思いますが。コンパニオンのことは使用人ではなく友人として扱ったほうが、はるかに楽しいと思いますよ」

「友人ですって？ 平等主義というやつかしら、ばかばかしい」レディ・ダシェルはローリーが差し出したトーストをひったくった。「バーニスに負けず劣らず、我の強い娘だこと」

ローリーは驚いて目をぱちくりさせた。「バーニス？ わたしのおばのバーニスのことですか？」

「ほかに誰がいるというの？ 彼女もパクストンでしょう」レディ・ダシェルは苦い顔でトーストにかぶりついた。パンくずがネグリジェの上にぱらぱら落ちる。「同じシーズンにデビューしたのよ。まともな娘だと思っていたんだけれどね。得体の知れない船乗りにだまされて結婚するまでは」

「オリバーはおばをだましてなどいません。それに得体の知れない船乗りでもありません。元海軍将校です。おばは彼を深く愛し、ふたりで世界じゅうを航海してまわったんです」

「愛ですって。ふん、結婚は家同士が互いの利益のためにするものよ」

「世の中の誰もが、社交界特有の考え方にならっているわけではありませんわ。ともかく、おばがあなたの言うように我の強い女性だったとしたら、簡単に男性にだまされたりはしなかったとお思いになりませんか？」

「花だのキスだの、ロマンティックなせりふだのでだまされたんでしょうよ。あなただって同じゃないの、ミス・パクストン」レディ・ダシェルは不快な甲高い笑い声をあげた。「もっともあなたの場合、結婚指輪をはめるには至らなかったけれどね」

侯爵夫人の言ったことは図星だったが、ローリーはいっさい反応を見せまいとした。何年ものあいだ、中傷にも動じない精神力を養おうと努力してきたのだ。

ローリーは身を乗り出して、パンくずで汚れないようレディ・ダシェルの痩せた胸にナプキンをかけた。この人の辛辣さは、やはり事故の後遺症が原因なのかしら、とふと思う。それだけではない気がする。たぶん不幸せな結婚に耐えてきたことも一因なのだ。先代のダシエル卿のような悪名高い放蕩者の夫に満足できる女性がいるはずがない。

「たしかに夢見る乙女はしばしば、不似合いな男性と結びつけられますね」ローリーは言った。「ことに美人か女相続人を狙っている紳士には。まれにその両方を兼ね備えた女性もいますし。ミス・キプリングのような」

ミス・キプリングの状況は残念ながらセレステに似ている。どちらも、本来ならもう少し自分と年齢の近い女性と結婚すべき、傲慢な年上の貴族との結婚を強いられている。これは随筆にぴったりの題材だ。社交界に生きる女性の現実に焦点を当てた記事になる。

「ミス・キプリング？　いったい誰なの、それは？」

レディ・ダシェルの質問にローリーははっとした。当然ながら、侯爵夫人は長男の結婚の計画について知っているものと思っていた。なんといっても彼は投資に失敗して財産を失い、裕福な女性と結婚する必要に迫られているのだから。けれどもその驚き方からして、彼女は何も聞いていないらしい。

ローリーはいたずら心を起こして言った。「いずれダシェル卿からお話があると思いますわ」

「息子から？　あの子がその女性に言い寄っているというの？」侯爵夫人はフォークをローリーのほうへ突き出した。「いますぐ、彼女について知っていることをすべて話しなさい。ひとつ残らず言うのよ」

「お伝えするのは侯爵閣下の特権かと」

「言うとおりになさい。でないと首よ！」

卵の黄身がついたフォークから目を離さずに、ローリーはウエストのあたりで指を組んだ。遅かれ早かれ、彼女のことはレディ・ダシェルの知るところとなるだろう。ローリーとしては、手紙を見つける前に首になるわけにはいかなかった。「ほとんど何も知らないんです。ミス・アリス・キプリングが資産家の女相続人だということくらいで」

「さっきは、わが家の長男が彼女と結婚する気だというようなことを言ったわね」

「たしかなことはわかりません。ただ、ダシェル卿が彼女に関心を持っているという噂を耳にしたもので」そう言ったのはヘンリー卿だけれど、ここではそれを持ち出さないほうが賢明だろう。兄弟間に摩擦が生じることになるかもしれない。

侯爵夫人が顔をしかめた。「その娘は平民に違いないわ。わたしは由緒ある家なら全部知っているけれど、その名前は聞いたことがないもの」

「お父さまがマンチェスターの紡績工場で財をなしたと聞きました。でも、とても愛らしくレディらしいお嬢さまですよ。たまたま昨日お母さまと一緒にこちらを訪問中、お会いしたんです。奥さまも階下におりていらしていたら、お会いできたでしょうに」

「ばかなことを！　聞いていないの？　わたしは歩けないのよ。体じゅう痛くて、一年このベッドから起きあがれずにいるんだから」

侯爵夫人は夫の命を奪った事故を生き延びた、そして、この寝室を小さな王国のように支配している。使用人をこき使い、コンパニオンをいじめて。風景が変われば、彼女の気分も少しはよくなるかもしれない。

「誰かに階下の客間まで運んでもらうことはできると思います。ダシェル卿か従僕が喜んでお手伝いするのではないでしょうか」

「ふん、わたしの苦しみなんて何も知らないくせに。せめて同情しているふりくらいしたらどう？」

「同情しているからこそ、わたしは奥さまが快く過ごせるよう心を砕いているんです。毎日少しの時間でもこの部屋から出ることができたら、いい気晴らしになると思いますよ。庭に出てもいいし、なんなら馬車で公園まで——」

「あなたはルーカスみたいね、小うるさくて。あなたの意見が聞きたければ、こちらからきくわ!」レディ・ダシェルはフォークで寝室の隅を指し示した。「さあ、もう行って、あの机のところに座りなさい」

「なぜです?」

「つくづく生意気な娘ね! 言われたとおりにすればいいの。あなたの厚かましさにはうんざりよ!」

ローリーは書き物机まで歩き、椅子を引き出して座った。「座りました。それで?」

「ミス・キプリングに手紙を書きなさい。彼女とその母親に、すぐここへ来るようにと。その娘がわたしの代わりに侯爵夫人になろうというのなら、それにふさわしい女性かどうか、わたしがこの目で判断してやるわ」

訪問客があったのは午後の半ばだった。

ローリーはレディ・ダシェルに退屈な説教集を読んであげていた。侯爵夫人は節制を説く長い説教のあいだに寝入ってしまったので、ローリーは階下におりてダシェル卿の書斎を探ってみようと決めた。昼食を運んできた従僕から聞いたところによると、彼は午前中議会に行き、数時間は戻らない予定だという。

これ以上の機会はない。

そっとドアに忍び寄った。だが取っ手に手を伸ばしたとたん、ノックの音が響き渡り、レディ・ダシェルがぱっと目を覚ました。彼女は上掛けに落ちた眼鏡を手探りし、鼻にかけ直した。「どこへ行くつもり？」

「ノックに応えるだけです、もちろん」

「キプリング母娘に違いないわ。そもそも、どうしてまだ来ていないのかわからないのよ。あなた、ちゃんと手紙を送ったの？　従僕にごみ箱に捨てるよう言ったんじゃないでしょうね？」

ローリーは歯嚙みした。ほかのコンパニオンが早々に辞めていったのも当然だ。この怒りんぼは午前中いっぱいと昼食のあいだもずっと文句を言い続けた。鶏肉がぱさついている、じゃがいもが油っぽい、ベッドの寝心地が悪い、枕の配置がよくない、暖炉の火が小さすぎる、今度は暑すぎる、などなど。さすがのローリーも手紙のことはあきらめて、この屋敷を出ていこうかと思ったほどだ。

ドアを開けると、ミスター・ジャーヴィスが立っていた。ずんぐりとした執事はローリーに廊下へ出るよう合図した。「階下にキプリング母娘が来ている」眉根を寄せ、低い声で言う。「奥さまに寝室へ来るよう言われたと言っているが、本当か？」

「ええ、今朝、招待状を書くよう命じられました」

「侯爵閣下はいい顔をなさらないだろうな」

「どうしてです？　あの母娘には会わせるなと言われているのですか？」

「そういうわけじゃないが、閣下もこの場にいて、訪問を見守りたいだろうと思うだけだ」

「では、わたしが代わりに見守ります。おふたりを通してください」

心配顔の執事は無視して、ローリーはベッドのそばに戻った。この件で困った立場に追い込まれたとしてもしかたがない。侯爵夫人から目を離さないようにしていれば、なんとかなるだろう。「お客さまがお見えですよ。襟を直させてください。それから眠っているあいだに、ヘアピンを何本かなくされたようですね」

ローリーに身なりを整えられながらも、レディ・ダシェルはぶつぶつ言っていた。

「眠ってなどいないのよ。目を休めていただけ。それと、客が来たからといって騒ぐのはやめてちょうだい。王族というわけじゃない、ただの平民なんだから」

そう言いながらも鉄灰色の目はきらめき、指は上掛けをむしっている。単調な日常に起きた変化を喜んでいるかのように。ローリーは同情を覚えた。この女性を訪ねてくる人はいないのかしら？　古い友人も？　驚くには当たらない。彼女は人に愛される質ではなさそうだ。

ミスター・ジャーヴィスが寝室に入ってきた。「ミセス・キプリングとミス・キプリングがいらっしゃいました」

母娘がしずしずと入ってくると、入れ替わりに執事は一礼して出ていった。くすんだオレンジ色のドレスを着たミセス・キプリングが先に立った。帽子のてっぺんで、茶色に染めた白さぎの羽根飾りが小さく揺れている。あとに続くミス・キプリングは淡いグリーンのドレスをまとい、繊細な顔立ちと金髪を麦わらのボンネットで包んでいた。

レディ・ダシェルは傲慢な表情で、鼻眼鏡越しにふたりを観察した。「遅かったわね。数時間前には来ているべきだったのに。わたしの手紙は読まなかったの？」

不当な非難にも、ミセス・キプリングは謙虚に深々とお辞儀をしてみせた。「お許しください、奥さま。午後になるまでお訪ねしては失礼かと思いまして」

「わたしが〝すぐに〟と言ったら、すぐということなの。おかげで一日の大半を待たされたわ」

「侯爵夫人がおっしゃりたいのは」ローリーは口を挟んだ。「あなたと娘さんに早くお会いしたくてたまらなかったということです」そしてレディ・ダシェルが口を開きかけたのを見て――間違いなく辛辣なせりふを吐くためだ――急いでつけ加えた。「奥さま、ミス・アリス・キプリングをご紹介させていただいてよろしいでしょうか？」

アリスが母親にさりげなく背を押されて前に進み出た。床に鼻がつきそうなほど深々と、女王に謁見するときのようなお辞儀をする。「お会いできて光栄でございます、レディ・ダシェル」

「近くに来なさい。ばかみたいにうしろに引っ込んでいないで」

骨張った手に手招きされ、アリスはベッドに近づいた。「ご病気のこと、本当にお気の毒です。じきに起きて歩けるようになることを、心よりお祈りしております」

「ばかね、わたしは体が不自由なのよ。一生このベッドから起きあがれないの。息子が本当にあなたに関心を持っているなら、その話はしていると思うけど」

アリスはひるみ、母親のほうを見やった。ダシェル卿の気持ちを勘違いしているのではないかとほのめかされ、ふたりとも困惑しているようだった。「お許しください」アリスが口ごもる。「わたし――失礼なことを申しあげるつもりは……」

「もちろん、そんなつもりはなかったのよね、ダーリン」ミセス・キプリングが神経質な笑い声をあげた。「単純な言い間違いでございます、奥さま」

「つまり単純な頭の持ち主ということね。いつも言うのだけれど、間抜けに見えるほうが、口を開いて本物の間抜けだとばれるよりはましだと思うわ」

ミセス・キプリングは口を開いたが、声が出てこなかった。これほど露骨な侮辱にどう反応すべきかわからず、ただ呆然（ぼうぜん）としている。

緊張をほぐそうと、ローリーは急いで背のまっすぐな椅子を二脚運んできた。

「お座りになりません？ お茶を持ってきてもらいましょうか？」

「まだお茶の時間じゃないわ」レディ・ダシェルがぴしゃりと言い、ローリーの提案を退けた。「それに座る意味もない。長くはいないでしょうから」

母娘は従順に並んで立ったままでいた。ミセス・キプリングが茶色のビーズのレティキュールを握りしめて尋ねる。「ダシェル卿はご在宅ですか？ お会いできたらうれしいのですが」

レディ・ダシェルがじろりと彼女を見た。「でしょうね。娘をあの子に押しつけようとしているんだから。ところで、持参金はいくらくらいあるの？」

そういう話は不適切かと。

「気取るのはおやめなさい。さぞ莫大な額なんでしょうね。でなければ、わたしの息子が平民などに関心を示すわけがないもの」侯爵夫人は蔑みの目をアリスに向けた。「母親のほうが言わないなら、あなたが言って」

アリスはあとずさりし、助けを求めて母親を見た。「わたし――わたし……」

「言いなさい！　うじうじしているのは嫌いなのよ」

ローリーは一歩前に出た。「レディ・ダシェル、そうした質問は侯爵閣下にお任せしたほうがよくはないでしょうか」

「ふん！　いまここで言うか、帰って二度とこの屋敷に足を踏み入れないかよ」

「アリスの名義で五万ポンドあります」ミセス・キプリングが一気に言った。「それにひとりっ子ですから、いずれ全財産を相続します。なので、持参金は相当な額になるはずです」

レディ・ダシェルは白いものが交じった眉をあげた。その天文学的な数字には、さすがの彼女も感銘を受けたようだ。「なるほど」上掛けを手で叩き、得意げに言う。「ルーカスはあなたの財産を狙っている。あなたのほうは侯爵夫人のティアラを買おうというわけね。わたしのティアラを」

「侯爵閣下はかなりの借金を負っていらっしゃいます。いえ、そう聞いております」ミセス・キプリングは勇気を奮い起こして顎をあげた。「双方にとって、いい取引だと思いますが」

「ばからしい。お金が、由緒ある爵位と貴族の血筋に見合うはずないでしょう」侯爵夫人は悪意に満ちた目をアリスに向けた。「それと、あなた。あなたはどういうつもりなの？

豪華な衣装とふくらんだ財布があれば、わたしに代わって貴族の屋敷を取り仕切れるだけの威厳が持てるとでも思っているの？」

アリスが青い目を見開いた。手袋をはめた指を、ドレスの胸元の繊細なレースの前で組み合わせる。「もし――その、侯爵閣下がそうお考えなら……」

これではいじめだ。ローリーは我慢の限界だった。「ミス・キプリングの言うとおりですわ。そういう問題はダシェル卿がお決めになること。いまのところは、お客さまにまた今度いらしていただくほうがいいのではないでしょうか？　侯爵閣下のいらっしゃるときに」

この機会を逃してなるものかとばかりに、ミセス・キプリングがふたたび深々と膝を折った。「ようやくお会いできてうれしゅうございました、奥さま。いらっしゃい、アリス。長居をしては失礼よ」

キプリング母娘はそそくさとドアへ向かい、ローリーも見送りのためにあとに続いた。何かがこすれるかすかな音がして肩越しに振り返ると、ちょうどレディ・ダシェルがナイトテーブルから白目細工の燭台をつかんだところだった。それを帰ろうとする客に向けて投げつける。

ローリーは反射的に動き、女性たちに当たらないよう、飛行物の通り道に飛び出した。同時に燭台をつかもうと腕をあげ……。

背後から手が現れて、男らしい指が燭台を巧みに空でつかんだ。誰が助けてくれたのかと、ローリーは振り返った。

「ヘンリー卿！」

彼は茶色の髪の下の青い瞳を輝かせ、にっこりした。コーヒーブラウンの上着に黄色い縞模様のベストという、いかにもしゃれ者風のいでたちだ。「ミス・キプリングの代わりに銃弾を受けようとは勇気がある女性だ。もっとも、怯えた子鹿ちゃんはきみの犠牲にも気づいていないと思うが」

キプリング母娘はすでに廊下へと消えていた。

ローリーは息を吐いた。「ありがとうございます。自分でもなんとかできましたけど」

「それはどうかな。母上はなかなかいい肩をしているんだ」

彼はぶらぶらとベッドに近づいた。レディ・ダシェルはベッドの上で腕を組み、いささか申し訳なさそうな表情で、近づいてくる次男を見ている。

「文句を言われる筋合いはないわよ」彼女は言った。「あの娘は頭が鈍いうえに臆病だわ。怯えたねずみみたいに、すたこら逃げ出したもの」

「ぼくもぎょっとしましたよ、母上」ヘンリー卿は燭台をテーブルに置き直し、かがみ込んで母親のこけた頬に軽くキスをした。「母上がいじめたせいで、彼女、逃げ出しちゃったじゃないですか」

「根性を試しただけよ。あいにく失格ね。侯爵夫人にはふさわしくないわ。わたしのティアラにも」

「あの娘に機会をあげないと。少なくとも見た目は愛らしい。彼女を花嫁にしなかったら、ダッシュはばかだと思いますね。父親がとんでもない金持ちだ」

「ルーカスが結婚する気だと言ったの？」

「もちろん言いませんよ。知ってるでしょう、兄上はいつもなかなか手の内を見せない」

「そうね。金持ちというのは魅力なんでしょうよ」レディ・ダシェルはすねたように上掛けをつかんだ。「わたしはお金なんてあっても、少しもうれしくないけれど。このベッドに縛りつけられたままではね」

ヘンリー卿は母親の顎の下を軽く叩いた。「元気を出して、母上。金があれば、少なくとも救貧院行きは免れますよ」

ローリーが驚いたことに、ヘンリー卿は母親から笑みを引き出した。それからベッドに腰かけると、最新の噂話を話して聞かせた。レディ・ダシェルは次男を溺愛しているようだ。バーニスと同い年なら、五八歳くらいのはず。でも、もっと年を取って見える。それでも不機嫌な表情が消えれば、もう少し若々しくなるだろうに。

母子水入らずで話ができるよう、ローリーは化粧室に入った。ヘンリー卿が救貧院のことを口にしたのは冗談に違いない。それでも彼とレディ・ダシェルが気の毒になった。ふたりとも、投資に失敗したダシェル卿の犠牲者なのだ。お金がないというのがどれほどつらいか、ローリーはよく知っていた。

とはいえ、ダシェル卿がキティを脅迫したのはやはり許されることではない。罪の代償は払ってもらわなくては。ローリーは決意を新たにした。

8

紳士はしばしば自分の半分ほどの年齢の少女と結婚する。完璧な妻に仕立てやすいからだ。
ミス・セラニー

ルーカスは人であふれた舞踏室を縫うように進んだ。ワルツの調べや会話のざわめきが広い室内を満たしている。人いきれとクリスタルのシャンデリアに灯るろうそくの熱で、室内は蒸し暑かった。レディたちが微笑みかけ、紳士たちは挨拶をしてきたが、ルーカスは誰ともせいぜいそっけなく二、三言交わすだけだった。

ミス・アリス・キプリングを見つけなくてはいけない。そして、ダメージの度合いを確かめなくては。

舞踏会のために着替えているとき、従者からキプリング母娘が母を訪ねてきたという信じられない話を聞いた。しかも、すぐ逃げるように帰っていき、ふたりとも怯えて取り乱しているようだったという。天才でなくとも、侯爵夫人がふたりを意地悪く尋問したに違いないことはわかる。なんと、物を投げつけることまでしたらしい。

一歩進むごとに怒りがこみあげてくる。こんなことになるはずではなかった。キプリング母娘のことは自分から母親に紹介するつもりだった。アリスの指に婚約指輪をはめたあとに。ローリー・パクストンが仕組んだのだ。使用人たちの話によると、彼女は今朝、キプリング母娘に手紙を送ったらしい。息子がアリスに関心を持っていると母に吹き込んだのだろう。まったく。そうした招待は侯爵の許可なしにできないことくらい、わかっていてよさそうなものだ。すぐにでも彼女を呼びつけて叱責したいところだったが、議会が長引いたせいで、すでに舞踏会に遅れていた。

とりあえずアリスをつかまえなくては。彼女が気分を害し、気持ちを――そして彼女の金を――ほかの求愛者に向けるようになることだけは避けなくてはならない。

舞踏室をひとまわりしたところで、探していた相手を見つけた。純白のドレスをまとい、優美な顔のまわりにブロンドの巻き毛を躍らせている。曲が終わって、ちょうどダンスフロアを出るところだった。パートナーが身をかがめて耳元で何やらささやくと、アリスは彼に慎ましく微笑みかけた。

相手が誰かは見えない。たくさんの人が行き交い、視界がさえぎられている。ルーカスはアリスのほうへ歩きだした。彼女は自分のものだと周囲に誇示するために。ここにいる独身男性の半分が、賭博の借金を払うために女相続人を狙っている。亡き父の遊び仲間でさえ、若くて裕福な平民女性をつかまえる機会に飛びつく男は二、三人いそうだ。

人込みが割れ、アリスのパートナーが見えた。茶色の髪に洗練された物腰、少年っぽい顔立ちに傍若無人な笑み。

ヘンリーだった。

ルーカスは安堵の波が押し寄せるのを感じた。弟はアリスを横取りしようとはしないだろう。逆に彼女がヘンリーと楽しげに会話しているのを見て、望みがわいた。決定的なダメージは避けられたということだ。

ルーカスは彼女に会釈した。「こんばんは、アリス。弟が行儀よくしていたといいが」

アリスの笑みが消えた。「ええ、閣下。すばらしいパートナーでしたわ」

堅苦しい呼びかけは、アリスの中に彼との距離ができたことを示していた。青い瞳には警戒心が浮かんでいる。やれやれ。ぼくがもう少し会話上手だったら、彼女を魅了するような甘いせりふを思いつくのだが。「今夜のきみはひときわきれいだ」

アリスはルーカスが手にキスすることを許した。「ありがとう」

「彼女がぼくたちに会ってくれるだけで奇跡だよ」ヘンリーがいたずらっぽく目をきらめかせて言う。「この気の毒なお嬢さんは今日、母上にひどい目に遭わされたんだ。聞いたか、ダッシュ?」

「ああ」

「ミス・アリスは実に恐ろしい思いをした。いま、母上は口が悪いだけで害はないと請け合っていたところだ」ヘンリーは笑った。「まあ、母上が燭台でクリケットをしないときは、ってことだが」

ルーカスは心配になり、アリスの完璧な顔立ちをじっと見た。「けががなかったといいが」

「え、ええ。でも……わたし、あの方には好かれていないようですわ」

アリスは下唇を突き出し、怒られて隅に立たされた子どものようなみじめな顔になった。

ルーカスは彼女の手を軽く叩いた。「それは勘違いだ。母はつらい日々を送っている。それだけだよ」

「そう、毎日ね」ヘンリーがつけ加える。「次に訪ねてくるときは、事前にぼくに知らせてほしい。ぼくなら、母からなんとか笑みを引き出せるんだ」

アリスはふたたびレディ・ダシエルと顔を合わせると思うと憂鬱になるようだった。青い顔をして、逃げ出す口実を探すかのように肩越しに振り返る。

ルーカスとしては逃がすつもりはなかった。とはいえ、実はアリスの弱気にいささかいらだっていた。侯爵夫人となるからには、もう少し毅然としてもらわなくては。だが、彼女はまだ若い。時が経ち、成熟すれば、ふさわしい威厳も身につくだろう。こちらがそう仕込むこともできる。

アリスの腕を取り、ルーカスは弟に目顔で、この場を立ち去るよう合図を送った。

「彼女の相手をしてくれてありがとう、ヘンリー。次の曲はぼくがアリスと踊るよ。もちろん、彼女がよければの話だが」

楽団が軽快なリールを奏ではじめた。アリスはルーカスに導かれてダンスフロアに戻った。

それでもまだ少し緊張しているようだ。母を訪ねていったことを非難されるとでも思っているのだろうか？　彼女のせいではないのに。

すべてローリー・パクストンのせいだ。

ローリーのことを思うと、いらだちがいっそう募った。あの美しい顔立ち、きらめく茶色の瞳とつんと上を向いた顎を思い出す。彼女を雇ったのは、やはり間違いだった。屋敷に来て一日目で、彼女はもうルーカスの秩序立った生活に大混乱を引き起こした。アリスの機嫌が直ったら、あとは深夜の晩餐まで彼女につきあうだけにして、早めに帰るとしよう。

そして、すぐにローリーを首にするのだ。彼女をベッドから引きずり出さなくてはならないとしても、断固として今夜じゅうに片をつけてやる。


ローリーは暗い玄関ホールを忍び足で通り抜けた。両脇の部屋は闇に包まれており、不気味な静寂の中で足音がやけに響いた。手にしたろうそくが、壁のくぼみに置かれた古代ギリシア風の胸像に揺らめく影を投げかけている。ネグリジェの下は鳥肌が立っていた。彫像の大理石の目が、大階段へと向かう彼女の動きをじっと追ってくるかのようだ。

ふいに書斎から時計が時刻を告げる音が聞こえ、ローリーはびくりとした。アーチ形の天井に、朗々とした音が一二回鳴り響いた。午前零時だ。急がなくては。

ダシェル卿の書斎は調べ終えたところだった。盗まれた手紙を探すことに加え、彼の筆跡の見本が欲しかった。けれども机の引き出しにあるのはほとんどが議会の公文書で、誰が書いたものかは判然としなかった。一番下の引き出しには未払いの請求書がたまっており、実際に彼が困窮していることがうかがえた。

ごみ箱も探った。返済期限に関する銀行への書きかけの手紙がくしゃくしゃに丸めて捨ててあった。無駄のない読みやすい文字で、脅迫文にあったような飾り書きはなかった。もっとも、この手紙を書いたのがダシェル卿だという確証もない。男性秘書に口述し、署名だけしたのかもしれない。

いらだちを覚えつつ、部屋じゅうくまなく手紙を探した。だが、金庫のたぐいもひとつも見当たらなかった。それでもローリーは負けを認めるつもりはなかった。この広い屋敷の中で、書斎だけが隠し場所というわけではない。彼の寝室も探してみなくては。

玄関に従僕が立っていないことに感謝して、急ぎ足で大理石の大階段をのぼった。ほかの使用人はみな、もう眠っている。夜明け前に起きなくてはならないからだ。厨房で耳にした話からすると、ダシェル卿は舞踏会に出かけ、真夜中過ぎまで帰らないという。早くて二時か三時だろう。ローリーが社交界デビューした頃は、若者は夜明けまで踊っていたものだ。

捜索の時間はたっぷりあるはず。

今日の顔合わせが悲惨な結果になっただけに、ダシェル卿はなんとかしてミス・アリス・キプリングの機嫌を取ろうとするだろう。持てる力を総動員して、彼女を魅了しようとするに違いない。ユーモアのかけらもない男に、そんなことが可能ならの話だけれど。ローリーはどうして彼が自らの愚かさに気づかないのか不思議だった。女相続人と結婚するほうが、キティを脅迫するよりはるかに簡単にお金が手に入るだろうに。

とりあえず婚約指輪を購入する資金が必要なのかもしれない。債権者をなだめるために先祖伝来の宝石を売らなくてはならなくなって、指輪がないということもありうる。そうだ、それなら筋が通る。もう売る宝石もないくらい借金まみれなのだろう。

二階に着くと、レディ・ダシェルの暗くした寝室をのぞいた。四柱式のベッドからは規則的ないびきが聞こえている。気難しいあの夫人が目を覚まして、コンパニオンがそばにいないことに気づく可能性は皆無と言ってよさそうだ。手紙を手にするまでは面倒は避けたい。

静かにドアを閉めた。先ほどミセス・ジャーヴィスが夕食を運んできたときに、ローリーは部屋のことについてきいておいた。寝室はたくさんあるけれど、レディ・ダシェルとふたりの息子の部屋以外はほとんど使っていないらしい。ヘンリー卿の部屋は通り道だが、ありがたいことに、彼も今夜は外出している。

暗がりを足早に進んだ。明かりは手にしたろうそくだけだ。ほつれた絨毯が足音をのみ込んでくれた。バロック様式の廊下の突き当たりに侯爵の寝室がある。

そのドアの前で足を止めた。心臓が激しく打つのを感じながら、ひとけのない廊下をもう一度見やった。念のため、ドアを軽くノックして待つ。部屋の中からは物音ひとつしなかった。

勇気を出して取っ手をまわし、中に入ってドアを閉めた。手前の小部屋には金張りの椅子と、しゃれた花瓶がのったテーブルが置かれていた。そこを抜けて、主寝室に足を踏み入れる。

ろうそくを持ちあげ、広々とした部屋を見渡した。優雅ながら男性らしい装飾がなされている。壁沿いに黒っぽいマホガニー材の家具が並んでいた。書き物机、チェスト、ガラス張りの本棚。緑のダマスク織りの布張りがされた椅子が二脚、精巧な彫刻が施された大理石のマントルピースの両側に置かれていた。暖炉には火が入っている。巨大な四柱式ベッドには金と緑の紋織りのカーテンがかかっていた。ふっくらした枕やクッションが、安らぎの場といった雰囲気を醸し出している。

ローリーはなぜか、服を脱いでベッドに横たわるルーカス・ヴェールの姿を思い浮かべた。彼は気取った笑みを浮かべ、人差し指を曲げて、こちらへおいでと彼女を誘う。

そんないかがわしい映像を、ローリーはすぐさま追いやった。体をうずかせる厄介な熱っぽさと同時に。ばかばかしい。悪党というだけでなく、人生で一度も笑ったことがないのではないかと思うくらい不愛想な男なのに。母親と同じで、生まれつき傲慢で人を寄せつけないのだろう。

ベッドの脇のテーブルに置かれた時計が静寂の中でチクタクと時を刻み、時間の猶予が少なくなっていることを思い出させた。

急いで机に向かう。階下の書斎にあるものよりも、ひとまわり小さい。天板を手前に倒して書き物机として使う形のものだ。整理棚には、丸めた書類や羽根ペンなどの文具がしまってあった。

インク壺や筆記具は無視して、ローリーは書類を広げた。ろうそくの明かりで見出しが読み取れた。〝ウエストヴェール・アビー〟その下には数字と略語が並んでいる。

一七ac・樫(かし)：三五〇
一二六ac・L・N・：一一〇〇
羊選別：二七五

ほかにもよくわからない項目がいくつかあった。どういう意味だろう？　数字をにらんでいるうち、これはウエストヴェール・アビーと呼ばれる地所の目録に違いないと気づいた。〝ac〟はエーカーだろう。ダシェル卿は何がいくらで売れるか計算しているのだろうか？　樫の林を大量に伐採し、土地の一部を隣人に売って、羊を処分するつもりなの？

どうやらそうらしい。

ほかにも三箇所の地所に関わる同じような目録が見つかった。すべての数字を足し算してみると、彼はどうやら四〇〇〇ポンドほどかき集めることができたようだ。すでに実行したのだろうか？　いえ、地所はそのまま残しておいて、代わりに脅迫で必要な資金を調達しようと考えたのかもしれない。

ローリーは絹のガウンのポケットから脅迫状を二通取り出した。机の上に置き、目録にあるメモの文字と見比べる。書斎で見たのと同じで、筆跡には明らかに違いがあった。目録の文字は肉太で、無駄のない筆跡だ。脅迫文の流麗な文字とはまるで違う。

彼女の胸に疑念がよぎった。キティの勘違いだったら？　ダシェル卿は脅迫犯じゃないのでは？　手紙はまったく別の人間に盗まれたという可能性はないのだろうか？

いいえ、余計なことを考えている場合ではない。彼は筆跡を偽装したのかもしれない。脅迫文の文字から、自分と犯罪が結びつけられることを恐れて。

ともかく手紙を見つけることに専念しよう。ダシェル卿が持っているとわかれば、必然的に犯人ということになる。

書類を整理棚に戻して立ちあがった。壁に備えつけられた金庫はないかと風景画のうしろものぞいたが、何もなかった。がっかりして燭台を手に持ち、寝室を見まわす。

化粧室に手紙を隠したのかもしれない。中に入るのは従者くらいだろう。きちんとしつけられた使用人なら、主人の持ち物の中に恋文の束があったところで、あえて問いただしたりはしない。

ダシェル卿の父親が、ミセス・キティ・パクストンに宛てた手紙であっても。

暗い化粧室のほうへ向かう。その長方形の部屋には、身なりのいい紳士が必要とするありとあらゆるものがあった。衣装戸棚やキャビネット、靴脱ぎ器、化粧台。白い陶器の洗面台に銀のトレイ。トレイの上には剃刀（かみそり）や石けん、ひげ剃り用ブラシが並んでいる。

ローリーは衝動的に石けんを手に取り、鼻に近づけた。松の魅惑的な香りを嗅ぐと、背筋に震えが走った。面談のとき、かすかにこの香りがしたことを思い出す。石けんはまだ湿っていた。ここに立ってひげを剃る彼の姿を思い浮かべてみる。たぶん上半身裸で……。

やけどでもしたかのように、彼女は石けんをトレイに落とした。ばかなことを考えてはいけない。彼は悪党なのだ。恋愛の相手にはなりえない。

ローリーはキャビネットの中を効率よく探しはじめた。引き出しをひとつひとつ開けていく。中にはたたんだクラヴァットやハンカチ、靴下などが整然としまってあった。侯爵の個人的な品に触れるのは厚かましい気がしたが、手を伸ばして引き出しの裏に手紙が隠されていないかも忘れずに確かめた。

次は三つある衣装戸棚だ。順番に開けていく。どれにも衣類がずらりと並んでいた。膝丈ズボン（ブリーチズ）、シャツ、ベスト。マントは一〇着あった。それでもシーズン中、さまざまな催しに出席する紳士にとっては多すぎるとは言えないだろう。とくにしゃれ者というわけでもない。ほとんどが地味な色合いのもの――濃紺かチャコールグレイ――で、弟が先ほど着ていたような黄色い縞模様のベストなどは一着もない。

戸棚の底には靴が並んでいた。ダシェル卿が手紙を靴の中に隠しているかもしれないと思い、ローリーは絨毯に膝をついてひとつひとつ振ってみたが、無駄だった。

これ以上どうしていいかわからず、絨毯の上にしゃがみ込む。化粧室はすべて調べた。手紙はこの屋敷の中にないのでは？　銀行の金庫に預けたとか？　だとしたら、取り出させる方法はあるだろうか？

ここで、侯爵の個人的な領域で、際立つ男性らしい香りを吸い込みながら考えをまとめるのは難しい。視線はつい隅にある銅製の浴槽に向かい、気まぐれな心は彼が湯気のあがる湯に身を沈めているところを思い描いてしまう。濡れた髪をうしろに撫でつけ、上半身をあらわにして……。

何を考えているの？　あんな腹黒い悪党にまで誘惑されそうになるほど、男性に飢えているわけ？

違うわ。わたしは良識で武装した知的な女。今夜は神経が立っているだけよ。手紙を見つけたら、すぐにでもここを出ていくのだから。

決意を新たに、ローリーはろうそくを手に寝室へ戻り、それをベッドの脇のテーブルに置いた。横にある小さな時計が、いまは一時一五分だと告げている。ダシェル卿が舞踏会から帰ってくる前に、室内の捜索を終えるじゅうぶんな時間はあるだろう。ひとつだけの引き出しを開けて、テーブルの中身を確かめた。とくに変わったものはない。予備のろうそくが数本と糊の利いたハンカチ、火口箱。

ローリーは小さな革表紙の本を取り出した。ぱらぱらとめくってみると祈禱書だった。どのページもよく読み込んであるようだ。意外だった。彼女の活発すぎる想像力をもってしても、ルーカス・ヴェールがうつむいて祈りを捧げている姿は想像できない。あの男には謙虚さなど、一片たりともありそうにないのに。自分を全能の神と考える質だ。

そのとき、かちゃかちゃという音が静寂を破った。ドアの取っ手！

彼女の胃がひっくり返った。従者に違いない。主人の帰る時間を見計らって来たのだろう。

それでも困った事態なのは同じだけれど！
引き出しを閉め、振り返って隠れるところを探す。化粧室？ それとも衣装戸棚？
その方向へ数歩も歩かないうちにドアが開いた。大きな黒い人影が入ってくる。

9

熱心に誘ってくる紳士のことは、決して信用してはならない。

ミス・セラニー

男は暗い控えの間を大股で抜け、ローリーがまばたきする間に寝室へ入ってきた。だが、唐突に足を止めた。

ローリーも足を止める。

心臓が早鐘を打っていた。彼女はいま、ベッドと化粧室の中間あたりに立っている。引き出しに戻し忘れた、革表紙の小さな祈禱書を握りしめて。コルクボードにピンで留められた蝶になったような気分だ。もう身を隠すには遅い。しかも、入ってきたのは従者ではなかった。

ダシェル卿。

ナイトテーブルに置いたろうそくの光が、彼の驚いた顔を照らしていた。濃い色の眉があがり、鉄灰色の目は信じられないというようにローリーを見据えている。耐えがたい沈黙が続いた。聞こえるのは時計の秒針が進む、かすかな音だけだ。

鋭い視線を浴びても、ローリーはひるむまいとした。何か言わなくてはいけない。ダシェル卿の寝室に入り込んだ、もっともらしい言い訳をひねり出さなくては。けれども目の前にいる彼の姿を目にすると、頭が真っ白になって何も考えられなかった。

今夜、黒い上着にグレイの波紋織りの絹のベストで正装したダシェル卿は、とりわけハンサムだった。クラヴァットは取ってあり、片手から白く細長い布が垂れている。シャツの一番上のボタンがはずれ、裸の胸がちらりとのぞいている。そこをじっと見つめていることに気づき、ローリーは彼の顔に視線を戻した。相手の表情が変わるのがわかった。

いかめしい顔が官能の色を帯びる。まぶたがわずかにさがり、唇の片端が誘うように小さくよじれた。ローリーを見つめるその視線は、獲物を目にした狼のように油断がない。

彼は近くの椅子にクラヴァットを落とした。それから前に出ると、ローリーの目の前で足を止めた。薄手のガウンを眺め、胸と腰の曲線に目を凝らす。ウエストに巻いたガウンのひもが、女性らしい体形を強調していた。「これはこれは、ミス・パクストン。驚いたな。歓迎しないとは言わないが」

ローリーは目をしばたたいた。ダシェル卿が怒りを爆発させることは覚悟していた。手紙を探しているのか、と面と向かって責められるかもしれないとも思った。ところが、彼はとんでもない結論に達したらしい。わたしが彼を誘惑するために寝室にもぐり込んだと勘違いしているのだ！

視線が胸元をさまようのを感じ、彼女はガウンの前がはだけてネグリジェのレースが見えていることに気づいた。滑りやすい絹地をつかみ、襟をかき合わせる。ネグリジェでうろつくべきではなかったけれど、こっそりベッドを抜け出したときは、物音でレディ・ダシェルが目を覚ましはしないかとひやひやしていたのだ。

「ごめんなさい。でも、あなたはわたしがここにいる目的を勘違いなさっているわ」ローリーは言った。腹立たしいことに、かすれた声しか出てこない。

「それはどうかな。なぜきみがあれほどこの屋敷で働きたがったのか、これでわかったよ。母の世話をするためではなかったんだな」

「そんなことは――」

「否定するな。ならば、どうしてぼくの寝室にいる？」ダシェル卿が人差し指でそっと彼女の顔の輪郭をなぞった。「ごまかさなくていい、ローリー。はっきり言ってくれてかまわない、ぼくの愛人になりたいと」

彼に触れられ、ローリーの息が止まった。肌がうずきはじめる。ダシェル卿の香りがした――松と革の混じった魅惑的な香りが。こんなに近くに立たれると、頭がぼうっとしてきてしまう。つま先立ちになって、彼にキスをせがみたくなる。ばかね、何を考えているの？

口の中が乾き、ローリーは一歩さがって彼から離れた。「愛人ですって？」

「そうだ。お互いにとって有意義で、満足できる取り決めになると思うが」

そういう女だと見なされていたことに気づき、彼女は苦々しい思いでいっぱいになった。

紳士にそんな扱いを受けるなんて、考えたこともない。娼館の女ではあるまいし。とはいえ、勘違いをしたからといってダシェル卿を責めるわけにもいかなかった。真夜中に家へ帰ってみたら、寝室に評判の悪いレディがあられもない格好で立っていたのだ。

ほかに考えようがないだろう。

けれどもローリーを落ち着かない気持ちにさせたのは、彼の不愉快な申し出ではなかった。冷ややかで辛辣なダシェル卿が、魅惑的な女たらしに変貌したことだ。夢想の中は別にして、彼はつねに、お高くとまった気取り屋以外の何者でもなかった。この魅惑的な未知の男性よりは高慢な貴族のほうが、まだ安全な気がする。

ドアまでの距離を測り、そろそろとダシェル卿から離れる。彼には勘違いさせておいたほうが無難だろう。でないと真の目的に気づかれてしまう。「わ、わたし、もう行きます、閣下。気が変わりました。ここに来たのは間違いでした」

ダシェル卿があとを追ってきた。ローリーは避けようとして背中をベッドの支柱にぶつけ、彼にウエストをつかまれた。気がつくと、彼の腕の中だった。胸のふくらみが筋肉質な胸に押しつけられる。ダシェル卿の指が薄いガウンとネグリジェ越しに物憂げにヒップを撫で、彼女の中に熱いうずきを引き起こした。

やがて彼が身をかがめ、ローリーのうなじに鼻を押しつけた。「初心な娘のふりをすることはない。きみがこうした経験が豊富であることは、お互いわかっている」

あたたかな息が肌をくすぐった。ダシェル卿が彼女の顎の線に沿ってとろけるようなキスをしていく。耳たぶを噛まれると、ローリーの体を官能的な震えが走って腹部を熱くした。脚に力が入らず、彼の容赦ない攻撃から逃げるように顔をそむける。鼓動が激しく、何も考えられない。

困ったわ、どうしたらいいの？　ダシェル卿はわたしが抵抗しても気に留めない。疑念を抱かせずに彼を止める方法を見つけなくては。

「わたしは高くつくのよ」唐突に言った。「あなたには払えないと思うわ」

ダシェル卿は舌先で彼女の喉のくぼみを愛撫している。味わい尽くしたいというように。

「双方が納得のいく取り決めができるさ。このネグリジェはすてきだが、脱いでもらったほうが、なおすてきだろうな」

彼が身を離してガウンのひもを引いた。ローリーも肌を合わせたかった。ひとつのベッドに横たわり、相手の重みを体で感じたくてたまらない。その甘い欲求に思わず負けてしまいそうになる。同時に、八年間封じ込めていた記憶がよみがえった。あの頃は向こう見ずで、あげくに家族を失い、評判を地に落とすことになったのだ。

しかも今回のこれは〝危うい〟どころではない。このままでは彼にすべてを奪われてしまう。

ローリーはあせり、本能的に行動した。手に持った祈禱書を思いきり彼の手首に叩きつけたのだ。

ダシェル卿が手をゆるめ、悪態をついて飛びすさった。腕をこすりながら彼女をにらみつける。「なんなんだ！　なぜこんなことをする？」

「乱暴するのはやめてほしいからよ」

「乱暴だと？　きみだって楽しんでいたじゃないか。震えているのを感じたぞ」

「怖かったせいよ。だから逃げるためにこうしたの」

「どうして急に上品ぶるんだ？」彼は冷笑を浮かべた。「ぼくがきみの言い値に応じられないと、本気で心配しているのか？」

「あなたを思いとどまらせようとして、あんなふうに言ったのよ。それさえ耳に入っていなかったようだけれど」

むっとした目つきで、ダシェル卿は彼女が手にしている本を見やった。「ところで、なぜぼくの祈禱書を持っている？」

ローリーは小さな祈禱書を盾のように胸の前で抱えた。「それは……その、だからわたし、あなたの寝室に来たの」ふと思いついて話を続ける。「あなたのお母さまのために必要で」

「母のために？」

「そう」彼女は作り話に脚色を施していった。「レディ・ダシェルが寝つけないとおっしゃって。この本にあるお祈りを読んでほしいと言われたのよ」

「妙な話だな。数分前に部屋をのぞいたら、母は大いびきをかいていたが」

鉄灰色の瞳は明らかに疑り深げだった。最初から祈禱書を言い訳にすればよかったのだ。でもとにかくこれで通さないと、手紙を探すために忍び込んだと気づかれてしまう。

「わたしが席をはずしているあいだに寝入ってしまわれたのね。探すのに時間がかかったのよ。奥さまは本棚にあるとおっしゃったのだけれど、実際にはナイトテーブルの引き出しだったし」

「なるほど」ダシェル卿が皮肉めいた口調で言った。「それで、正確にはどの節を読んでほしいと言われたんだ?」

ローリーはそわそわとページをめくった。ろうそくが近くにないので、暗くて字が読めない。「よく覚えていないわ。神に罪の赦しを請うような場面だったと思うけれど」

「ぼくが入ってきたとき、なぜすぐにそう言わなかった?」

ダシェル卿は唇を引き結び、値踏みするような顔でこちらを見ている。彼女の見え透いた言い訳を本気にしていないのは明らかだ。これ以上矛盾を突かれないよう、先手を打つほうがいい。

ローリーはつんと顎をあげた。「わたしの言うことを信じていないのね。まあ、いいわ。それにしても、あなたこそ神の赦しを請うべきなんじゃないかしら。ミス・キプリングに求愛しておきながら、お母さまのコンパニオンを好きにしようなんて。名誉を重んじる心はお持ちなの?」

ダシェル卿の顎が引きつった。アリス・キプリングの名が出たせいで、われに返ったようだ。もしくは名誉を傷つけられたと受け取ったのかもしれない。紳士はみな、名誉を問題にされると奮いたつ。わずかに残っていた官能的なあたたかみは消え、いつものよそよそしい顔つきが戻った。

その渋面を見て、ローリーは冷たいものが背筋を走るのを感じた。言いすぎたかしら？ゆすりも辞さない男なら、欲しいものはためらうことなく奪うだろう。第一、無理やり乱暴されても、こちらは何も言えない。ダシェル卿を誘惑するために寝室に忍び込んだわけではないと主張したところで、誰にも信じてはもらえないだろう。ましてや彼女の過去をかんがみれば。

「これ以上、お邪魔はしません」傲然とした態度を装って言う。「奥さまが夜中に目を覚まされたときのために、この祈禱書は持っていきますね」

きびきびとドアのほうへ歩きはじめる。だが二歩ほど行ったところで、ダシェル卿に行く手をふさがれた。がっしりとした体が壁となっていては、ローリーは立ち止まるしかなかった。「きみはどこにも行かない、ミス・パクストン」

怯えたうさぎみたいに心臓が飛びあがったが、彼女は挑戦的なまなざしで応じた。

「もう話は終わったと思いましたけど。あなたの紳士的とは言えない申し出には関心がないので」

「アリスのことと、きみが今日――いや、昨日したことで話がある」ダシェル卿が暖炉の前の二脚の椅子を差し示す。「座りたまえ」

「この部屋にふたりだけというのは不適切だわ」

「それはぼくの寝室に忍び込む前に考えておくべきだったな。さあ、言うとおりにするんだ」

母親と同じ高圧的な態度で、ダシェル卿はローリーの腕をつかむと暖炉のほうへ連れていった。緑色の肘掛け椅子へと軽く押しやる。彼女はしぶしぶ腰をおろし、クッションに寄りかかって、膝の上で祈禱書を握りしめた。

ダシェル卿は人を殺めかねないほど激怒しているようだ。火かき棒を取りあげたときには、殴られるのではないかと半ば不安に駆られ、ローリーは身をこわばらせた。けれども彼は赤い燃えさしを引っかきまわしただけで、そのあとで石炭をくべた。しばらくすると、心地よい炎があがった。あたたかくなって初めて、彼女は自分の体が冷えきっており、全身に鳥肌が立っていることに気づいた。

ダシェル卿は火かき棒をマントルピースに立てかけ、ローリーを見おろすように立った。上着をうしろに押しやって、引きしまったウエストに手を当てる。「ぼくがなぜ母の部屋をのぞいたか、理由を知りたくないか？　きみが起きているかどうか確かめるためだ、ミス・パクストン」

「わたしが？」

「そうだ。しかし部屋に入るなり、母が目を覚ましかけた。だから話は明日にしたほうがいいと判断したんだ」

「それは賢明ね。話し合いはお互い少し睡眠を取ったあと、日中にしたほうがよさそうだから」

ローリーが立ちあがろうとすると、彼が威嚇するように一歩近づいてきた。やむなく、また腰をおろす。

「話し合いではない」ダシェル卿がうなるように言った。「尋問だ。これからきくことに、すべて正直に答えてもらおう」

「どうぞなんでもきいてちょうだい、閣下」

「使用人たちには母の前でミス・キプリングの話はしないよう、きつく言い渡してあった。なのになぜ、彼女の噂話をした？」

「そんな命令のことは知らなかったわ」

「だとしても、それくらい察するだけの頭は持っていてしかるべきだったな。アリスのことを口にしたときすぐに、母は何も知らないと気づいたはずだ。どんな間抜けでも、ぼくが自分で彼女を母に紹介したいと思っていることくらい想像がつくだろう。それなのに何を考えて、ぼくの許可もなしにキプリング母娘を招待した？」

最後のほうは、ほとんど怒鳴り声になっていた。そんな大声を出す必要などないのに。でも少なくともいまは、わたしがこの寝室に忍び込んだ理由は問題になっていない。

見おろすように立たれると、腹立たしいことに顔を上向けなければならなかった。こちらを威嚇するために、ずっと立ったままでいるつもりなのだろうか？　もっとも本音を言えば、彼に誘いをかけられるよりは冷たい態度を取られるほうが、まだ気が楽だ。

「わたしの考えではないわ」ローリーは反論した。「奥さまに命じられたんです。あの方がこうと言ったら引かないのはご存じでしょう。それに奥さまを楽しませ、気を紛らわせてさしあげるのがわたしの役目だと、あなたがおっしゃったはずよ」

「ぼくの私生活の話をしていいとは言っていない」ダシェル卿は彼女に向けて人差し指を突きつけた。「それに、きみの判断でこの屋敷に客を招待していいとも言っていないぞ」

「ここは奥さまのお屋敷でもあるわけでしょう。ともかく、キプリング母娘を招待したのはわたしではありません。あなたのお母さまです。わたしは口述筆記をしただけ。働きはじめて初日で、雇い主に逆らえますか?」

「きみの雇い主はぼくだ! ぼくの言うことを聞いていればいい。わかったな? 今回きみは判断を誤った。本当なら、母のたくらみを止めるべきだったんだ」

ダシェル卿は部屋を行ったり来たりした。認めるのは癪だけれど、彼には腹を立てる理由がある。レディ・ダシェルがアリス・キプリングの話を聞いていないとわかった時点で、彼女については沈黙を守るべきだった。あの訪問は悲惨な結果に終わった。

「今夜、舞踏会でミス・キプリングとお会いになったのでしょう」ローリーは言ってみた。「奥さまとお会いしたこと、何かおっしゃっていました?」

「母に嫌われていると思い込んでいるようだ。気の毒に、心の底から怖い思いをしたんだろう。なだめるのがひと苦労だった」彼はローリーに射るようなまなざしを向けた。「母は彼女に燭台を投げつけたとか」

「正確には違います」さらりと言う。「その時点で、すでにキプリング母娘は廊下に出ていらっしゃいました。いずれにしても、ミス・キプリングに被害が及ぶようなことはわたしが許しませんから」

「だが、言葉による被害は許したようだな」ダシェル卿がぴしゃりと言った。「彼女の反応からして、かなり強烈だったんだろう。実際のところ、母はどんなことを言った？」

「ミス・キプリングの持参金の額をお知りになりたいようでした。それから、あなたの婚約者と実際に会いたいとおっしゃって。侯爵夫人となるにふさわしい女性かどうか、ご自分の目で判断なさりたいと」

「アリスとぼくは、まだ婚約していない」ダシェル卿はうなった。コーヒーブラウンの髪を指でかきあげ、くしゃくしゃにする。「それにぼくが誰を結婚相手に選ぼうと、母には口出しする権利はない」

「でも、関心を持たれるのは当然だわ。あなたは長男なんですもの。それに奥さまはあの陰鬱な部屋に閉じ込められて、退屈なさっているのよ。車椅子を使うこと、考えたことがおありかしら？　階下や戸外に出られたら、ずいぶん気分が変わると思うのだけれど」

彼は腹立たしげにローリーをにらんだ。「その件で母とやり合ったことがないとでも思っているのか？　母はどうしようもなく頑固なんだ。それから話をそらすな。問題を起こした以上、きみには出ていってもらうことにする」

だめ、それは困るわ。計画が台なしになってしまう。相手を見あげているのに疲れて、彼女は立ちあがった。「わたしを首にしたら、誰が奥さまのお世話をするんです？　今日一日、わたしたちはうまくやっていたんですよ。奥さまは強情ですけれど、それはわたしも同じですから」

「きみは信用がおけない、ミス・パクストン。そもそも、祈禱書を取りにここへ来たとは思えない。嘘をついている」

急に話題が変わり、ローリーはあせった。祈禱書を握りしめる。「あなたを誘惑する気だったと、また言いだすのではないでしょうね。侮辱するおつもりなら、わたしはもう部屋に戻って寝ます」

歩み去ろうとすると腕をつかまれた。「ほかに何かたくらんでいることがあるんじゃないかと言っているんだ」ダシェル卿は彼女の手から本を抜き取り、ベッドの上に放った。本は枕のあいだに落ちた。「母がもう長いことお祈りをしていないのは知らないようだな。事故に苦しんだあとは信仰を捨て、神を恨むようになったんだ」

ローリーは冷たい震えを感じた。彼の指が二の腕に食い込んで、逃れることができない。

「人は変わるわ。信仰を取り戻したのかも」

「同じ祈禱書が母の寝室の棚に置いてある。先日もそこにあるのをぼくは見ている。ぼくのを借りるまでもないはずだ」

「どこにあるか忘れたのかもしれないでしょう」

「言い訳はもうたくさんだ、ミス・パクストン。きみもぼくも、きみがなぜここに忍び込んだのかわかっている。作り話はいいかげんにしろ」

「そうなの？　わかっているなら、教えていただきたいわ」

ローリーの腕をつかむ手に力が入った。「きみは盗人なんだ。盗む価値のあるものを探していたんだろう」

彼女はあっけに取られた。思いもよらない非難を受け、ほっとして笑いだしたい気持ちと、ダシェル卿の顔につばを吐きかけてやりたい気持ちが半々だった。目的は手紙だと、彼が盗んだ手紙だと、本当に気づいていないの？

やがて怒りが驚きを押しやった。よりによって、この人に犯罪者呼ばわりされるなんて！

「ばかなことを言わないで。もしそうだとしても、もっと裕福な男性を狙うわ。あなたがお金に困っていることは誰でも知っているのよ。投資に失敗して、盗まれるような宝石も残っていないくせに」

ダシェル卿が眉をひそめた。「投資……どこでそんな話を聞いた？」

「そんなこと関係がある？」彼女は手を引き抜こうとした。「すぐに手を離して。でないと声をあげるわよ！」

「あげればいい。警察に連絡するために使用人を呼ぶ手間が省ける」

「そうね、警察を呼べばいいわ。わたしは喜んですべてを話す――」わずかに残った理性が、ローリーの口をつぐませた。

「何を話すって？」ダシェル卿が顔をこわばらせて彼女を揺さぶる。「言うんだ！　今度こそ、本当のことを言ったほうがいいぞ。きみの嘘と作り話に、ぼくはほとほとうんざりしている」

「話すことなどないわ！」

「いや、ある。きみは何か魂胆があってこの屋敷にもぐり込んだ。盗人なんだろう。縛り首にしてやる」

彼はローリーをドアのほうへ引っ張っていった。踵で踏ん張ったものの、男性の力にはかなわない。彼女の中で恐怖と怒りが荒れ狂った。この人はわたしをロンドン警視庁に引っ張っていくつもりなのだ。わたしはニューゲート監獄に入れられる。治安判事は爵位を持つ紳士の言い分を信じるだろう。ただの女——それも評判の悪い女の言い分ではなく。キティに助けてもらえる望みもない。継母はわたしをこの屋敷に送り込んだことを否定するに違いない。

ダシェル卿はおとがめなし。彼こそ犯罪者なのに、わたしを絞首台へ送る気なのだ。

全身の力を出し尽くし、ローリーは身を振りほどいた。絹の袖が破れたが、気にしてはいられない。「わたしから離れて！　あなたこそ盗人のくせに。キティから手紙を盗んだでしょう。いますぐそれを返してちょうだい」

「手紙？」

「とぼけないで。わかっているはずよ。あなたがわたしの継母から盗んだ手紙のことを言っているの」

「手紙など知らない。またしても作り話で煙に巻こうというのか？」

その嘲るような口調に、ローリーはかっとなった。なんとか理性を保ってきたが、ついに堪忍袋の緒が切れた。彼に飛びかかり、拳で胸を打つ。「悪党！　ろくでなし！」バン、バン！「人をばかにして！」バン、バン！

怒り狂った女性に拳で叩かれて、ルーカスは呆然と立ち尽くした。戦い方なら知っている。紳士の常として、運動目的でボクシングを習った。だが、女性に攻撃されたことはいまだかつてない。

両手を突き出し、ひとまず殴打から身を守った。「落ち着け！」

「これ以上わたしに命令しないで」バン！「悪いのはそっちでしょう」バン！「逃れようたって、そうはいかないわよ！」

もう一度腕が振りあげられたとき、ルーカスは両肩をつかんで彼女を抱えあげた。足で思いきりむこうずねを蹴られる。目が飛び出そうなほど痛かった。「うっ！　まったく、ローリー。もういいだろう！」

「少しもよくないわ。あなたが牢屋に入れられるまでやめないわよ。それと、気安くファーストネームで呼ばないで！」

ローリーがまた蹴ってきたが、彼は脇によけた。スカートが長いのは幸いだった。彼女はこちらほど速く動けない。それでも悪魔の化身でも見るようにルーカスをにらみつけ、腕の中で激しく身をよじっている。そのせいで黒髪がほつれ、目にかかっていた。

彼女がその髪をいらだたしげに手で払う。「手紙を返して！　さもないと――さもないと、あなたに口説かれたとアリス・キプリングに言うわよ。この婚約話をぶち壊してやるわ！　さあ、放して！」

ほかの女性のことはどうでもよかった。ローリーが目の前にいるいまは。茶色の瞳は怒りにきらめき、魅惑的な顔は激しい怒りに燃えている。この寝室に入って初めて、彼女が真実を話していると信じられた。

だが、手紙というのはなんのことだ？　彼女はなぜぼくがその手紙を盗んだと思い込んでいる？　彼女の継母のことなど、ろくに知らない。会えば会釈する程度だ。

何がどうなっているのか確かめなくては。彼はなだめるようにローリーの肩をさすった。「誓って言うが、ぼくは手紙など盗んでいない。きみの継母からも、ほかの誰からも」彼女が反論しようと薔薇色の唇を開くと、ルーカスは続けた。「つまり、そのためにきみは真夜中にここをうろついていたわけだな。手紙を探していたのか。だが間違いなく、ここでは見つからないよ」

「うまくどこかに隠したからでしょう！」

彼は首を横に振った。「いいか、常識で考えてみてくれ。ぼくが手紙を盗んだとしたら、きみをこの屋敷で働かせると思うか？　それにきみがぼくの寝室にいるのを見た瞬間、何をしに来たか察したと思わないか？」

最初ルーカスは、ローリーが自分を誘惑するために来たのだと思った。そのときの衝撃は一生忘れないだろう。彼女はベッドのそばに立ち、背後のろうそくの明かりが、絹のネグリジェに包まれた女性らしい曲線をくっきりと浮かびあがらせていた。八年前、初めて会ったときから彼女が欲しかった。その彼女が息をのむほど美しい神からの贈り物のごとく、目の前に現れたのだ。

自分の体がまたたくまに反応したことを思うと、いまは腹立たしい。欲求で半ば理性が吹き飛び、熱に浮かされたようにローリーをベッドに誘おうとした。少々抵抗されても、なだめすかしながら。まったく、どこからあんなきわどいせりふが出てきたのだろう? 口説き文句には疎いほうだ。興味もなかった。そういうものは女たらしが身につければいい技巧だと思っていた。

ローリーを前にするまでは。

〝名誉を重んじる気持ちはお持ちなの?〟

侮辱の言葉に冷水を浴びせられたようになった。情熱に曇った脳が正気に戻った。自分は評判の悪い文なしのレディと戯れている場合ではない。女相続人に求婚しようというところなのだ。有利な結婚をするのは長男の義務。家族を養い、地所を守っていかなくてはならないのだから。そしてひとたび結婚したら、誠実な夫であろうと思っている。愛人は持たない。幾多の女性と浮名を流した父のようにはなるまいと心に誓っている。

なのに今夜、ローリーに迫ってしまった。誓いを破り、ばかなまねをするところだった。

しかも相手がローリー・パクストンとは最悪だ。

彼女はまだ疑り深い目つきでこちらを見ている。「銀行の貸金庫に手紙を預けたんじゃないの?」

「そんなことはしていない」ルーカスは彼女の大きな目をじっと見つめた。「ローリー、誓って言うが、ぼくはきみのお継母上の手紙を持っていない。手にしたこともない。本当だ」

信じてほしいとルーカスは願った。そして、ローリーが納得したのがわかった。まなざしが揺れ、体がかすかに震えたのが見て取れる。彼女はいらだたしげに長々と息を吐いた。

「でも、聞いた話では……もういいわ!」

「こちらへ来て、もう一度座るといい。洗いざらい、ぼくに話してくれ」怒りがおさまったルーカスは、少しばかりからかうような口調で言った。「今度はおとなしく言うことを聞いてほしいね。あれだけぼくを叩いたのだから」

ローリーを暖炉の前に連れ戻すと、膝の上で抱えたいという衝動を無視して、肘掛け椅子のひとつに座らせた。今度は彼女も逆らわなかった。ルーカスは彼女の向かいに腰かけた。

静かに燃える炎と揺らめく影が親密な雰囲気を醸し出し、彼の自制心をおびやかす。

揉み合ううちに彼女の袖が破れたらしく、桃色の絹地が垂れさがり、むき出しの肩がわずかにのぞいていた。レディたちはパーティともなれば当たり前のように胸元が開いたドレスを着てくるが、女性の素肌がこれほど刺激的だと思ったことはこれまでない。

ローリーは悩ましげな顔で暖炉の火を見つめている。ルーカスはその横顔に視線を据えた。

「では、発端から始めよう」やさしく促す。「きみのお継母上は手紙をなくした。どういう手紙だったんだろう? 盗む価値のあるような重要な手紙だったんだろうか?」

ローリーが震えがちに息を吸った。「恋文なの――それを書いたのは……継母のかつての愛人よ。なかなか衝撃的な内容らしいわ。公表されたら、とんでもない醜聞になるような。そうなったら、ウィッテンガム公爵はセレステとの婚約を破棄すると言いだすかもしれない。それで継母は脅迫されているのよ」

「脅迫だって！」ようやく、ことの重大さが理解できた。同時に、ローリーにそんな卑劣な行為ができる男だと見なされていたのかと思い、腹が立った。「で、きみはぼくが犯人だと考えた。なぜそんなとんでもない結論にたどりついたんだ？」

「あなたはセレステの婚約披露パーティのとき、居間にいたところを見られているの。そのあと手紙が消えた」ローリーは言葉を切り、用心深げに彼を見た。「でも何より、その手紙は先代のダシェル卿が書いたものだからよ」

ルーカスは口をあんぐりさせた。父はミセス・キティ・パクストンと関係を持っていたのか？

心底驚いた。いや、驚くことではないのかもしれない。父は悪名高い女たらしで、未亡人や既婚女性に見境なく言い寄っていた。ルーカスはそのことで両親が激しい言い争いをするのを聞きながら育ったようなものだ。母が辛辣になるのも、ある程度しかたのないことだと思っている。

ローリーがじっとこちらを見つめていた。だが、父の話はしたくない。その話題は苦痛を伴う。「それはたしかなのか？」ルーカスはきいた。「脅迫のことだが」

「ええ」彼女はガウンのポケットに手を入れ、身を乗り出して手紙を二通、ルーカスに渡した。「これを読んでみて」

二通とも、一般的な模造皮紙に書かれていた。一通目は支払いとしてダイヤモンドのネックレスを要求し、二通目では今度の土曜日に一〇〇〇ポンド払えと言ってきている。男性の筆跡だが、女性のような飾り書きがあった。

ルーカスは彼女に視線を戻した。「これはぼくの筆跡と似ても似つかないことは気づいていると思うが」

「ええ、わかっているわ」ローリーが率直に応える。「机にあった、あなたの筆跡を見たの。でも、偽装している可能性もあると思った」

「ぼくを相当あくどい人間だと考えていたんだな」

さすがに彼女は頬を赤らめた。「ごめんなさい、閣下。あなたが手紙を盗んだと思い込んでいたものだから。キティは自信たっぷりだったのよ」

ルーカスとしては、ローリーにファーストネームで呼んでほしかった。先ほど腕に抱いたときのようにかすれた声で、〝ルーカス〟と口にするのを聞きたい。理不尽な欲求だ。コンパニオンが雇い主をそんなふうになれなれしく呼ぶなどありえない。

もっとも、ローリーはいまここで仕事を辞めてしまうかもしれない。コンパニオンに名乗り出た目的は、この屋敷の中で手紙を探すことだったのだから。

彼女がふたたび自分の人生から姿を消すかもしれないとは考えたくなかった。そこでルーカスは、ほかのことに意識を向けた。「ぼくが投資に……きみはなんと言ったかな、失敗したという話をしたのも、きみのお継母上なのか？」

「ええ。継母はレディ・ミルフォードから聞いたそうよ。あの方はノーフォークまで、わたしを連れ戻しに来てくださったの。キティがわたしの協力を必要としていると言って」

レディ・ミルフォード！

ルーカスは眉をひそめ、椅子の背にもたれかかった。あの女性は社交界の大御所だ。おせっかいで、縁結びが趣味だという噂がある。今度は何をたくらんでいるんだ？

「この手紙が公表されたら」彼は言った。「ぼくの家族も恥をかくことになる。そのことは考えなかったのか？」

「もちろん考えたわ。でも……社交界は、貴族の紳士のささいな過ちには寛大でしょう。レディの場合とは違って。だからキティはきっと……」声が途切れ、ローリーは申し訳なさそうな顔をした。「いま思うと、説得力に欠けるわね」

少なくとも彼女は自分の間違いを認めた。それはいいが、自分がそんな心ない悪党だと思われていたと知って腹立たしいことには変わりない。

父のみだらな手紙がタブロイド紙をにぎわせたら困るのは、こちらだって同じだ。アリス・キプリングはいまでさえ、ぼくとの行く末に不安を抱いている。醜聞になれば、彼女の両親はほかに花婿を探したほうがいいと判断するかもしれない。

脅迫状をたたみ、それで手のひらを軽く叩いた。「さて、次の支払いは数日後だ。ぼくたちにはあまり時間がない」

ローリーが片方の眉をあげる。「〝ぼくたち〟ですって？」

「そう、ぼくたちだ。きみにひとりで犯人探しを続けさせるわけにはいかない。この先はぼくが協力するよ」

10

紳士という人種は居丈高に命じ、周囲がそれに従うものと思っている。

ミス・セラニー

翌朝、ローリーは子ども時代を過ごした家に戻り、執事に会釈した。見慣れた黒と白の大理石の床や淡いグリーンの壁、錬鉄製の手すりがついた階段を見やる。二日前にノーフォークからここへ着いて以来、ずいぶんといろいろなことがあった。何よりルーカス・ヴェールと――卑劣な脅迫犯と目していた男と、行きがかり上とはいえ協力関係を結ぶことになったのだ。

というわけで、家に戻ってきたのも目的があってのことだった。

グリムショーのこけた顔には、いつもながら見下すような表情が張りついていた。

「お客さまには早い時間ですので、ミセス・パクストンがもう起きていらっしゃるか、確かめてまいります」

ローリーは麦わらの古いボンネットのひもをほどき、椅子の上に置いた。

「当然、起きているでしょう。もう一〇時だもの。朝食室にいると思うわ。かしこまらなくても大丈夫よ。自分で行くから」

「ご案内するのが、わたしの務めでございますので」

ローリーが階段へ向かうと、グリムショーがあわてて先に立った。憤然とした顔が多くを物語っている。この執事が、社交界を追放された娘は家族の一員として扱うにはふさわしくないと考えているのは明らかだ。

彼女はブルーのスカートをつかみ、眉をひそめて執事のあとから階段をのぼった。グリムショーは、この屋敷の中で起きたことはすべて知っている。キティの縫い物かごに押し込まれた手紙を見つけたということも考えられなくはない。

彼が脅迫者というのはありうるだろうか？

だとしても、ローリーは驚かなかった。グリムショーが八年前に彼女にした仕打ちを思えば。とはいえ、いまは過去にとらわれている場合ではない。もっと差し迫った問題がある。

昨夜、ダシェル卿と疑わしい人物について話し合った。犯人はキティに近い人間に違いないと彼は言う。屋敷に自由に出入りできる人間。たとえば使用人、友人、親類。結局のところ、セレステの婚約披露パーティの客に手紙を盗まれたという決定的な証拠があるわけではない。キティはその二日前に手紙を縫い物かごに隠した。盗まれたのがパーティ以前だった可能性もあるのだ。

たしかにダシェル卿の論理は筋が通っている。それでもローリーとしては、彼の協力をすんなり受け入れる気にはなれなかった。申し出というよりは命令に近かったからだ。彼はしぶるローリーを無視して、亡父が書いたものなのだから、自分にはこの件に関わる権利があると主張した。まったく、紳士という人種は居丈高に命じ、周囲が当然それに従うものと思っている。

ミス・アリス・キプリングが気の毒になった。あの無垢な娘は先に何が待っているか知らずに、こんな暴君と結婚するのだ。これを題材に一本随筆が書けるかもしれない。

ゆうべはダシェル卿と会ったあと気が立って眠れず、レディ・ダシェルの薄暗い寝室で書き物机に向かい、貴族の結婚に対する痛烈な批判を文章にまとめた。ここへ来る途中、それを『ウィークリー・ヴァーディクト』の編集室宛に郵送してきた。

ダシェル卿が目にすることはないだろう。彼が自分の古くさい信念とは相いれぬ過激な週刊新聞を手に取るとは思えない。

ローリーはグリムショーについて二階の廊下を進んだ。今日ここに来たのは、ダシェル卿から答えられない質問を次々と浴びせられたからだ。おかしな話だ。デビューシーズンにダンスをしたときには、彼からひと言引き出すのがせいぜいだったのに。昨夜のダシェル卿は饒舌（じょうぜつ）だった。そして彼女の胸に複雑な感情の渦を引き起こした――怒り、敵意、欲求……。

何より、肉体的に引かれたことに心を乱された。八年間、ローリーは自然な欲求を抑えつけるすべを学んできた。我の強い娘から、落ち着いた大人の女に生まれ変わったはずだ。それなのに、ルーカス・ヴェールに危険な欲望を掘り起こされてしまった。

とはいえ、彼の協力を得られれば心強い。今朝、彼は犯人が父親の古い仲間である可能性もあると言いだした。みな賭博好きで金に困っているという。ダシェル卿が自分にはない人脈を持っていることは、ローリーも認めざるをえなかった。

唯一、ローリーが彼に話していないのは報酬の件だけだ。ダシェル卿の厳しい経済状態からすると、一〇〇〇ポンドの半分を分け前として要求してくるかもしれない。けれど、わたしの持参金なのだ。彼のではなく！

グリムショーが開いたままのドアをすり抜けて言った。「ミス・パクストンです、奥さま。どうしてもお会いしたいとのことで」

ローリーはこぢんまりした朝食室に入った。キティは濃い橙色のモスリンのドレスを着て、窓際のテーブルについていた。磁器のカップから紅茶を飲んでいる。前に置かれた皿にはペストリーのくずがのっていた。

驚いたことに、キティの右側にはもうひとりレディが座っていた。三〇代後半だろうか、クリーム色のレースで縁取られた、しゃれた赤紫色の絹のドレスを着ている。巧みにまとめられた栗色の巻き毛が、整った顔立ちを囲んでいた。

ローリーを見て、キティが青い目を見開いた。何か成果はあったかときききたくてたまらない様子だ。困惑したように友人のほうをちらりと見やり、それから小さく手を振った。金色の巻き毛が日の光を受けて光る。「まあ、オーロラ！　驚いたわ。入って、お座りなさい。グリムショーにお茶を持ってこさせるわね」

ローリーはテーブルに近づき、見知らぬ女性の向かいに座ってレティキュールを置いた。執事がローリーの前に紅茶を出す。でもかちゃりと音を立て、彼女に給仕するのを不満に感じていることを示すのは忘れなかった。執事は憤然と朝食室を出ていった。

キティがローリーに目顔で合図し、ちらりと友人を見て、この女性は脅迫のこともローリーがダシェル・ハウスで働いていることも知らないと伝えた。「ナディーン、紹介させてね、こちらは継娘のオーロラ。ノーフォークから、いまこちらに来ているの。オーロラ、こちらはミセス・エジャートンよ」

ミセス・エジャートンが、はしばみ色の目で探るようにローリーを見た。八年前の醜聞のことは知っているようだ。「ミス・パクストンね。お会いできて光栄だわ」手袋をはめた手を優雅に差し出す。「ロンドンにはどれくらい滞在なさるの？」

「そう長くはいません」ローリーは曖昧に答えた。「そういうことはすべて、継母から話していただいたほうが」

「あら、話すことなんてないわ」キティがわざとらしく笑う。「セレステの結婚式の手伝いに、ちょっと来てもらっただけだもの。家でしなくてはならないことがあって、結婚式にも出席できないのよ」

ローリーはなんとかして結婚式に顔を出すつもりでいた。「そういえば、セレステはまだ寝ているのかしら？」紅茶に砂糖を入れ、かき混ぜながら言う。

「ええ、だからいま、いろいろなことを決めるのにちょうどいいと思うの」キティは落ち着かなげに袖の金ボタンをいじった。「かわいそうに、あの子、あまりに忙しくて参ってしまって。すべてわたしに任せるというのよ。それと、もちろん継姉にもね」

ミセス・エジャートンが気を利かせて優雅に立ちあがった。「おふたりで相談したいことがおありなのね。キティ、今晩またお会いしましょう。そうそう、忘れないで。わたし、明日のティンズリー家の舞踏会は遠慮することにしたの。ニューカムのところでカードパーティがあるので」

「新しい求愛者と会うの？　彼の名前だけでも教えてちょうだいな」

ミセス・エジャートンはクリームを舐め取る猫のように微笑んだ。「そのうちね。では、失礼するわ。帽子屋に新しいボンネットを取りに行かなくてはならないの」

ドアに向かうミセス・エジャートンのなまめかしい体つきと女っぽい歩き方を見ながら、さぞ男性に人気があるのだろうとローリーは思った。ここにはよく来るのかしら？　彼女が脅迫者ということはありうる？

だとしたら、被害者の家に出入りするとは大胆不敵だ。

ミセス・エジャートンが見えなくなると、ローリーは小声で言った。「こんな朝早くから迎えるなんて、特別なお友だちなのね」

「ええ、お互い未亡人だし、楽しい人だから。でも、彼女の話はいいわ」テーブル越しに身を乗り出し、キティは声をひそめて続けた。「教えて、手紙は見つかったの？　だから来たんでしょう？　さすがに手早いわね。そのレティキュールの中？」

継母が手を伸ばしてきたが、ローリーはレティキュールを押しやった。「がっかりさせるかもしれないけれど、手紙は見つかっていないの。ダシェル卿は持っていないのではないかという気がしているのよ」

興奮が一気に醒め、キティは眉根を寄せた。「どういう意味？　もちろん彼が持ってるのよ。そうに決まっているわ。ちゃんと探していないんでしょう！」

「ゆうべ彼が舞踏会に出ているあいだに、書斎と寝室をくまなく調べたわ。でも、手紙はなかった」

ダシェル卿に見つかり、彼を盗人と責めたことは言わなかった。そのときの彼の表情が脳裏によみがえる。あの驚きは本物だった。鉄灰色の瞳は射るような、強烈な光を放っていた。嘘を言っている目ではなかった。

自分でも、ダシェル卿が脅迫者でないことは初めから心のどこかでわかっていた気がする。とはいえ、ゆうべの展開についてはしばらくキティに伏せておくことで、ふたりの意見は一致した。キティがレディ・ミルフォードの意見を絶対と考えていることからすると、ダシェル卿が犯人ではないという事実をすんなり受け入れるとは思えない。とりあえずキティには、彼を悪党と思わせておいたほうがいい。でないと、そうとは知らず真犯人に情報をもらしてしまう危険性もある。

ローリーは開いたままのドアのほうへ目をやった。この家の者が犯人だとしたら、いまもすぐそこにいて、耳をそばだてているかもしれない。

彼女はカップを手に静かに立ちあがった。「話したいことがあるの」小声で言う。「でも、まずはお茶のお代わりが欲しいわ」

サイドボードへ行く代わりに外の廊下をのぞくと、グリムショーが頭をこちらに傾け、聞き耳を立てていた。ローリーに気づき、あわてて壁の絵をまっすぐに直す。

「メイドが不注意で困ります」彼は首まで真っ赤になって弁解した。「埃を払うときに曲がったのを直していかない」

「だったら、いますぐ注意をしに行ったほうがよさそうね」

執事は何やらつぶやきながら向きを変え、階段のほうへ向かった。ローリーは黒服が見えなくなるのを待ってドアを閉めた。それから紅茶を注いでテーブルに戻る。

「どういうことなの？」継母が戸惑った顔できいた。

「グリムショーが廊下をうろついていたの。あなたも彼にこの会話を聞かれたくないだろうと思って」

「当たり前よ！　もちろん彼のことは信用しているけれど。いまも故意に盗み聞きするつもりはなかったと思うわ」

そうは思えない。グリムショーはいつも家の中のことに目を光らせている。そのことは、ローリーが誰よりもよく知っていた。

「それで？」キティが先を促す。「話したいことって？　仕事を辞めたいという話じゃないといいけれど。手紙はまだ見つかっていないんですからね」

「もちろん違うわ。これからも探すつもりよ」ダシェル卿とも、ローリーがもうしばらく侯爵夫人のコンパニオンを務めることで合意している。そのほうが情報を共有しやすい。「今朝は週に一度、お医者さまがいらっしゃる日だから抜け出せたの。はっきりさせたいことがあるのよ」

「はっきりさせたいこと？」

ダシェル卿には、キティと彼の父親の不倫関係についてあれこれきかれた。とはいえ、ローリーもほとんど知らない。今日の目的は、犯人を特定するための手がかりを集めることにあった。

「時間がないし、次の支払いは土曜日でしょう。だから、脅迫者がダシェル卿でない可能性についても考えたほうがいいと思うの」

「ありえないわ。レディ・ミルフォードが彼だとおっしゃったのよ。きっとそのとおりよ」

「それでも、何かしら役に立つ情報があれば教えてほしいの。たとえばダシェル卿との情事を知っている人はいた？　お父さま以外に」

キティは顔を真っ赤にして憤慨した。「いるはずないわ。人目につかないよう、気をつけていたもの」

「グリムショーに一緒のところを見られていない？　あるいはメイドに？」ローリーは先日会った地味な顔立ちの娘を思い出した。おどおどした物腰で、道をはずれたことができそうには見えなかったけれど、人は外見だけでは判断できない。

「フォスター？　あの娘は何も知らないわ。ただの使用人にそんなことを打ち明けるわけがないじゃない」

「彼女はあなたに仕えて何年になるの？」

「五年近くかしら。でもフォスターが手紙を盗んだかもしれないと考えているなら、勘違いもいいところよ。あの娘は真面目だし、小心者だもの。そんな大それたこと、できやしないわよ」

ローリーはそれほど確信が持てなかった。「関係があったのは、正確にはいつ頃のこと？」

キティは眉をひそめ、ペストリーの皿を見やって、アップルタルトを口に運んだ。

「いまさらそんなことをきいて何になるの？　何もかもすんだことよ。すっかり忘れてしまいたいの」

「大事なことよ。情報は多ければ多いほどいいわ」さらに、ひと言つけ加えずにはいられなかった。「それに本当に忘れたいなら、手紙は燃やしていたはずよ。わたしはステファノからの手紙はすべて燃やしたわ」

「まあ」継母が鼻を鳴らす。「あなたは自分の過ちと比べているわけね。同じ立場だと言いたいんでしょう。でも、それは大きな間違いよ。少なくともわたしは分別が……いえ、どうでもいいわ」

「分別がどうしたの？」

意固地な表情で、キティはタルトをフォークで突き刺した。「あなたの失礼な質問には、もううんざり。ともかくね、火を見るより明らかよ、ダシェル卿が犯人だっていうのは。あの冷酷でひねくれた男！　とことんわたしから巻きあげる気なのよ！」

ルーカス・ヴェールは冷酷ではないし、ひねくれてもいない。女性を口説くときには、どきりとするほど魅力的にもなれる。ローリーは彼のことを思い出すだけで喉が詰まり、脈が速くなった。「ともかく、わたしとしては手紙を見つけたいだけ――」

控えめなノックの音が聞こえ、彼女は言葉を切った。ドアが開き、グリムショーが朝食室に入ってきた。困ったような顔をしている。「お客さまです、奥さま。ミセス・カルペパーが」

執事がそう言うなり、白髪交じりの大柄な女性が彼の脇をすり抜けて入ってきた。かつては見栄えもよかったであろう地味な茶色のケープをまとい、育ちのよいレディというよりは使用人に見えそうな、さえない灰色のドレスを着ている。

会話を忘れて、ローリーは飛びあがった。「バーニスおばさま！」

おばに駆け寄って抱きしめる。バーニスも抱擁を返した。「会えてうれしいわ。馬車の旅は航海より、よっぽどつらいわね。セント・ジョンズ・ウッドの近くで軽装二輪馬車の車軸が折れたときは、どうなることかと思った」

「ローリーは信じられないという声を出した。「ノーフォークからドッグカートで来たの？」

「そう。とても大変だったわ。しかも事故のせいでひと晩泊まらないといけなくなって、ふたり分の宿泊代がかかったんだから」

「ふたり分？」

そのとき、マードックが足を引きずりながら部屋に入ってきた。しわくちゃの黒い服を着て肩を丸め、大きな革の旅行かばんを腕に抱えている。「わしが自分で車軸を直したのさ」彼は自慢げに言った。「少なくとも、鍛冶屋にどうすりゃいいか教えてやった」

グリムショーは怒りに震えている。彼はドアを指さした。「すぐにこの部屋から出ていっていただきたい。教えたように使用人用の階段を使いなさい」

マードックがしょぼしょぼした目で、ぱりっとしたいでたちの執事を上から下まで眺めた。「わしはしゃれ男の命令は受けん。船長の未亡人の命令だけだ」

使用人ふたりはにらみ合った。いまにも殴り合いになりそうな気配だったが、バーニスが割って入った。「行きなさい、マードック。階下の厨房にいる誰かが、わたしの荷物をどこに置けばいいか教えてくれるだろうから」

「なら、わしはラムを一杯やるとするかな。長旅のあとだ、元気をつけないと」

マードックがのろのろ出ていくと、ローリーは喜びと当惑が入り混じった表情でふたたびおばを見やった。「でも、おばさま、どうしてロンドンに出てきたの？　この街は大嫌いなんだと思っていたわ」

バーニスはケープを脱ぎ、グリムショーのほうへ突き出した。執事がいやそうに上唇をゆがめて、古ぼけたケープを受け取る。「あなたの馬車が出発してすぐ、ハルシオン・コテージは静かすぎると気づいたのよ。それで、たまには義理の姉を訪ねてみてもいいかと思ったわけ」

キティは仰天して、座ったまま口をあんぐり開けていた。ようやく立ちあがり、ぎこちない笑みを口元に張りつけて進み出ると、亡き夫の妹におざなりな抱擁をした。

「バーニス、驚いたけれど、会えてうれしいわ、ずいぶんとしばらくぶりね」

「八年ぶりよ、正確に言うと。兄が死んだときに連絡をくれていたら、七年ぶりだっただろうけれど。そうしたらローリーとわたしも葬儀に出席できたのに」

あからさまな非難を受けて、キティは青ざめた。「ごめんなさい。ロジャーは病に倒れたと思ったら、あっというまに、その……わたしはどうしていいかわからずに……」ハンカチを取り出して洟をすする。

継母のことを知らなかったら、ローリーも彼女が心から悲しんでいると思うことだろう。けれどもキティは父を愛していると言いながら、名うての女たらしと汚らわしい情事を持ったのだ。報酬とセレステのことを考えなければ、さっさと手を引きたいところだった。

キティの裏切りを知らないバーニスは、義姉の肩をやさしく叩いた。「過ぎたことはいいの。さあ、お茶でも飲んで、この老いた体を休ませてもらおうかしらね。みんなの近況を聞きながら」

ふたりが座ってなごやかにセレステの結婚式の話をしているあいだに、ローリーは紅茶をいれ、おばの好みの量のクリームを加えた。だが、しばらくして気にかかっていた話題を切り出さざるをえなくなった。そしてレディ・ダシェルのコンパニオンとして雇われたことを打ち明けた。

キティが鋭い目を向けてきたが、どうしようもない。一日じゅう、ここに座っておしゃべりをしているわけにはいかないのだ。「そろそろダシェル・ハウスに戻らないと。遅くなるわけにはいかないの。侯爵夫人はただでさえ、難しい方だから」

バーニスが顔をこわばらせた。「そのためにロンドンへ来たの？　ほかに住む場所を探すため？　どうして？　あなたはハルシオン・コテージでの生活に満足していると思ってたのに」

「一時的なことよ。数週間もしたらノーフォークへ帰るわ。ロンドンに滞在するあいだ、少しはお金を稼ごうと思っただけ」

バーニスは険しい顔でカップを置くと、キティのほうへ向き直った。「どういうことなの？これが継娘への扱い？　自分は贅沢三昧で暮らし、継娘を働きに出すなんて！　まったく、恥ずかしい。だいたい、何年間もこの娘に一ペニーたりともお金を送ってこなかったじゃない。ほんのわずかな生活費さえけちるほど、あなたって冷たい人間なの？」

キティが唇をぱくぱくさせたが、声は出てこなかった。顔色を失い、眉根を寄せて、逃げ場を探すかのように目をきょろきょろさせている。気つけ薬が必要になりそうだ。

継母が言葉をなくしているのを見るのは、いい気分だった。彼女は非難を受けて当然のことをしたのだから。とはいえ、おばに嘘をついたままなのはいやだ。自分が新天地を求めてハルシオン・コテージを出たと思われるのはつらい。一番いいのは、おばにすべてを話すことだろう。キティは頑なに反対するだろうけれど、しかたがない。

ローリーは継母に言った。「おばが怒るのは当然よ。あなたは本当のことを話すべきだと思うわ」


元軍人と思われるとがった顔の執事に案内され、ルーカスは薔薇色と黄色で統一された女性らしい居間に足を踏み入れた。高い窓のそばで、レディが椅子に座って本を読んでいた。陽光が漆黒の髪となめらかな肌を輝かせている。彼の母親と同じくらいの年齢のはずなのだが美しい。

女性が本を脇に置き、微笑みながら立ちあがった。「まあ、ダシェル卿、驚きましたわ。お久しぶり。お元気そうね」

ルーカスは軽く一礼した。「レディ・ミルフォード。あなたもお察しのことと思いますが、これは社交的な訪問ではありません」

「そうなの？　興味をそそられるわね。飲み物は召しあがる？　ブランデーはいかが？」

「けっこうです」いまにも怒りが爆発しそうだが、礼儀は守らなくてはならない。「ありがとうございます」

レディ・ミルフォードは火の入っていない暖炉に近いソファに腰をおろし、藤色のスカートを直すと、膝の上で手を組んだ。「あなたもお座りなさいな」

その言葉を無視して、ルーカスは代わりに大理石のマントルピースに肘をついた。社交辞令に意味はない。単刀直入に切り出した。「あなたが何かたくらんでいるのはわかっています。ぼくが知りたいのは、ミセス・キティ・パクストンの手紙を盗んだのはあなたなのかということです」

レディ・ミルフォードの不意を突くことには成功したようだ。まつげの長いすみれ色の目が大きく見開かれ、成熟した顔立ちに初々しい美しさを与えた。噂によると、かつては皇太子の愛人だったという。たぶん事実なのだろう。いまでもこれだけ美しく、腹を立てている男を惑わすくらい狡猾(こうかつ)なのだから。

彼女はまばたきひとつせず、目をそらしもしなかった。ルーカスと同じように率直に答えた。「いいえ、そんなことはしていません。あなたではないの?」

「もちろん違います!」手を下向きに払うようにして否定する。「でなければ、わざわざここに来たりしますか? ぼくが手紙を盗んだとしたら、すぐに燃やしたでしょう。あんなものが公表されたら、ぼくもとんでもないことになる」

「ミス・アリス・キプリングのことを言っているのね」

ルーカスはうなった。ぼくがひそかに求婚しようとしている相手のことを、なぜ誰もが知っているんだ?

彼はレディ・ミルフォードと対決するつもりでここに来た。彼女は縁結びの趣味があるという。蜘蛛の巣の中心にいる蜘蛛みたいなもので、策を紡ぎ、ねばつく糸をルーカスに絡めてきている。ローリー・パクストンが恋文を探すために彼の屋敷へ来たのも、レディ・ミルフォードの策略に違いないのだ。彼女が関わっていると知ってから、脅迫そのものも、ローリーと彼を出会わせるためのでっちあげなのではないかと思えてきた。

ローリー・パクストンを求める権利は自分にはない。どれだけ彼女に惹(ひ)かれていようと、どれだけ求めていようと、自分が女相続人と結婚しなくてはならないという事実は変わらない。

弟には借金なしの土地を譲ってやりたい。母のためにはロンドンの屋敷を手放すわけにもいかない。子孫のためには家族の財産を守っていかなくてはいけない。ともかく、おせっかいなレディに文なしのはみ出し者と組み合わされるのはごめんだ。

ルーカスはレディ・ミルフォードをにらんだ。「ぼくはミス・キプリングを妻にしたいと思っています。だから醜聞は困る」

「そうでしょうね。結婚式の日取りは決まっているの？」

「まだです」アリスの父親の許可もまだもらっていない。だが、目の前の女性にそれを打ち明ける気はなかった。代わりに別の角度から攻めることにした。「あなたはキティ・パクストンに、ぼくが遺産を投資にまわして失敗したと言いましたね。なぜそんな嘘をついたんです？」

レディ・ミルフォードが申し訳なさそうに微笑んだ。「ミス・パクストンにあなたのことを調べてもらいたかったから。相手が父親の賭博の借金を継いでしまっただけの気の毒な男性というより、悪党と思っていたほうが引き受けやすかったでしょう」

「それで彼女をぼくの家にもぐり込ませた」

「もちろん、あなたが犯人かもしれないと思っていたからよ。実はわたし、この目で脅迫者を見たの」

これまでの会話をすべて忘れ、ルーカスは暖炉を離れて彼女の前に立った。

「どんな男でした？」

レディ・ミルフォードは、数日前に銀行の外で偶然キティ・パクストンを見かけた話をした。彼女はダイヤモンドの入った小さな箱を茂みの下に置いた。数分後、マントを着た人影が箱を持ち去ったという。「暗かったし、よく見えなかったけれど、背格好はあなたくらいだったわ。翌朝キティの家を訪れたとき、彼女はあなたのお父さまと関係があったこと、彼からの恋文をねたに脅迫されていることを話してくれたの」

「それだけで、ぼくを犯人と決めつけたわけですか？」

「決めつけたわけではないわ。ただ、あなたのことは調べてみるべきだと思ったのよ。手紙と関係があることからして」

「それに明らかに金に困っていることからして」苦々しい口調でつけ加える。「そしてぼくに罠を仕掛けた。ローリー――いや、ミス・パクストンに会いにノーフォークまで行った。ひょっとすると、ぼくの母の前のコンパニオンに金を払って辞めさせたんじゃないですか？その職を空けるために」

レディ・ミルフォードは否定しなかった。「いろいろ手をまわしたことを後悔はしていないわ。ミス・パクストンに協力を求めたことも。彼女は機転の利く女性だし、あなたが彼女に危害を加えるようなまねはしないのもわかっていた。でも――」

「でも、なんです？　あなたはぼくがそういう卑劣なことをする男だと思っていたわけだ」

「心からお詫びするわ。けれど実際のところ、ミス・パクストンになんら危険はないと思っていたの。だから、ためらうことなく彼女をコンパニオンとして送り込めたのよ」

「それはどうも」

「彼女は意地っ張りだから、脅迫者を突き止めるまではやめないでしょうね」レディ・ミルフォードは立ちあがり、ルーカスの手を取ってぎゅっと握った。「お願いよ、ダシェル卿、彼女を守ると約束して。犯人はせっぱ詰まったら、何をするかわからないわ」

11

女性がみな、紳士の保護を必要とするか弱い生き物とは限らない。

ミス・セラニー

キティが秘密を明かしたあと、バーニスは仕事に戻るローリーと一緒にダシェル・ハウスへ行くと言いだした。不実な義姉の顔をこれ以上一秒たりとも見ていたくないから、午後は古い知り合いであるレディ・ダシェルを訪ねることにしたという。

グローヴナースクエアへと足早に向かいながら、バーニスは口の中でつぶやくように言った。「不倫だなんて！　会った瞬間から、あの女にはどこかいかがわしいところがあると思っていたわ。だいたいキティなんて名前、浮気女に決まってるじゃないの。ロジャーに彼女と結婚するのはやめたほうがいいと忠告したのよ。でも、兄はぞっこんだったから」

「お父さまは彼女を愛していたわ。溺愛していた」

混雑した丸石敷きの通りを渡って足を止め、がたごとと通り過ぎる馬車を先に行かせてから、バーニスは申し訳なさそうに姪を見やった。「あなたの言うとおりね、別に非難するつもりじゃないの。ただ、彼女は自業自得なんだから、その後始末にあなたを巻き込むべきではないのよ」

「でも、セレステのことは考えなくては。あの子に汚点がつくのは避けたいの」

それに夢のような大金が入ることになっている。けれどもそのことは伏せておいて、おばを驚かせたかった。どれほど喜ぶことか。ハルシオン・コテージを改装し、衣類を買い換え、それでもまだ蓄えが残る。

「一緒にこの嵐を切り抜けるのよ」バーニスがきっぱりと言った。「わたしがいれば、侯爵閣下だってあなたを脅したりはしないはず」

「実はね」ローリーは小声で言った。角を曲がって屋敷の裏手の厩舎に近づくと、馬のにおいが鼻をついた。「キティはああ言っているけれど、わたしはダシェル卿は手紙を盗っていないと思うの」手短かに、ゆうべ彼の寝室を探しているところを見つかった話をした。扇情的な場面は省いて。「彼は犯人探しに協力すると言ったのよ」

「ごまかしているだけではないと確信できる？」

「ええ、たしかだと思うわ。彼の人となりを見誤っていたの。冷たくて横暴だけれど、泥棒ではないわ」

あの射るような鉄灰色のまなざしを思い出すと、ローリーの胃がよじれた。どうしていまは彼を信用しているのか、正確に言葉で説明するのは難しい。少なくとも、彼がゆすりのようなまねをするとは思えないというだけだ。

バーニスは問いかけるように姪を見たものの、何も言わずに門を抜け、広い整形式庭園を迂回（うかい）する砂利敷きの歩道に入った。ご用聞き用の入り口に続く石段を数段おりて、屋敷に入る。厨房を通ったが、使用人たちは昼食の準備に忙しく、誰もローリーが連れているさえない服装の年配女性の存在を気に留めなかった。

やがてふたりは使用人用の急な木製の階段をのぼった。足音が狭い空間にこだまする。「こんなのは間違ってる」バーニスがささやいた。「あなたみたいなレディは正面玄関から入って、客間に案内されるべきよ」

「じきに慣れるわよ」ローリーは笑い混じりに応えた。「ともあれ、こういう経験をすると労働者階級の苦労がよくわかるわ」

そのあとは無言でレディ・ダシェルの寝室まで廊下を歩いた。ドアが少し開いていたので、ローリーはそっと中に入った。おばがあとに続く。

侯爵夫人は四柱式のベッドの枕を並べた玉座から大声で命令を飛ばし、ミセス・ジャーヴィスが小さな茶色のみそさざいのように部屋を飛びまわっていた。

「あそこのカーテンを直して。日差しで目が痛むのよ。火が消える前に石炭をかき混ぜて。あと、水を持ってきてちょうだい。砂漠にいるみたいに喉がからから」

不運な家政婦は言いつけられた仕事を完璧にこなそうと、てんてこ舞いだ。ローリーはボンネットを取ってベッドに近づいた。「お水はすぐ横にありますよ、奥さま。手を伸ばせば自分で注げます」

そう言いながらも彼女はクリスタルのピッチャーに手を伸ばし、コップに水を注いだ。

レディ・ダシェルが鋭い鉄灰色の目をローリーに据える。「どこをうろついていたの、怠け者ね。二時間もいなかったじゃない。愛人と密会でもしていたのかしら。この屋敷でそんな悪さは、このわたしが許しませんよ！」

バーニスがベッドの足元に立った。「姪を侮辱することは、このわたしが許さないわ。彼女はわたしに会いに来ていたのよ。男じゃなく」

「なんですって？　わたしにそんな口を利くなんて、あなたは何者？」レディ・ダシェルは手探りで鼻眼鏡をつかむと、鼻梁に引っかけた。レンズ越しに目を見開く。「バーニス？　バーニス・パクストンなの？」

「バーニス・カルペパーと呼んでもらおうかしら。もう名字が変わって四〇年になるんだから」

「まあ、年を取ったこと。顔は水兵みたいにがさがさで、洗濯女みたいな服装じゃないの。あなた、誇りというものをなくしてしまったの？」

バーニスが笑いながら背のまっすぐな椅子をベッドのそばに引き寄せた。「あなた、最近鏡をのぞいた、プルーデンス？　あなただって髪は白くなったし、肌はしわくちゃ。年を取れば誰でもそんなものよ」

押し殺した悲鳴が暖炉のほうから聞こえた。火をかきたて終えたミセス・ジャーヴィスだった。侯爵夫人が爆発することを恐れてか、指でエプロンをつまんでいる。「あの……昼食の時間を遅らせましょうか、奥さま?」

「そんな必要はないわ、おばかさん。もうひとつ昼食のトレイを持ってきて。無礼な客が招待もなく、食事時間に押しかけてきたから」

家政婦がそそくさと寝室を出ると、ローリーは暖炉のそばの椅子に座った。石造りの大きな屋敷は底冷えがするうえに、レディ・ダシェルが窓を開けてあたたかな春の風を入れることを許さないので、暖炉の火はありがたかった。侯爵夫人の癇癪を我慢するご褒美といったところだ。それに、なかなか愉快な老婦人ふたりのやりとりを最前列で鑑賞することができる。

「もう少しましな結婚をする分別があれば」レディ・ダシェルが苦々しげに言った。「あなたもここみたいな立派な屋敷の女主人におさまっていたのにね。代わりにどこぞの船乗りと駆け落ちしてしまって」

「オリーは大きな商船の所有者で、船長だったのよ」バーニスが誇らしげに言う。「それにハルシオン・コテージは、まさにいまのわたしにぴったりの住まい。ここみたいな石の壁に囲まれて、何が楽しいのかわからないわね」

「家というのは地位の象徴なのよ。とくにここ、ロンドンではね。上流社会は文明世界の頂点とされているの」

「社交界なんて、噂好きの雌鶏(めんどり)と気取った雄鶏(おんどり)ばかりじゃないの。わたしはカナダやブラジルの未開の地で、もっと面白い人にたくさん出会ったわよ」

「何を言ってるの。あなたはわかっていないのよ。レディは夫によって地位を得るの」

「そっちこそ、わかってないわね。レディは愛する男と結婚することによって幸せを得るのよ」ぴしゃりと言い返したものの、バーニスはしわの寄った顔に、やさしい、哀れみとも取れる表情を浮かべた。「でも、どちらもいまは夫がいないわね、プルーデンス。まあ、そんなものよ」

レディ・ダシェルは自説を曲げようとしなかった。「あなたはただの老女として一生を終える。けれど、わたしは侯爵夫人の称号を持ち続けるのよ。いつだってあなたより上だった。一年前から未亡人だということなど関係ないわ」

「わたしは一〇年前から未亡人よ。そしてオリーが戻ってくるなら、何を差し出しても惜しくない。たったひとつ残念だったのは、子宝に恵まれなかったこと。あなたは子どもがふたりもいることを感謝するのね。わたしの知る限り、立派な若者だそうじゃないの」

レディ・ダシェルがベッドの上掛けをつかんだ。「感謝ですって！　わたしは事故以来、このベッドに縛りつけられたままなのよ。ありとあらゆる痛みに耐えながら」

「大げさな。壊血病にかかったことはないでしょう。一度の航海で髪の毛が全部抜けたものよ。以来、すっかり薄くなってしまって」

「髪の毛なんて！　体が不自由になることに比べたらなんでもないわ。慢性的に消化不良を起こすし、関節炎にはなるし。まったく、夜なんて一睡もできやしない」

「外洋に出て新鮮な空気に当たっていれば、わたしはめったに具合が悪くなんてならなかったものだけど。しかも夜はよく眠れる。空気といえば、ここはむっとするわね。あなたの健康にもよくないと思うわよ」

バーニスは勢いよく立ちあがって窓に近づいた。ローリーは止めようとしたが、口をつぐんでいることにした。おばが窓枠を持ちあげると、ベッドから甲高い悲鳴があがった。

「すぐに閉めて！　わたし、死んでしまうわ！」レディ・ダシェルがクッションをバーニスに投げつける。狙いには届かず、誰にも当たることなく床に落ちた。

「聞いた話では、けがをしたのは脚で、肺はなんともないはずだけど」バーニスは言い返し、ほかの窓も開けた。心地いいそよ風がカーテンを揺らし、戸外の香りを運んでくる。「海とはいかないけど、こもった病室のにおいよりははるかにいいわね」

「ミス・パクストン！」レディ・ダシェルが吠えた。「急いであの窓を閉めてちょうだい！」

「ローリー、その必要はないわ」バーニスが負けじと胸の前で腕を組む。「それからプルーデンス、わたしの姪を使用人扱いしないでもらいたいわね。あなたと同じ、良家の生まれなんだから」

ローリーは椅子から立ちあがったものの、どうすべきか迷った。にらみ合う老婦人のあいだで板挟みだ。レディ・ダシェルに従うのが自分の務めだけれど、新鮮な空気が必要だというおばの意見には賛成だった。

決めかねていると、ドアのほうから男性の声がした。「なんなんです、この騒ぎは」ダシエル卿だった。「廊下の先まで怒鳴り声が聞こえていましたよ」

彼は寝室に入ってくると手を腰に当て、女性たちを見た。鉄灰色の瞳をコバルトブルーに見せる紺の上着に、飾り気のない白いクラヴァット。ひげはきれいに剃ってある。口元に笑みはなかった。

またしても彼は微笑まない。

それなのに、ローリーの心臓はコルセットの中で小さく跳ねあがった。深夜に別れて以来、ダシェル卿には会っていない。彼に惹かれたのはろうそくの明かりと薄闇の魔力だったと、自分に言い聞かせたところだ。けれど、いままた体の奥で熱い火花が散った。息遣いが荒くなり、脈が速くなってくる。

「そろそろ来てくれるんじゃないかと思ったわ」レディ・ダシェルがぶつくさ言った。「四方八方からやいやい言われて。また例の片頭痛が起こりそう」

ダシェル卿は身をかがめ、母親のしわの寄った頬にキスをした。「すみません、母上。今朝は仕事があって」

彼は体を起こすと、物問いたげにバーニスを見やった。紹介するのは自分の役目だとローリーは気づいた。「ダシェル卿、こちらはわたしのおばのミセス・バーニス・カルペパーです。今朝ロンドンに着いて、わたしの継母の家を訪ねたのですが、侯爵夫人にお会いしたいと申しまして」

バーニスが前に出て彼と握手をした。上から下まで眺め、よしというようにうなずく。

「あなたが侯爵閣下ね。はじめまして、お会いできて光栄ですよ」

「ノーフォークに住んでいらっしゃるという、おば上ですね」ダシェル卿はわずかに眉根を寄せ、ローリーから自分の母親へと視線を移した。「母とは古いお知り合いで?」

「同じシーズンにデビューしたので」バーニスが答える。

「ところが彼女、身分の低い船乗りと結婚したの」レディ・ダシェルが割って入った。「無礼があっても許してやって。船乗りや野蛮人と暮らすために上流社会を捨てた人なんだから」

「おや、わたしがどんな無礼をしたかしら?」バーニスが面白がるように顔を引きつらせる。

「お行儀よくしてたつもりだけど」

「やめてと言ったのに窓を開けたじゃないの! ルーカス、すぐに閉めてちょうだい。でないとただでさえあちこち悪いのに、肺までやられてしまうわ」

ダシェル卿は窓に向かったが、バーニスのほうが近くにいたので、彼よりも先に窓の前に立った。「どうしてもと言うなら閉めるけれどね、プルーデンス」音を立てて窓を閉める。

「その調子では、二度と健康になってベッドを出られないわよ」

「健康ですって?」レディ・ダシェルが鼻で笑った。「なんて残酷なことを言うのかしら。ロンドンで最高の名医にも、治る見込みはないと言われたのに」

「だからって、ふさぎ込んでめそめそしてたってしかたないでしょう。オリバーがよく言ってたわ、人は与えられた中で最善を尽くすべきだって」

レディ・ダシェルは上掛けに指を食い込ませた。「オリバー・カルペパー! あんな男に何がわかるっていうの？　生活費を稼がなくてはならないとしても、ふつうの男なら、せめてもう少しまともな職業を選ぶでしょうに」

バーニスは怒る代わりに、哀れむように舌を鳴らした。「辛辣ね。わたしも夫が亡くなってしばらくはそんなふうだった。でも姪と暮らすようになって、気づかされたの。不幸せでいては人生が無駄になるって。そうじゃない、ローリー？」

全員の目がローリーに向けられた。バーニスは微笑んでいる。レディ・ダシェルは苦い顔だ。ダシェル卿は……その表情をどう表現していいか、ローリーにはよくわからなかった。まなざしはこちらの心を読もうとするかのように鋭い。

そうされまいとして、ローリーはおばを見つめた。バーニスの言うとおりだ。こんなふうに世をすねたままでは、レディ・ダシェルは二度と幸せを感じることはできないだろう。

「おばさまも最初は気難しかったわ。でも、わたしも同じだったと思う。ロンドンから遠く離れた田舎に送られたんだもの。そのうち、わたしたちは助け合うようになった。この八年間、仲よくやってきたと思うわ」

そのとき、従僕の一団がぞろぞろと寝室に入ってきた。みな、おいしそうなにおいのする蓋をしたトレイを捧げ持っている。レディ・ダシェルは使用人のひとりに小さなテーブルと椅子を二脚、ベッドの近くへ持ってくるよう命じた。バーニスとローリーのためだ。

ダシェル卿が近づいてきた。まっすぐに見つめられ、ローリーは心ならずも胸が高鳴るのを感じた。彼が顔を寄せ、松と革の魅惑的な香りでローリーを包みながら耳元でささやいた。

「話がある。おば上をここに置いていってかまわなければ、きみは階下でぼくと食事をしないか」

半時間後、食堂でローリーはダシェル卿の右手に座り、ふたりの従僕に給仕されていた。羊肉、蒸したエンダイブ、ローストポテト。そんな正式な食事も不思議と違和感はなかった。高価な磁器の食器で出される食事を――しかもハンサムな紳士とともに――楽しんだのは、はるか昔のことなのに。

もちろん、ハンサムな紳士にはもう関心がない。協力者として以外は。ダシェル卿は役に立つだろう。ともに脅迫者を突き止め、自分は報酬を手にするのだ。

彼がさりげなく合図をすると、使用人たちは一礼して部屋を出ていった。ふたりは金色のタッセルで留められたワイン色のカーテンがかかる、バロック調のだだっ広い部屋にふたりきりになった。しばらくのあいだ、聞こえてくるのは重たい銀器が皿に当たる音だけだった。侯爵は無言で食事をすることに満足しているようだ。会話を始める前に食事を終えたいと思っているのかもしれない。八年前、無言でダンスをしたときのことを思い出す。彼をおしゃべり男と言う人はいないだろう。

ローリーはついおかしくなり、もったいぶって食事をしている彼をからかいたくなった。

「身持ちの悪い女（スカーレットウーマン）と食事をしていると、あなたの評判に傷がつくかもしれないわよ。わかっている、ダシェル卿？」彼女は羊肉を切りながら言った。「ミス・キプリングが知ったら、なんて言うかしら？」

「うちの使用人は噂話をしない。弟は一日ニューマーケットに行っている。ぼくたちは誰にも見られない」

「あなたのお母さまが彼女に話すかもしれないわ。いまもあなたがわたしを寝室から連れ出したとき、かなり気を悪くされたようだった」

「母は、ぼくがいいと言うまで二度とアリスに会わない」ダシェル卿がワイングラス越しにローリーをにらんだ。「だが、きみは学んでいないようだな。ぼくの許可なしに、この屋敷へ勝手に人を招待してはいけないと言ったはずだ」

彼女は片方の眉をあげた。「おばの訪問にあなたが反対するとは思わなかったので。だって、奥さまの古い友人でしょう。仲よくやっているように見えたし」

「廊下で聞いた騒ぎからすると、けんかをしていたとしか思えないが」

「奥さまはそのおかげで元気が出たのよ。いままでは誰ひとり逆らう人がいなかったから、独裁者のようになっていたんだわ」あなたも同じだけれどね、と心の中でつぶやく。

ダシェル卿が目を細めた。「なるほど。つまり、きみは一日足らずで母の悩みをすべて解決したわけか」

「部外者のほうが状況がはっきり見えるということは、ままあるわ。古い知り合いに会うのは、あなたのお母さまにいい影響を及ぼすに違いないと思ったの。これまで、誰か奥さまを訪ねてきた人はいた？」

「事故直後には大勢の人が訪ねていたが、母が会うのを拒むようになってからは誰も来なくなった」

侯爵の表情はかたいままだが、眉間が心配そうに曇っていることにローリーは気づいた。フォークを置き、まっすぐに彼を見る。「事故は一年前に起きたんでしょう？　よければ、その話をしてくれない？」

ダシェル卿はしばらくワイングラスの中身をじっと見ていたものの、やがてふっと目をあげた。拒否するつもりかと思ったが、淡々とした口調で語りはじめた。

「父と母はウエストサセックスからロンドンに戻る途中だった。父はひどく酔っぱらい、御者台にあがって手綱を取ると言いだした。母に止められたが聞く耳を持たず、無茶な運転をした。ほかの馬車とすれ違うときに道路をそれて横転、父は地面に投げ出されて首を折った。母も車内でなければ死んでいただろう」

その恐怖の瞬間をローリーは思い浮かべた。大きく傾く馬車、衝撃、激痛。侯爵夫人への同情が胸にこみあげた。母親の世話という重荷を負った、その息子へも。

彼がこれだけ長い話をするのは初めて聞いた。それほど、この事故が深い傷となっているのだろう。「お気の毒に」小声で言う。「あなたもご家族も、さぞかしつらかったでしょうね」

ダシェル卿が苦悩に満ちた目を彼女に向けた。「きみは本当に、母がまた人生に楽しみを見いだせると思うか？　ぼくではもう、どうしようもないんだ」

彼の石の仮面にひびが入ったのを見て、ローリーは心を動かされた。衝動的に白いテーブルクロスの上に手を伸ばし、彼の手に触れる。その手はがっしりとしてあたたかく、男性的な強さを感じさせた。「ええ、お母さまはまた幸せになれると思うわ。ただ、ご自分でそう決意しなくてはだめ。おばなら力になれるかもしれない」

ダシェル卿はまたしばらく、じっと彼女の目を見つめた。それから手を引き抜くとクリスタルのデカンターを取りあげ、ふたりのワイングラスにお代わりを注いだ。顔に冷ややかな表情が戻っている。「もう他人に自分の職を譲り渡そうというのか？」

「おばのほうがふさわしいというだけよ、同じ未亡人だし。おばが引き受けてくれたら奥さまにとってもいいと同時に、わたしは犯人探しに時間を割けるようになるわ」

彼が眉をひそめる。「相手は犯罪者だ、危険すぎる。この件はぼくに任せてくれ」

報酬をあきらめろというの？　それは無理よ！

「頼まれたのはわたしよ。だから、わたしがやるわ。それにうちの屋敷に出入りする誰かだとしたら、あなたには調べられないでしょう。怪しい人物が何人かいるのよ」

「誰だ？」

「今朝訪ねていったとき、ミセス・エジャートンという女性が来ていたの。知っている？」

「少しだけ。男性に人気のある未亡人だ」

あの女性の挑発的な歩き方を見れば、それは容易に想像がつく。「継母の特別な友人らしいけれど、だったら手紙を盗む機会はあったはずよ。どことなく信用できない感じがしたの。

彼女がお金に困っていないか確かめてみないと」

「ほかには誰だ?」

「使用人がふたり。ひとりはメイドのフォスターで、内気そうな娘だけれど、キティの手紙を見たらあくせく働く生活から抜け出す機会と思うかもしれない」

「もうひとりは?」

「執事のグリムショー。いつもこそこそ何やら嗅ぎまわっているの。今朝も朝食室の外で立ち聞きしているのを見つけたわ」

「使用人は立ち聞きするものさ。ほかに彼を疑う理由はあるのか?」

ローリーは顔を赤らめた。ステファノとの現場を見つけたのはグリムショーだということを明かすつもりはない。あの執事が嬉々として父に報告しに行ったことも。

「詮索好きなの、それだけよ。家の中で起きていることはすべて把握しているわ。キティが縫い物かごに隠した手紙を見つけていたとしても驚かないわね」

「ほかに怪しい人物は?」

ローリーはかぶりを振った。「あなたはお父さまの古いお仲間を当たると言っていたわよね。誰かいた?」

ダシェル卿が秘密めいた目つきになった。「今朝はほかにやることがあったんだが、ふたりほど頭に浮かんでいる。まずはヒューゴ・フランダーズ大佐。年寄りの好色漢で、愛人に豪華な贈り物をする癖がある。もうひとりはラルフ・ニューカム卿。賭博好きで借金まみれの男だ」

「ニューカム！　ミセス・エジャートンが明日の晩、その人のカードパーティに行くと言っていたわ」

「そうなのか？　ぼくは賭博はしないので誘われていない。だが、なんとかして招待状を手に入れよう」

ローリーもついていきたかった。ダシェル卿に犯人をつかまえさせるわけにはいかない。報酬がもらえなくなる。けれど、自分のように悪い評判の立った女は社交界に出入りできない。何か方法を考えなくては。

それはさておき、ひとつ思いついたことがあった。

「キティが脅迫者に渡したネックレスのことなんだけれど」彼女は言った。「犯人がお金に困っているなら。どこかで売ろうとするんじゃないかしら」

「ぼくも同じことを考えていた」ダシェル卿が立ちあがり、テーブルをまわって近づいてきた。「デザートは抜きでもかまわないか？　書斎に行って紙とペンを取ってこよう。ネックレスの絵を描いてくれ」

「絵を？」

「ぼくがそれを持って宝石商や質屋をまわる。店主から、売ったのはどんなやつか聞き出せるかもしれない」

ローリーもはじかれたように立ちあがった。「わたしも一緒に行くわ」

ダシェル卿は気まぐれ娘をなだめる父親のような、鷹揚な表情を見せた。「ばかを言うな。レディは質屋などに出入りしない。街で一番危険な地域をうろつくことになるんだぞ」

「女性がみな、男性の保護を必要とする無力な生き物というわけじゃないのよ。わたしは自分の身は自分で守れるわ」

「そうか？」

「本当よ」彼が頭上から疑り深げに見おろすので、ローリーはつけ加えた。「それに実を言うと、わたし、絵は全然だめなの。棒一本まともに描けないのよ」セレステなら、あっというまに現物と見まがうような絵が描けることは黙っておいた。

「だったら説明してくれ、それならできるだろう」

ローリーは無邪気なふうを装って言った。「説明もあまり上手じゃなくて。やっぱり一緒に行くしかないみたい」

12

女性にとって作法を覚えるより代数や地理を学んだほうが、はるかに役に立つ。
ミス・セラニー

三〇分後、ふたりは御者の運転するスプリングの利いた一頭立ての四輪馬車（ブルーム）に隣り合わせて乗っていた。こういう箱型の馬車は、ローリーのデビューシーズンにはなかったものだ。コーチと呼ばれていた箱型の大型四輪馬車を半分に切ったような形で、ふたり分の座席しかない。

車内はブルーのサテン張りの壁や房飾り、クッションが親密な空間を作り出している。馬車の穏やかな震動は心を落ち着かせてくれそうなものだが、ローリーは妙に神経が高ぶっていた。身動きしないように心がける。動いたらスカートがダシェル卿の脚に、腕が彼の袖に触れそうだ。

彼のほうは、ローリーが隣にいることに気づいてすらいないようだけれど。

ダシェル卿は窓のほうを向き、行き交う馬車やオックスフォード通りに並ぶさまざまな店を眺めていた。大理石から切り出したかのような、古典的で整った横顔だ。ひょっとすると、彼は冷血漢というわけではないのかもしれない。昼食のときは、母親の幸福を心から気にかけているように見えた。

ダシェル卿に対してやさしい気持ちになりながらも、いま感情が高ぶっているのは協力して脅迫者を突き止めようとしているからで、それ以上ではないとローリーは自分に言い聞かせた。深い感情を抱いたら厄介なことになる。堕落した女など愛人にするしかないと考えるような紳士に惹かれるなんて、愚かなことだ。

第一、ダシェル卿はアリス・キプリングに言い寄っている。破産を免れるために、女相続人の莫大な財産を必要としているのだ。ただ、一度だけふたりが一緒のところを見たけれど、彼はやけにかしこまった態度だった。愛情はひとかけらも感じられなかった。愛のために結婚できないなんて悲しいことだ。

「ミス・キプリングとは、もう少し上手に会話しているんでしょうね」ローリーは言った。

鉄灰色の瞳がこちらを向いた。「なんだって?」

「屋敷を出てから、ひと言もしゃべらないから。彼女といるときもそんなに黙りこくっているなら、実る恋も実らないいんじゃないかと心配になっただけ」

「無駄なおしゃべりをしても意味はない」

「でも会話というのは、紳士がそのレディに関心があるというしるしよ」ローリーは忠告した。「だから、あなたがわたしに関心がないことはよくわかるわ。デビューシーズンに一度ダンスをしたときも、あなたはほとんどしゃべらなかった」

ダシェル卿は一瞬視線をそらしたが、やがて冷笑的な目つきでふたたび彼女を見た。

「踊ったことがあったかな、ミス・パクストン？　残念ながら覚えていないが」

嘘だとローリーは直感した。ただ、どうして覚えていないと言うのか、その理由がわからない。わたしを怒らせたいのかしら？「そう」笑いながら言う。「自分が男性に忘れがたい印象を残したという、女性の幻想を打ち砕くすべをよくご存じね。踊った記憶うんぬんより、どうして無言なのかについて失礼のない言い訳をするべき場面だったと思うけれど」

ダシェル卿が少しばかり申し訳なさそうな顔をした。「すまなかった。だがどれくらいしゃべれば、きみの厳しい基準に見合うんだ？」

「いま以上なのはたしかね。ミス・キプリングの心を射止めたいなら、まずは彼女を楽しませないと。会うときには、いつもふたりきりで会話する時間を作って」

「アリスとは何度もふたりきりで話をしている」

「そうなの？　じゃあ、彼女の趣味は何？」

その質問に彼は不意を突かれたようだった。きれいにひげを剃った顎を手でさする。

「買い物じゃないか。友だちを訪ねること。馬車で公園をまわること。たいがいの若いレディが好きなことだろう」

「読書はお好きかしら？」

「本の話はしたことがない」

「彼女の一番楽しかった子ども時代の思い出は？」

「そういう話題は出たことがないな」

「だからこそ、そういう話をしてみるべきなのよ。お互い相手について知れば知るほど、愛情が深まるものでしょう」ローリーは自分を抑えられずに続けた。「お父さまが子どもを働かせて財をなしたこと、彼女はどう感じているのかしらね？」

ダシェル卿の眉根が寄り、しかめっ面を作った。「まさか、ぼくが彼女にそんなことをきくと思っているんじゃないだろうな。アリスは紡績工場については、ほとんど知らないはずだ」

「あなたは知っているの、閣下？」紡績工場についてはいろいろ読んでいるので、ローリーとしては意見を述べる機会は歓迎だった。「一〇歳くらいの子どもたちが、ああいう工場に雇われているのよ。劣悪な環境で長時間こき使われている。議員のひとりとして、あなたはその状況を改善する法律を作るべきだわ」

「ぼくがそういうことを知らないと、なぜ思うんだ？」

本気できいているのかどうか確かめようと、じっとダシェル卿の顔を見る。問題は、彼がいつも生真面目な表情をしているということだ。「ミス・キプリングと結婚したら、あなたの影響力を使って、彼女のお父さまに工場の改革を勧めるべきね」

「さぞ、お父上に気に入られるだろうな」ダシェル卿は皮肉めいた口調で言った。「ところで、なぜこんな重い話題になったんだ？　女性はたいてい、そういうことを知らないものだが」

目のきらめきからして、彼はローリーをからかっているようだ。こうやって男は女性の意見を退ける。「わたしは新聞を読んでいるの。女性だって、政治を学ぶべきだと思うわ。数学や地理、ほかにも実用的な科目と一緒にね。作法を覚えるよりも、知性を育てるほうがはるかに役に立つもの」

「つい最近、まさにそんな内容の随筆を読んだな。きみは『ウィークリー・ヴァーディクト』の紙面から、そういう現代的な考え方を借用しているんだろう」

ローリーの心臓がどくんと打った。彼女の文章を掲載している新聞だ。ダシェル卿はあれを読んだのかしら？　彼は興味深げにこちらを見ている。彼がその随筆をどう思っているのか、知りたくてたまらなくなった。

さりげなく尋ねる。「それを書いたのはたしか……なんという女性だったかしら。ええと、そうそう、ミス・セラニーね」

「おかしな筆名だな、内容を考えると。ミス・串刺し（ステイクン）とか、ミス・審判（ジャッジド）とかを選ぶべきだった」

ローリーは歯ぎしりを抑えた。「あなたの高い基準には達していないということ？」

「よく書けているとは思う。それは認めるが、あまりに過激な意見が前面に出ていると言いたいんだよ。筆者は女性と男性の役割を根本から変えようとしている。言葉を変えれば、文明社会の根本を揺るがそうとしているんだ。女性が戦争に行って、男性が家で子どもを育てるのか？　ばかばかしい！」

〝よく書けている〟その褒め言葉を心に留めて、ローリーはダシェル卿の端整な顔に拳を振りあげたいという衝動をこらえた。彼に自分の見解を示し、ふたりで諸問題について討論できたらどんなに楽しいだろう。「あなたは基本的な前提を誤解しているわ。女性と男性が役割を選ぶ自由があってもいいはずだと――」

そのとき、馬車が速度をゆるめて止まった。

彼女は窓から外を見た。立派な屋敷や店は、むさくるしい光景に取って代わられていた。通りは狭く、歩行者は粗末な身なりの労働者やけばけばしい女性たち、ときに気障な紳士といった雑多な人々になった。街角や酒屋の軒先に男たちがたむろしている。かもを待つ掏りか泥棒だろうか？

こんな地域にひとりで足を踏み入れずにすんだことに内心で安堵した。「わたしたち、どこにいるの？」

「セブン・ダイヤルズの近くだ。これから行く質屋は、盗品を何も言わずに買い取るらしい。始めるにはいい場所だと思う」

「あなたはこのあたりのことに詳しいの？」

「議会はこの街の犯罪を取りしまる方法を探っている。最近、ある犯罪網について書かれた報告書を読んだばかりだ。その質屋がとくに悪名が高い」

従僕が馬車のドアを開けた。ダシェル卿が彼女のほうに身を寄せてつけ加える。

「話はぼくに任せてくれ、ミス・パクストン。きみは口を閉じていてほしい。ぼくがしゃべるように言ったときだけ、しゃべること」

「でも、わたし――」

「〝でも〟はなしだ。きみはぼくの話に調子を合わせてくれればいい。余計なおしゃべりをする時間はないし、互いの話が矛盾するかもしれないからな。いいね？」

不本意ながら、うなずくしかなかった。たしかにダシェル卿の言うとおりだ。彼がネックレスに関する情報を得るために作り話をするなら、こちらはそれに合わせるしかない。

「どんな話をするつもりなの？」

「すぐにわかるさ」

ふたりは馬車をおりた。あたりはメイフェアのようなきれいな丸石敷きの通りではなかった。ジンの空き瓶が玄関先に転がり、さんざん踏みつけられた破れたちらしが汚れた歩道に散らばっている。前日の雨で泥水の水たまりができており、スカートの裾が濡れそうだった。

御者と従僕を馬車に残し、ダシェル卿はローリーのウエストに手を当てて、煤まみれのれんがの建物が並ぶ通りを進んだ。自分を守るように置かれたその手を、彼女は強く意識せずにいられなかった。自立心がおびやかされる気がする。

それでも抗議はしなかった。ことに、背中を丸めたならず者たちの脇を通り過ぎたときには。男たちは棺を思わせる長い木製の箱のまわりに集まって、大声ではやしたてたり悪態をついたりしていた。何事だろうとそちらに目を向けたとき、ダシェル卿がドアを押し開け、薄暗い店内に入っていった。

頭上でベルが鳴った。細長い部屋には鍵のかかったガラスケースが並んでいる。ブレスレットや燭台、懐中時計などが陳列されていた。オイルランプが店の奥から貧弱な明かりを投げかけている。カウンターのうしろに誰もいないところを見ると、店主は外出中のようだ。

「外の男の人たちは何をしていたの？」ローリーはダシェル卿にきいた。

「ねずみのレースだろう」

「ねずみですって！」

「このあたりは害獣が多いんだ。知っていると思うが」

本能的な嫌悪感に身を震わせ、ローリーは頭を振った。卑劣な脅迫犯を突き止めるためには危険も顧みない覚悟だったが、彼女に馬車に残りたいと思わせるものがひとつあるとすれば、まさにそれだった。昔から齧歯類は大の苦手なのだ。

「ねずみといえば、あれが見えたか？」ダシェル卿が薄暗い隅をのぞいて言った。

「何？」

「あそこの物陰を何かが走っていったぞ」

きゃっと声をあげ、ローリーは彼に抱きついた。恐怖に理性的な思考が吹き飛ばされ、ねずみがスカートの下にもぐり込み、ペティコートを這いのぼってくるのではないかという恐怖に身がすくんだ。子どもの頃、子守りが家庭教師にそんな話をしていたのを偶然聞いてしまったことがあるのだ。そのあとは何年も悪夢に悩まされた。

頭からつま先までがたがた震えながら、彼女はダシェル卿にしがみついた。彼の腕が体にまわされ、ぎゅっと抱きしめられる。そのぬくもりがつかのま安心感を与えてくれたものの、彼のかたい胸が押しつけられていること、魅惑的な松の香りに包まれていること、自分が糊の利いたクラヴァットに顔をうずめていることに気づくと、落ち着かない気持ちになった。

こんなふうに抱き合っていてはいけないと思いながらも、体を離せなかった。

「それ……もういなくなった？」

「ああ。少なくとも姿は見えない。向こうのほうが、きみ以上に怖かったんじゃないかな」

「こちらに走ってきていないのはたしか？　たとえばスカートの下とか」

「それはたしかだ。万が一、いても安心していい。ぼくが素手で殺してやる」

ローリーはふたたび身を震わせた。恐怖の余韻のせいか、背中をなぞる彼の手のせいかはわからないけれど。「からかわないで、ダシェル卿。わたし、ねずみはだめなの。不潔で、気持ちが悪くて」

「きみにも怖いものがあると知って安心したよ、ローリー。とくに、きみは男の庇護（ひご）など必要ないと豪語していたからね。自分の身は自分で守れると」

自分の名前が彼の唇から発せられる響きが、ローリーには心地よかった。でも、からかうような口調には腹が立つ。まったく、ばかにして！

挑戦的につんと顎をあげる。けれど、反論は舌先で止まった。ダシェル卿が表情をやわらげ、鉄灰色の目を愉快そうにきらめかせてこちらを見おろしていたからだ。口角を軽くあげて微笑む彼は、見る者の心をとろけさせるほどすてきだった。

「笑っているのね」

「ぼくだって、たまには笑う」

「そう。少なくとも、わたしは初めて見るわ」

笑みが冷たい石の彫刻をあたたかな血の通った男性に変えていた。そんな茶目っ気たっぷりの笑顔を見せられたら、ミス・アリス・キプリングもまたたくまに恋に落ちるだろう。でも、そう思うと胸が騒ぐのはどうして?

ローリーは一歩さがって彼から離れ、さばさばと言った。「もっと笑うべきね、ダシェル卿。だいぶ人間らしく見えるわ」

彼は表情を引きしめたが、まだ口元は微笑んでいた。彼女の手首もゆるくつかんだままだ。

「ぼくのことはルーカスと呼んでくれ。一緒に犯人探しをするというのに、堅苦しい呼びかけはかえって不自然だ」

「ルーカス」そっとつぶやいてみる。ふたりのあいだを親密な空気が流れた。彼の表情が笑みから何か熱を帯びた、官能的なものに変わった。視線が口元に落ち、ローリーは彼がキスしようとしているのだと気づいてぞくぞくした。ああ、わたしも彼の熱い唇を自分の唇に感じたい。欲求が体の芯を焦がすようだ。

ルーカスが手をあげ、ローリーが首に巻いている繊細なショールに触れた。指先が喉元の素肌をかすめたときには、彼女は震えを抑えきれなかった。彼はきっと、脈が速くなっていることに気づいたに違いない……。

「このショールはドレスに縫いつけてあるのか？」ルーカスがきいた。

「えっ？　いいえ、ただ首に巻いてあるだけ――まあ！」

彼は器用にショールを取ると、自分の上着の内ポケットに押し込んだ、ローリーは驚いて胸元に手をやった。薔薇色の絹のドレスはデビューシーズンの遺物だ。襟元は昼用ドレスとしては大きく開きすぎている。「何をしているの？」

「いずれわかる」

そのとき、店の奥からばたばたと足音が聞こえてきた。でっぷりとした男が奥の部屋から現れた。つやのある赤褐色の上着を着て、クラヴァットの代用らしい金のスカーフを襟元に巻いている。ランタンの明かりで、整髪料でかためた頭がぎらぎら光っていた。

「いらっしゃい、旦那（ミロード）さん、奥さん（ミレディ）。今日はどんなご用件で？」

ダシェル卿――ルーカスはローリーのウエストに腕をまわし、恋人同士のように抱き寄せた。「このかわいい女はレディじゃない」彼は言った。「そこがいいんだがね」

つまり、ローリーは彼の軽い浮気相手という役どころらしい。ルーカスがまた輝くような笑みを向けてきたとき、彼女は心を動かされまいとした。この笑みは首に巻いたショールを取ったのと同じ、計算ずくの行動なのだ。

ローリーはつま先立ちになって、彼のきれいにひげが剃られた頬にキスをした。

「あなただって紳士じゃないわよ。少なくとも寝室の中では」

しゃべるなと言っただろうとばかりに、ルーカスが片方の眉をあげた。横暴な男。愛人役を演じさせたいなら、こちらだって口の利けない間抜けでいるつもりはない。

店主が一礼した。「ネッド・スカリーです、なんなりとお申しつけください。で、そちらさまは……」

「ダシェル卿だ。こちらは……ジュエル」

ジュエルですって？

ローリーは思わず噴き出しそうになった。けれども店主がショールのない胸元をじろじろ見ていることに気づいて、気を引きしめる。スカリーという男には激しい嫌悪感を覚えた。品がなく、黒い小さな目ととがった顔、細い鼻といった顔立ちはねずみを連想させる。ひげに見える細い口ひげまで生やしていた。

「ここには街で一番の宝石がそろっていると聞いてね」ルーカスが言った。「いとしいジュエルは、奉仕に対して高価な光り物を要求するんだ」

「わたしが欲しいのはただの光り物じゃないわ、ダーリン。ダイヤモンドのネックレスでないといやよ」貪欲な女に仕立てられたことにむっとしながらも、ローリーは指をルーカスの襟からクラヴァットへと滑らせ、口のまわりをなぞった。彼の下唇はふっくらと官能的だ。鉄灰色の瞳が熱く陰るのを見て、彼女はうれしくなった。店主に向けて口をとがらせてみせる。「ダシェル卿は贈り物をけちるの。ちゃんとした宝石店には連れていってくれないのよ」

「そりゃ旦那の判断が正しい」スカリーが力をこめて言う。口ひげが小さく震えた。「当店には最高の品がそろえてありますからね。ああいう気取った店より、はるかにお手頃な価格で！」

　それはそうだろう、とローリーは内心で思った。宝石は盗品なのだから。

「手持ちのものを見せてくれ」ルーカスが尊大な口調で言った。「最高の品を頼むよ」

「すぐにお持ちします、ミロード」

　スカリーはそそくさと奥の部屋に消えた。上着の背の下で尻尾がぴくぴく振れているのを、ローリーはたしかに見た気がした。

　店主がいなくなると、彼女はくるりとルーカスのほうを向いた。声が聞こえないように注意しながら、身を寄せてささやく。「どういう話をするのか、ひと言教えてくれてもよかったんじゃない？」

「愛人役をやれと言って、おとなしくやったか？」彼も低い声で答えた。「知らないほうがよかったんだ。でないときみは、女性蔑視だのなんだのというくだらない説をぶちあげかねない」

「わかっていないのね。わたしはネックレスを探し出すためなら、そして犯人を突き止めるためなら、なんでもするわ」

「けっこう、だが、やりすぎないほうがいいぞ。あの男はきみをじろじろ見ていた。まあ、ぼくには関係のないことだが」

　ルーカスの視線が一瞬、胸元に落ちた。彼は嫉妬したのかもしれないと思うと、ローリーは妙にうれしくなった。「だったら、ショールは取らないでほしかったわね。それと、あなたもわたしをじろじろ見ないでほしいわ」

彼が視線をさっとローリーの顔に戻す。ランプの明かりで、ルーカスが首元まで真っ赤になったのが見て取れた。黙り込むのはいつものことだけれど、彼が言葉を失ったと思うとなんだかおかしい。

「ところで、最高の品を見せてくれなんて言うべきじゃなかったわ」小声で言った。「わたしの父からキティへの贈り物だけれど、父は大金持ちというわけではなかったもの」

「なら、ぼくがきいたときに、どんなネックレスか説明してくれればよかったんだ……ジュエル」

ルーカスの口元にからかうような笑みが戻った。ふと息苦しくなり、彼女は言った。

「そんなばかばかしい名前、どこから思いついたの？」

「ばかばかしい？　きみの瞳が美しい茶色のトパーズのようだからさ」彼が身をかがめ、じっとローリーの顔をのぞき込んだ。心臓がびくんと跳ねる。彼はわたしを口説こうとしているの？　わたしもそうしてほしいと思っている？　やがてルーカスは体を起こし、つけ加えた。「こんな口説き文句はどうだ？　ミス・キプリングにも効果があるだろうか？　もちろん彼女の目はブルーだから、比喩をサファイアに変えなくてはならないが」

冷水を頭から浴びせられた気分だった。ルーカスにかつがれたと思い――そのいかめしい表情の裏にさりげない機知が潜んでいることに気づいて、ローリーはいらだった。ユーモアのかけらもない気取り屋だと思っていたのに。彼をじろりとにらんだところで、店主が戻ってきたらしく足音が近づいてきた。

ネッド・スカリーは頰に大きな傷跡の走る大男を引き連れていた。その物騒な男が店主のうしろに立つ。スカリーは顧客が盗人である場合に備えて用心しているらしい。

彼はカウンターに革のケースを置くと、ランプの脇に濃いブルーのベルベットの布を敷いた。それからケースに手を伸ばし、ふたりに見えるよう注意深くネックレスを広げる。

「どうぞこれをごらんください。うちで一番の宝石です」

ローリーは目を丸くした。女王にふさわしいような豪華な品で、ひと財産するに違いなかった。驚くほどの数のダイヤモンドと真珠が、ブルーのベルベットの上できらめいている。中央には涙形の大きな真珠がさがっていた。

残念ながら、そのネックレスは小粒のダイヤモンドをつないだキティのネックレスとは似ても似つかなかった。

ルーカスが鋭い目でローリーを見る。「どうだい、ダーリン？」

彼女はげんなりした顔をしてみせた。「真珠！　真珠って悪運を呼ぶのよ。いらないわ」

「ですが、このダイヤモンドの大きさは――」スカリーが言いかけた。

「彼女はいらないと言っている。ほかのを見せてくれ」

「はい、ミロード。ご心配なく、いろいろ取りそろえてありますから」

店主はネックレスをケースに戻し、別のものを取り出した。今度は小さな宝石がはめ込まれた金の鎖に、リボン形のダイヤモンドがさがったネックレスだった。ローリーは首を横に振った。「俗っぽいわ。好みじゃない」

彼女は出されるネックレスのどれもが気に入らないふりをした。宝石が多すぎる、少なすぎる、デザインが凝りすぎている、地味すぎる、けばけばしい、貧相。しまいにはスカリーも困ってしまい、なんとか売り込もうとするものの、口ひげが引きつってきた。

「それで全部か？」ルーカスがばかにしたように言う。

「ダイヤモンドのものはそうですね。サファイアとエメラルドのものなら、まだたくさんありますよ。ほかの宝石も。想像してみてください、ミス・ジュエルの白い肌が美しいルビーのネックレスをまとったら――」

「もういい。ほかの店をまわる。どうも」

ルーカスはローリーの腕を取ってドアに向かった。

「ダイヤモンドがよろしければ、ブローチもありますよ」スカリーが背後から叫んだ。「イヤリングも、ブレスレットも、ティアラも！」

ベルを鳴らしてドアを開け、ふたりは外に出た。雲が太陽を隠し、すでに空気もひんやりしている。荒くれ男たちは、ありがたいことにねずみを片づけたあとだった。これまでのところ、いい知らせはそれだけだ。

「どれもキティのネックレスとは違っていたわ」いまになってローリーは、自分がどれだけ甘かったかに気づいた。残念なことに、いまだに手がかりのひとつもない。「このあとはどうしたらいいの？」

「リストにある次の店に行くのさ」ルーカスが彼女の顎の下に手を当て、顔を上向かせた。

そして、またかすかに微笑む。ローリーの脚から力が抜け、心がとろけた。「頼むから、そんな暗い顔をするな。ダシェル卿は愛人を幸せにすることもできないなんて噂が立つのはごめんだ」

13

紳士は妻に何を求めるのだろう？　しとやかさ、素直さ、従順さ、そして美貌。いずれも知性とは無縁のものだ。

ミス・セラニー

ルーカスが屋敷の前で馬車をおりた頃には、あたりは暗くなっていた。午後いっぱいローリーと過ごしていたので、彼女に手を貸して階段をあがることはいたって自然だった。高い柱の並ぶ柱廊玄関を抜け、従僕が開けた大きなドアから中に入る。玄関ホールで彼女がボンネットをジャーヴィスに渡すまで、ルーカスは自分の間違いに気づかなかった。

気づいたのも、ローリーがぎょっとした顔で彼を見たからだった。「あら、わたし、すっかり忘れていたわ。御者と一緒に厩舎へ行って、厨房のほうから入らなくてはいけなかったのに！」

「気にすることはない、ミス・パクストン」ルーカスは格式張った口調で言った。「このほうが都合がいい。夕食前に、きみと母に話したいことがある」

ふたりは並んで大階段をあがったが、彼は慎重にローリーと距離を置いた。危ないところだった。彼女を一時的な雇い人ではなく、社交界のれっきとしたレディとして扱おうとしていた。執事や従僕の前で名前で呼ばなかったのが、せめてもの救いだ。ましてや、ジュエルなどと呼ばなくてよかった。

その安っぽい名前にローリーが軽蔑をあらわにしたことを思い出し、ルーカスは笑いをこらえた。そろそろ放蕩者のまねはやめて、礼儀作法を重んじる現実社会に戻らなくては。とはいえ、実は彼女といるのが楽しくなりつつあった。明日まで犯人探しはひとまず棚あげと思うと、いささか残念ですらある。

全部で六軒の盗品を扱う店を当たった。しかし結局は無駄足に終わり、ダイヤモンドのネックレスはたくさん見たが、どれもキティ・パクストンのものではなかった。それでもルーカスにとっては、かつてないほど楽しい一日だった。

ローリーと一緒だからだろう。彼女は見事に愛人役を演じた。いまでもルーカスは体の奥が欲望によじれるのを感じた。彼をからかい、誘惑し、手を触れ、甘い声を出し――その演技はこちらが落ち着かなくなるほど真に迫っていた。すねた表情や思わせぶりな接触で男性を魅了するすべを、彼女はよく知っているらしい。八年前、求愛者たちに使った技巧と同じだ。その進化版と言っていい。自分はこの世でただひとりの男だと、相手に思わせる。

ルーカスはちらりとローリーを見た。こちらが当時――いまもだが――彼女に強く惹かれていたことなど、まるで気づいていないようだ。ただ自分の厳格な好みからすると、いささか享楽的な女性だと思っていた。魅力に屈しまいとしたが、一度だけ誘惑に負けてダンスを申し込んだ。

踊ったことを忘れたというのは真っ赤な嘘だ。ローリーを腕に抱いたときのことは、細かなところまですべて覚えている。そして思い出すたび、いまでも胸が熱くなる。くびれたウエスト、女性らしい曲線を描くヒップ、絹のような肌。話をしたくなかったわけではない。ただ、ほかの求愛者たちのように歯の浮くようなお世辞を言って、愚かさをさらすまいと決意していたのだ。あのときでさえ、ローリー・パクストンは自分にふさわしい女性ではないとわかっていた。

いまもあらためてそう思う。

階段をのぼりきると、ルーカスはもう一度ローリーを盗み見た。閉じられた寝室のドアが並ぶ廊下を、彼女はうつむきかげんで歩いていく。その輝くような美しさに胸が締めつけられた。華奢な耳元でカールする漆黒の髪、白鳥のように優雅な首、そして男勝りの性格と相いれない繊細な横顔。

八年前なら、ルーカスもほかの男たちのように積極的にローリーを追いかけ、その心を射止めようと甘い言葉をささやいてもよかった。もしかすると、彼女のほうも堅実で節操のある男性が必要だったのかもしれない。自分は彼女を救えたのかもしれない。

何を考えている？　もし当時ローリーと結婚していたら、父が遺した莫大な借金を払う手立てはなかったことになる。彼女は個人名義の資産を持っていない。その事実だけで、ローリーは月ほども遠い存在なのだ。

とはいえ今日、ふたりのあいだで何かが変わった。それは単なる欲望以上のもの——もちろん欲望があることも否定はできないが。役を演じるうち、気づくとふたりは対等な関係になっていた。主人と雇い人ではない。貴族と平民でもない。どちらかといえば、同じ立場にある友人だ。あの現代的な意見には必ずしも賛成できないけれど、ローリーが流行や人の噂しか話題のない、浅はかでつまらない女性でないことは評価できる。

アリス・キプリングとは違って。

そんな不実な思いを、ルーカスは心から締め出した。危険には近寄るな。ローリー・パクストンに惹かれたのは、いっときの気の迷いにすぎない。脅迫者が突き止められれば彼女は屋敷を去り、自分はアリスと結婚する。愛人は作らない——万が一、ローリーにその気があったとしても。父は服を変えるように次々と愛人を作った。何年も前、父のような男にはなるまいと決めたのだ。

ローリーが眉根を寄せ、足を止めて階段のほうを振り返った。深みのある茶色の瞳がルーカスを見あげる。「ジャーヴィスはさっき、あきれた顔をしていたと思わない？」

「胸元の開いたドレスの女性を見るのは初めてじゃない」

彼女はいらだたしげに首を横に振った。「わたしが言ったのは今日の外出のことよ。侯爵とそのお母さまのコンパニオンがふたりきりで出かけるなんて、怪しいと思われてもしかたがないわ」手を差し出す。「ショールを返して。レディ・ダシェルにふしだらと思われないように」

ルーカスから見れば、ローリーは袖のほつれた洗いざらしのドレスを着ていても、社交界のパーティでじゅうぶん通用する。それでも上着の内ポケットに手を入れ、丸めたレースのショールを取り出した。「ジャーヴィスには出かける前に本当のことを話しておいた。きみのお継母上が絡む難しい問題の解決に協力しているんだとね」

「なんですって！　キティは誰にも知られたくないと言っていたのに」

「ジャーヴィスは完全に信頼できる。いずれにしても詳しい話はしていない。ほかの使用人たちがぼくたちの外出に関して余計な噂話をすることがないように、気をつけろと命じてある」

ローリーは白いショールを首に巻き、その端を巧みにドレスの襟元にたくし込んでいる。ルーカスはその女性らしい仕草に目を奪われながらも、魅惑的な胸を隠さなくてはいけないというのはなんとも残念だと思った。肌を見せることが許される舞踏会へ彼女を連れていきたいものだ。いや、もっといいのはベッドに連れていき、その絹のような肌を隅々まで味わうこと……。

ローリーが顔をあげ、彼の視線をとらえた。やわらかな唇をすぼめ、反対側を向いてショールを巻き終えてから、肩越しに言う。「使用人たちはもう、わたしの恥ずかしい過去のことを知っているでしょうね。最悪の想像をしているんじゃないかしら。もちろん、あなたは心配いらないわよ。責めを受けるのは女性だけだから」

「ぼくたち男は世の中を動かしている。いいかげんにその事実を認めて、それ相応にふるまったらどうだ？」

ローリーはむっとした顔で振り返った。「そんなこと、認められるはず――」ルーカスが口の端をあげ、愉快そうな笑みを浮かべているのを見て言葉を切る。「まあ、わたしを……からかっているのね」

「かもしれないし、そうではないかもしれない」彼女はすぐにかっとなる。ルーカスに弱みを握られたから、なおさらだ。「さあ、もうずいぶん遅れている。侯爵夫人のご機嫌うかがいに行こう」

ふたたび廊下を進みながら、ルーカスは母親のことを思った。バーニス・カルペパーに任せてよかったのかという不安が心を離れない。ローリーのおばの歯に衣着せぬ物言いは、彼の留守中に少なくともひと波乱は起こしたに違いなかった。ルーカスは、ともかく母には逆らわないのが一番と考えている。でないと何日もふてくされ、こちらが折れるまで文句を言い続けるのだ。失敗を決して忘れさせない。

ローリーが侯爵夫人の寝室のドアの前に立った。問いかけるように彼のほうを見てから、袖に左手を置いた。「心配なの、ルーカス？　大丈夫よ。今日はおばがちゃんとレディ・ダシェルのお相手をしたから」

「母にはつらい思いをしてほしくない。母に幸せでいてもらうのが、ぼくの務めだ」

「あなたのお母さまは自ら幸せになろうとしなくてはならないのよ。体が不自由になったのも、あなたのせいではないのだし」

「ぼくのせいなのかもしれない」

口にした瞬間、後悔した。胸の奥深くに巣くう罪悪感を、これまで他人の前で認めたことなどなかったのに。

「なんですって？」ローリーが探るような目で彼を見つめた。心の動きを読み取ろうとするまなざしだ。「どうしてそんなことを言うの？」

「気にしないでくれ。きみはここでは、ただの使用人だ。きみには関係のないことだ」

その皮肉に腹を立てるどころか、彼女は両手でルーカスの手を取り、なだめるようにさすった。その指はやわらかく繊細で、彼は全身をなぞってほしくなった。

「話してみて。あなたのお母さまに関することなら、わたしも知っておくべきだと思うわ」

ローリーの手のぬくもりが彼の冷えきった心の芯にしみ入り、事故の記憶を溶かしていった。意識的に話そうと決めたわけでもないのに、気がつくと語りはじめていた。

「ぼくは昨年の春、ウエストヴェール・アビーにいる両親を訪ねていた。一緒にロンドンへ戻ろうと誘われたんだが、ぼくはふたりが何時間も言い争うのを聞いていたくなくてね。いつもけんかになるんだ。だからひとりで先に馬で帰った」後悔の波にのまれ、強い口調でつけ加える。「ぼくも一緒に馬車に乗るべきだったと聞かされた。

そうしたら、父が御者から手綱を取りあげるのを止めることができたんだ」

ローリーが彼の手をぎゅっと握った。「ルーカス、お父さまがそんなことをするなんて、あなたにわかったはずがないじゃない」

「父が向こう見ずなことは知っていた。しじゅう無茶をやらかす癖があったんだ」

「でも、あなたはお父さまのお守りじゃないわ。どちらかといえば、お父さまを止めるのはお母さまの役目だったんじゃないかしら」

「止めようとしたんだ。だが、父は聞かなかった」

「だったら、あなたの言うことも聞かなかったでしょう」ローリーのやわらかな茶色の瞳が、わたしを信じてというように強い光を帯びた。「あなたには予想もできなかったことで、自分を責めてはいけないわ」

「そうかもしれない」

それでも彼女が探るようにじっとこちらを見つめているので、ルーカスは落ち着かない気分になり、できる限り冷ややかな表情を作った。いったいなんの気まぐれで、心の一番奥に秘めた思いを口にしてしまったのか。なぜか女性の中でローリーだけが、自分に口を開かせ、しゃべらせる力を持っているらしい。

これ以上この話を続けても意味はないと判断したのだろう、彼女がルーカスの手を放し、小声で言った。「なんなら、ここで待っていて。奥さまがわたしたちを迎えてくださるかどうか、様子を見てくるわ」

ローリーが寝室に消えたとたん、罪悪感がふたたびルーカスに鋭い爪を立てた。なんと言われようと、やはり自分にも責任がある。もし御者台に乗らないよう父を説得できていたら。

もし自分がその場にいて母を守れていたら、いま母は寝たきりにはなっていなかった。もし、もし、もし。過去を書き換え、そうした〝もし〟を消すことができたら、どんなにいいだろう。

ドアが開き、ローリーが顔を出してにっこりした。大きな瞳をきらめかせ、中に入るよう手振りで示す。「早く。あなたにも見てほしいの」

ルーカスは母の広い寝室に足を踏み入れた。まるで監房のような部屋だ。できる限り豪華に飾りつけてはいるが、物質的にいかに恵まれようと、動かない脚を埋め合わせることはできない。迫りくる夕闇に対抗するため、暖炉のそばの燭台はろうそくに火が灯されていた。彼はまずベッドに目をやった。枕はふくらみ、白い上掛けは丁寧にめくられてシーツをのぞかせている。

ルーカスの胃がひっくり返った。母はどこだ？

次の瞬間、視界の隅で動きがあり、彼は化粧室のほうを向いた。ミセス・バーニス・カルペパーがドアのところに立っていた。

その光景にルーカスは仰天した。彼女は車椅子を押しており、そこにはレディ・ダシェルが玉座に座る女王のごとく鎮座していたのだ。事故の直後に彼が買った籐製の椅子。使うよう懇願したものの、母は不自由な体を人目にさらしたくないと断固拒否し、その意志を強調するために彼に本を投げつけた。

ミセス・カルペパーは寝室の近くにしまってあった車椅子を見つけたのだろう。だがいったいどんな魔法で、あれだけ嫌悪していた椅子に母を座らせたのだ？

さらに驚いたことに、母は寝間着から優雅なグリーンのドレスに着替えていた。この一年、着替えをいやがってきたのに。

目の奥が熱くなり、ルーカスはまばたきして涙を払った。胸が締めつけられる。なぜできたかなど、どうでもいいではないか。肝心なのは、母があの忌まわしいベッドから起き出したことだ。

喜びに呆然としながら、彼は母を見つめて足を踏み出した。灰色の髪はきれいな巻き毛に整えられている。頬には紅も差しているようだ。ルーカスはかがみ込んで、母のしわの寄った頬にキスをした。「母上……おきれいですよ」

侯爵夫人はいつものように横柄に顔をしかめた。そういうところは変わっていない。「遅いじゃないの。今夜は食堂で夕食をとりたいのよ。ずいぶんと待たされたわ」

「すみません。知っていれば……」彼は指で髪をかきあげた。信じられない思いだった。母がまた階下におりたいと言いだすとは。あまりに思いがけなく、考えをまとめられない。

「使用人には伝えていますか？」

「いいえ、閣下」バーニスが答えた。「わたしから厨房に、食事はそっちに置いとくよう伝えてはありますけれどね。驚かせたくて。まずはあなたの顔を見たかったんですって。待った甲斐があったわね、プルーデンス？」

がっしりとした女性を見あげ、母はかすれた笑い声をもらした。「ええ、本当に。すっかり仰天したようね。この子が卒倒しないのが不思議なくらいだわ」

母が自分を腰抜け呼ばわりしたことも、いまのルーカスには気にならなかった。それくらい、母がベッドから起きて動きまわることがうれしい。しかも笑っている。母の笑い声を聞いたのはいつ以来だろう？

「ベルを鳴らして、ジャーヴィスに夕食の件を知らせましょうか」ローリーがレディ・ダシエルにきいた。

「そうね、あなたも仕事をしたらいいわ。一日休みを取って、街をほっつき歩いていたのだから。そのあいだ息子と何をしていたのか、ちゃんと教えてもらいたいものだわね」

「それはダシェル卿が説明してくださると思います、奥さま」ローリーはいたずらっぽい目でちらりと彼を見ながら、ベッドの脇にさがったベルのひもを引いた。

今日の午後、ルーカスの愛人のふりをしていたことを思い出しているのだろう。彼としては、自分が実はその作り話を大いに楽しんでいたことを打ち明けるつもりはなかった。もちろん、父が愛人に送った手紙を盗んだ犯人を突き止めようとしているなど、母には口が裂けても言えない。

ルーカスは母親を見た。「前に説明したとおり、ミス・パクストンとぼくは彼女のお継母上に協力して、あること――ミセス・パクストンに対する違法行為について調べているんです。ぼくにはそれしか言えません」

「違法行為ね、ふん！　あなたもバーニスに劣らず口がかたいこと。わたし以外はみな、事情を知っているみたいじゃない。わたしだけをのけ者にするなんて、あんまりじゃないの」

「すみません、母上。ですが、人の信頼を裏切ることはできません。個人的なことで、ミセス・パクストンが内密にしてほしいと願っているんです」

「だったら、わたしの息子をそんな厄介ごとに巻き込まずに警察に連絡したらいいのよ！」

レディ・ダシェルは狡猾な目つきで息子を見た。「だいたい、わたしに話して困ることがある？　どのみち噂話をする相手もいないんだから」

車椅子のうしろにいたバーニスが前に出て、侯爵夫人に指を一本突き立てて振ってみせた。

「もうじき噂話をする機会もできるでしょう、プルーデンス。気が変わったんじゃなければね」

ふたりの老婦人は秘密めいた笑みを交わした。デビュタントがするような、娘らしい忍び笑いをもらす。

それを見て、ローリーが腰に手を当てた。「何をたくらんでいるんです？」

「あなたから話す？　それともわたしから？」バーニスがレディ・ダシェルにきいた。

「あなたからどうぞ。わたしはその話を聞いたときの、ふたりの顔を観察したいから」

「その話とは？」ルーカスは促した。

バーニスが彼を見て、次にローリーへ視線を移す。「遠まわしに言っても意味がないから、はっきり言うわよ。レディ・ダシェルは社交界に復帰すると決めたの」

この五分間で二度目の衝撃に、ルーカスは今度こそ倒れそうになった。母が社交界におけるふさわしい地位に戻るという望みは、すでに捨てていた。かつては舞踏会や社交行事が母の生きがいだった。友人や取り巻きに囲まれていることが、愛のない結婚生活の埋め合わせになっているように見えた。

ルーカスは微笑んだ。「すばらしいことだ、母上。どういうわけで復帰する気になったのですか?」

「バーニスに言われたのよ。引きこもっているなんてばかだって。みんな、わたしを哀れんでいるに違いない、颯爽と登場して、いまでも社交界の中心人物であることを示してやればいいって」

「なら、ぼくはミセス・カルペパーに感謝しなくてはいけない」ルーカスは言った。

「わたしもだわ」ローリーがつけ加え、バーニスに近づいて頰にキスをした。「おばさま、やっぱりあなたはたいした策士ね」

バーニスが控えめに微笑んだ。「決心したのはプルーデンスよ。わたしじゃない。死んでもいないのに、俗物どもに死亡記事を書かせる必要はないでしょう? パーティに現れて、本物の面白い記事を書かせてやったほうがはるかにいいわ」

「そのとおり」レディ・ダシェルが鉄灰色の目を輝かせて言う。「今日の午後、ジャーヴィスにあなたのところへ来た招待状を全部持ってこさせたわ。ルーカス、明日の晩にはティンズリー卿主催の恒例の舞踏会があるわね。そこにエスコートしてもらおうかしら」

「そんなに早く?」母が社交界に復帰するという事実にまだ戸惑っているのに、明日と聞いて、ルーカスはまた仰天した。しかし、そうなるとニューカムのカードパーティにもぐり込むのは難しくなる。「でも、何を着ていくんです？　どうやって――」

「何を言ってるの。衣装室には昨シーズンから着ていないドレスがあふれ返っているのよ。どれを着ても大丈夫。もっとも、ミス・パクストンは妹さんからふさわしいドレスを借りないといけないだろうけれど」

「ミス・パクストン？」

「聞こえたでしょう。周囲をあっと言わせるには、悪名高い女性をコンパニオンとして連れていくのが一番じゃないの」

ルーカスはぽかんと口を開けて母親を見つめた。なんだかとんでもないことになってきた。大事故でけがを負ったあと社交界に復帰するのと、ローリーを連れていくことはまったく別問題だ。

アリス・キプリングとの結婚を考えているときに、家族が醜聞に巻き込まれるのは望ましくない。この結婚はなんとしても実現させたい。でないと破産するしかなくなってしまう。すぐにも耳をそろえて返すと約束して、債権者たちに支払いを待ってもらっているのだ。何重にも抵当に入った不動産から金をひねり出すのは、もはや不可能だった。好むと好まざるとにかかわらず、ルーカスの将来は――この一族の将来は、彼が女相続人と結婚できるかにかかっている。

ちらりとローリーを見た。彼女も愕然とした表情でレディ・ダシェルを見つめている。さすがに言葉も出ないようだ。

ルーカスは一歩前に出た。「申し訳ありませんが、母上、それは無理です。ミス・パクストンは社交界を追放された身です。ティンズリー卿も、彼女のことは屋敷に入れないと思いますよ」

「冗談じゃないわ」レディ・ダシェルは車椅子から挑戦的なまなざしで息子を見あげた。「わたしがどれほどの影響力を持っているか忘れたの？　少しばかり評判に問題のあるレディくらい、受け入れさせてみせるわよ」

「少しばかり？　おわかりじゃないようですね、母上。ぼくとしても許すわけにはいかない――許すことはできないんです、舞踏会にいわくつきの女性同伴で行くなんて」

「ちょっと失礼、閣下」バーニスが口を挟んだ。「わたしの姪は立派なレディですよ、一度だけ過ちを犯したけれどね。そのことで一生責められるのは間違ってます」

ルーカスはローリーのおばに視線を移した。顔をしかめ、こちらをにらんでいる。わが子を守ろうとする母熊のようだ。彼はふと、この女性は最初からそのつもりだったのではないかと思い、感謝の気持ちが怒りに変わった。母は利用されたのか？　ローリーを社交界に復帰させるために？

老婦人ふたりはどちらも、頑なな表情を浮かべている。説得は難しそうだ。

今度はローリーのほうを見た。彼女なら、ルーカスと同意見かもしれない。例の進歩的な考え方からして、自分を拒絶した貴族社会の中でいまさらレディを演じる気はないだろう。

だが彼女の繊細な顔にも、ほかのふたり同様、頑なで挑戦的な表情が浮かんでいた。

意固地に顎をあげ、ローリーはルーカスをにらんだ。「わたしはいわくつきの女かもしれないけれど、社交界にふさわしいふるまいをすることくらいできます。レディ・ダシェルがわたしに同伴してほしいとおっしゃるなら、そうさせていただくわ」

14

貴族の結婚とは同盟のようなもので、愛は無関係である。

ミス・セラニー

ローリーは継母の屋敷の裏にある、暗い路地を急ぎ足で進んだ。日はすでに沈み、前方を見通すことが難しくなっている。近隣の建物の窓からこぼれ出るランプの黄色い明かりだけでは、とうてい足りないほど闇は濃かった。

おばのバーニスはレディ・ダシェルの強い勧めで夕食まで残ることになったが、ローリーは明日の舞踏会用にドレスを借りるなら、手直しが必要な場合に備えてすぐ行動するほうが賢明だからと断りを入れてダシェル・ハウスを出てきた。実際はあまりにもルーカスに腹が立っていて、同じ食事の席につきたくなかったのだ。

〝許すことはできないんです、舞踏会にいわくつきの女性同伴で行くなんて〟

ルーカスが母親に下した決めつけの命令は、ともに午後を過ごしたことでローリーが彼に抱くようになったあたたかい仲間意識を一瞬で消し去った。両親の事故に罪悪感を覚えていると打ち明けられ、彼に感じていた同情の気持ちも。

いわくつきの女性だなんて！

今日、彼の愛人を演じていたときは、一緒になって戯れを楽しんでいたのに。あの鉄灰色の瞳に浮かんだ強烈な欲望のきらめきを、ローリーはたしかに目にした。ルーカスが放つ情熱を間違いなく感じた。愛撫するような声を耳にし、微笑みに官能的な熱がこもるのを目撃したのだ。

それなのに、現実のルーカス・ヴェールはみじんも変わっていなかった。ローリーのことを立派な靴を履いた足で踏みつける虫けら以下の存在と見なす、冷血な独裁者のままだった。あの屈辱的な出来事から八年も経つというのに、まだ非難されるなんて！　あれからわたしも成長したことがわからないのだろうか？　男の嘘を信じたせいで、すでに法外な代償を支払っているとは考えられないの？

「きみはとても美しい」ステファノが耳元でささやいた。「愛されるために作られた女性なんだよ、かわいい人。ぼくが永遠に愛する女性だ」

イタリア語と同じ抑揚で語られる熱烈な告白は、ローリーの夢見がちな心を震わせた。だから彼の両手がスカートを押しあげても、彼女は抵抗しなかった。秘められた場所を厚かましい手に撫でられると激しい欲求がこみあげてきて、卒倒するかもしれないと思った。そして、初心な娘につけ込む悪い男について聞かされていたあらゆる警告を無視した。ステファノは違う。彼はわたしを愛しているんだもの。求婚されて、ふたりはいつまでも幸せに暮らすに違いないわ。

けれども、歓びの靄に包まれていたローリーにまったく予想もしていなかったことが起きた。大きな音を立ててドアが開いたのだ。乱暴な足音。激怒する父の声……。

ローリーは路地と同じくらい暗い気分になった。たった一度の過ちを責めるなんて、ルーカスは間違っている。あの頃の彼女は若くてだまされやすく、誘惑に慣れた男には絶好の獲物だった。でもルーカスは、ティンズリー家の舞踏会に出ればローリーがまた恥をさらすと確信しているようだ。じゅうぶんな教訓を得たのだから、もう二度と軽率な行動を取らないとは思えないの？

レディ・ダシェルから舞踏会への出席を提案され、ローリーが最初に感じたのは恐怖だった。自分をあざ笑った噂好きな人々と対面することを想像して、怖じ気づいたのだ。パーティの真っ最中にステファノと父の書斎にいるところを見つかったあの夜以来、彼女はそれらの人たちの誰とも顔を合わせていない。

父は激怒していた。そしてステファノに、ただちにローリーと結婚するよう迫った。恐ろしい真実が判明したのはそのときだった。ハンサムな異国の外交官には、すでに故郷のイタリアに妻がいたのだ。

父の激しい怒りを思い出し、ローリーはたじろいだ。殴り合いになるのを避けるには、ふたりの男性のあいだに割って入るしかなかった。ステファノは腰抜けのようにあわてて立ち去り、二度と姿を見せることはなかった。けれども、彼への失望よりつらかったのは、ローリーをノーフォークのおばのところへ行かせると決めたときの、父の顔に浮かんだ深い悲しみだった。その一年後に父は亡くなり、彼女には償いをする機会すら与えられなかった。

だが、いつまでも過去の過ちを恥じてうなだれているつもりはない。恐れに立ち向かうときが来たのだ。舞踏会に出よう。ルーカスが反対しようと関係ない。評判の失墜した女性に我慢できないなら、世間知らずで頭の空っぽなアリスを口説けばいい。彼女なら歓迎してくれるわ!

やがてローリーは継母の屋敷の裏庭へ続く門にたどりついた。ウィッテンガム公爵が訪ねてきているかもしれないので、裏から入ったほうがいいだろう。なるべくキティの機嫌を損ねないようにしなければ。それでなくとも、ローリーが社交界に戻ると知れば、継母はいらだつに違いないのだから。

取っ手に手を伸ばしたところで、ふいに門が開き、飛び出してきた人物がローリーにぶつかった。

驚いた彼女が息をのむと同時に、相手が甲高い悲鳴をあげる。屋敷からもれるわずかな明かりで、黒いケープをまとった女性の輪郭が浮かびあがった。フードが滑り落ちてあらわになったのは、薄暗がりでもわかるほど見知った顔だった。

「フォスター?」ローリーは声をあげた。「あなたなの?」

「ミス・パクストン! お許しください! 誰かに会うなんて思ってもいなくて……」不安げな声は次第に小さくなり、ぎこちない沈黙が広がった。

「気にしないで。だけど、そんなに急いでどこへ行くの？」

「あの、わたし——病気の母を訪ねなくてはならないんです。ミスター・グリムショーに許可をいただきました」

「そう」ローリーはがっかりした。主（あるじ）であるキティが屋敷にいるのに、フォスターが外出するとは考えられないからだ。「ミセス・パクストンとわたしの妹は、今夜はもう出かけてしまったのかしら？　その前につかまえたいと思っていたのだけれど」

「ああ、おふたりなら、まだいらっしゃいますよ。公爵閣下が九時においでになる予定ですので。申し訳ありませんが、そろそろ行かないと」

さっとお辞儀をすると、フォスターは急ぎ足で路地を歩きだした。

ローリーは彼女の姿が闇に消えるまで見送った。フォスターと言葉を交わしたのは初めてだが、メイドにしては驚くほど上品な言葉遣いだった。レディとして教育を受けたことがあるのだろうか？　それにたとえ母親が病気だとしても、キティが外出を許可するのは奇妙だ。月に一度の決められた半日休暇を除いて、使用人たちに休みが与えられることはめったにない。

門を押し開けて、ローリーは小さな庭を進んでいった。公爵が到着するまであと三〇分あると判明したので、厨房から入るという当初の計画は中止する。代わりにガラスドアのある図書室へ向かった。ドアには鍵がかかっていたが、取っ手を揺すればうまく開けられるとわかっていた。そしてありがたいことに、この八年のあいだにかんぬきは修理されなかったらしい。

　図書室に入ったローリーは、黒いかたまりのように見えるいくつもの家具のそばを通り過ぎた。革で装丁された本のにおいが、父親の懐かしい記憶を呼び覚ます。この部屋は以前、父の書斎として使われていた。子どもの頃の彼女が、父親のそばで幸せなときを過ごした場所だ。ステファノと長椅子で抱擁しているところを見つかり、父に計り知れない苦しみを与えた場所でもあると思うと、胸が痛くなった。

　図書室を出て玄関ホールへ向かい、そこから階段をあがったところで、不運にも客間から出てきたグリムショーに出くわした。ローリーの姿を目にしたとたん、執事は口元をゆがめた。八年前、父がステファノを厳しく非難する様子を廊下で盗み聞きしていたときと、まったく同じ表情だ。

　あとでわかったのだが、ローリーの不品行を父に告げ口したのはグリムショーだった。彼はいつもこそこそ動きまわって盗み聞きをしていた。脅迫の容疑者リストのトップに彼の名前を載せたのは、それが理由だ。

「どうやって中に入ったんです？」グリムショーが横柄な口調で尋ねた。「ノックの音は聞こえませんでしたが」

「わたしなりのやり方があるの。セレステは寝室にいるのかしら？」

「ミセス・パクストンと客間でお客さまを迎えていらっしゃいます。邪魔をしないほうがよろしいでしょう。まもなく公爵閣下が到着されるはずですから」

廊下に置かれた背の高い時計が鳴った。八時三〇分だ。フォスターは、ウィッテンガム公爵が九時に来る予定だと言っていた。ローリーは房飾りのついたペイズリー柄のショールを執事に渡した。社交界にデビューした当時のもので、ずいぶんみすぼらしくなっている。

「とにかく行ってみるわ」

グリムショーの横をすり抜け、彼女は客間に足を踏み入れた。以前は濃い緑でまとめられていた内装が薔薇色とクリーム色の配色に変わり、くるみ材の優美な家具が置かれている。キティが改装したらしい。おそらく、父が取っておいたローリーの持参金を使って。

彼女は大理石の暖炉のそばに座る人々に近づいた。訪問客というのは、このあいだの朝と同じ女性だった。三人とも優雅な夜会服に身を包んでいる。ミセス・エジャートンは翡翠色の絹、キティは空色、そしてセレステはブロンドの巻き毛に飾った薔薇のつぼみと同じ、淡い黄色のドレスだ。おしゃべりに興じる年かさのふたりと異なり、膝の上で両手を組んで座っているセレステは、子ども部屋の棚に置かれたかわいらしい磁器の人形に見えた。けれども彼女の青い瞳がローリーをとらえたとたん、人形のような印象ががらりと変わった。あたたかな笑みで顔をほころばせ、さっと立ちあがって姉を抱きしめる。

「うれしい驚きだわ！　レディ・ダシェルがお休みをくださったの？」

ローリーは胸がいっぱいになった。無条件に愛してくれる人がいるというのは、とてもすばらしいことだ。過去に過ちを犯しても、軽蔑しないでくれる人がいるというのは。

「実は長くはいられないの。すぐに戻らないと」

「レディ・ダシェルですって？」ミセス・エジャートンが熱心な口調で尋ねた。「キティ、継娘がロンドンに来たのは結婚式の計画を手伝うためだって、あなた、言っていたわよね。まさか彼女は侯爵夫人に雇われているんじゃないでしょうね？」

キティがあせった顔になる。「あら、ナディーン、話していなかったかしら？　オーロラは少しのあいだだけ、侯爵夫人のコンパニオンを務めることになったの。だけど大っぴらにしないほうがいいと思ったのよ。世間がどんなふうに噂するか、あなたも知っているでしょう」

セレステの笑みが消えた。「ごめんなさい、お母さま。口にしてはいけないと思わなくて」

「いいのよ。ミセス・エジャートンなら信頼できるから」キティは長椅子から立ちあがり、不安げな視線をローリーに向けた。「わたしに会いに来たの、オーロラ？　ふたりだけで話したいなら居間へ行きましょう」

継母はローリーが、盗まれた手紙の件で訪ねてきたと思っているようだ。レディ・ダシェルの付き添いで舞踏会へ行くことには言及せずに、その誤解を正さなければならない。事実を知れば、キティは激怒するに違いなかった。

「それほどたいした用事じゃないの」ローリーは言った。「わたしの衣装戸棚の中身があまりにお粗末なので、レディ・ダシェルに非難されているのよ。やさしいセセならドレスを一枚か二枚、貸してくれるだろうと言われたわ」

「ドレスを貸すだなんて！」キティが口を開く。「侯爵夫人もずいぶん出しゃばったことをおっしゃるのね」

「たしかに変わった要求だこと」ミセス・エジャートンも同意する。「だけど、あの悲劇的な事故以来、レディ・ダシェルはかなりの変わり者になってしまったと聞いたわ。本当なの、ミス・パクストン？」

栗色の髪をアップにまとめ、エメラルドのイヤリングをつけた姿は上品かもしれないが、根っからの噂好きのミセス・エジャートンは鋭いところを突いてくる。でも、ローリーはくだらない話のたねを提供するつもりはなかった。「わたしに見苦しくない格好をしてほしいだけでしょう。ダシェル・ハウスは大きなお屋敷ですから、とくにおかしな考えでもないと思いますけれど」

「もしかして、ついでにダシェル卿の目に留まることを期待しているんじゃないでしょうね？」ミセス・エジャートンが思わせぶりな目つきでローリーを見る。「そんな野心は捨てたほうがいいわ。彼はいま、並はずれて裕福な平民で、ミス・キプリングという名前のかわいらしい娘を口説いているところなのよ」

「それは承知しています」

ローリーは無理やり笑みを浮かべたものの、内心では憤慨していた。無礼なことに、ミセス・エジャートンはローリーが独身貴族をうまく言いくるめて結婚に持ち込むために屋敷での職を得ようとする、財産狙いだとほのめかしているのだ。

そんな扇情的な噂も、この女性なら広めかねない。だがミセス・エジャートンは、キティが縫い物かごに隠した手紙の束を盗むほど恥知らずだろうか？　自分の友人を脅迫したりする？

いまのところ、ローリーが直感的に嫌悪感を抱いているという点以外に、ミセス・エジャートンを疑う理由はなかった。可能性を立証するには証拠を見つけなければならない。

「喜んでお姉さまにドレスを貸すわ」セレステがにっこりして言った。「いいわよね、お母さま？　いますぐ階上へ行ってドレスを選べば、公爵閣下がいらっしゃる前に戻ってこられるもの」

キティは唇を引き結んでいる。セレステのためにあつらえた高価なドレスを継娘に貸したくないのだ。けれど手紙を見つけるまでは、レディ・ダシェルの機嫌を損ねてはいけないとも考えているのだろう。

「わかったわ、いいでしょう」キティがしぶしぶ言った。「だけど急いでちょうだい。それから、あまりきれいなものを選んではだめよ。ただのコンパニオンにはふさわしくありませんからね。ところでオーロラ、バーニスはどこにいるの？　あなたと一緒に戻ってきたのかしら？」

「わたしがいないあいだ、レディ・ダシェルに付き添ってくれているの」ローリーは言った。

「ふたりはもともと古い友人だったそうで、すっかり意気投合したみたい」

「そう。では彼女に、できるだけ早く戻ってくるように伝えてちょうだい。あまり長居をしては、レディ・ダシェルに嫌われてしまうでしょうから」

継母が不安そうな表情をしていることにローリーは気づいた。キティは今朝、情事と盗まれた手紙の件をバーニスに打ち明けざるをえなかったのだ。義理の妹が秘密を口外しないか心配なのだろう。でも、ローリーに継母を安心させる気はなかった。やきもきしていればいいのだ。

姉妹は急いで階段をあがり、セレステの衣装室へ向かった。明かりを灯した燭台をそばに置き、彼女が衣装戸棚を開けると、ずらりと並んだ美しいドレスの数々があらわになった。社交界デビューする娘にふさわしい、淡い色合いのものがほとんどだ。

「どれでも好きなものを持っていって」セレステは寛大に言った。「どうしてもとお母さまに言われたからあつらえたけど、こんなにたくさん買う必要があるとは思えないわ。これはどうかしら?」

セレステがリーフグリーンの、繊細なモスリンのモーニングドレスを引っ張り出した。型も生地も、夜の正式な催しよりは昼間向きだ。妹にはレディ・ダシェルの計画を明かさざるをえないだろう。

「とてもきれいだわ。でも……誰にも言わないでくれる?」

「もちろんよ!」

「実は、レディ・ダシェルは社交界に戻れるくらい回復しているのよ。明日の夜のティンズリー卿の舞踏会への出席を計画しているわ。それで、わたしも付き添うように言われているの」

セレステのかわいらしい顔に笑みが広がった。「本当に？　お姉さまもティンズリー卿の舞踏会に出席するの？　ああ、すばらしいわ！　向こうでお話しできたらすてきでしょうね。だけど、どうしてお母さまに言ってはいけないの？」

「賛成されるとは思えないからよ。ご存じのとおり、わたしはいまだに好ましからざる人物だから」

セレステはドレスを衣装戸棚の掛け金に戻した。「お母さまとお父さまがお姉さまを遠くへ行かせたのは残酷だったと、いつも思っていたの」

「いいえ、それは違うわ」時間はかかったけれど、ローリーは現実を直視できるようになった。自らを破滅へ導く危険のある、無謀な行動を取ったのは彼女自身なのだ。卑劣な女たらしだとあとでわかった魅力的な外国人に、恋をしているつもりでいた自分のせいだった。「あなたは幼すぎて詳しいことまで覚えていないと思うけれど、わたしは八年前にひどい醜聞を引き起こしたの。社交界から追放されて当然のことをしたのよ」

「お母さまが話してくれたわ。お姉さまは……男の人に誘惑を許したとか」セレステは姉の手を取ってぎゅっと握りしめた。「だけど、わたしは気にしない。そんな昔に起こったことのせいで、お姉さまを遠ざけたりしないわ。レディ・ダシェルがついていてくだされば、ほかの人たちもまたお姉さまを受け入れるようになるはずよ」

ローリーもそう願っている。上流階級の人々にふたたび認められたいからではなく、脅迫者の正体を突き止める必要があるからだ。ルーカスは容疑者として、彼の父親の旧友だったヒューゴ・フランダーズ大佐とラルフ・ニューカム卿の名をあげていた。社交界でローリーが自由に動けるようになれば、ミセス・エジャートンに加えて、そのふたりを調べやすくなるはずだ。

とはいえ、犯人を見つけることだけが目的ではない。彼女を嘲ったルーカスを見返し、いわくつきの女性と非難したことが間違いだったと証明できれば、胸がすっとするだろう。まったく、四角四面のいまいましい人！

「舞踏会で注意を引きたくないの」ローリーは言った。「だから、あなたも秘密にしておいてほしいのよ。おせっかいな人たちを近づけずにすむように」

「わたしのせいでミセス・エジャートンに、お姉さまがレディ・ダシェルのコンパニオンだと知られてしまったわ」セレステが悲しげにうなだれる。「言ってはいけないと気づけないなんて、どうしようもない愚か者ね。許してくれる？」

ローリーはすばやく妹を抱きしめた。「許すことなんて何もないわ。あの人のことだから、あなたが言わなくてもすぐに気づいたはずよ。それに、わたしが社交界に戻ろうとしていることは教えていない。知れば、あちこちで吹聴してまわるに違いないもの」

「噂好きな人だから。わたしのことだって、裏で何を言っているかわからないわ」

「すてきな娘さんだと言っているわよ。それに忘れないで、ウィッテンガム公爵夫人になれば、ミセス・エジャートンがあなたの前でお辞儀をするところが見られるわ」

たちまちセレステの顔から輝きが消え、苦しげな目つきになる。まるで婚約のことを意図的に忘れていたのに、思い出してしまって残念だと言わんばかりに。

セレステはローリーに背を向けて衣装戸棚をのぞき込み、紗や絹のドレスを引っ張り出した。ろうそくの明かりを受けて、指にはめた巨大なダイヤモンドの指輪がきらめく。

「人にお辞儀されることを考えると、おかしな気持ちになるわ。公爵夫人としてのふるまいなんて、わたしは何も知らないのに」

苦悩に震える妹の声にローリーは心を揺さぶられた。振り返らせると、セレステは唇を噛んでいた。「あなたは立派な公爵夫人になるわ。でも、本当にこの結婚を進めていいの、セセ？　ウィッテンガム公爵はずいぶん年上だし、あなたには退屈な相手のように思えるけど」

「彼はとても親切で……気前がいいわ。贈り物をたくさんくれるの」

「父親だって同じことをするわ。けれど、あなたに必要なのは心の底から愛してくれる夫よ。それがあの人だと断言できる？」

青い目が急に潤み、セレステはまばたきした。両手で顔を覆って、押し殺したすすり泣きをもらす。「ああ、そんなことをきかないで、お姉さま！　お願いよ。わたし――わたしには答えられない！」

ローリーは涙をこぼす妹を抱き寄せた。セレステへの心配とキティへの怒りで、胸が引き裂かれそうだ。継母は娘の幸せなど気にもかけず、自分の身勝手な野心を満たそうとしている。

セレステの手にハンカチを握らせて、ローリーは言った。「セセ、絶対にウィッテンガム公爵と結婚しなければならないわけではないのよ。キティと話して、この結婚への不安を率直に告げるべきだわ」

「もう――もうやってみたの」セレステが濡れた顔にハンカチを押し当てた。金色のまつげに涙が光っている。「だけどお母さまは、わたしの婚約に大喜びしているのよ。がっかりさせるなんてできない！」

「彼女を喜ばせるためだけに、あなたが不幸になってはだめよ。まだ間に合うわ。公爵に、求婚を受け入れたのは間違いだったと言いなさい。謝って許しを請うの。怒鳴り散らされるかもしれない。でも、不幸せな人生を送るよりはましよ」

「できないわ！　わたしはお姉さまのように勇敢じゃないもの。昔からそうだった」

ローリーは妹の頬に流れる涙をぬぐった。「あなたなら絶対にできる。自分を信じて、気持ちをしっかり持ってさえいればいいの。誰かに無理じいされて望まない結婚をしてはだめ。あなたはまだ一八歳なのよ。心底愛せる男性に出会う時間は、たっぷりあるわ」

妹が顔をそむけた。ろうそくの明かりが濡れた頬を照らす。まつげを伏せたその表情が何かを隠しているように見え、ローリーの注意を引いた。セレステはほかの誰かに好意を抱いているのだろうか？　そうだとしたら、いったい誰に？

そういえば、ヘンリー卿と彼の友人のペリー・ダヴェンポートがセレステについて熱心な口調で話していた。ふたりとも彼女に惹かれているようだったけれど、あのときはたいした問題ではないと思ったのだ。

妹の顔を上向かせて視線を合わせる。「わたしを見て、セセ。本当のことを言ってちょうだい。別の男性に恋をしているの？」

見開かれたセレステの目にやましさが浮かんだ。「どうしても知りたいなら言うけれど、そうよ」彼女は打ちひしがれた声で言った。「とても話しやすい人で、年もずっと近いわ。でも、次男なの。自分の財産はなくて、いまはまだ妻を養う余裕がない。一、二年もしたら状況が変わっているかもしれないけれど、その頃にはもう手遅れだわ！」

ヘンリー卿は次男だ。セレステがひそかに愛情を抱いているのは彼だろうか？　ほかの描写も彼に当てはまる。ルーカスは巨額の負債を抱えているのだから、その弟も一文なしに違いない。それにルーカスがアリス・キプリングからの莫大な持参金を手に入れれば、一、二年後にヘンリー卿が結婚できる可能性はじゅうぶんにあるだろう。

「その人の名前を教えてくれる？」ローリーはきいた。「あなたの代わりにわたしが話をして、彼の財政状況がどれほど深刻か、突き止められるかもしれないわ」

セレステが首を激しく横に振った。「だめよ！　わたしが不幸せだと知れば、彼は公爵に決闘を申し込まなければいけないと考えるわ。早まったことはしてほしくないの！」

どうやら若くてせっかちで、セレステに対して輝く鎧（よろい）をまとう騎士の役目を果たそうとするような人物らしい。その描写もヘンリー卿と符合する。でもセレステが身元を明かしたくないというなら、ローリーとしては妹の望みを尊重せざるをえなかった。

「わかったわ。無理に言わなくていい。さあ、涙を拭いて、わたしのために舞踏会用のドレスを選んでちょうだい」

話題を変えることができて、セレステはほっとしたようだ。ふたたびローリーに背を向け、オーガンジーのスカートや地模様のある白い紗、淡い色の絹のドレスが並ぶ衣装戸棚の中身を吟味しはじめた。やがて奥のほうから、ウエストをクリーム色のサッシュリボンで締めた、ブロンズ色の波紋柄の絹のドレスを取り出す。「これなら、お姉さまの黒髪にすごく映えると思うわ。わたしには少し色合いが暗いとお母さまも言っていたし。どうかしら?」

ローリーは大きな姿見の前に立ち、ドレスを体に当ててみた。一瞬、自分が夢と希望にあふれる若いレディに戻ったような気がして、切ない気持ちになった。でも、あの娘は永遠にいなくなってしまったのだ。「完璧だわ。ありがとう、セセ」

「日中の外出着も必要でしょう。リーフグリーンのモスリンのドレスも持っていって。真珠のボタンがついた、このピンク色の絹も」

さらに数着のドレスを積みあげるセレステを見て、ローリーは笑い声をあげた。

「じゅうぶんよ！　こんなにたくさん、ダシェル・ハウスまで持って帰れないわ」

「ここまで歩いてきたの?」姉の言葉にセレステが驚愕の表情を浮かべる。「帰りも歩くなんてだめよ。夜だし、追いはぎがいるかもしれないわ」

「グローヴナースクエアはそれほど遠くないわ。わたしなら大丈夫」

そのとき、衣装室の外の部屋のドアをノックする音が聞こえ、セレステがさっと振り返った。「公爵閣下が到着したんだわ。急いで階下へ行かないと」

先ほどより朗らかになった声から判断して、沈んだ気分からは脱したらしい。ローリーは妹が何かを決意したような印象を受けた。実際のところ、青い瞳は見たこともないほど興奮して輝いている。

「ウィッテンガム公爵との婚約は破棄すると決めたの？」ローリーは尋ねた。

「まだわからないわ」セレステが言葉を濁す。「でも心配しないで、真剣に考えてみるから。さあ、ドレスに合うボンネットとレティキュールも選んでね。どれでも好きなものを持っていって。それから、ありがとう。お姉さまはいつでもすごく頼りになるわ！」

姉にキスして、セレステはあわただしくドアへ向かった。ローリーがあとを追って部屋を出ると、妹はグリムショーに小声で何かを伝えているところだった。そして少女のように弾んだ足取りで廊下を進んでいく。

セレステは何を決心したのだろう？　心の声に耳を傾け、若い紳士を待つことにしたのだろうか？　謎の男性はヘンリー卿なの？　ああ、この問題を話し合う時間が、もう少しあればよかったのに！

グリムショーが冷たい目でローリーを見た。「ミス・セレステから、あなたさまのために馬車を呼ぶように言われました。そのあいだに、厨房にいる酔っぱらいの船乗りと話をしてもらえるとありがたいのですが」

「マードック？」ジョッキに入れたラム酒をちびちび飲むバーニスの使用人を見て、この執事は嫌悪に顔をゆがめたに違いない。その姿を想像して、ローリーは笑いをのみ込んだ。

「食糧庫の床に大の字になって、いびきをかいているんです。おかげで料理人が取り乱している。この屋敷の中で、そのような騒ぎが起こるのは耐えられません!」

「あとでおばに彼を起こしてもらうわ」ローリーにすれば、グリムショーが不快になろうが、そんなことはどうでもよかった。けれども執事と顔を合わせたことで、もっと重要な問題を思い出した。「ところで、さっき庭でフォスターに出くわしたの。あなたから休みの許可をもらったと言っていたけれど」

驚いたことに、グリムショーは用心するように目をそらし、それからいつもの傲慢な落ち着きを取り戻して言った。「母親の具合が悪くなったので」

「フォスターは今夜のうちに戻ってくるのかしら?」

「ええ。薬を届けに行っただけですから」

それは妙だ。あのメイドは何も持っていなかった。「母親はどこが悪いの?」

「存じません。よろしければ失礼します。馬車を呼ばなければなりませんので」

グリムショーが使用人用の階段へ続くドアの向こうへ姿を消すまで、ローリーは目で追った。急いで立ち去ろうとしたのは怪しい。まるでわたしの質問から逃れたいかのようだった。

だけど、どうして?

フォスターの外出の件を尋ねられたくない理由はなんだろう? あのメイドの母親は本当に病気なのだろうか? 何かほかの、秘密の使いに出されたのでは?

ローリーは不可解な点について考えた。グリムショーがフォスターをかばって彼女の外出目的を隠しているのだとしたら、ふたりは親しい間柄ということになる。彼らが共謀して脅迫を計画した可能性はあるかしら？

15

噂話は上流階級の人々の活力の源である。

ミス・セラニー

ティンズリー卿の舞踏会で自分を待ち構える衝撃について知っていれば、ローリーは出席をやめようと考えたかもしれない。上流社会の人々に冷たい態度を取られたこととは関係なかった。彼らの注意を引きつけていたのはレディ・ダシェルだったのだから。

ルーカスが母親の車椅子を押して、大理石の柱とドーム形天井のある玄関ホールに入った瞬間から、レディ・ダシェルは舞踏会の花になった。広い部屋に興奮のざわめきが満ち、彼女の回復を祝う言葉を伝えようと、大勢の客たちが押し寄せてきた。

主催者として招待客を出迎えていた、雄牛のような首に灰色の剛毛の眉のティンズリー卿はローリーには目もくれなかった。彼はレディ・ダシェルだけを見つめ、手袋をした彼女の手に口づけて言った。「これはこれは、プルーデンス、復帰の場にわが家を選んでくれるとは光栄だ。ずいぶんよくなったようだね？」

「自由に動けなくて車椅子に縛りつけられているのに、よくなったと思うの？　まあ、少なくともあなたは、もうわたしと踊らなくてすんでうれしいんでしょうけれど」

ティンズリー卿がくすくすと笑う。「長い療養期間を経ても、すばらしく機転が利くところは変わっていないね。相変わらず辛辣だ」

ルーカスは車椅子を押して人込みの中を進んでいった。きつい物言いにもかかわらず、侯爵夫人は人々に畏敬の念を起こさせるらしい。まるで女王に謁見を許されたかのように、みなうやうやしく彼女に近づいてくる。レディ・ダシェルは注目されることを楽しんでいたが、騒ぎになったせいで少しずつしか進めず、一行はなかなか大階段にたどりつけなかった。

ヘンリー卿はローリーとバーニスにそれぞれ腕を差し出してエスコートしながら、ルーカスとレディ・ダシェルのすぐあとに続いた。かなり機嫌がよさそうだ。セレステが婚約を破棄するかもしれないことを彼に話したのだろうか？　だが、本人にそれを尋ねる機会は得られなかった。ローリーのおばが自分の母親の少女時代を知る人物だとわかったとたん、ヘンリーはふざけた質問や生意気な意見を口にしてバーニスをからかうことに全神経を傾けたからだ。

それでもローリーはかまわなかった。注目されないほうがいい。それにクリーム色のサッシュを締めたブロンズ色のドレスを身にまとっていると、ここ数年で初めていい気分になれた。パーティの華やいだ雰囲気が、体の内側に芽生えた興奮をかきたてていく。流行のドレスを着たレディたちを見て、会話のざわめきや笑い声の響きを聞き、高価な香水のにおいを嗅いでいるだけでも楽しかった。自分が社交界の一員でなくなったことをどれほど寂しく思っているか、ローリーはこの瞬間まで気づいていなかった。ダンスをしたり、おしゃべりをしたり、戯れたり。幸せな期待に包まれる。

けれど、もちろん戯れは厳禁だ。ルーカスはその点をきわめて明白にした。自分の母親がいわくつきの女性と同席するのが気に入らないのだ。

ローリーはすぐ前で車椅子を押す彼の背中をにらみつけた。正装の黒い上着は広い肩をぴったり包み、いくぶん狭まりながら引きしまったウエストのラインへと続いていく。ルーカスとの距離は近く、コーヒーブラウンの髪が真っ白な襟に触れてわずかにカールしている様子まで見ることができた。あの豊かな髪に触れたいという、どうしようもない衝動にとらわれる。

彼をすてきだと思うなんて、愚かとしか言いようがない。過去の過ちから何も学ばなかったの？　女性は幸せにしてくれる男性を求めるより、自分自身の人生から満足を得るべきだ。

ローリーが随筆を書くことに心血を注いでいるのは、それが理由だった。

昨日『ウィークリー・ヴァーディクト』に郵送した文章が掲載されることになったら、ぜひルーカスに読んでほしい。貴族の結婚を痛烈に批判した内容なのだ。正体不明のミス・セラニーが実はローリーだと知れば、彼は愕然とするだろうか？　ルーカスの堅苦しい意見など、みじんも気にするつもりはないけれど。

とはいえ、彼にはローリーを引きつける圧倒的な存在感があった。彼女がルーカスにベッドへ運ばれ、服をはぎ取られて激しくキスされることを夢見ているとは、本人はまったく知らないだろう。そういう空想はいつも、興奮しすぎて最後は不満な気分になって終わった。ルーカスを求めてもしかたがない。自分のものにはならないし、なってほしいとも思わないのだから。わたしはすでに充実した人生を送っている。それに彼は若くて純真で、何より途方もなく裕福な女性との婚約を発表したも同然だ。わたしにはないものばかりを持つ女性との。

わたしには、報酬としてキティが支払いを約束したお金しかない。

そしてそれこそ、ローリーがここにいる真の理由だった。ルーカスの父親の自堕落な友人ふたりについて情報を集めるためだ。ラルフ・ニューカム卿は、今夜は自宅でカードパーティを主催しているので無理だろうが、ヒューゴ・フランダーズ大佐にはこの舞踏会で出くわす可能性があった。

大階段の下までたどりついたところで、ルーカスが従僕ふたりに合図を送った。それから車椅子の横に進み出て、母親に声をかける。「ここからはぼくが運びます、母上」

男らしく優雅な動きで、彼は軽々と母親を腕にすくいあげた。そのあいだに従僕たちが車椅子を持って階段をあがっていく。濃い赤紫色のドレスのスカートが、ルーカスの袖に垂れかかった。レディ・ダシェルは息子の首にしがみついて体を安定させた。

「なんて哀れなのかしら」不満げに言う。「赤ん坊みたいに抱えられなくてはならないなんて」

「ぼくが幼い頃はこんなふうにあやしてくれたでしょう。そのお返しができてうれしいですよ」

偽りではなく心から母親に微笑みかけるルーカスを見て、ローリーは胸が熱くなった。彼の顔にあふれる愛情に、心がすっかり溶かされてしまった。どうしてあのあたたかいまなざしを、ほんのわずかでもこちらに向けられないのだろう？　レディ・ダシェルがこの舞踏会にローリーを同伴させるつもりだと宣言して以来、ルーカスは一度も彼女に微笑みかけていなかった。

今日の昼、ふたりは前日と同じく質店や宝石商をめぐって過ごした。ローリーはふたたび彼の愛人役を演じ、なまめかしく色目を使ったり、積極的に発言してルーカスをからかったりしたが、今日の彼はいつもの打ち解けない態度に戻っていた。どうがんばっても、二言三言しか言葉を引き出せなかった。まるでつかのまの友情など、初めから存在しなかったかのように。

このほうがいい。ローリーはそう自分に言い聞かせた。友人同士にはなれないのだから。脅迫者を突き止めて盗まれた手紙を取り戻したら、彼女はおばとともにノーフォークへ戻り、ルーカスは女相続人と結婚するだろう。ふたりの人生は二度と交わりそうにない。それなのになぜ、そのことを想像してこんなにも落胆した気分になるの？

階段の上に到達すると、ルーカスは母親を車椅子に戻した。一行はアーチ形になっている舞踏室の入り口へ向かった。そこでは白いかつらと青いお仕着せを身につけた案内係が、招待客の到着を声高に告げている。

レディ・ダシェルが首をめぐらせ、ローリーを手招きした。「そんなところに隠れていないで、ミス・パクストン。わたしの横に立ちなさい。みんなにあなたの姿を見せたいの。刺激的な醜聞ほど楽しいものはないんだから」

ルーカスが眉根を寄せる。「コンパニオンを紹介する必要はありません、母上」

ローリーは反抗的なまなざしで彼を一瞥して前に進み出た。「あなたのお母さまのための夜なんですよ。奥さまの決定に従うべきですわ」

彼は顎をこわばらせ、唇を引き結んでローリーを見た。彼女を軽蔑しているのか、それとも堕落した女性を雇ったことがミス・アリス・キプリングの耳に入りそうになって不安を感じているのか、表情からはうかがい知れない。

いずれにせよ、関心がないわけではなさそうだ。ローリーに向ける視線からは、彼女を強く意識していることが伝わってきた。そのせいで全身がぞくぞくして、女性としてのうぬぼれが呼び覚まされる。彼は今夜のわたしの姿を気に入ったかしら？　巻き毛を結いあげた髪型や、新しいドレスを好ましいと思っているの？

そんなことはどうでもいいはず。ルーカスにとって彼女は単なる使用人なのだ。それも生意気な使用人。

レディ・ダシェルがもう一度、横柄な仕草で手を振った。「バーニス、あなたも前へいらっしゃい。ヘンリー、あの使用人にふたりの名前を告げてきてちょうだい」

「お望みのとおりに、母上」いたずらっぽい笑みを浮かべ、ヘンリー卿は案内係と話をするためにその場を離れた。

ルーカスが車椅子を押して舞踏室へ入ると、案内係が節をつけて告げた。「ダシェル卿、並びにレディ・ダシェル」

ローリーとバーニスは侯爵夫人の両側を静かに歩いた。だが、ローリーの心臓はどきどきしていた。周囲の視線が向けられるのを感じ、不安で顔が赤くなる。緊張してはいけないと自分に言い聞かせるものの、体は思うようにならなかった。

そのとき、案内係の声が響き渡った。「ミス・オーロラ・パクストン、ミセス・バーニス・カルペパー」

おしゃべりに興じる人々のざわめきがぴたりと止まる。いくつもの顔がこちらを向いたかと思うと、勢い込んで話しはじめる声があちこちから聞こえてきた。レディたちは扇で口元を隠しながらささやき合い、紳士たちは片眼鏡を持ちあげてローリーをじろじろ見ている。既婚女性のひとりがデビュタントらしい女性に説明し、彼女と友人たちが驚いた顔になってくすくす笑いだすのがわかった。

ローリーは虚勢を張っていたが、内心では展示されているペットの猿になった気分だった。ここにいる貴族たちは自分の娘に、悪名高いミス・パクストンのようなふるまいをしてはならないと警告しているに違いない。昔はローリー自身が、そんな忠告をされる娘たちのひとりだった。実際のところ、まさにこの部屋で開かれた舞踏会にも出席したことがあった。金めっきの木工細工の装飾が施されている白い壁を、まるでおとぎばなしに出てくる、魔法をかけられた宮殿のようだと思ったのを覚えている。あのときはクリスタルのシャンデリアに灯されたろうそくの明かりが真夜中の空にきらめく星に見えるよう、天井から濃い青の網が垂らされていた。

けれど、ローリーのおとぎばなしは終わってしまった。自らの楽しみのために彼女のスカートをたくしあげたかっただけの、口のうまい男に誘惑されて、すべてをだめにしたのだ。

いま、彼女はみじめな孤独を感じていた。弱気になり、小刻みな震えが全身に広がっていく。それでも顎をあげ、自分は女王だと言わんばかりの態度で、集まった人々を見渡した。一方的に人を批判する俗物たちに、ひるむ姿を見せるつもりはない。すでに世論という法廷で裁かれて有罪判決を受け、八年間の追放を受け入れて罪を償っているのだ。それでも不じゅうぶんだと言うような了見の狭い人々なら、関わり合うのはこちらから願いさげだった。

そのとき、ローリーは背中のくぼみに男性の手が置かれるのを感じた。大きくて揺るぎなく、安心感を与えてくれる。その手が放つ熱が凍えていた心の奥にまで伝わり、彼女は震える息を吸い込んで肩越しに振り返った。

背後に立っていたのはルーカスだった。冷たい鉄灰色の虹彩が彼女をうかがっている。微笑んでいるわけではない。でも彼の手のぬくもりは、ローリーの緊張をやわらげてくれた。強い日差しが霧を散らすように、肩に重くのしかかっていた孤独が消えていく。代わりにこみあげてきた幸福感が気分を高揚させた。

人々から見えない位置で、ルーカスが絹のドレスに包まれた背中に軽く手を滑らせた。触れられたところがぞくぞくする。ローリーは、うしろにもたれかかって彼の腕に包まれたくてたまらなくなった。彼の目にも同じ欲望が燃えあがっている。けれども炎はすぐに消えてしまった。ルーカスが母親に視線を戻すと同時に、背中にあった手の感触もなくなった。彼は舞踏室の端を目指して車椅子の向きを変えた。進路をふさいでいると気づいたローリーは脇へよけた。もう彼女を見ることもなく、ルーカスはほかの既婚女性たちが集まる一角へと車椅子を押していく。

そのあとをバーニスとヘンリー卿が、レディ・ダシェルの若い頃の話をしながらついていった。ローリーは最後尾をのろのろと歩いた。たったいま起こったことについて考える時間が必要だ。まるで夢のような出来事だった。ルーカスは本当にわたしを慰めようとしてくれたの？　それともあれは誤解で、無頓着に触れたにすぎないのかしら？　もしかすると車椅子のために道を空けさせたくて、押しのけようとしただけかもしれない。

ルーカスが母親を既婚女性たちのそばに落ち着かせる頃には、ローリーは彼との短い接触に意味はなかったのだと自分を納得させていた。単なる場当たり的な行動。それだけだ。あのとき、どうしても友人にそばにいてほしかったせいで、あの仕草に実際以上の意味があると感じてしまったのだろう。

侯爵夫人に敬意を表するために集まってきた年配の紳士たちと立ち話をするルーカスを、ローリーはわざと見ないようにした。レディ・ダシェルは以前と変わらず大勢の取り巻きに囲まれ、上機嫌でローリーを彼らに紹介した。自分に世論を操る力がまだあることを証明したいに違いない。そしてその目的は、ある程度は成功しているらしかった。あたたかく歓迎することはないが、ローリーを完全に無視する者は誰もいない。多くは冷静に礼儀正しく接し、それ以外の者は批判的な視線を向けてきたものの、少なくとも無礼な態度は取らなかった。

何人かには見覚えがあるけれど、知らない顔のほうが多い。はるか昔に不名誉な事件を起こす前、ローリーが社交界にいたのはシーズンの半分だけなのだ。全員の名前と顔を覚えるには時間が足りなかった。それにそもそも交友があったのは、ここにいる年配者よりずっと若い人たちだ。

そこへ、ローリーの以前の知り合いが恰幅(かっぷく)のいい既婚女性とともにやってきた。年かさのほうの女性が勝ち誇った口調で言う。「娘のマリオンを覚えているかしら、ミス・パクストン？　いまはレディ・ボルトンなのよ。夫はサー・ジェローム・ボルトンなの」

ミス・マリオン・チェスタートンはローリーの天敵だった。鋭い顔つきで、茶色い髪を縦に太く巻いた娘は、ローリーにたくさんの崇拝者がいることをいつも嫉妬して、彼女を見下す態度を取っていた。当時ローリーはマリオンと仲よくなろうと試みたが、うまくいかなかった。「また会えてうれしいわ、マリオン」

ローリーは手袋をはめた手を差し出したが、マリオンはあからさまにそれを無視した。「残念ね、あなたが売れ残ってしまうなんて」うわべだけの同情を示して言う。「まあ、既婚男性と戯れたんだから、しかたのないことなんでしょうけれど」

ローリーはわざと愛想よく微笑んだ。「今夜はご主人もいらっしゃっているの？　ジェロームとは親しいお友だちだったから、ぜひ旧交をあたためたいわ」

マリオンの目が見開かれた。不快そうに唇をすぼめる。「わたしのジェロームに手を出さないで。近くへも行かないでちょうだい！」

彼女の甲高い声は周囲の注目を集めた。人々が好奇心をあらわにしてふたりをうかがっている。ローリーはたちまちマリオンをからかったことを後悔した。悪意に満ちた発言に腹が立ったとはいえ、揉めごとを起こすのは賢明ではない。社交界で自由に動きづらくなってしまうかもしれないのだ。

ちょうどそこへ、ひとりの堂々とした女性が近づいてきた。年齢を超越した美しさに、周囲から称賛の視線が集まる。つややかな黒髪に飾ったダイヤモンドのティアラが輝きを放っていた。濃い紫色の絹のドレスは、長いまつげに縁取られたすみれ色の瞳の色によく合っている。

「レディ・ミルフォード！」ローリーは声をあげた。「こちらへお戻りになっていらっしゃったとは知りませんでした」

「ロンドンから長く離れていられないのよ。ここは楽しいことがいっぱいなんですもの」

彼女はまるで昔からの友人のようにローリーを抱きしめた。巧みな戦略だ。ローリーの社交界での地位向上を保証するのに、これ以上のやり方はないだろう。

マリオンたちはすぐに態度を変えた。母親が膝を折ってお辞儀をすると、マリオンもそれにならう。ふたりは社交界の頂点に君臨する女性の機嫌を損ねまいと必死だ。

レディ・ミルフォードが微笑んで言った。「まあ、レディ・ボルトン。ミス・パクストンと昔の思い出を語り合っていたのかしら？　ダンスフロアであなたが不幸な出来事に見舞われたときのことは、とうてい忘れられないわ。あのときミス・パクストンが、親切にもあなたに手を貸して立たせてあげたのよね」

マリオンが真っ赤になった。「あの——あれを見ていらっしゃったんですか？　わたし——ローリーの手助けはとてもありがたかったですわ、本当に！」

口ごもりながらも、さらに追従の言葉をかけると、マリオンと母親は急いでその場を立ち去った。ありがたいのはもちろんだが、ローリーにはレディ・ミルフォードがこれほど強い味方になってくれる理由がわからなかった。キティのために手紙を見つける前に、ローリーが社交界からはじき出されるのを防ぎたいだけかもしれないけれど。

「そんな出来事があったことすら忘れていました」ローリーは言った。「あなたが覚えていらっしゃって、びっくりしましたわ」

「親切な行いは絶対に見落とさないの。その人の性格がよくわかりますからね」レディ・ミルフォードは好奇心をたたえた目でローリーの全身を眺めている。「今夜ここであなたに会えるなんて、うれしい驚きだわ。万事うまく運んでいると考えていいのかしら？」

盗まれた手紙の捜索状況を、それとなく尋ねられているのだ。キティ同様、レディ・ミルフォードもルーカスが脅迫者だと信じている。ああ、ふたりが真実を知ってさえいれば！

「ええ、いくつかの問題に関しては順調にまとまりつつあります。わたしはレディ・ダシェルのコンパニオンの職を得ました」

「なるほど。社交界に復帰するよう彼女を説き伏せたあなたの手腕は、奇跡的としか言いようがないわ」

「あら、それはわたしの手柄ではありません。おばのバーニスが昨日こちらへ到着して、手伝いを申し出てくれたんです。ご存じだと思いますが、レディ・ダシェルとは古くからの友人なので」

「わたしもそうなのよ。だから彼女の長男のことが心配なの、わかるでしょう」レディ・ミルフォードがルーカスをちらりと見た。彼は少し離れた場所に立ち、舞踏室のざわめきのせいで内容まではわからないが、不平を言っているらしい白髪の女性の話に耳を傾けている。「彼はそのうち、もっと高い地位を目指すことになるはずよ。それを踏まえたうえで、はたして彼とミス・キプリングはふさわしい組み合わせだと思う？」

レディ・ミルフォードの問いかけだけでなく、その情報はローリーを驚かせた。ルーカスの背の高い姿を見つめながら、彼が貴族院に属する世襲議員のひとりにすぎない現在の立場より、もっと高い地位につくことについて考えをめぐらせる。いつも厳粛な態度のルーカスは、どこから見ても風格のある貴族だ。閣僚に、あるいは首相になる彼を想像するのは簡単だった。

もしルーカスがそういう野心を抱いているとすれば、晩餐会で政府の高官たちをもてなすのにふさわしい、知的で愛想がよく、政治に関心を持つ妻が必要になるだろう。夫の演説の原稿を読み、政策に関して助言することもあるかもしれない。どれもローリーには魅力的に感じられるけれど、ミス・キプリングも同意見だとは思えなかった。そんな役目を果たすにはあの娘は若すぎるし、分別も足りないように見える。

ローリーはレディ・ミルフォードに視線を戻して言った。「彼が誰と結婚するべきか、わたしは口を出す立場にありません」

「おやおや、あなたは自分の意見を持っているでしょうに」

「女性は裕福で、男性にはお金がない。多くの貴族の結婚がそれで決まります。セレステのように逆の場合もありますけれど」

レディ・ミルフォードが優美な眉の片方をあげた。「妹さんといえば、ミセス・パクストンと一緒に楽団のそばにいるところを見かけたわ。ふたりは今夜あなたがここへ来ていることを知っているの？」

「セレステは承知しています。このドレスを借りたときに話しましたから。でも、キティは知りません」

「なるほどね。それにしても、今夜のあなたは驚くほどすてきよ。つけ加えるなら、わたしが貸した靴を履いてくれて、とてもうれしいわ。その靴はあなたに幸運をもたらすはずなの」

ローリーは視線をさげ、ブロンズ色のドレスの裾からのぞいている深紅のハイヒールのつま先を見つめた。やわらかくしなやかな履き心地が、くるくるまわって踊りたい気分にさせてくれる靴だ。だが、レディ・ミルフォードの発言が気にかかった。幸運をもたらす？　どういう意味だろう？

尋ねようと思ったものの、レディ・ミルフォードは上品な年配の紳士の腕を取って、すでに場所を移動していた。

挨拶に訪れる人の数は次第に減り、レディ・ダシェルは親しい友人たちの一団に囲まれていた。明らかに楽しい時間を過ごしているようだ。「ねえ、バーニス、平民の船乗りと結婚して、みんなに軽蔑されるかもしれないと心配しているなら時間の無駄よ。ごらんのとおり、ほとんどの人はあなたのことを覚えてすらいないんですもの！」

侯爵夫人の隣に腰をおろしながら、バーニスがくすくす笑って言った。「わたしくらいの年になれば、目立たない存在でじゅうぶん満足なのよ。これが初舞踏会というわけでもないんだから」

「あなたの姪も、舞踏会は初めてじゃないわね」レディ・ダシェルはローリーを見あげ、狡猾な口調で言った。「少しばかりとうが立っているけれど、外見はまだいいから、夫をつかまえられるでしょうよ。あまり過去にこだわらない相手ならとくに。彼女と踊ったらどう、ルーカス？　そうすれば、ほかの紳士たちも勇気を出して声をかけてくるわ」

自分に向けられるルーカスの視線の強さに、ローリーは身じろぎもできず立ち尽くしていた。彼の目は熱い氷のようだ。熱さと冷たさを同時に感じさせる。視線がすっと下へ、彼女の広く開いた胸元へおりていった。妹より胸が大きいせいで胴着（ボディス）がきつく、ドレスの縁から胸のふくらみがこぼれそうになっているのだ。ルーカスに見つめられて、ぞくぞくする感覚が胸の先端から下のほうのひそやかな部分まで広がっていく。楽団が楽器を調整する音や人々の話し声がなければ、激しい鼓動が周囲に聞こえてしまいそうだった。

彼と踊りたい。ダンスフロアでくるくるまわり、たくましい体に抱きしめられたかった。そんな愚かな希望を抱き、彼女は息を止めてルーカスの返事を待った。

ルーカスが母親に視線を戻す。「残念ながら、最初のダンスはミス・キプリングと約束しています」

「ミス・キプリングね、ふん。それなら、ダンスが終わったらあの娘をここへ連れていらっしゃい。まだ死ぬほどわたしを怖がっているのか、見てみたいわ」

「そのうちにわかるでしょう。彼女にきいてみないと約束はできませんよ」

そう言うと、ルーカスはゆっくりした足取りでその場を離れていった。広い背中が優雅に着飾った招待客たちに紛れて見えなくなる。彼がいなくなっただけで舞踏会の輝きが減ったように感じるなんてばかげていると、ローリーは思った。わたしは男性次第で幸せになれるかどうかが決まる愚かな女ではない。とりわけ、ダシェル侯爵のように癪に障る男性には左右されない。

ヘンリー卿がローリーに会釈して言った。「ダッシュが逃亡したので、あなたと踊る栄誉はぼくに与えていただけませんか、ミス・パクストン？」

「やめておいたほうがいいわ」断りの言葉を苦笑いでやわらげて答える。「わたしがどれほど悪名高いか、気づいていないわけではないでしょう」

「あなたに悪評があるからこそ、ぼくの評判があがるんです。若い男たちはみな、顔色を変えてうらやましがりますよ。だから、その理由ではぼくを拒めません」

ヘンリー卿は魅力をたたえた青い目をきらめかせた。あつらえた黒い上着に身を包み、クラヴァットの襞のあいだから輝きを放つ金の飾りピンをのぞかせた姿は、ひどく見栄えがしている。茶色い髪がひと房落ちて眉にかかっているのが、いかにも放蕩者という雰囲気をつけ加えていた。セレステがこの姿を見れば、たちまち恋に落ちるだろう。

ローリーはレディ・ダシェルをちらりと見た。侯爵夫人とバーニスは、数人の女性たちとくつろいでおしゃべりに興じている。ローリーがそばを離れても、気づかないだろう。

「わかったわ」彼女はヘンリー卿に言った。「そういうことなら、喜んであなたの立派な評判を汚すお手伝いをしましょう」

そのあとでキティを探しに行かなければ。いまごろはもう、ローリーがこの舞踏会に出席していることが継母の耳にも届いているはずだ。ほかにも人がいる状況で対決するほうがいいだろう。それならキティも騒ぎを起こしたがらないだろうから。

ヘンリー卿とローリーはダンスをする人々に加わるため、人込みを抜けて進んだ。寄せ木細工のダンスフロアに足を踏み入れたちょうどそのとき、楽団がワルツを演奏しはじめ、彼女は急に不安になった。「八年ぶりなの。まだステップを覚えているといいんだけど」

彼がウインクした。「ぼくのリードに合わせて。たとえつま先を踏まれても、悲鳴をあげないよう努力しますよ」

懸念は不要だった。ヘンリー卿は優雅な身のこなしでダンスフロアじゅうを巧みに移動した。そのうちに、ローリーの頭ではなく足が動きを思い出した。レディ・ミルフォードのすてきな靴を履いていると、まるで雲の上をかすめて飛んでいるような錯覚に陥る。ヘンリー卿がほかの招待客について述べる、屈託のない意見が面白かった。兄よりもはるかに気楽でおしゃべりな彼のおかげで、ローリーは今夜初めて単純に舞踏会を楽しむことができた。こうしてまたダンスができるのは、すばらしくいい気分だ。機知に富んだ会話を交わし、あり余る若さを感じるのは本当に気持ちがいい。こういうことなしに、いままでどうやって生きてこられたのだろう？

けれどもローリーの高揚した気分も、少し離れたところでミス・キプリングをエスコートするルーカスに気づいたとたんに薄れてしまった。ふたりでダンスをしながら、彼が身をかがめて何かささやいている。濃い色の髪で背が高いルーカスと、ブロンドで華奢なミス・キプリングは人目を引く組み合わせだった。嫉妬のかたい種がローリーの胸に穴を開ける。八年前、彼女と踊っていたときのルーカスは、ほとんど口を利かなかったのに。

もしあのとき彼が話していたら？　心臓が止まりそうになる、あの微笑みを向けられていたら？　ステファノではなく、彼に惹かれていただろうか？　身を破滅させずにすんでいた？

いまさら考えても無駄だ。過去は変えられないのだから。

ローリーはふたりから視線をそらした。ダンスフロアの縁に沿って集まる人々に目を向けると、ウィッテンガム公爵の腕に手をかけて立つセレステの姿が見えた。公爵は堅苦しそうな年配の男性と話していて、彼女のことは完全に無視している。

カップルにはとても見えない組み合わせだ。

ローリーは、ヘンリー卿も彼らのほうをちらりと見たことに気づいた。彼の気持ちを見定める、いい機会かもしれない。「楽団の近くに、わたしの妹が立っているのが見えるかしら？淡いピンクのドレスがよく似合っているわ。そうお思いになりません？」

「ミス・セレステにはどんなものでも似合いますよ」ヘンリー卿がやさしい声で応じた。「たとえぼろを身にまとって灰にまみれていようとも、彼女なら美しく見えるに違いない」

「それはまた高い評価ね」軽い調子でからかう。「セレステがすでに婚約していることを、あなたは残念に思っているのかしら？」

ヘンリー卿が顔をしかめると魅力的な表情がはがれ落ち、不満があらわになった。

「彼女があんな偏屈な老いぼれの求婚を受け入れたなんて、それは残念ですよ。みんなそう思っている。彼女の祖父と言ってもいいくらいの年齢なんですから」

「そこまで年寄りではないでしょう。たしか四〇歳だと聞いたわ」

「じゃあ、父親だ。とにかく、ウィッテンガムは公爵だから、女性はほかの欠点に目をつぶってしまうんです。もちろんミス・セレステが称号狙いだとか、そんなことを言うつもりはありませんけどね」

「ええ、違うわ。妹は強欲ではないもの。ただ、自分のためにならないほど従順すぎる傾向があるのよ」

ヘンリー卿の青い瞳が鋭くなった。「つまり、母親に押されて求婚を受け入れたと？」

「わたしはその場にいなかったけれど、可能性は高いと思っているわ」

「だが、彼女がウィッテンガム公爵を振るとは考えられない。違いますか？」

「さあ、わたしにはわからないわ」ローリーは小さな嘘をついた。ヘンリー卿がこんな質問をするほど反応を示すとは思っていなかったのだ。「あなたのお母さまのお世話で忙しくて、妹とは話をする機会がほとんどなかったから」

ヘンリー卿は黙り込んでしまったが、ローリーは彼が興味を引かれている空気を感じ取った。セレステに恋をしているのか、いっそ単刀直入に尋ねてみようかと思いつく。でも、これまでの会話でもうじゅうぶん彼の心に種をまけたのではないだろうか？　セレステを説得して婚約をやめさせる行動に出るかどうか、決めるのは彼だ。

わたしが代わりにしてあげることはできない。

ワルツが終わり、ヘンリー卿が優雅にお辞儀をして言った。「ありがとうございます、ミス・パクストン。口うるさいご婦人方のところまでお送りしましょうか？」

「実は人を探しているの。ヒューゴ・フランダーズ大佐を覚えていないかしら？　あなたのお父さまの友人だったはずよ」

「楽しい人だが、あなたの好みとは思えない。なぜそんなことをきくんです？」

「あなたのお母さまが話題にしていたから。それだけよ」曖昧に答えた。「レディ・ダシェルはその方に何か伝えたいことがあるようだったわ。どういう外見をしているか、説明してもらえる？」

「頭は赤ん坊のようにつるつるで、それを埋め合わせるように、茶褐色の口ひげはふさふさしています。ですが気をつけて。美しい女性を食い物にする人物ですから」

ふたりはその場で別れ、ヘンリー卿はパンチボウルのそばに集まる若い紳士の一団のほうへ歩いていった。端整な顔立ちのペリー・ダヴェンポートは識別できたが、ほかは見覚えがない。もっとも、ローリーが社交界にデビューした当時は、全員がまだグラマースクールで学んでいたはずだ。彼らと比べると、自分は年を取った分だけ賢くなっている気がした。

少なくとも、ヘンリー卿と話ができたことはよかった。もしかするとローリーとの会話に背中を押され、彼がセレステを説得してくれるかもしれない。兄がミス・キプリングと結婚すれば、ヘンリー卿も妻を持てるようになるだろう。

ルーカスのことを考えるのではなかった。彼の姿はどこにも見当たらない。人目につかない片隅で、花嫁に選んだ女性にキスしているのかしら？　好きにすればいいわ。全能のダシエル侯爵が何をしようと、わたしには関係ない。彼が女相続人に求愛しているあいだに、こちらはヒューゴ・フランダーズ大佐を見つけ出してみせる。

舞踏室を歩きまわりながら、ローリーは茶褐色の口ひげのある禿げた男性を探して人込みに視線を向けた。中には彼女と目を合わせ、冷たくうなずく者もいたが、話しかけてくる人は誰もいない。だが、ローリーは気にしなかった。友人を作る目的でここへ来たわけではないのだ。それにフランダーズだけでなく、継母も見つけて彼女の怒りを静めなければならない。

まるでローリーの考えが通じたかのように、人が動いてその向こうにキティの姿が現れた。セレステとウィッテンガム公爵に加わって、数人の貴族たちと話をしている。肉づきのいい顔にこわばった笑みを浮かべた彼女は厄介な継娘を探しているのか、こっそりあちこちに視線を走らせていた。

ローリーは向きを変えて近づいていった。いよいよウィッテンガム公爵と、ふたたび顔を合わせるときが来たのだ。キティが言うように彼が醜聞を忌み嫌うなら、婚約者の堕落した姉の姿を目にして愕然とするだろう。うまくいけば、セレステを婚約からすんなり解放してくれるかもしれない。

けれどもローリーがさらに歩を進めようとしたそのとき、誰かがうしろから彼女の手首をつかんだ。男性の手に強く引っ張られ、羊歯の大きな鉢植えの背後に連れていかれる。心臓がどきんと打った。ルーカスなの？　いけないとわかっていながら、唇の端があがってしまう。彼女はくるりとまわって男性に向き直った。

笑みは即座に消えた。喉で息が詰まる。全身が麻痺して感覚がなくなり、床に根が生えたように足が動かなくなった。

ウエーブのかかった漆黒の髪の下で、つややかな茶色い瞳がローリーを見てきらめいている。彼女を連れ出した人物は、ローマ神話の神を思わせる整った顔立ちと体つきをしていた。若い女性なら誰もが夢に見る、卒倒しそうなほどに完璧な男性。異国風のスパイシーな香料のにおいを嗅いだとたん、ローリーは八年前に引き戻された。

男性が手袋をはめた彼女の手を口元へ持っていく。鉢植えの羊歯に隠れているので、彼の行動は誰にも見えないだろう。「かわいい人（カリッシマ）」ハスキーな声で、彼が言った。「ぼくを忘れていないといいのだが」

ローリーはめまいに襲われた。口の中が乾く。これは幻覚に違いない。そうに決まっている。彼女は男性の姿が消えることを期待して目を閉じた。だがまぶたを開けても、彼はまだ目の前にいた。過去からやってきた生身の姿の亡霊として。

ローリーの唇が彼の名を呼んだ。「ステファノ？」

16

紳士は女性を手に入れると称賛されるのに、若いレディはほんのわずか軽率な行動を取っただけでも非難の的となる。

ミス・セラニー

「ついに運命がぼくたちをふたたび引き合わせた」高ぶる感情に声を震わせ、ステファノが言った。羊歯の葉越しに、舞踏室に集う招待客たちをうかがう。「しかし、ここでは話ができない。五分後に庭園で会おう。必ず来なくてはいけないよ、オーロラ。お願いだ。きみに話したいことがたくさん、たくさんあるんだ」

ぽかんとするローリーを残し、ステファノは鉢植えのうしろからすっと出ると、昔と変わらない気取った歩き方で去っていった。そもそも八年前、彼女はあの自信に満ちた態度に惹かれたのだ。魅力的なアクセントの粋なイタリア人外交官に求愛されて、夢中になってしまった。ステファノは、温室育ちの彼女がそれまでに出会った誰よりも情熱的な男性だった。少なくとも、彼が既婚者であるという忌まわしい事実が判明するまでは。

羊歯の葉陰で、ローリーは金めっきの木工細工の装飾が施された壁にぐったりともたれかかった。脚に力が入らない。ばらばらになった平常心を取り戻そうと、何度も深呼吸する。ステファノだなんて！　彼とふたたび顔を合わせる日が来るとは思いもしなかった。わたしの人生から永遠に消えたと信じていたのに。

ローリーを破滅させたあと、顰蹙(ひんしゅく)を買ったステファノはイングランドを去った。彼とのことを思い出すと、いまでも悔しくて気分が悪くなる。ささやかれた愛の言葉に、流暢(りゅうちょう)な賛辞に、うっとりする約束に、恋に焦がれる無垢な心が刺激されたのだ。彼女はまるで熟したプラムが落ちるように、まんまとステファノの手中に落ちた。ところが激怒したローリーの父親と対面したとたん、彼は追いつめられたねずみさながらの勢いで逃げ出した。

あんなやり方でだましておいて、よくもまた近づいてこられるものだわ！　イタリアに妻がいる既婚者のくせに！　激しい怒りがこみあげてくる。ステファノはたしかに度を越したうぬぼれの持ち主だけれど、わたしがまだ彼の甘い言葉にだまされるほど単純だと信じているのかしら？

朽ち果てるまで庭園で待ち続ければいい。これ以上、ステファノの嘘に耳を傾けるつもりはない。調教された牝馬(ひんば)のように、指を鳴らされただけで彼のもとに駆けつけると思ったら大間違いだ。

でも、これはいい機会でもある、とローリーは気づいた。当時は面と向かってステファノに文句を言えなかった。彼が当然受けるべき非難を一度も口にできなかったのだ。何よりあのろくでなしに、彼女が八年ものあいだ彼のことを忘れられずにいたなどとうぬぼれるのを絶対に許してはならない。

ローリーは羊歯のうしろから出ると、ガラスのドアが並ぶ舞踏室の一端へ向かった。人目を引かないようにうつむいたまま歩く。キティやバーニスだけでなくほかの誰にも、どこへ行くつもりか尋ねられたくなかった。

夜気を入れて舞踏室の熱気を冷ますために、ガラスのドアは開いていた。楽団が新たな曲を奏ではじめ、多くの客たちがダンスフロアへ移動している。ローリーは難なく外へ出て、石造りの薄暗いベランダを横切った。

木々につるされたランタンが、小石を敷きつめた歩道を照らし出している。あたりにはみずみずしい薔薇の香りが漂い、星がちりばめられた夜空を背にして輝く三日月は、にっこりと笑っているように見えた。

愛を語るのにふさわしい場面だ。

だからステファノは、待ち合わせ場所としてここを選んだのかもしれない。彼は誘惑の達人なのだ。それにしても、いったいどこにいるのだろう?

ローリーはベランダからおりて庭園の中を進んでいった。靴底に小石が食い込む。少なくとも、この小道を散策する者はほかにいないようだ。胸元が大きく開いたドレスをまとう女性たちには、四月の夜は肌寒いのだろう。

だが、ローリーは寒さをほとんど感じていなかった。腹が立つあまり、ショールを持ってくることにも思い至らなかった。そしてステファノを目にした衝撃からなんとか立ち直ったいまも、彼と対決することで頭がいっぱいだった。

「ここだ」

庭園の突き当たりに近い暗がりから押し殺した声が聞こえ、ローリーはそちらへ向きを変えた。花盛りの木の下で、石造りのベンチに座っていたステファノが立ちあがる。銀色の月明かりを浴びて暗闇に浮かびあがる姿は、まるで地下の世界から這い出てきた生き物のように見えた。

「カリッシマ！　来てくれるとわかっていたよ。ぼくがどれほどきみを恋しく思っていたか、想像もつかないだろう」

ローリーを抱きしめるつもりか、ステファノが前に進み出てきた。彼女はすばやく脇によけ、片手をあげて相手を制した。

「それ以上、近づかないで」冷たく言い放つ。「あなたにここへ戻ってくる権利はないのよ。まして人目の多い舞踏室でわたしに近づくなんて、もってのほかだわ」

ステファノが柄にもなく頭を垂れて謙虚な姿を見せた。「ぼくに怒っているんだね、オーロラ。それに関しては責められないよ。だが、きみが我慢できないほど魅力的だということは理解してほしい。なんという美しさ！　実に情熱的だ！」

彼の饒舌な演説をローリーは無視した。「どうやってイングランドへ戻ってきたの？　父が海軍省に働きかけたはずよ。政府の知り合いを通じて、あなたが二度と入国できないようにしてもらったのに」

「いまのぼくは、きわめて優秀な大使の助手を務めている。情けをかけてほしいと彼に懇願したんだ。そして、ひもを引っ張って――ええと、英語ではなんと言うんだったかな？　裏から手を（プル・ストリング）まわしてもらう？」

「たとえ大使でも、社交界を動かす力はないはずよ。いったいどんな手を使ってこの舞踏会への出席を許されたの？　あなたが来ているなんて、誰もわたしに教えてくれなかったわ」

ステファノがロンドンにいることがキティの耳に入っていれば、彼女は絶対に何か言っただろう。たとえキティが知らなくても、この舞踏会に来ている誰かが知っていれば、嬉々としてローリーに告げたに違いない。でもいまのところ噂好きの人々からは、なんのほのめかしもされていなかった。

「実を言うと、招待されたわけではないんだ。だがその気になれば、もぐり込むのはたいして難しいことじゃない。わかるだろう、カリッシマ、二週間前にイングランドに到着したその瞬間から、きみに会いたくてたまらなかった」

「それなら、わたしが社交界から追放されたこともすぐにわかったはずよ」

「聞いたよ。でも、ぼくはあきらめなかった」ステファノが大げさな仕草で胸に手を当てる。「何日ものあいだ、あらゆる場所できみを探していたんだ」

　ローリーは暗がりの中で眉をひそめた。彼女がロンドンにいないとわかったなら、あちこち探してまわっても無意味なはずだ。自分自身、昨日になるまで社交界に戻ることになるとは思っていなかったのだから。「あらゆる場所？」

「ああ、きみのお父上の屋敷にまで行った。パーティに招かれた招待客のふりをしたんだ。誰にも見とがめられなかったよ」

「待って。継母の家に忍び込んだというの？　セレステの婚約披露パーティに？　しかも誰にも気づかれなかったの？」

「もちろん、あの詮索好きな執事は避ける必要があった。招待客に関しては、ぼくは誰とも話をせず、ただ観察して耳を傾けていた。やり方を変えて、ひどく内気なふりをしたんだよ。人は気弱な男には注意を払わないものだ」

ローリーの知る限り、ステファノは〝内気〟からもっともかけ離れた人物だ。彼はにぎやかにお世辞を言い、大げさに嘘をつき、過剰なほどキスを振りまく。時が経っていることに加え、根本的にふるまい方を変えたせいで、誰も彼だとわからなかったのかもしれない。

けれどもローリーは、ステファノが真実をすべて告げていないのではないかという考えを頭から振り払うことができなかった。「つまりあなたはこの二週間、社交界の催しにもぐり込んでは、こそこそ嗅ぎまわっていたのね。本気でわたしを探したいなら、ノーフォークへ行くほうが賢明だったのに。わたしはほんの少し前まで、そこで暮らしていたんですもの」

「ぼくの務めは大使に仕えることだから、ロンドンを離れるわけにはいかなかったんだ。それに、ぼくらはいずれまた会えると信じていた」ステファノが一歩足を踏み出した。「何年ものあいだ、ずっときみの夢を見ていたんだよ、カリッシマ。忘れようとしたが、無駄なあがきだった。きみはぼくの血に流れる炎だ。だから、どうしても戻ってこなければならなかった。そうせずにはいられなかったんだ」

「どうせ、初心な娘を誘惑しようとしたときも、そうせずにいられなかったと言うんでしょう」

彼はローリーの声に冷ややかな非難を感じ取ったようだ。「どうかぼくを許してほしい。だが、あれからお互いに年を重ねて前より賢くなった。あの夜はふたりで始めたことを終わらせる機会が得られなかったが、今回はいっそう情熱的に愛し合えるはずだ」

ステファノが手を伸ばして彼女の頬を撫でようとする。ローリーは激怒して、その手をぴしゃりと払いのけた。「恥ずべきろくでなしね！　いったいどうやったら、わたしがあなたに二度もだまされると一瞬でも思えるの？　イタリアに妻がいるくせに！」

「ああ、きみに伝えなければならないのは、まさにそのことなんだ。口にするのはつらいが……パオラは熱病で亡くなった。それから二年、ぼくはずっとひとりだ」肩を落とし、彼は崩れるようにベンチに座り込んでうなだれた。「ぼくが犯した罪に対する罰だろう。ぼくは彼女にふさわしくなかった。きみにもふさわしくない人間なんだ」

ステファノの黒い頭を見おろし、打ちひしがれた態度を目にして、ローリーは思わず少しばかり同情した。一応は心から後悔しているように見える。それでも、彼が口説いた女性は自分だけではないだろうと、漠然とした疑いも抱いていた。

もしかすると彼の妻は、悲嘆のあまり亡くなったのかもしれない。

ローリーは適度な距離を置いて隣に座った。「残念だわ、ステファノ。伴侶を失うのは簡単なことではないでしょう。だけど、あなたが彼女を裏切り、わたしもだましていたという事実は変わらないのよ」

「本当に残念だ。だが、これでぼくたちの関係も変わる。いまではぼくも、きみにふさわしい方法で求愛できるようになった」月の光を反射して、黒い瞳がきらりと光る。「カリッシマ、もう一度機会を与えてほしい。ぼくの腕の中で、きみに天国を見せてあげたいんだ。また愛させてくれ」

ステファノが急に動いて、ふたりのあいだの距離を詰めた。ローリーを胸に引き寄せて抱きしめる。口と口をぴったり合わせたかと思うと、舌先が唇のあいだを探ってきた。彼女は仰天し、歯を食いしばって侵入を拒んだ。あっというまの出来事で動けなかった。スパイシーな彼の香りと説得するようなキスに、過去の記憶が一気によみがえる。頭の中でローリーはいつのまにか、周囲の影響を受けやすい若い娘に戻っていた。誰かを愛したくてたまらない娘は、必死で彼の心を得ようとした。そんな彼女にステファノは、自分が美しく、慈しまれる存在だと感じさせてくれて……。

彼の手がすばやくドレスの上を滑りおり、スカートの裾を引っ張った。指がストッキングに包まれた足首を撫で、そこからふくらはぎへと移動していく。侵害される感覚に、ローリーはたちまち放心状態から目覚めた。

あわてて離れる。手のひらが大きな音を立ててステファノの頬を打ち、ベンチに座っていた彼はその衝撃でうしろに倒れかけた。叩いたローリーの手も腕までしびれるほど痛んだが、満足感のほうが大きくて気にならなかった。

ステファノがわめいた。彼の口から理解できない異国の言葉が次々と吐き出される。悪態だろうということはわかった。

「頭がどうかなったの？」ローリーはきつい声を出した。「もうあなたとは関わりたくないと言ったはずよ」

「怖がらせてしまったようだね、カリッシマ。でもそれは、ぼくがきみをとても愛しているからなんだよ。次はもっとやさしくする。どうかぼくを拒まないでくれ」

ステファノが身を乗り出してきた。ずうずうしくもまだ触れるつもりなら、もう一度叩いてやる。彼女は体をかたくして身構えた。「触らないで。さもないと――」

そのときあわただしい足音が聞こえ、彼女は思わず気をそがれた。屋敷のほうに目を向けると、小道をまっすぐこちらへ向かってくる男性の姿が見えた。


本来なら、ルーカスはアリスの話に耳を傾けているべきだった。

しかし彼の意識は、たったいまローリーが出ていった、庭園へと続くドアに向けられていた。すらりとして魅惑的な体を強調する、やわらかく輝くブロンズ色のドレスに身を包んだ彼女は、顔をうつむけて歩いていた。まるで人目につきたくないと言わんばかりに。

いったい何をしているんだ？

「いかがですか、ルーカス？」

視線をさげると、まつげ越しに恥ずかしそうに彼を見ているアリスの大きな青い目と目が合った。ふたりはパンチボウルのかたわらに立っていた。彼女はルーカスが取ってきて渡したパンチのカップに口をつけている。彼は飲み物を口実に、アリスを母親のもとへエスコートする務めを先延ばしにしているのだ。それなのに、彼女の話をまったく聞いていなかった。

「すみません、もう一度お願いできますか？」

「あら、明日の夜わたしの両親と一緒に、わが家で晩餐はいかがかしらとお尋ねしたんです。お受けいただけるとうれしいですわ」

「晩餐」なぜローリーは外へ行ったのだろう？　誰かに侮辱でもされたのか？

「ここへ来る馬車の中で、父が言っていました」アリスが慎ましやかに顎を引いた。「あなたにしばらくお会いしていないと。父はあなたとお話しする機会が欲しいのだと思います」

言外のメッセージを読み取り、ルーカスは視線を鋭くした。父親がルーカスの意図を知りたがっていることを、アリスはそれとなくほのめかしているのだ。晩餐はルーカスを追い込んで求婚させるための策だろう。

追い込んで？　いや、婚約する必要があるのはぼくのほうだ。

だが、いまはそのことを考えたくない。脅迫者がタブロイド紙に秘密を暴露する前に盗まれた手紙を取り戻そうと、ローリーとふたりで奮闘しているいまは。

「残念ながら先約があるのです。また来週にでも」

アリスが下唇を突き出してふくれっ面になった。「ここ数日はずっと、ひどくお忙しいようですわね、ルーカス。ほとんどお会いできていませんわ」

「議会で果たさなければならない責務があるもので」言葉を濁した。「ああ、ほら、楽団が次の曲の演奏を始めましたよ。マナー上、いまのぼくたちはまだ連続して踊るわけにはいかないが、ぼくの弟なら喜んであなたのお相手をするでしょう」

異議を唱える暇を与えず、ルーカスはアリスの手からカップを取ってテーブルに置き、彼女をヘンリーのいるほうへ導いた。弟は友人のペリーと頭を突き合わせて何やら話し込んでいる。きっと彼らの好きな話題――ニューマーケット競馬場でどの馬に賭けるべきか、あるいは今年社交界デビューした娘の中で誰が一番かわいいか――で議論を戦わせているに違いない。

ルーカスは弟の肩を叩いた。振り向いたヘンリーは、意外にもいらだたしげな表情を浮かべていた。話の邪魔をされて、ペリーも眉をひそめる。くしゃくしゃの砂色の髪の下からのぞく緑色の目は真剣だ。顔に散らばるそばかすのせいで、彼は二〇歳という実年齢より幼く見えた。

「パートナーを必要としているレディをお連れした」ルーカスはヘンリーに言った。「おまえに頼めるといいんだが」

ヘンリーの青い目がアリスをとらえたとたん、いらだちは消え、いつもの軽薄な笑みが口元に浮かんだ。こういう悪ぶった表情をすると、驚くほど亡くなった父親に似ている。

ルーカスは彼女の華奢な手を取ってお辞儀をした。「では、またあとで、ミス・キプリング」

彼は向きを変えてその場をあとにしたが、堅苦しい呼び方をされて傷ついたらしいアリスの顔が一瞬視界に入った。まったく。近いうちに埋め合わせをしなければ。だが、いまはローリーを見つけることしか考えられない。

先ほど舞踏室から出ていった彼女には、明らかにおかしなところがあった。ルーカスはそれを感じ取った。招待客の誰かに侮辱されたか、あるいは脅迫者の件でひそかに何かしようとしているのかもしれない。

どうも後者のような気がする。ローリーなら、たとえ無礼なことを言われても気おくれしたりしないだろう。案内係が到着を知らせるために彼女の名を呼びあげたときも、反感をあらわにする人々に堂々と立ち向かっていた。しかしすぐそばにいたルーカスは、彼女の体のかすかな震えに気づいた。その瞬間、世間には見せまいとしているものの、ローリーが内心に傷を抱えていることを知ったのだ。ろくでもない男に破滅させられ、家族とは疎遠になり、長い追放の年月を耐えざるをえなかったことによる傷を。だからルーカスは彼女の背に手を当てた。ひとりきりではないと教えたかったから。

それはとんでもなく愚かな、危険をはらんだ行為だった。アリスを含め、誰かに彼の本当の気持ちを気づかれたかもしれない。だが、ルーカスは後悔していなかった。ローリーがこの舞踏会に出ることには初めから反対だった。彼女が批判にさらされてしまうと思ったからだ。そして予想どおり、客たちの反応は冷たかった。社交界は自らを、品位の頂点を極める存在と見なしている。厳格な決まりを破った者に対しては、ひどく残忍になりうるのだ。

ルーカスはローリーを認めていることを周囲に示すため、彼女と自分の母親のそばにしばらくとどまった。ローリーのために彼にできるのは、それだけだったのだ。

少なくとも、彼女に魅了されているこの危険な状況はまもなく終わるだろう。手紙を見つけ、ローリーがノーフォークへ戻ればすぐに。そして彼女はルーカスの人生から永遠にいなくなる。たとえ胸が引き裂かれるような思いをするとしても、なんとか乗りきるしかない。ほかに選択肢はないのだ。自分には女相続人と結婚する義務がある。さもなければ、家族は貧しい暮らしを余儀なくされるだろう。

ルーカスは外へ出て、ひんやりとした夜気を胸いっぱいに吸い込んだ。暗いベランダから庭園に目を凝らす。ランタンに照らされた小道には誰もいなかった。いったいローリーはこんなところで何をしているんだ？　新たな手がかりに出くわしたのだろうか？　情報提供者と――下手をすると脅迫者本人と会っているのでは？　彼女のことだから、危険な犯罪者とわかっていても、ひとりで調べに出かけていくかもしれない。あまりにも向こう見ずなのだ。

そのとき、敷地の奥の暗がりで何かが動いた。ぴしゃりという鋭い音が静寂を破ってあたりに響く。荒々しい声がルーカスのところにまで届いた。ひとつは男性の、もうひとつは女性の声。ローリーだ。

彼は小石をはね飛ばしながら小道を突き進んだ。暗闇の中、木の下に座っているふたりの人間の輪郭が見えた。男がローリーを脅しながら身を乗り出し、彼女に触れようとしている。近づいていくと、物音に気づいたらしい彼らが振り返った。闇が深く、顔ははっきり見えない。

ルーカスはローリーに襲いかかっていた男の首根っこをつかんだ。上着の襟首をきつく握ったまま、引っ張って立たせる。「自分が何をしているか、わかっているのか?」

ローリーがあわてた様子でベンチから立ちあがった。「ルーカス!」

彼女の卵形の顔が暗闇に白く浮かんでいる。「無事か? このろくでなしに危害を加えられていないか?」

「わたしなら大丈夫よ。彼を放して!」

「ここで何があったのか突き止めるまではだめだ」ルーカスは男を強く揺さぶった。卑劣な男は抵抗すらしない。「おまえはいったい何者だ?」

「こんな扱いをされるいわれはないぞ」不満げに言う男の声には外国のアクセントがあった。

「ぼくは――」

「黙っていて」ローリーがぴしゃりと言う。「ルーカス、いますぐその人を解放してちょうだい」

彼女の憤慨した口調は、ルーカスがまとっていた怒りの鎧にひびを入れた。別の可能性が心に忍び込んでくる。状況を完全に読み違えたのだろうか? これは情熱的な密会だったのか? 彼女は舞踏室で昔の取り巻きのひとりと再会したとか?

そう考えたとたん、激しい怒りに襲われた。ローリーの愛人候補を粉々になるまで叩きのめしてやりたい。だが、ルーカスにそんな権利はなかった。ローリーは彼のものではないのだ。今後も絶対にそうはならないだろう。

しかたなく指の力をゆるめた。男はすぐに身をかがめて拘束を逃れ、暗闇の中へ走って逃げていった。小石を蹴散らす音が聞こえる。逃亡したということは、あの腰抜けに罪を犯した意識があるという証拠だ。やはり解放するべきではなかったと後悔し、ルーカスは反射的に足を踏み出して追いかけようとした。

だが、ローリーが前に飛び出して進路をふさいだ。「追わないで！　このまま行かせるのが一番いいの。今度は彼もわたしに近づかないようにするでしょう」

足音は次第に遠ざかっていった。続いて庭園の門がきしみ、がちゃんと閉まる音がする。ルーカスは彼女をにらんだ。木の下の暗がりから出てきたせいで、先ほどより姿がよく見える。ランタンのかすかな明かりで、顔をこわばらせているらしいとわかった。ローリーは白く盛りあがった胸の下で腕を交差させ、自分の体を抱きしめていた。

「今度は？」ルーカスはきき返した。

彼女が震えながらうなずく。「あれは……ステファノなの」

その名前が彼の胸に大きな釘を打ち込んだ。ステファノは八年前にローリーを誘惑した悪党だ。彼女の純潔を奪った、既婚のイタリア人外交官。

強烈な怒りに息が詰まり、何かを殴らずにいられなくなった。片方の手のひらに拳を打ちつけてなんとかこらえる。「まったく、ローリー！　なぜそう言わなかった？　きみをひどい目に遭わせたあいつを張り倒してやったのに」

「そんなことをしてどうなるの？　彼はいなくなったわ。重要なのはそこで、ほかはどうでもいいのよ」

「いや、それは違う。きみはあの男を叩いていたじゃないか。何をされたんだ？　もしまたきみに乱暴を働こうとしたのなら、神に誓って、猟犬さながらにどこまでも追いつめてやる」

「キスされただけよ。害はないわ」

「害はないだって？」あの口先だけの色男がローリーに触れるところを想像して、ルーカスは奥歯をぎりぎりと嚙みしめた。「いいか、もう一度きみに近づいたら、あいつを殺す」

「本当に大丈夫。危険なことはなかったの」

「あんなやつを擁護しないでくれ。それにしても、あの男はなぜここに？　ティンズリーが招待したはずはない。きみもきみだ。八年前にあれほど忌まわしい扱いを受けたというのに、どうしてこんな場所まで会いに出てきたんだ？」

ローリーの体に震えが広がるのがわかった。彼女は両手で顔を覆い、途切れがちに息を吐いた。「わたしはただ……いえ、忘れて。あなたには理解できないでしょうから」

彼女が苦悩していると気づいたとたん、ルーカスの判断力を曇らせていた怒りの霧が晴れた。声を張りあげたことを悔やむ。これほど意気消沈しているローリーを見るのは初めてだ。

いつも元気いっぱいで、機知に富み、大胆な行動に出る女性なのに。目の前の彼女の姿は、ルーカスの心の深い部分をかき乱した。

彼はローリーに近づき、腕をまわして包み込んだ。押し当てられるやわらかな胸の感触に、女性らしい曲線に、ルーカスは苦悶しながらも恍惚となった。彼女が自分のものになることはない。それでも理屈を無視した期待を抱き、下腹部が張りつめていく。

抵抗もせずに胸にもたれかかってくるのは、ローリーがひどく取り乱している証拠だ。彼女はルーカスの首元に顔をうずめ、ウエストに腕を巻きつけている。うつむいて彼女の頭に顔を近づけ、控えめな花の香りを吸い込んだ。頬に触れる髪は絹のようになめらかだ。ルーカスはキスをしたいという衝動に駆られた。いや、キスだけでは足りない。服をはぎ取り、ベッドへ連れていって組み敷きたい。

しかしそんな傲慢な扱いをしては、ステファノとなんら変わらなくなってしまう。

絶対にだめだ。全身を駆け抜ける、この感情のほとばしりが恐ろしい。ルーカスは八年前よりはるかに強くローリーを求めていた。ここ数日ともに過ごしたことは、彼女への気持ちを強めたにすぎなかった。ローリーが二度と傷つかないようにするためなら、自分の命を捧げてもかまわない。

「座ろう」彼はささやいた。

花をつけた木の下にある石造りのベンチへ導かれても、ローリーは抵抗しなかった。ひんやりした風が吹いてきて、まるで結婚式の演出のように白い花びらが周囲に舞い落ちる。屋敷の中から軽快なワルツの調べが聞こえてきた。非現実的でロマンティックなこの状況は危険だ。そう思いながらも、ルーカスは彼女の細いウエストにしっかり腕をまわしたまま、隣に腰をおろした。

ローリーの顎を軽く押しあげ、彼を見るよう促す。あたりは暗く、かろうじて顔が認識できる程度の明かりしか届かない。彼女がすぐそばにいるせいで、ルーカスはワインを飲みすぎたときのようなめまいを感じた。

「すべてを話してくれ」必死で平常心を保とうとしながら言う。「今夜ステファノに会ったのは偶然なのか？　それとも、ここで彼と落ち合うことを事前に計画していたのか？」

「事前に計画ですって？　もちろん違うわ！　彼は舞踏室の鉢植えのうしろに潜んでいたの。話をするために庭園へ出てきてほしいと頼まれたわ。言われたとおりにしても差し支えないと思ったのよ」

ルーカスは歯を食いしばった。「外へ出たら乱暴されるかもしれないとは考えなかったのか？　屋敷の中は音楽や人の話し声で騒々しいから、きみが外で悲鳴をあげても誰も気づかなかっただろう」

「危険なんてなかったわ。その点は断言できる」

反抗的に言い返され、ルーカスは逆にうれしくなった。打ちひしがれたローリーなど、見ていたくない。それでも、そんなお粗末な言い訳で切り抜けられると思ったら大間違いだ。男なら、彼女をわがものにしようとしないはずがない。「きみがここにいることを、あいつはどうやって知ったんだ？」

「知らなかったそうよ。どうやらこの二週間、わたしを探して手当たり次第に舞踏会やパーティに忍び込んでいたみたい」

「そして今夜、運よく見つけたというわけか。歯をすべて折ったうえで、次に出港する船に乗せてイタリアに送り返してやったものを」

ローリーが喉を詰まらせたような音を発した。いまの発言で怒らせてしまったのかもしれない。彼女のことになると、ルーカスは言葉に気をつける余裕すらなくなる。慎重に言葉を選んでから口を開く、ふだんの慎重さは影をひそめてしまうのだ。

そのとき、鈴を転がすような笑い声が暗闇に響き渡った。「想像するとひどい姿ね。もっとも、彼にはそれがふさわしい気もするけれど」

「当然だろう。既婚者だと知られたあともきみを追いまわすなんて、卑しい悪党そのものだ」

「まあ、ルーカス、彼は奥さまを亡くしたのよ」真面目な口調に戻って、ローリーが言った。「いまは寡夫なんですって。だからわたしを探しに来たと、そう言っていたわ」

その声ににじむ同情に衝撃を受け、ルーカスは嫉妬の渦にのみ込まれた。まったく！あれほど卑怯（ひきょう）な女たらしに、まだ好意を抱いているのか？その可能性に思い至り、彼はわれを忘れそうになった。ステファノはローリーにとって初めての恋人だ。ルーカス自身、初めて心から愛した人――ローリー・パクストンを忘れることができないでいる。

彼はローリーの顔を両手でとらえた。絹のようになめらかな肌だ。「あの男の口から出る言葉は、ひと言たりとも信じてはいけない。ことによると、彼の妻はまだ生きているかもしれないぞ。あのろくでなしが以前きみに嘘をついていたなら、もう一度同じことをしないとは言いきれないだろう」

「でも、心を痛めている様子だったわ」

「あいつに心はない。名人級の役者なんだよ。今後は彼と関わらないと約束してくれ」

いつものように、彼女が生意気に顎をあげた。「あなたに気にしてもらう必要はないわ、ルーカス。自分の面倒くらい、ちゃんと見られます」

「本当にそうか？」彼はかすれた笑い声をあげた。「きみは男の内に潜む闇を理解していない」

「あら、それならあなたはいったいどんな闇を隠しているの、堅苦しい侯爵閣下？」

その言葉がルーカスを底知れぬ深い穴の縁に立たせた。銀色の月明かり、ローリーの女性らしい体、自分自身の激しい欲望、それらがすべて重なったとたん、彼を押しとどめていた最後の糸がぷつんと切れた。彼女を意のままにしたいという衝動が襲ってくる。

「これだ」うなるように言った。

ルーカスは片方の手でローリーの頭のうしろをつかみ、彼女の唇に唇を重ねた。

17

箱入りで育てられた娘たちは、男性の悪行をほとんど知らないまま社会に出される。

ミス・セラニー

そのキスはローリーを驚かせた。自分の言葉がルーカスの自制心を打ち砕くとは思いもしなかった。いいえ、内心ではひそかにこうなることを願っていたのかもしれない。彼をからかい、欲望で色濃くなる鉄灰色の瞳を見つめ、報われない情熱の苦しみを与えることは、ローリーにとって一種のゲームになっていた。ルーカスの母親のコンパニオン候補として面接したときから、ローリーは彼が自分に惹かれていると感じていた。それにもかかわらず、彼とは安心して一緒にいられたのだ。ルーカスは超然と自制していたので、まったく脅威を感じなかった。

けれども結局のところ、それは誤りだった。しかも、わたしは間違いだったことを喜んでいる。

ルーカスを拒むという考えは、彼の舌が初めて触れてきた瞬間に溶けてなくなった。ローリーはこの瞬間をあまりにも頻繁に想像してしまい、空想に夢中にならないよう自分を戒めてきた。だが彼女はうめき声をあげると、ついに快感に身をゆだねて唇を開き、彼を迎え入れた。ルーカスは彼女を徹底的に味わい尽くすことで応えてくれた。ふだんの彼と同じく、自分を制御したうえで挑戦的に、ひとつの目的だけを追い求めるひたむきさでローリーにキスをした。

まるで彼女が、ルーカスにとってこの世で一番大切な女性だというように。

胸に切望があふれてくる。彼に愛されるのはどれほどすばらしいことだろう。そう考えたとたん、ローリーの信念は根本から揺るがされた。幸せになるために男性は必要ないと心に決めていたのに。たった一度の親密な触れ合いが唐突に終わりを迎えたあと、そのようなことをしなくても、じゅうぶん満ち足りて暮らしていけると思った。けれどもいまになって、心の中に隠れていた孤独に気づいてしまった。

愛し、愛されたい。わたしにはルーカスが必要なのよ。

ローリーの頭を支えたまま、彼は片方の手で彼女の髪から何本かピンを抜いた。彼女を包み込む腕は鋼鉄のようにびくともしない。ローリーはそれでも満足できず、もっと体を近づけたかった。ルーカスにもたれかかり、衝動に身を任せて彼の胸に両手を這わせ、さらには光沢のある豊かな髪に指をくぐらせた。

ルーカス。彼はローリーが信じていたような、冷酷で融通の利かない堅物ではない。いつもは隠れている激しさをあらわにして甘美な驚きを与えてくれる、これまでに出会った誰よりも魅力的な男性だ。魂に触れるような、やさしくて情熱的なキスができる男性。

官能を呼び覚ます欲求を、ローリーがこれほど強烈に意識したことは一度もなかった。まるでこの八年間、ずっと眠って過ごしていたかのようだ。おとぎばなしの王子さまと同じで、ルーカスだけが彼女を目覚めさせる力を持っている。長い眠りについていたローリーを、生き返らせることができるのは彼だけだ。

ルーカスがいったん唇を離して、彼女の顔や頰に鼻をすり寄せた。ボディスの縁に沿ってネックレスを飾るようにキスを落とし、敏感な肌を舌で味わっていく。ローリーは体に力が入らなくなった。激しい鼓動を彼も感じているに違いない。生きているということを、これほど切実に感じさせてくれる男性は初めてだ。

ステファノとでさえ、こんなふうにはならなかった。いえ、ステファノだからこそ違ったのだ。

その名前のせいで、欲望が奏でる甘美な旋律に不協和音が生じた。長く乾いた時期が続いたあとで、数分のうちにふたりの異なる男性からキスされるとは、いったいどうなっているのだろう？　不安が喜びに水を差す。ルーカスに奔放だと思われるだろうか？　彼はステファノのときのように、わたしが屈することを期待しているのかもしれない。もしかすると、わたしを摘み頃に熟れた、堕落した女と見なしているのかも。

ローリーはわずかに体を引き、彼の上着に手のひらを当てた。「ルーカス……」息をつこうと必死になるあまり、彼の名を呼ぶ声があえぎになって出てくる。「わたしたち、こんなことをしてはいけないわ」

「いや、するべきなんだ」低くかすれた声で反論すると、ルーカスは彼女の顔じゅうに唇を押し当て、片方の耳に歯を立てた。「きみが欲しい、ローリー。ぼくがどれほど強く求めているか、きみには想像もつかないだろう」

ひどくつらそうな声が胸に響く。彼女も心の底からルーカスが欲しかった。渇望は体の内で渦を巻き、絡み合ってもつれ、解放を求めてうずいている。必要とされ、望まれる感覚は久しぶりだった。

でも、ルーカスは愛を口にしていない。ふたりの将来についても。

ローリーは自分を奮いたたせて言った。「あなたが求めているのはアリス・キプリングよ。わたしではなくて」

ルーカスの動きが止まった。首筋に彼の熱い息がかかる。ローリーの言葉を否定するように、指が彼女の腕をつかんだ。暗闇の中、ルーカスはゆっくりと上体を起こしてローリーを見おろした。「きみを求めるのとは種類が違う」

バケツいっぱいの氷水をかけられたほうがましだった。彼の意図が明らかになり、ローリーは凍りついた。ルーカスはアリスを妻に望んでいる。そしてローリーを愛人としてとどめておくつもりなのだ。

彼女はルーカスの手を逃れてうしろへさがった。「あなたの提案は受け入れられません、侯爵閣下。さあ、これであなたから申し出る手間を省いてあげたわ」

「そんなつもりでは……」彼は口ごもり、ローリーの髪を指ですいた。荒い息を吐く。「ああ、まったく、どういう意味で言ったのか自分でもわからない」

うなるような声からは、いらだたしさと困惑が伝わってきた。ローリーもまた、彼と同じくらい強くいらだちを感じていた。

抱擁が解かれ、彼女はふたたびベンチに腰をおろした。ルーカスの体が離れたとたんに寒さを感じる。寒いだけでなく、自分が完全ではなくなった気がした。

石造りのベンチの下で何かを探すように、彼が地面に身をかがめた。屋敷のほうから陽気な音楽が流れてくる。ローリーの全世界がたったいまひっくり返ったところだというのに、舞踏室では何事もなかったように人々が踊っているのだと思うとおかしな気がする。

「これを」ルーカスが言った。

彼女の手のひらに何かを落とす。先ほど髪から抜いたピンだ。ローリーはうわの空で髪に触れて乱れを確かめ、いくつかこぼれ落ちていた巻き毛の房を留め直した。

喉が締めつけられるように苦しい。「舞踏会に戻って」彼女は冷たく言った。「ふたりで歩いている姿を見られるわけにはいかないわ」

「長居するつもりはない。母に挨拶をしたら、ニューカムの屋敷へ向かう予定だ」

ローリーはピンを一本取り落とした。「なんですって？　どうして教えてくれなかったの？　わかっていればおばに頼んで、コンパニオンとしての今夜の務めを代わってもらったのに」

「ぼくひとりで行く。きみはここに残るべきだ。母の庇護下にいれば問題ない。ニューカムのパーティはさながら悪の巣窟だろう。レディが訪れる場所ではないんだ」

彼女は暗闇を通してルーカスをにらみつけた。「レディと見なされて喜ぶべきなんでしょうね。一分前に言われていれば、そうしたかもしれないけれど」

「お互いに楽しんだんだ。謝る気はない。だがここで起こったことは、ふたりとも忘れるのが一番だろう」

忘れるですって？ わたしがアリス・キプリングにべらべらしゃべるとでも思っているの？ まったく男ときたら、楽しむだけ楽しんでおいて、さっさと責任から逃れようとするのね！ 「いいわ」

「では、そういうことで。ニューカムのところで何か発見したら、明日きみに知らせる」

ルーカスは立ちあがり、最後にもう一度刺すような視線をローリーに向けてから、屋敷へ向かって歩きはじめた。闇に紛れて遠ざかっていく、背の高い彼のうしろ姿から目が離せない。開いていたドアのひとつから室内へ入るまで、彼女はずっとルーカスを見つめていた。ハイヒールのつま先で、地面に散らばる白い花びらを蹴る。ひどい男！ 彼が調査をしているあいだ、わたしがおとなしく待っていると思うなら、いずれびっくりすることになるわ。脅迫者をつかまえるという栄誉を、黙ってルーカスに渡すつもりはないのだから。

一時間後、ローリーはラルフ・ニューカム卿の屋敷へと続く階段をのぼっていた。ライオンの頭の形をしたノッカーをつかみ、大きく叩く。即座にドアが開き、深紅のお仕着せを身につけた男性の使用人が、彼女の進路をふさぐように姿を現した。

その使用人は狡猾そうな黒い目でローリーをじろりと見た。「招待状を」

「招待状ね……」彼女はビーズのレティキュールの中を探るふりをしてから、悲しげな顔を作った。「まあ、忘れてきてしまったみたいだわ」

「申し訳ありませんが、お入りいただくことはできません」

ローリーは使用人が閉じかけたドアの隙間に片方の足を差し入れた。レディ・ミルフォードから借りたハイヒールは恋愛面での幸運はもたらしてくれなかったけれど、少なくとも実用的な使い道がある。「わたしが今夜のパーティに顔を出さなければ、ラルフ卿はひどく機嫌を損ねるでしょうね。彼の大切な友人のジュエルを追い払った理由を、ご主人さまに説明したい？」

ショールをさりげなく肘まで落とし、ローリーは盛りあがったふくらみが相手の目に入るように胸を突き出した。使用人の好色な視線がさがり、胸元をじろじろ見ている。思わず鳥肌が立ったものの、目的は達成できたらしい。ドアが大きく開かれた。

彼女は薄暗い明かりが灯された玄関に足を踏み入れた。床には色の違う大理石が格子柄に敷かれている。細い階段があった。あたりに充満しているのは、たばこの煙のにおいだ。上の階から男性のよく響く話し声と、女性が甲高く笑う声が聞こえてきた。

ボンネットとショールを取って先ほどの使用人に渡すと、ローリーはなまめかしく彼に微笑みかけて言った。「案内は不要だから、あなたが持ち場を離れる必要はないわ。陽気に騒ぐ音が聞こえるほうへ行けばいいだけですもの」

相手に異議を唱える隙を与えず、彼女は軽やかな足取りですばやく階段をのぼりはじめた。案内されて、パーティの中心に連れていかれるのは避けたい。ルーカスが来ているはずだから。それより廊下に身を潜めて、可能な限り観察したかった。それからニューカムの書斎を見つけ、盗まれた手紙を探すつもりだ。

ここの住所は拍子抜けするほど簡単に手に入った。舞踏会に出席した件でひとしきりキティから叱責を受けたあと、彼女に尋ねるだけでよかったのだ。ルーカスがよからぬことをたくらんでいて、今夜ここでいかがわしい噂のある集団に、あの手紙を見せるつもりかもしれないと信じさせて。そのあとバーニスに事情を耳打ちすると、ローリーは晴れて自由の身となり、三ブロック先の目的地まで徒歩でやってきたのだった。

階段をのぼりきったところで、大きな笑い声がどっと起こった。廊下の中ほどにある部屋から聞こえてくるらしい。たばこの煙は視界がかすむほど濃くなっていて、目がちくちく痛んだ。開け放しのドアのすぐ外で足を止め、ローリーは慎重に中をのぞき込んだ。

客間らしいその部屋にはたくさんのテーブルが置かれ、着飾った貴族たちがまわりに集まっていた。座ってカードを配っている紳士もいれば、ハザードに興じてさいころを振っている紳士もいる。勝負がつくごとに歓喜の高笑いや、打ちのめされたうめき声が響き渡った。敗者の手から勝者の手へと札束が渡っていく。

男性に交じって、少数だが女性の姿も見えた。派手なドレスや奔放なふるまいから判断して、ほとんどは娼婦に違いない。ブロンドの美女がテーブルのひとつにあがり、はやしたてる人々の前でみだらなダンスを踊っている。孔雀色のドレスを着た赤毛の女性は、寝椅子の上で恰幅のいい紳士と絡み合って座り、ほかの客たちから丸見えの状態で彼にキスしていた。

眼前の光景にローリーは目を奪われた。いつもこそこそ盗み聞きやのぞき見をしているグリムショーでさえ、これほど堕落した場面を目撃した経験はないだろう。まともな人々は決して近づかない集まりだが、社交界にデビューしたばかりの頃に、きわどい話を好んでする一団がこの手の饗宴についてささやくのを耳にしたことはあった。でも、猥褻な行為を見せられるのは初めてだ。

恥知らずなこの人たちの中の、いったいどれがラルフ・ニューカム卿だろう？　どんな外見をしているのかローリーは知らない。わかっているのは、亡くなった前ダシェル侯爵の仲間のひとりということだけだ。ルーカスの父親も、こういう下劣なパーティに入り浸っていたに違いない。家族と海軍省での務めに身を捧げていた、彼女の高潔な父とはなんと違うことか。

放蕩者の父親のもとで育つことをルーカスがどう感じていたかは想像するしかない。母親の体の自由を奪った事故について話したとき、彼は父親の向こう見ずな性格を苦々しく思っているようだった。もしかすると、ルーカスが厳格で堅苦しい人間になったのは父親のせいなのかもしれない。

とはいえ、彼のキスにおかたいところなどなかった。これっぽっちも！　庭園で起こったほんの短い出来事のあいだに、ルーカスが世間に見せている顔の裏には激しくて官能的な面があることが明らかになった。奥深くに情熱が流れているのだ。一度のキスでは、とてもすべてを見つけ出すことはできなかった。彼のことをもっと理解したい。内に秘めた思いや感情を知りたくてたまらない。

でも、禁じられた欲望から生まれるものは何もないのだ。ローリーはそう自分に言い聞かせた。ルーカスは月と同じくらい手の届かない存在。彼を引きつけるお金もないばかりか、わたしの評判は地に落ちている。従順でも、無垢でも、素直でもなく、貴族が妻に求める資質をひとつも持ち合わせていない。ルーカスのことは忘れて、手紙を見つけることに集中するべきだろう。

この屋敷のどこかで、彼はもう捜索を始めているのだろうか？　先を越されたくない。

ローリーは部屋の入り口にじりじりと近づき、集まった人々をざっと見渡した。深紅のカーテンがかかった窓のそばにルーカスの姿を見つけてほっとする。彼は葉巻をふかしながら微笑みかけていた。相手が女性だとわかり、ローリーは衝撃を受けた。ところがその女性が誰か気づいたとたん、さらに大きな衝撃に襲われた。

ミセス・エジャートン。

キティの友人は、体の曲線を強調してクリームのような肌をさらに白く際立たせる、暗紅色のサテンの大胆なドレスをまとっていた。ゆるく巻かれた栗色の髪がわずかに乱れた印象を与え、まるでたったいまベッドから出たばかりに見える。女性はルーカスの腕にすがり、肉感的な胸を押しつけていた。

ローリーは拳を握りしめた。毒がまわるように、憤りが全身に広がっていく。あの未亡人はおそらく何歳も年上のはずなのに、ルーカスは彼女から情欲のこもった関心を向けられて楽しんでいるらしい。息をのむほど魅力的なあの微笑みを、ミセス・エジャートンに向けている。伸びてきた手に頬を撫でられ、指先で唇をたどられても押しのけず、代わりにその手を取ると、彼女の目をまっすぐ見つめながら指の関節にキスをした。

なんて人。ローリーは怒りを覚えた。信念を持ったまっすぐな男性だと信じたのは間違いだった。卑劣な人間にふさわしい場所まで堕ちるといい。そしてここにいる大勢の男たちと同じ、ろくでなしになりさがればいいのだ。彼自身が今夜、ローリーに警告したではないか。

〝きみは男の内に潜む闇を理解していない〟

あのとき彼女はまともに受け取らなかった。人生で一番興奮するキスをされた相手だけれど、ふしだらな女性たちと戯れるような人には思えなかったからだ。内心では、ルーカスが彼女の父親のように誠実で、揺るぎない信念を持ち、厳格な道徳規範にのっとって行動する人物だと信じたかった。けれども彼は、ここでなまめかしい未亡人といちゃつくために、ティンズリーの舞踏会にローリーを置き去りにした。

彼女の同行を拒んだのも不思議はない。汚らわしい騒ぎに参加するつもりだったのだ。ひと言意見してやらなくては気がすまない！

そのとき、背後から伸びてきた男性の手がローリーのウエストを両側からつかんだ。長年の放蕩によるものらしいざらついた声がして、耳にブランデーの不快なにおいのする息を吹きかけられる。「やあ、べっぴんさん。わたしを待っていたのかな？」

逃れようと身をよじった彼女は、うしろにいるのが酔って顔を赤くした年配の男性だと気づいた。光る禿げ頭とは対照的に、ふさふさした茶褐色の口ひげを生やしている。

ローリーははっとした。この男性はヘンリー卿の描写と完全に合致する。「もしかして、ヒューゴ・フランダーズ大佐ですか？」

「いかにも」彼はごわごわした眉毛を動かしてみせた。「どうやら、立派とは言いがたい評判のほうが本人より先に広まっているようだな。そちらは？」

「ジュエルと呼んでください」

「ジュエルか。かわいい顔に似合いの名前だ」胸に向けられたいやらしい目つきに、ローリーは貶められた気分になった。ステファノにそうしたように、この男の顔を叩いてやりたい。フランダーズは見るからに、個人的な手紙を盗み、引き換えに金品を要求しかねない悪党のようだった。でも、それは単なる推測にすぎない。証拠が必要だ。

「お噂はよく耳にしていますわ、大佐」ローリーはわざと息を弾ませて言った。「とくに、女性を見る目がおありだとか」

「もちろんだとも。手に入れた女のリストにかわいいジュエルを加えられたら、それこそ最高だな」

相手が触れようとしてきたので、彼女はすばやく動いて手の届かないところへ逃げた。

「あなたがほかの女性と戯れていると知れば、いまの愛人は気を悪くするでしょうね」

「メイベルのことなら気にしなくていい。ちょっとした情事まで知らせる必要はないからな。さあ、階上へ行こう。寝室のひとつを借りても、ニューカムは文句を言わないはずだ」

伸びてきた手を、ローリーは再度かわした。「ねえ、メイベルには立派な住まいをあてがっているんですか？　あなたとの関係を承諾するとしたら、わたしも同じものが欲しいわ」

大佐の貪欲な目がきらりと光る。「それが望みなら、あいつは明日にでも追い出そう。さあ、こちらへ来るんだ、お嬢ちゃん、パパにキスしておくれ」

ついに肩をとらえられ、ローリーはフランダーズのほうに引き寄せられた。太い指が肌に食い込む。キスを避けて顔をそむけると、口ひげが頬に当たってちくちくした。

「まだだめよ」震えをこらえながら言う。「まず、その愛の巣を見て、ふさわしいかどうか確認しなくては。どこにあるんです？」

「居心地のいいれんが造りの家がコヴェントガーデンにある」

「住所は？」

「シェルトンとニールの角だ。もういいだろう、自分が買ったものを味見させてくれ」

大佐は片方の手でドレスを手探りしてローリーの胸を覆い、ぴったりしたボディスの内側に太い指をもぐり込ませようとした。反対の手は腰のうしろで円を描き、ヒップを撫でまわす。彼女は懸命に身をよじったものの、まるで蛸に戦いを挑んでいるようなものだった。靴の踵で相手の足の甲を思いきり踏みつけようとしたそのとき、ふいにフランダーズの体が離れた。

驚きと警戒心が入り混じり、ローリーは目をしばたたいた。そこにはふたりをにらみつけるルーカスの姿があった。

実際には、彼がにらんでいるのは主にローリーだったけれど。

高貴な家柄の放蕩者は、思いのままに楽しみを追求しておいて、責任はいっさい取ろうとしない。

ミス・セラニー

18

「ぼくのものに手を出さないでいただきたい」フランダーズを放し、鋼鉄のような目をきらりと光らせて、ルーカスが言った。「あなたを絞め殺したくなる」

大佐が唇をゆがめて怒鳴る。「おまえのものだと？　ジュエルはわたしの愛人にしてくれと懇願していたんだぞ！」

ルーカスの視線がさっとローリーに移った。彼女に激しいキスをした情熱的な男性のものとはとても思えない、いかめしい表情だ。

「懇願？　彼女が？　ぼくを妬かせたくて彼女がよくやる、ちょっとした遊びですよ。そうだろう、ジュエル？」

現実的に考えて、ここは引きさがるべきだろう。フランダーズからはすでに、きわめて重要な情報の一端を引き出すことに成功しているのだから。ローリーは下唇を突き出し、しおらしい顔を作って言った。「たしかにばかげた策略だったわ。どうかお許しを、大佐。あなたをもてあそぶべきではありませんでした」

フランダーズは茶褐色の口ひげを撫でつけ、わざとらしく咳払いした。「また彼女をここへ連れてくるつもりなら、手綱をしっかり握っておくんだな、ダシェル。つまり、われわれの集まりで父親のあとがまに座る決心がついたらの話だが」

最後にもう一度貪欲なまなざしでローリーを見ると、大佐はゆっくりした足取りで客間に入り、飲み騒ぐ人々の輪に加わった。その背中を見つめながら、ローリーは安堵していた。男性にキスをされそうになったのは、今夜これでもう三回目だ。ありがたいことに、成功したのはルーカスだけだったけれど。

ルーカスがローリーの腕を取り、薄暗い廊下を屋敷の奥へ向かって歩きはじめた。歩幅の大きい彼についていくには、小走りにならなければならない。パーティに参加している人々に声が届かない場所まで来ると、ルーカスは彼女を壁に押しつけて顔を近づけた。

怒りのせいで眉がさがり、顎がこわばっている。「ティンズリーの舞踏会で母のそばにとどまっているよう言ったはずだ。いったいここで何をしている？」

うなるように詰問されても怖じ気づいたりしない。黒い上着と白いクラヴァットという正装をした彼がどれほどハンサムに見えるかにも、気を取られるつもりはなかった。

「もちろん、いわくつきの女性としての評判を落とさないようにしているのよ」

「軽口を叩いている場合ではない」

「わかったわ。それなら、あなたと同様にニューカムを調べているの。フランダーズ大佐に出くわしたのは、思いがけないおまけみたいなものね。それも値打ちのあるおまけだわ」

「値打ちか。きみがあの好色な老いぼれに身を売ろうとしていたことを考えると、興味深い言葉の選択だな」

「ばかばかしい。彼の現在の愛人について聞き出そうとしていただけよ。明日、彼女を訪ねてみるつもり」

「信じられない！　そんなことをして何になる？」

「フランダーズが脅迫者なら、キティのダイヤモンドのネックレスは愛人に与えるだろうと思いついたの。もし愛人が持っていたら、彼が犯人ということになるわ」

ルーカスがじっとローリーを見つめた。唇を引き結び、視線は冷たい。でも、いざ口を開いた彼の声は少し怒りが薄れていた。目にかすかな称賛が浮かんでいる気もする。

「それは思いつかなかったな。だが、もっと早く話してくれればよかったのに。そうすれば、ぼくが情報を入手できただろう」

「いつ話せたというの？　今夜ここへ来るつもりだと、前もって教えてくれなかったのはあなたよ。いきなり宣言したかと思うと、すぐに立ち去ってしまったじゃない」彼女は腕を組み、反抗的に顎をあげてみせた。「それに、どうしてわたしが協力しなければならないの？　わたしたちはパートナーのはずだったのに、あなたは必ずしもわたしと組みたいとは思っていないみたい」

「きみをここへ連れてこられなかった理由は、よくわかっているはずだ。レディが参加するようなパーティじゃない」

「あら、そう？　ミセス・エジャートンは出席しているようだけど。恥知らずにも、あなたは彼女と戯れていたわね。本当に不快な光景だったわ！」

ルーカスの唇が動いて、あの魅力的な笑みがうっすらと浮かんだ。彼が手を伸ばし、指先でローリーの頬をたどる。「嫉妬しているのか、ジュエル？」

たちまち空気に活力が満ちた。顔に軽く触れながら誘いかけるルーカスのささやきが、彼女の興奮をかきたてる。胸から体の最深部まで糸のような炎がおりていくと、その熱で全身がちりちりと焼けた。

けれど、彼にそれを知らせるつもりはない。

「うんざりしているの。それだけよ。あなたはパーティで不道徳な女性たちと戯れるのではなくて、手紙を見つけるためにわたしを手伝ってくれるはずでしょう」

ルーカスのうぬぼれた笑みが深くなる。彼はローリーの両側の壁に手をつき、触れることなく彼女を囲い込んだ。

「ぼくがきみと戯れていたときは、気にする様子もなかったのに」

彼の体が放つ熱を感じられるほど近い。力が抜けて、挑戦的な表情を保っていられなくなる。ローリーは両手をうしろにまわした。勝手に彼の上着の内側にもぐり込んでしまいそうだったからだ。「あのキスは間違いで、忘れることにふたりとも同意したものと思っていたわ。いずれにせよ、ミセス・エジャートンとの戯れがミス・キプリングを傷つけないか、そちらのほうが気にかかるわね。彼女はまだ若く無垢で、男性の内に闇が潜んでいるなんて知らないでしょうから」

やわらかい雰囲気が消えた。ルーカスが両手を脇におろす。「ミス・キプリングを巻き込むな。それにぼくがミセス・エジャートンに関心を持つのには、正当な理由があると考えるべきだろう」

「ええ、ほとんどの男性と同じで、女性と見れば追いまわさずにいられないからよね」

彼のしかめっ面が戻ってきた。「そうじゃない。偶然にも、ぼくもきみと同じ手法を使ったんだ」

「どういう意味？」

ルーカスはあたりをうかがい、廊下を横切って部屋のひとつのドアを開けた。室内をのぞき込んでから、ふたたびドアを閉める。「ミセス・エジャートンに手紙を盗む動機があるかどうか、それを知るために親しくなった。彼女には、たしかにどこかうさんくさいところがある」

「うさんくさい。ええ、そうね、うさんくさいわ。ベッドをあたためるために、手っ取り早く手に入る男性を釣りあげようとしているんですもの」

「実は、彼女にはすでに愛人がいるんだ」

「どうやって知ったの？　愛人になってくれと頼んだの？」

「ほのめかした。もちろん、すべては調査のためだ」

ローリーは歩きだしたルーカスのあとをついていった。彼があの厚かましい女性にへつらう姿を想像すると、腹が立ってしかたがない。「愛人というのは誰？」

「相手の名前は明かそうとしなかった。だが、どうやら今夜ここで会う約束をしているらしい」

廊下の先にある別の部屋をのぞくルーカスを見ながら、ローリーは言った。「フランダーズではありえない――そうよね？　わたしに声をかけたとき、彼は到着したばかりだったわ。それにコヴェントガーデンの近くに愛人を囲っていると教えてくれたの」

「それならミセス・エジャートンではなさそうだな。フランダーズが彼女に不実なことをしているのでなければ」

ローリーは自分が世慣れていると思っていたが、その関係は想像するだけでぞっとした。

「つまりあの恥知らずは、一度にひとり以上の愛人を抱えているということ？」

ルーカスが面白がっているような視線を向けてくる。「可能性はある。ミセス・エジャートンと彼が、あるいはニューカムがつながっていることを期待していたんだ。彼らはふたりとも、手紙が消えたときにきみの妹さんの婚約披露パーティに出席していたからな。だがミセス・エジャートンの口から答えを引き出す前に、廊下にいるきみを見つけた。大佐に胸を見せびらかしているきみを」

「見せびらかしてなどいないわ、わたしの——」ローリーは口ごもった。ルーカスはもう彼女のほうを見ていなかったが、会話の方向が変わったことに狼狽したのだ。彼はまた別の部屋に頭を突っ込んでいる。「それはそうと、いったい何をしているの？」

「こちらへ」ルーカスが廊下に置かれたテーブルからろうそくをつかんだ。ローリーがついてくるか確認もせずに室内へ入っていく。

胸がどきりとした。彼はふたりきりになれる場所を探しているのかもしれない。きっと、またキスするつもりなのだ。あのたくましい体に抱き寄せ、彼女の情熱をかきたてるつもりに違いない。ルーカスがほかの女性と結婚しようとしているときに、抱きしめてほしいと願うのは危険だ。けれども切望は抑えきれず、ローリーは急いで彼のあとを追った。

そこは本棚と、書類やがらくたが散らばる乱雑な机がひとつ置かれた、小さな書斎だった。暖炉の火床では、燃えさしがオレンジ色の光を放っている。けれどもルーカスは彼女を腕に抱くどころか、机の椅子に座って中央の引き出しを開けた。

「ドアを閉めて」彼が言う。「手紙を探すのを手伝ってくれ」

ローリーの期待は泡のようにはじけて消えた。彼女は落胆を払いのけ、白く塗られたドアの羽目板を押して閉めてから、ニューカムの書斎の中を歩きまわった。壁には狩猟の場面を描いた絵が何枚かかけられ、暖炉の前には二脚の椅子が置かれている。ロマンティックな場面はあきらめるしかなさそうだ。ルーカスの目的を誤解して、想像力をたくましくした愚かな自分に腹が立った。

ニューカムの屋敷を訪れた真の目的も忘れるほどルーカスに気を取られてしまうとは、いったいどういうことだろう？

ここへ来たのは手紙を見つけるため。そして報酬のお金を手に入れるためだ。

そのほかはどうでもいい。

ルーカスに遅れを取るまいと、ローリーはろうそくを手にして彼から火をもらい、紫檀材のキャビネットの前にしゃがみ込んだ。扉を開けたとたん、雑多なものが転がり出てくる。拡大鏡、嗅ぎたばこ入れがいくつか、折りたたんだ地図の束。興味を引くものは何もなかった。だがもうひとつの扉を開くと、そこには何通もの手紙が放り込まれていた。さっそく古い書簡を調べはじめる。先代のダシェル卿からキティ・パクストンに宛てた恋文はないようだ。

「あなたのお父さまの名前はウィリアムだったかしら？」

探っていた引き出しから顔をあげ、ルーカスが不審げに答えた。「そうだ。何か見つけたのか？」

「手紙がたくさんあるんだけど、ほとんどがニューカムの管財人からのものみたい。借金の督促状も多いわ」

ルーカスが黙って顔をしかめる。ローリーは、数日前の夜にルーカスの書斎を調べたときにも督促状の山を見つけたのを思い出した。彼の財政状況に関しては、どこか引っかかるものがある。以前よりよく知るようになって、ルーカスが過度に金遣いの荒い人間ではないとわかった。それに知的で慎重な彼が、遺産をそっくり危険な投資に注ぎ込むとは考えられない。

ローリーは膝を曲げて座り込み、引き出しの中身を探るルーカスを見つめた。

「あなたのお父さまは、こういうパーティによく出席していたのよね？」

返答の代わりにうなり声が聞こえてきた。明らかに話したくないようだが、ローリーにはどうしても解決しておきたい問題があった。

「詮索するつもりはないんだけど――」口を開きかける。

「だったら、しないでくれ」

「だけど気になってしかたがないの。お父さまはかなり熱心な賭博好きだったに違いないわ。フランダーズはあなたが、お父さまのあとを継ぐことを期待しているようだった」

「フランダーズは飲んだくれだ」勢いよく引き出しを閉めて、ルーカスが言った。「彼が言ったことを真に受けるんじゃない」

「彼はあなたのお父さまの友人だった。それを踏まえると、ふたりは同じ悪行に――女性遊びや賭博などにふけっていたと考えられるわ」

「父は亡くなったんだ。いまさら罪を蒸し返してもしかたない」

「はっきりさせておきたいことがあるだけなの。キティによれば、レディ・ミルフォードはあなたが投資に失敗して遺産を失ったと話していたそうよ。だけど、それは真実ではないでしょう？　一族の財産を浪費したのはお父さまであって、あなたではない。お父さまが賭け事で失ったんだわ。あなたはお父さまの負債をすべて受け継いだのね」

ルーカスがまた別の引き出しを乱暴に開けた。「関係のない話で時間を無駄にしているぞ。手紙を探すことに集中するんだ」

反論しないという事実が多くを物語っていた。ルーカスが経済的にひどい苦境に陥っているのは、彼のせいではない。それを知ってローリーの気分はましになったものの、ルーカスのことを思うと悲しかった。父親の無謀なふるまいが家族全体に影響を及ぼしたのだ。レディ・ダシェルは体の自由を奪われ、ヘンリー卿は自分の心のままに行動することができず、ルーカスは借金を返すために女相続人と結婚しなければならないという重荷を背負わされた。

ローリーは引き続きキャビネットの中を探ったが、ほかに興味深いものは見つからなかった。捜索のあいだじゅう、亡くなった先代の侯爵がいかに悪い手本だったかということが頭から離れず、困惑していた。記憶にあるダシェル卿は、女好きな酔っぱらいだった。でも、本当はもっとひどい人間だったのだ。この屋敷の客間に集まっていた、堕落した人々とそっくり同じ。

「あなたを擁護したくないのに」ローリーは言った。

「なんだって？」

「お父さまが悪い見本を示したにもかかわらず、あなたは結果的にとてもいい人間になった。賭け事の誘惑に駆られたことは一度もないの？　ほかの悪習に興味を引かれたことは？」

執拗（しつよう）な問いかけに、ルーカスは檻（おり）に入れられて棒でつつかれる熊の気分になった。指に力がこもり、手に取ったばかりの羽根ペンが折れる。彼はペンの残骸を引き出しに戻した。父に関しては、これまで誰とも話したことがなかった。過去の記憶は鍵をかけて金庫にしまっておくのが一番だ。しかしローリーにあの表情豊かな茶色の瞳で見つめられていると、まともに頭が働かなくなってしまう。

彼女は床に水たまりのように広がるブロンズ色の絹のスカートの中央で、脚を折り曲げて座り込んでいた。顔や首のまわりを取り囲む巻き毛は漆黒だ。繊細な顔立ちや弓の形をした唇に、キャビネットの上に置いたろうそくが金色の光を投げかけていた。いまはもう、あの唇がベルベットのようになめらかなことを知っている。もう一度味わいたいと自分が切望していることもわかっている。

「もちろん誘惑に屈した。そうなるように父が仕向けたんだ」

「お父さまがあなたを堕落させようとしたの?」

こんなことを認める気はなかったのに。だが心の奥深くの暗い場所から、いつのまにか言葉が滑り出ていた。いっそのこと話してしまえば、ローリーもしつこく質問するのをやめるかもしれない。「一六歳の誕生日に、父はぼくを娼館に連れていった。そして三人の娼婦を雇い、ひと晩じゅう相手をさせた」

ローリーの目が大きく見開かれる。「三人ですって! だけど……なぜそんなに?」

「複数の女性を味見する楽しみを知ってほしかったらしい。たったひとりに落ち着くことがないように。父は一夫一婦制をつまらないと思っていたんだ」

「まあ、ルーカス。気の毒に」

「やめてくれ。ぼくはじゅうぶんに楽しんだ。あの夜から多くのことを学んだよ」

ルーカスも、ほかの一〇代の少年たちと同じく性的なことに興味があった。女の子にキスされた経験もなければ、まして熟練の娼婦三人と寝たことなどなかったのだ。時間は熱狂のうちに過ぎていった。誘惑、恍惚、やわらかい肌、熱いキス、退廃、放蕩。当時の記憶はいまだに、自制心の限界を試されるほどの邪悪な魅力を失っていない。

「あとでぼくは自己嫌悪に陥った」ぶっきらぼうにつけ加える。「そのとき、父のようには生きられないとわかったんだ。父の数々の情事がいかに母を傷つけるかを見ながら育ち、自分は絶対に見習うまいと誓った」

ローリーは頬をピンク色に染め、スカートに置いた手の指を絡ませながら彼を見つめている。彼女がルーカスを、あんな父親から生まれた男をどう思っているか、本当のところはわからない。しかし、そもそもローリーの評価を重要視する必要はないのだ。それなのに実際は気になってしかたがなかった。

じっとしていられず、ルーカスは机の上にあった木製の箱を開けた。一列に並んだ葉巻から芳香が漂ってくる。彼は音を立てて蓋を閉じた。「いまいましい手紙はどこにも見当たらないようだ」

ローリーは応えず、立ちあがって机の奥の本棚へ向かった。ルーカスのすぐうしろだ。かすかな花の香りに、そして彼女がごく近くにいることに意識を奪われる。彼は目の端で、やわらかなブロンズ色のドレスと、ウエストの細さがわかるクリーム色のサッシュをとらえた。座っている椅子を少しだけまわせば、ローリーのウエストをつかんで膝に座らせることができるだろう。もう一度キスをして、胸の谷間に顔をうずめ、スカートの下に手を――。

「ヘンリー卿は？」彼女がふいに尋ねた。「お父さまは彼も堕落させようとしたの？」

その質問にルーカスは意識を集中し直した。「もちろんだ。だがその頃にはぼくも成長していたから、やめさせることができた」

ローリーのそばに座っていると心を乱されることがわかり、彼は勢いよく椅子から立ちあがって書斎の中を歩きまわりはじめた。手紙をしまっておける隠し金庫がないか、狩猟の場面を描いた絵と壁の隙間を探る。何もない。

彼女が棚から革表紙の台帳を取り出し、ルーカスが座っていた椅子に腰をおろした。

「このあいだあなたは、ヘンリー卿がニューマーケットに――競馬場に行ったと話していたわね。彼は賭け事をするの？」

それはルーカスが内心でひどく恐れている問題だった。ヘンリーは父と同じものを好む傾向があるのだ。同情のこもったローリーのまなざしに促され、彼は懸念を口にした。

「ときどきは。大金を賭けるわけじゃない。厳しい制限を設けて、自由に金を引き出せないようにしてあるんだ。でも、不安はつねに……」

「不安？」

「競馬にのめり込んでしまわないかという不安だ。きみもわかるだろうが、ヘンリーは父によく似ている。魅力があって、社交的で、軽い。身体的な特徴もそっくりなんだ。同じ青い目、同じいたずらっぽい笑み、同じ陽気な態度」

「だけどお父さまと違って、女性を追いまわしてお尻をつねることはしないわ。そうでしょう？」

ルーカスはぎょっとして彼女のほうを振り返った。「父はきみにもそんなことをしていたのか？」

「違うわ！　年配のそういう人たちには近寄らないようにしていたもの」ローリーは台帳を開いたが、視線は彼に向けたままで続けた。「ヘンリー卿は心配いらないと思うわ。だって問題なのは、外見ではなくて中身ですもの。彼はとても礼儀正しくて、感じのいい若者に見えるわよ」

ルーカスはもう一枚の絵の裏を探った。馬に乗って狩猟をしている赤い上着の人々のまわりに猟犬がひしめいている絵だ。「だが、向こう見ずだ。挑戦されると喜んで応じる。わたしの無蓋軽装二輪馬車（ティルバリー）で競走するのがとくに好きなんだ」

「それは罪ではないわ。でもあなたはきっと、お父さまが御者から手綱を奪ったあげくに事故を引き起こしたことを思い出してしまうんでしょうね」

彼を思いやるローリーのやさしい表情が、心の奥底に泥沼のようにたまった感情をかき乱した。事故を防げなかった罪悪感。母をつらい目に遭わせた悲しみ。愚かな父に対する怒り。そして何より、ローリーを胸に引き寄せてそのぬくもりにわれを忘れたいという切実な願い。

それらの感情にルーカスは蓋をした。危険な領域に足を踏み入れかけている。こういう思いはローリーではなく、アリスによってかきたてられるべきなのだ。

「八年も追放されていたにしては、いろいろと意見があるんだな」彼は言った。「どんなことをしていたんだ？」

「おばのバーニスと海辺のコテージに住んでいたわ」

「それは知っている。何をして毎日を過ごしていた？」

「家事よ。縫い物とか。読書も。ふつうのことよ」

ありふれた日常生活に満足しているローリーの姿は思い描けない。さらに別の絵のうしろを調べながら、彼はからかわずにはいられなかった。「女性の役割に関するきみの一風変わった見解を考えると、鍛冶屋とか、医者とか、男性の仕事に取り組んでいたのかと思ったよ」

彼女が生意気に顎をあげる。「したいと思えばやっていたわ」

「きみはあの『ウィークリー・ヴァーディクト』を読んだことがあるんだったな。ノーフォークのように辺鄙（へんぴ）な場所にいて、あの手の過激な新聞の存在を知っていること自体が驚きだ」

ローリーが大きく目を見開く。けれどもすぐに、机に開いた台帳に視線を落とした。「定期購読しているの。ノーフォークにだって郵便は届くのよ」

辛辣な切り返しだが、何かを隠そうとしているように感じた。とはいえ、その理由は想像もつかない。ローリーは因習にとらわれない自分の考えを誇りに思っている。では、何を隠すことがあるのだろう?

ルーカスが尋ねようとしたそのとき、彼女が声をあげた。「まあ、見て! ニューカムが今週の初めに、大金を銀行に預け入れた記録があるわ」

彼は部屋を横切って机に近づいた。ローリーのそばで足を止め、盛りあがった胸を凝視しないよう気をつけながら身をかがめて、無理やり台帳に意識を向ける。彼女が指さしているのは、ページの下のほうに記された数字だった。

「八五〇〇ポンド」ルーカスは読みあげた。「きみのお継母上のダイヤモンドのネックレスは、これくらいの価値なのか?」

ローリーが顔をあげて彼を見る。「もっと高いと思うわ。でもニューカムが質に入れたとしたら、価値に見合う全額は支払われなかったのかもしれない」

「主な質店はすべて調べたが、ネックレスの行方はつかめなかった。ただし、個人に売った可能性もある」

「そうね。この数字がネックレスの売却代金だと確かめる方法があればいいんだけど」

「逆に、最近ニューカムがカードゲームで似たような額を勝っていれば、ネックレスを売った金ではないということだ。それに関してはぼくが調べよう」目を輝かせる彼女に、ルーカスは思わず微笑みかけた。「よくやった、ローリー」

彼女も笑みを返す。ルーカスはなんとも言えない胸の高鳴りを感じた。ローリーといると、いつもこうなる。実に魅力的な微笑みだった。彼女の瞳を輝かせ、もともとの美しさに活気が加わるのだ。初めて会ったときから、彼はローリーの快活で生き生きしたところに惹かれた。自分にはないものだったからかもしれない。いまは、幸せになる方法すら忘れてしまうほどの重荷を背負ってしまった。そう考えると、ひどく落ち着かない気分になる。

ローリーは彼を幸せにしてくれた。彼女が心につけた火は、永遠に消えない炎のように燃え盛っている。呼吸に空気が不可欠なように、ルーカスには彼女が必要だった。しかし、ローリーが彼のものになることはない。だからこそ、二度とキスしてはならないのだ。別の女性と結婚しようとしている彼にローリーと戯れる権利はない。

そのとき、外の廊下からかすかな話し声が聞こえてきた。

はっとしたルーカスは、台帳をつかんで机のうしろの棚に戻した。「誰か来る」

ローリーが目をみはり、はじかれたように立ちあがった。「隠れる?」

「時間がない」

ふたりがニューカムの書斎にいる口実が必要だ。そのためにするべきことはひとつしかないと、ルーカスは悟った。なんと魅惑的な口実だろう。彼はローリーを引き寄せ、唇を重ねた。彼女は驚いて身をこわばらせたが、それは一瞬にすぎなかった。唇がゆるみ、ルーカスの首に腕がまわされる。つま先立ちになって背中をそらした彼女の胸が、ルーカスの胸にやわらかく当たった。ローリーの熱のこもった反応に、心に秘めた強烈な欲求が解き放たれる。

自制心のダムが決壊し、欲望が奔流となってルーカスの全身を駆けめぐった。唇をこすり合わせて、ローリーの甘美な口を味わい尽くす。これは彼らがこの書斎にいる完璧な言い訳になるだろう。恋人たちがふたりきりになれる場所を探して、ここにたどりついたのだと。キスが濃厚であればあるほど、疑われずにすむ可能性が高くなるはずだ。

ローリーもそのことに気づいたらしく、力を抜き、指を彼の髪にくぐらせ、舌を絡み合わせた。彼女が腰を揺らすのを感じたとたん、ルーカスの体に稲妻のような衝撃が走り、全身の血液が下腹部に集まった。ローリーはどこもかしこもやわらかく、彼はかたい。男と女の完璧な組み合わせだ。ルーカスは自分がどれほど切実に欲しているか知らせたくて、彼女のヒップを揺さぶり、さらに近くへ引き寄せた。

いけないと思うと余計に引きつけられる。ローリーとこんなことをするのは間違いなのに、その理由は頭から消え去っていた。残ったのは、いまここにいるという事実、彼を受け入れてくれる女らしい体、そして彼女を自分のものにしたいという激しい衝動だ。ローリーを机に押し倒してスカートをたくしあげ、ベルベットのようになめらかな奥深くへ身を沈めたい。ルーカスの全身は脈打っていた。ローリーの歓喜の声を聞きたいあまり、実際に彼女の体をうしろへ傾けかけた瞬間、情熱の靄を突き破る音が彼の脳に届いた。

ドアが開いたのだ。重い足音が近づいてくる。不快な含み笑いがその場の空気を変えた。

ルーカスはローリーから唇を引きはがした。彼女の頭越しに、気取った男の姿が見える。白髪交じりの金髪といい、黄色い縞模様のベストのボタンがはちきれそうな丸い腹といい、まるで丸めたバターのようだ。短くなった葉巻をくわえたまま、ラルフ・ニューカム卿が言った。「おやおや、これはなんだ？　恋人たちか？」

ルーカスは視線をさげてローリーを見た。放心状態の顔がかわいらしい。誰が入ってきたのか、彼女が振り返って見ようとした。そのうなじに手を当て、彼はローリーの顔を自分の肩に押しつけて隠した。フランダーズにじっくり見られただけでもまずいのだ。彼女が今後、社交界のほかの行事に出席する可能性を考えて、ニューカムには顔を覚えられないほうがいい。

ルーカスは平然とうなずいて言った。「ジュエルとぼくが書斎を借りても、あなたは気にしないだろうと思ったんだが」

「どうぞご自由に」ニューカムはよたよた歩いて机に近づき、葉巻の箱を手に取った。それを小脇に抱え、黄色く変色した歯を見せてにやりとする。「ダッシュが生きていたら、さぞかし誇りに思うだろう。間違いない。似たもの親子だな」

その言葉が、氷水をかけられたかのようにルーカスをはっとさせた。それでもローリーとのキスで高ぶった気持ちを落ち着かせるためには、何度か深呼吸をしなければならなかった。心が理性に従おうとしないからだ。自分勝手な衝動をなんとか抑えられたのは、長年の訓練のおかげだった。

彼はニューカムが書斎を出ていくまで、ローリーを抱きしめていた。ドアが閉まった瞬間、名残惜しく感じながらも彼女を放し、うしろへさがる。

ローリーの顔にはまだ、欲求をたたえた、あのかわいい表情が浮かんでいた。そのせいであどけない瞳が輝き、濡れた薔薇色の唇がつややかに光って見える。庭園では暗すぎて、キスが彼女に及ぼした影響がわからなかった。けれどもここは明るい。まばゆいばかりのこの表情は、ルーカスの記憶に永遠に焼きつけられるだろう。

もう二度と見ることはないはずだ。二度と彼女に触れてはいけない。妻ではない女性とベッドをともにして結婚の誓いを破った、父のようになるつもりはない。ルーカスの置かれた状況は、決してそれを許さないのだ。

「ここで手に入る情報はすべて見つけ出した」彼は口を開いた。「行こうか?」

意図したとおり、ルーカスの冷たい声は彼女の目に浮かぶ情熱を曇らせた。雰囲気が急に変わった理由を考えているのか、ローリーはいぶかしげに彼をうかがっている。

「ええ、そうね」

ルーカスは彼女から離れ、ドアを開けた。廊下に出ると、客間から騒々しい話し声や笑い声が聞こえてきて、いやな気分になった。「裏から出よう」

だが、ローリーは難色を示した。「玄関にいた使用人にボンネットとショールを預けてあるの。それにミセス・エジャートンの愛人の正体を突き止めたいと思わない? 結局のところ、彼女が有力な容疑者であることに変わりはないんですもの」

「きみをあんな堕落した集団の中へ行かせるつもりはない!」

「ドアからのぞくだけよ。ねえ、わたしに腕をまわしたほうがいいんじゃないかしら? ほら、誰かに出くわすといけないから」

うまく言いくるめられた気がしながらも、ルーカスは彼女のウエストに腕を滑らせ、客間へと導いた。少なくとも、最後にもう一度だけ抱き寄せる口実ができたのだ。彼はローリーのあたたかい体に手を置き、独特のかすかな花の香りを吸い込んだ。かたく決心したにもかかわらず、彼女のむき出しの肌に顔をうずめて、この香りが全身から発せられているのかどうか確かめたくなる。

ふいにローリーが足を止めた。ルーカスの腕の中で体の向きを変え、彼を見あげる。その目は衝撃に見開かれていた。「ルーカス、あれを見て」彼女がささやいた。「暖炉のそばよ」

彼は客間の入り口に到達していたことすら気づいていなかった。ふたりはドアの脇の、半ば隠れた場所に立っていた。そこから室内の一部を見ることができる。テーブルについている騒々しい男性客たちを素通りして、ルーカスは大理石の炉棚に視線を走らせた。

そこにいたのはミセス・エジャートンだった。黒髪の男から顔じゅうにキスされて、愚かな少女のようにくすくす笑っている。ルーカスは唖然（あぜん）とした。その男が八年前にローリーの取り巻きのひとりだったことに気づいたのだ。いや、それだけではない。彼とはつい最近、庭園でも出くわした。

それは卑劣なステファノだった。

上流階級の紳士たちは、〈タタソール〉社の競売で雌の子馬を買うときとまったく同じやり方で花嫁を選ぶ。

ミス・セラニー

19

翌日の午後、ローリーはルーカスとともにブルームに乗り込んだ。馬車はコヴェントガーデン近くの棟続きの家が並ぶにぎやかな通りを、一定の速度で軽快に走りはじめた。ふたりは、ヒューゴ・フランダーズ大佐の愛人でこの近辺の劇場に出演している、だらしない感じのする女優を訪ねてきたところだった。

「メイベルがダイヤモンドのネックレスを持っていなくて残念だったわ」ローリーは言った。

「フランダーズ大佐をリストから消去するべきだと思う?」

「まだだめだ。とはいえ、もはや彼とニューカムは最有力の容疑者ではなくなった」ルーカスが辛辣な目で彼女を見る。「誰が第一容疑者になったか、きみはわかっていると思うが」

彼はステファノのことを言っているのだ。

かつての恋人がミセス・エジャートンにキスしていた光景を思い出し、ローリーの心は揺さぶられた。あのとき、彼女は見間違いだと思って何度もまばたきした。けれども古代ローマ人のような横顔は、ローリーがよく知るものだった。なんといっても、一度はその男性に恋をしているつもりでいたのだから。

ミセス・エジャートンがルーカスに自慢していた謎の愛人はステファノに違いない。ふたりはどうやって知り合ったのだろう？　ローリーを見つけようとステファノが忍び込んだ、どこかのパーティで会ったのだろうか？

いや、ローリーを取り戻したくてロンドンに戻ったというステファノの言葉は疑わしい。それが真実なら、彼女が田舎へ追放されたことが判明した時点で探しまわるのをやめただろう。ティンズリー家の舞踏会でミセス・エジャートンを探していた彼が、偶然ローリーに出くわしたと考えるほうが可能性は高そうだ。ステファノはその場で、彼女がまだ八年前のようにだまされやすいか確かめてやろうと思ったに違いない。

卑劣な男！

それでもやはり、彼がミセス・エジャートンと共謀して脅迫をくわだてたとは考えにくかった。ルーカスの意見は違っていたため、ふたりはさんざん議論することになった。ステファノはたしかに不道徳な人間だけれど、外交官の職を二度も危険にさらすようなまねをするだろうか？　ところがルーカスは聞く耳も持たずにローリーの意見をはねつけた。彼女を破滅させた男を軽蔑するあまり、冷静に判断できなくなっているようだ。

隣に座るルーカスを見て、ローリーは心がぐらつくのを感じた。馬車は向きを変えてストランドへ入っていく。彼は窓から外を眺めていた。ルーカスの姿を目にするだけで、ローリーの胸には消すことのできない炎が燃えあがる。襟にかかる、わずかにカールした彼の髪が好きだ。力強い顎や、生真面目な表情さえも好きだった。いまではもう、彼の沈黙も気にならない。ルーカスは、女性のスカートをたくしあげるために過度な賛辞を送るような、口の立つ悪い男ではないのだ。ほかの何よりも、名誉と高潔であることを重んじる。

八年前、どうしてルーカスのような男性をいいと思わなかったのだろう？　ローリーは向こう見ずで、甘やかされて育ち、恋愛にあこがれていて、魅力的な外国人の嘘を簡単に信じた。ルーカス・ヴェールのことは、堅苦しい人だと思って軽んじていたのだ。当時のわたしに、これ見よがしな外見より中身を重視する、まともな判断力が備わっていればよかったのに！

いまのローリーは、知り合いのどの男性よりもルーカスのほうがはるかに魅惑的だと気づいていた。彼には女性が一生かけなければ探り出せないほどの、外からはわからない奥深さがある。昨夜のキスを思い起こすと、ローリーの体は熱く脈打った。庭園での最初のキスでは、ルーカスがいかめしい仮面の下に隠していた情熱が明らかになった。新しい発見だ。ニューカムの書斎での二度目のキスは彼女の心をつかみ、ルーカスが自分にとって完璧な相手だと悟らされた。

〝ダッシュが生きていたら、さぞかし誇りに思うだろう。間違いない。似たもの親子だな〟

あのとき、ローリーはニューカムの発言をたいして気に留めていなかった。ルーカスに抱きしめられてぼうっとしていたせいで、その言葉が彼に与えた衝撃に気づけなかったのだ。あとになって初めて、彼女はルーカスが急に冷たくなった理由を理解した。彼は父親のような女たらしになることを何よりもいやがっている。

馬車の窓の外は行き交う人々でにぎわっていた。さまざまな店や会社の前の歩道を、通行人たちが歩いている。古着を売る店、ショーウインドウにパイプが並ぶたばこ屋、看板に椅子の絵が描かれた家具店。胸がよじれるような心痛を忘れて、気楽に買い物ができればどんなにいいだろう。

ルーカスは父親の借金を清算するためにミス・キプリングと結婚しなければならない。愛人を持とうとはしないはずだ。どのみち、ローリーも愛人になる気はないけれど。そういう屈辱的な立場に、一瞬でも惹かれた自分を叱りつける。彼女には人生の計画があった。そこに男性は関わってこない。これからもミス・セラニーの筆名で書き続けるつもりだ。ロンドンへ来たことで、彼女の頭の中はこれから書く記事の構想でいっぱいになっていた。もしかすると、いつか随筆を一冊の本にまとめて出版できるかもしれない……。

そのとき、一枚の看板が目に留まった。雷に打たれたような衝撃が全身を貫く。

「止まって！」思わず叫んでいた。

ルーカスが即座に反応して前面の羽目板を叩いた。御者はほかの馬車のあいだを縫うようにして、ふたりが乗るブルームを縁石に寄せて停止させた。ルーカスが心配そうに、手袋をはめた彼女の手を握って尋ねる。「どうしたんだ？　何があった？」

射るような視線にさらされて、ローリーは衝動的に声をあげたことを後悔した。

「気にしないで。わたし――知っている人を見かけた気がしたの」

鋭い鉄灰色の瞳は、その小さな嘘を見抜いた。ルーカスが身を乗り出し、彼女の横の窓から外を見る。すぐに振り返った彼は目を輝かせて言った。「『ウィークリー・ヴァーディクト』を発行する新聞社だ。あそこに立ち寄りたかったのか？」

「違うわ！　どうか馬車を出すよう御者に言ってちょうだい。ちょっと目に入って……驚いただけなのよ」

ローリーが仰天したことに、ルーカスはそのまま彼女の側のドアを開けてしまった。

「行きたいんだろう。気持ちはわかるよ」

「立ち寄っている時間はないわ」

「ばかばかしい。きみのお継母上を訪ねる予定しかないじゃないか。彼女だって、ぼくたちの到着はまだしばらくあとだと思っているだろう」

自分の随筆を載せてくれた新聞社を訪れるという案は、抗しがたいほど魅力的だ。ローリーは新聞社の編集室をのぞいてみたかった。印刷機も見てみたい。もし編集者に挨拶できれば、ノーフォークへ持ち帰るいい思い出ができるだろう。突如として現れたこの機会は、運命の贈り物としか思えなかった。

「まあ、それなら。最新号が手に入るかもしれないし」ローリーは歩道におり立った。振り返ったところで、ルーカスもおりようとしていることに気づく。彼女は手をあげて制した。

「ここで待っていてちょうだい。わざわざついてこなくていいわ。長くはかからないから」

彼に背を向け、歩行者のあいだをすり抜けて新聞社へ急ぐ。入り口にはえんじ色の背景に金色で書かれた文字がはがれかけている、くたびれた看板がかかっていた。〝ウィークリー・ヴァーディクト〟という文字が目に入ったとたん、うれしさのあまり背中を震えが駆け抜ける。

いったい何度、ロンドンを訪れて発行人に会いたいと願っただろう。けれどもそのたびに、バーニスに負担させる出費のことが頭に浮かび、思いとどまってきた。最初のいくつかの随筆で得た報酬はほんのわずかだったが、名声を確立できればもっと稼げるようになると、大きな期待を寄せている。だからこそ、今日はできるだけよい印象を与えなければならないのだけれど……。

変色した真鍮製のドアノブに手を伸ばしたところで、すぐ横にルーカスが現れた。ローリーは凍りつき、彼をにらんだ。「すぐ終わると言ったはずよ。どうしてここにいるの？」

「万が一、ねずみがいた場合に追い払えるように」

ルーカスは皮肉な笑みを浮かべるとドアを開け、先に入るよう彼女を促した。ローリーは平静を装いながらも、内心では彼の横暴なやり方に憤慨していた。まったく、ねずみだなんて！　それが苦手だと打ち明けるべきではなかった。おかげで、干渉する便利な口実を彼に与えてしまった。

筆名の件は絶対に知られないように、細心の注意を払わなくては。ただでさえ、ルーカスは彼女の進歩的な考えをばかにしているのだ。ミス・セラニーの正体がローリーだと判明すればどれほどの嫌悪感を抱くか、わかったものではない。

来訪者の存在を告げて、ドアの上の小さなベルが鳴った。中に入るとそこは、あちこちにランプが置かれた細長い部屋になっていた。インクと紙のにおいがあたりに満ちている。ローリーが想像していたのは、週刊新聞を発行するためのいろいろな仕事に追われ、忙しそうに立ち働く編集者たちの姿だった。ところが正面にひとつだけ置かれた雑然とした机には、誰も座っていない。部屋の中ほどでは、ひょろりとした男性がテーブルの上の大きなトレイにかがみ込み、手紙を取りあげては別の箱に入れ直していた。どうやらアルファベット順に整理しているらしい。ベルの鳴る音で振り向いた男性はふたりの姿を見つけると、のんびりした足取りで近づいてきた。赤毛がくしゃくしゃに乱れ、顔にはそばかすが散っている。

訪問客が上等な身なりをしていることに気づき、男性の茶色い目に困惑の色が浮かんだ。

「何かご用ですか？」

「通りすがりに、ここの看板が見えたものですから」ローリーは言った。「実はこちらの新聞を愛読しているんです。それで編集者の方とお話しできればと思ってうかがいました」

「ぼくが編集者のジェレマイア・チャンドラーです。どうぞ、なんなりとお申しつけください」

ローリーの心臓がどくんと跳ねた。チャンドラーは彼女の随筆を買ってくれた人物の名前だ。けれども彼女が思い描いていたのは、もっと年配で威厳があり、白髪で金縁の眼鏡をかけた学者のような男性だった。もしくは上着に革命家を示す飾りをつけた、鋭い目つきの無政府主義者。

いずれにせよ、自分より若そうな、そばかすのある若者ではなかった。

ルーカスが手を差し出して言った。「ダシェルだ。こちらは――」

「ジュエルよ」ローリーはすばやくさえぎった。「ミス・ジュエル」

本当の名前を告げられたら正体がばれてしまう。記事は匿名にしてもらっているけれど、投稿はミス・オーロラ・パクストンの名前で行っているのだ。ルーカスの前でこの編集者に、彼女とミス・セラニーを結びつけられることだけは避けたい。

チャンドラーはインクのついた指を腰に巻いたエプロンでぬぐってから、ルーカスと握手した。「お会いできて光栄です。ミス・ジュエルも」

「こちらこそ」応じながら、ルーカスが鋭い視線をローリーに向けた。

頭の切れる彼のことだから、何かあると感づいただろう。彼女は急いでまくしたてた。「もっと人がいるとばかり思っていましたわ。みなさん、今日はもう帰られたのかしら?」

チャンドラーの顔に苦笑いが浮かぶ。「実は、ぼくは編集者に加えて発行人でもあり、植字工や記者まで務めているんです。ここにはぼくと、売店へ新聞を配達するために雇っている数人の少年しかいません」

彼は仕事に戻りたいのか、背後の作業台をちらりと見た。

「最新号を一部、購入できますか?」ローリーはきいた。

「あなたは運がいい。今週の分が刷りあがったところなんですよ」チャンドラーは机に積まれた紙の山に手を伸ばし、一番上の一部を手に取った。「さあ、どうぞ。できたてです」

彼女が折りたたまれた紙を受け取ったところで、ルーカスが口を開いた。「二部にしてもらおう」

「必要ないわ」ローリーは異議を唱えた。「あとで貸してあげるから」

「いやいや。ぼくも最新の急進的な意見に通じておきたいんだ」ルーカスが投げた硬貨を、チャンドラーはインクのしみがついた手で器用につかんだ。「釣りは取っておいてくれ」

「ありがとうございます」彼はにっこりして硬貨をポケットに入れた。「少ない資金で運営しているものですから、助かります」

ローリーはこれ以上ここにとどまる理由を思いつけなかった。できればルーカスを追い払い、自分は残ってチャンドラーと仕事の話をしたかったのだが。もしかすると、ノーフォークへ帰る前にまた来られるかもしれない。

それでも興奮は衰えず、彼女は馬車へ戻るあいだも、最新号の新聞をお守りのように握りしめていた。急いでもうひとつ随筆を書きあげて新聞社へ送ったのは、数日前のことだ。でもロンドンの住所を明かす気になれなかったので、チャンドラーからの返事はノーフォークのハルシオン・コテージへ配達されたに違いない。

チャンドラーは今週号への掲載期限までに随筆を受け取ったのだろうか?

そうでないことを祈るしかない。今回の題材はルーカスの注意を引くはずだ。場合によると、わたしが書いたものだと気づいてしまうかもしれない。どんな表現を使ったか、彼女は正確に思い出そうとした。正体がわかるようなことを書いたかしら?

馬車がふたたび走りだし、軽快な蹄の音が響きはじめる。ひとりになるまで我慢するべきだとわかっていたが、どうしてもこらえきれなかった。ローリーは膝に置いた新聞を盗み見て、ざっと見出しに目を通した。〝怒れる市民たちが議会の外で抗議〟〝煙突掃除、不当に低い賃金〟〝ハウスメイドによる怖い話〟

そしてついに、紙面中央の特別な枠の中で特集されている記事を見つけた。〝物々交換される花嫁たち:ミス・セラニーが暴く、貴族の結婚の真実〟

高揚感が全身に広がり、胸でふくらんでいく。誇らしげに自慢しそうになるのを、なんとかこらえるので精一杯だ。どんな結果になるとしても、自分の書いたものが印刷されているのを見ると興奮する。

ルーカスの視線を感じ、ローリーは新聞を鼻先へ持ちあげて喜びを隠した。「ああ、刷りたてのインクのにおいは最高だわ。そう思わない?」

「なぜチャンドラーに偽名を使ったんだ?」彼がきいた。

無邪気なふりを装って答える。「あなたも同じでしょう。だって、ダシェル侯爵とは名乗らなかったわ」

「だがきみは、ミス・パクストンだと紹介しようとするぼくをさえぎった」

「そうよ。チャンドラーは新聞記者なんですもの。わたしが彼の職場を訪れたことを、次の号で書かないとも限らないわ。妹がウィッテンガム公爵と結婚しようというときに、姉のわたしがああいう場所に出入りしていては外聞が悪いじゃない」

ルーカスがいぶかしげに片方の眉をあげる。ローリーの説明に納得していないのは明らかだが、どこがおかしいか、はっきりとは指摘できずにいるらしい。凝視されて、彼女は体がやけに熱くなるのを感じた。赤面のせいで嘘がばれてしまっては困る。

彼はしばらくローリーを見つめていたが、やがて自分の分の『ウィークリー・ヴァーディクト』に視線を落とした。馬車の窓から入る日光に新聞をかざす。ルーカスは口元をゆがめて言った。「ああ、きみのお気に入りのミス・幸運（フォーチュン）の記事があるぞ。どうやら、また貴族を標的にしているようだ」

「ミス・セラニーよ」ローリーが書いたものを即座に嘲笑する彼に腹が立つ。まだ読んでもいないくせに！　彼女は落ち着かない気分になり、ベルベットを張った贅沢な座席の上でもぞもぞした。実際に読んだあと、ルーカスはどんな反応を示すだろう？

「ミス・子ども（ビゴットン）のほうが似合いだろうに」彼が言う。「今回はどんな戯言を書いているのか見てみよう」

どことなくおどけた口調は、ローリーの怒りを増幅させただけだった。「読む前からばかにするつもりなら、買わなければよかったのに」

彼から新聞を奪おうとする。けれどもルーカスはうまくかわすと、彼女には届かない体の反対側へ持っていってしまった。新聞をつかむためには身を乗り出さなければならない。通行人が馬車の窓からのぞけば丸見えの状況で、彼のたくましい体にのしかかって揉み合うことになるだろう。

それにあまり過敏に反応しても、ルーカスの疑いを強めるだけかもしれない。ここは無関心を装うほうがよさそうだ。

ローリーは鼻をつんとあげて言った。「好きにすればいいわ。わたしにはどうでもいいことだもの」

彼は音を立てて新聞を掲げると、咳払いしてから声に出して読みはじめた。

「〝上流階級の紳士たちは、〈タタソール〉社の競売で雌の子馬を買うときとまったく同じやり方で花嫁を選ぶ〟」ローリーをちらりとうかがう。「ふむ。ぼくは別にミス・キプリングの唇をめくって歯を調べる気にはならないが。スカートをたくしあげて、うしろ脚の――いや、膝の具合を確かめようとも思わない」

彼女は体をこわばらせた。「文字どおりにとらえるための比較じゃないわ。それに筆者が理にかなった主張をしていることは、あなたも認めるべきよ。レディたちは物として扱われ、最高額を入札した人が獲得するんですもの」

ルーカスが眉をあげる。彼はふたたび新聞に目を戻して続けた。「〝レディたちは物として扱われ、最高額を入札した人が獲得する〟次の一文とそっくり同じだ。きみとミス・セラニーはよほど波長が合うんだな」

青ざめたローリーは必死で狼狽を隠そうとした。「ついさっき、たまたまその文章が目に入ったのよ。でもこの随筆をあなたと一緒に、一文ずつ詳細に分析することには興味がないわ。あとで、神経を逆撫でする人のいないところでゆっくり読むほうがいいもの」

ルーカスが含み笑いをもらした。胸の奥から響くその低い音に刺激されて、彼女のみぞおちが熱くなった。心を裏切る体の反応がいらだたしい。ローリーの波長に合うものが存在するとすれば、それは彼なのだ——不幸なことに。松と革の混じったルーカスの香りが大好きだ。彼の腕がかすめただけで脈が速くなる。そして好むと好まざるとにかかわらず、ルーカスが彼女の意見をどう思うかが気になった。彼がそれ以上は何も言わなかったので、ローリーは顔をそむけて窓の外を眺めた。

馬車がメイフェアに近づき、あたりの景色は徐々に高級感を増していったが、彼女はほとんど気づいていなかった。ルーカスがページをめくる小さな音に、全神経を傾けていたからだ。彼は随筆の続きを読んでいる。それは顔をそむけていてもわかった。自分の書いた言葉がルーカスの目に触れていると思うと胸が苦しくなる。

手袋をはめた手で、膝の上の『ウィークリー・ヴァーディクト』をきつく握った。緊張で体が震える。ほかにどんなことを書いただろう？　記憶は曖昧だった。執筆したのは、ルーカスに彼の寝室を探っているところを見つかった夜だ。あのあとローリーは眠れず、レディ・ダシェルがベッドでいびきをかいて寝ているあいだ、華奢な机に座り、頭に浮かんだことを急いで書き殴ったのだった。妹が心配なうえに、ミス・キプリングがレディ・ダシェルと悲惨な顔合わせをしたあとだったので、彼女のことも考えていて……。

「なんてことだ」ルーカスが低い声で言った。

彼のほうを振り返って尋ねる。「どうしたの？」

「これを聞いてくれ。〝最たる例がミス・C・Pである。学校を出たばかりの清らかな美女は、彼女の父親と言ってもおかしくない年齢の男性、W公爵に売られた〟」

驚いて見えるように努力した。「まあ、それってセレステのことだわ！　信じられない。たしかに妹の婚約は周知の事実で、今シーズンの主要な縁組のひとつだけれど」

「それだけでは終わらない。〝同様に、D卿が爵位を利用して、結婚市場でもっとも裕福なミス・A・Kの気を引こうとしているという噂を多く耳にする。だが、彼が婚約者にするつもりの娘は一四歳も年下なのだ。冷酷な貴族の男性が花嫁を買う際に、愛はどうでもいい問題だ〟」ルーカスが新聞を放り出した。顎をこわばらせ、唇を引き結び、厳しい表情を浮かべている。「とんでもない女性だな！　筆名の裏にどんな人物が隠れているのか知りたいものだ。名誉棄損で訴えてやりたい」

ローリーは思わずつばをのみ込んだ。それは少しばかり大げさではないだろうか。

「真実なら、名誉棄損にならないのでは？」おそるおそる尋ねた。

「真実かそうでないか、彼女はどうやって知るというんだ？　アリスに対するぼくの気持ちなど、この筆者の憶測にすぎないじゃないか！」

「それほど害があることを書いているとは思えないわ」

「そうか？　ロンドンじゅうにぼくの私生活が触れまわられるんだぞ。アリスに求婚する機会も得ないうちから、ぼくの意図が噂されるだろう。ほかの求愛者たちはこぞって、ぼくは冷酷だと彼女に信じさせようとするに違いない」

ローリーは座席に突っ伏して顔を隠したくなった。この随筆を書いたときは、ルーカスが薄情で、感情を持たない冷酷な人間だと信じていた。彼が自分を見せないのには理由があると気づかなかった。浮かれ騒いでいた父親のようになりたくないという強い欲求から、無口になっていたのだ。ニューカムのパーティに集まっていた人々と違い、ルーカスは気持ちや欲望をあらわにする質ではない。深い感情を備えた、名誉を重んじる人物で、限られた少数の人にだけ自らの考えを伝える。

そのわずかな人の中にわたしも含まれるんだわ。そう気づくと、ローリーの体に震えが走った。母親の事故に罪悪感を覚えていることを、父親が息子を堕落させようとしたことを、賭博好きな弟を案じていることを、ルーカスは打ち明けてくれた。それなのに、わたしは裏切りで返したのだ。

「ミス・セラニーは社交界の一員に違いない」膝に放り出した新聞を指でとんとん叩きながら、ルーカスが言った。「ウィッテンガム公爵の婚約は周知の事実だとしても、ぼくの場合は違う。舞踏会では毎回アリスと踊っているが、同じことをしている紳士はほかにも大勢いる。求婚する寸前だと気づくのは、よほど観察眼の鋭い者だけだろう。あるいは、ぼくをよく知る人物か」

ローリーは後悔で息が詰まりそうだった。頭の中で、黙っていろと告げる臆病な声がする。ミス・セラニーが彼女の筆名だと知れば、ルーカスはこれまでと同じ目では見てくれないかもしれない。けれど彼を大切に思うなら、ローリーには真実を話す義務があった。

彼の腕にそっと手を置く。張りつめた筋肉から力をもらおうとするように。

「ルーカス、あなたに――あなたに言わなければならないことが……」

目を細めて見つめられ、ローリーは口ごもった。鋼鉄を思わせる鉄灰色の瞳に魂を貫かれる気がした。ルーカスは頭を傾けて、何かを計算するように凝視している。

「きみか」かすれた声で彼が言った。「きみがミス・セラニーだな」

非難する口調が心を打ち砕いた。彼女は手を引っ込め、拳を握って胸に当てた。彼と目を合わせられない。大きく息を吸ったものの、胸を詰まらせる苦悩は少しもやわらがなかった。

「あなたがどうしても知りたいというのなら、そうよ。わたしなの。わたしがその随筆の作者よ。だけど、書いたのはあなたをよく知る前だった。決して悪気はなかったの。誓うわ」

ふたりのあいだに沈黙が広がった。車輪や蹄の音と競い合って、ローリーの鼓動が大きく速くなっていく。ルーカスは異質なものを見る目で、彼女をじっと見ていた。鏡のような瞳からは、何を考えているか読み取れない。こんなに険しい顔は初めてだ。仕事を求めて彼の書斎で顔を合わせたときでさえ、これほどではなかった。

ローリーは顎の震えをこらえて歯を食いしばった。熱い涙がこみあげたが、まばたきして振り払った。自分の書いたものには誇りを持っている。ただ、彼に軽蔑されていると思うと耐えられない。「あなたに迷惑をかけるつもりはなかったの、ルーカス。本当に。だけど……その随筆がわたしの考えを表しているのは事実よ。あなたを巻き込んだことは申し訳ないけれど、貴族の結婚に対する見解については謝らない。あまりに多くの人たちが愛のない、家と家との提携にすぎない不幸せな結婚をしているわ」

「愛さえあればいいと思うのは甘い考えだ」彼がいらだった口調で言う。「ほかにも考慮すべき重要な問題がある。とくに、ぼくのように責任ある立場の者にとっては」

「そうかもしれない。でも愛がなければ、どうやって本当の幸せを知ることができるの？」

「愛だと思っていたら単なる肉欲だったというのは、よくある話だ。あっというまに燃え尽きる」

「そんな！　そこまでひねくれてはだめよ。バーニスを見て。愛する人と結婚するために社交界を離れ、夫の船で世界じゅうを旅したけれど、とても幸せ（ハッピー・アズ・クラム）だったわ！」

「二枚貝（クラム）は幸せなのか？　次の随筆ではそのことを取りあげるべきかもしれないな。好きに書きたてればいい。相手が二枚貝なら、名誉棄損で訴えられる恐れはないだろう」

彼女は慎重にルーカスをうかがった。ばかにされるのはいい兆しかもしれない。少なくとも憎悪ではないのだから。「本気でわたしを訴えるつもりではないでしょう？　和解金を支払えと言われても、そんなお金はないわ」

「きみに書かれた以上に私生活を人前にさらしたくない。それがぼくの答えだ」

全身に安堵感が広がる。ルーカスに法廷へ引っ張り出されるのを恐れていたからではなく、彼の怒りがいくらかやわらいだように思えたからだ。表情は相変わらず冷たいけれど、鋭いまなざしがわずかにゆるんでいる。めったにないあの微笑みがいますぐ見られるなら、なんでも差し出すのに！

馬車が速度を落として止まった。窓の外を見たローリーは、いつのまにか継母の屋敷に到着していたことに気づいて驚いた。まだ馬車をおりたくない。ルーカスとの関係をどうしても修復したい。

わたしはなんという愚か者なのか。ふたりのあいだに楔（くさび）を打ち込み、せっかく芽生えはじめた友情を台なしにしてしまった。手紙の件が解決すれば、ルーカスはもうわたしと進んで関わろうとはしないだろう。なんといっても、彼が自ら選んだような結婚の形を攻撃する、扇動的な意見をしたためた人間なのだ。レディ・ミルフォードが言っていたように、彼が政治の世界で生きていくつもりなら、とくに距離を置きたいに違いない。面倒は避けたいはずだ。

ローリーは震える息を吐いた。少なくとも、わたしの秘密は明らかになってしまった。きっとこれでよかったのだ。ルーカスはもう二度と、わたしにキスしようとしないだろうから。

20

レディに求婚する際、紳士は預金通帳ではなく、心の声を気にするべきである。

ミス・セラニー

グリムショーを見たとたん、ルーカスは嫌悪感を抱いた。傲慢な表情や、茶色い髪を撫でつけて禿げた部分を隠している髪型のせいではなく、ローリーへの見下すような態度のせいだ。ふたりが玄関ホールに足を踏み入れたとたん、執事は彼女を蔑んだ目で見て、キティ・パクストンは不在だと愉快そうに告げた。

「でも、今日の午後三時過ぎに訪ねることは前もって知らせておいたわ」ボンネットのひもを解きながら、ローリーが言った。「わたしの手紙を受け取っていないのかしら?」

「手紙は今朝お届けしたのですが」残念そうな口調とは裏腹に、グリムショーの目には悪い知らせを伝える喜びが浮かんでいる。「おいでになることに関しては、何もおっしゃっていませんでした」

「いつ戻る予定なの?」

「存じません。ウィッテンガム公爵閣下のお母上に呼ばれて、結婚式の準備の話し合いに行かれたのです。そちらのほうが、あなたさまとのお約束より重要だと思われたのでしょう」

ローリーの表情豊かな顔には落胆が表れている。ルーカスもいらだちを感じていた。二度目の脅迫の支払期限は明日の夜に迫っていて、悪党を罠にかける計画を練る必要があるのだ。ステファノがミセス・エジャートンと一緒にいるところを見た瞬間から、彼はふたりが共謀しているという確信を持った。だがローリーはそう思っておらず、彼女を説得して納得させなければならない。

『ウィークリー・ヴァーディクト』にルーカスの結婚に関する不快な意見を書いたローリーを、まだ許したわけではなかった。婚約間近のこの時期は彼にとって、醜聞に巻き込まれるには最悪のタイミングだ。ローリーの考え方が進歩的であること、ミス・セラニーの随筆についてやけに詳しいこと、新聞社を見つけて興奮していたこと、それらすべてをつなぎ合わせて真実に気づいた瞬間を、ルーカスは決して忘れないだろう。

ローリーが考えなく彼の個人的な問題に言及したせいで、今後は派手に噂されるに違いない。これまでの人生では、苦心して目立たないようにしてきた。父の遺産とも言うべき、醜聞にまみれた印象を克服するためだ。ところが軽率なローリーによって、名前に泥を塗られてしまった。

それでもルーカスは彼女のそばへ行って背中に手を置き、冷たいまなざしで執事を見据えて言った。「ミセス・パクストンに手紙をしたためたい。それをただちにバークレースクエアのウィッテンガム公爵の屋敷へ届けるよう取り計らってほしい。わかったか?」

執事は視線をちらりと下へ向け、ローリーを守るようなルーカスの仕草を見て、不満げに口元をゆがめた。「もちろん喜んでお引き受けいたします、侯爵閣下。しかしながら、すぐのお戻りは難しいかと。あちらの公爵夫人は間違いなく、ご自分が優先されることをお望みでしょうから」

ローリーがグリムショーに神経を逆撫でされる理由がよくわかった。彼女によれば、この執事は会話を盗み聞きしたり、やたら干渉してきたりするらしい。いまも、ただ命令に従うのではなく、返答のたびに癇に障るやり方で自分の意見を差し挟んでくる。

「やってみないとわからないだろう」ルーカスはぴしゃりと言った。「さあ、急いでペンと紙を持ってくるんだ」

「階上の客間に書き物机があるの」ローリーが口を開いた。「わたしが案内するわ」

彼女はそう言うと、玄関ホールの壁に沿った階段へ向かった。グリムショーがさっと進路をふさぐ。中年に近づこうかという年齢のわりにすばやい。「客間ではミス・セレステがお客さまをもてなしていらっしゃいます。お邪魔するのはどうかと思いますが」

無礼な態度には、もううんざりだ。「そちらこそ、勝手にそのような決断を下すために雇われているのではないと思うがね。さあ、道を空けてくれ」

グリムショーがわざとらしく追従するふりで応じる。「承知いたしました。ですが、わたしの落ち度でないことだけは、どうかお忘れになりませんように」

視線をさげる直前に執事の目に浮かんだ奇妙な興奮を、ルーカスは見逃さなかった。落ち度？　この男はいったい何を考えているんだ？

しかしローリーに続いて階段をのぼりはじめたとたん、その疑問はルーカスの頭から消えてしまった。じろじろ見てはいけないと自分に言い聞かせるものの、女性らしい彼女の体はまるでセイレーンの歌声さながらにルーカスを引きつけた。リーフグリーンのモスリンのドレスが曲線を包み、ウエストの細さを際立たせている。つまずかないようにローリーがスカートをわずかに持ちあげると、形のいいくるぶしがちらりとのぞいた。ルーカスは思わず妄想に駆られた。彼女のガーターをはずして白い絹のストッキングを引きおろし、やわらかな肌に唇を押しつけ……。

二の腕に軽く触れられる感覚があった。「何をたくらんでいるんだと思う？」

ふたりはいつのまにか階段の上にたどりつき、ローリーが彼の耳元でささやくために身を寄せていた。焼けつくような衝撃とともに、ルーカスは袖に触れているのが彼女の指ではないことに気づいた。クリームのように白い胸のふくらみが、ボディスの縁から盛りあがっている。制御できない速さで体が反応し、たちまち欲望がどくどくと脈打ちはじめた。ローリーを抱きしめたいという強烈な衝動にめまいがする。

ところが彼女はルーカスのほうを見てすらいなかった。階段の下に気を取られているようだ。振り返ったローリーに不思議そうに見つめられ、彼は執事のことを尋ねられたのだと気づいた。

必死の努力で甘美な接触を解き、絨毯の敷かれた廊下を移動して、玄関から見えないアルコーブへと彼女を導く。ルーカスはローリーにならって低めた声で言った。「つまりグリムショーのことだな」

「そうよ。彼は何か隠している気がするの。なくなった手紙と関係があると思う?」

「ぼくたちに、きみのお継母上と話をさせまいとするようだった。とはいえ、それで彼が脅迫犯だと結論づけるのは、いささか無理があるだろう。結局のところは使用人にすぎないのだから」

「あなたには想像もつかないでしょうけれど、彼はひねくれた手段を取るのよ。あのときだって……」かたく引き結ばれた彼女の唇を目にしたルーカスは、キスでそれをやわらげたくなった。

手を伸ばしてローリーの顎をあげさせる。「あのとき? すべてを教えてくれなければ、彼が容疑者候補だと納得できないな」

彼女はしばらくルーカスを見つめていたが、やがて怒りのこもった声で話しはじめた。「それなら言うけれど、八年前に父の書斎でわたしがステファノといたところを目撃したのはグリムショーなの。彼が父に知らせたのよ」

恋をしているつもりの若い娘には、ひどい干渉に感じられたことだろう。だが大人になって視野が広がったいまなら、それが実は思いがけない幸運だったとわかるはずだ。

「見つかってよかったんだ」

「だけど……陰険なやり方だったわ。彼はこっそり書斎のドアを開けて、中をのぞいたのよ！」

「きっと、そのままふたたびドアを閉めたんだろうな。それできみは、あのろくでなしとの情事を続けた。妊娠していたかもしれないんだぞ、ローリー。終わらせることができてよかったんだ。ある意味、グリムショーのおかげかもしれない」

彼女は咳払いで不満を表し、ルーカスの横をすり抜けて廊下を進んでいった。味方をしてくれない彼に腹を立てているのだ。強情そうに顎をあげた姿が、思いのほか魅力的だった。ルーカスはローリーのあとを追った。彼女がアーチ形の入り口から、薔薇色とクリーム色で内装をまとめた客間へ入ろうとしているところで追いつく。「ローリー、ちょっと立ち止まって考え――」

彼女が足を止めた。だが、ルーカスに注意を払っているわけではない。突然ローリーの目を見開かせたものの正体を見きわめようと、彼は首をめぐらせた。

驚きに眉があがる。

窓辺に置かれた寝椅子に若い男女が腰をおろし、頭を寄せ合って話をしていた。午後の陽光がまだらに影を落としている。セレステ・パクストンの金色の髪と――ルーカスの弟のにこやかで端整な顔に。

ふたりは顔をあげてドアのほうを見たかと思うと、やましいことでもあるかのようにぱっと離れた。ヘンリーがすぐさま立ちあがって言う。「ダッシュ！　ここで会うとは奇遇だね！」

人あたりのいい笑みが信用ならない。ルーカスは近づいていった。「おまえこそ、どうしてここにいるんだ？」

「ゆうべの舞踏会でミス・セレステが落としたハンカチを返そうと、ちょっと立ち寄っただけだよ。彼女とミセス・パクストンが馬車で帰っていったあと、通りに落ちているのを見つけたんだ」

セレステが白いレースの布を振ってみせた。「ありがたいわ、ヘンリー卿。ご親切に」

笑みを交わすふたりを見て、ルーカスははっとした。なんと似合いの男女だろう。それにひそかに何かをたくらんでいる雰囲気がある。まったく、ヘンリーはセレステ・パクストンと戯れるほど無謀ではないはずだ。彼女はウィッテンガム公爵と婚約しているというのに。

〝父親と言ってもおかしくない年齢の男性〟

ローリーが随筆に書いた表現が、ルーカスを心底から動揺させた。彼女の意見が核心を突いているとは思いたくないが、潤んだ瞳の無垢な娘を、倍ほども年上の男と結婚させるのは間違いだ。彼はためらいながらも現実を直視した。そういう自分もまた、はるかに若い娘と結婚しようとしている。

愛していない娘と。

「では、ぼくはこれで」ヘンリーがセレステにお辞儀をして言った。「姉妹で話されたいでしょうから」

彼は颯爽とした足取りで兄に歩み寄り、ふざけた調子で挨拶をしてから部屋を出た。そのまま階段のほうへ廊下を進んでいく。小さく口笛を吹いているようだ。ヘンリーを追いかけて説教するべきだろうか？　ルーカスは悩んだあげく、それはあとでもいいだろうと判断した。

ローリーはヘンリーが座っていた場所に腰をおろしていた。低い声で妹に話しかけている。セレステのうしろめたそうな表情を見ると、付き添いなしで男性と会っていたことで叱られているに違いない。いまはふたりの邪魔をしないほうが賢明だ。

室内を見渡して優美な机を見つけたルーカスは、そこでミセス・パクストン宛に手紙を書くことにした。銀のインク壺を開けて羽根ペンを手に取る。彼の位置からは姉妹の姿がよく見えた。クリーム色の上質紙に伝言をしたためる代わりに、彼はいつのまにかローリーを見つめていた。

きらめく茶色の瞳につややかな黒髪のローリー。楽観的で、頑固で、すぐ赤面するくせに大胆で、才気煥発(かんぱつ)で、賢いローリー。破滅へと導かれたにもかかわらず、まだ愛を信じているローリー。彼女のみずみずしい体を隅々までくまなく探りたい。けれどもルーカスが惹かれるのは、身体的なものだけではなかった。彼女の複雑な心もすべて理解したい。彼女と意見を戦わせ、からかって短気な反応を引き出したかった。ローリーほどルーカスをいらだたせ、生き生きした気分にさせる女性はいない。

真実が胸をとらえて押しつぶす。ぼくが心の底から愛しているのはローリーだ。絶対に結婚することはできない、ローリーなのだ。

「そんな恐ろしい非難をするなんてひどいわ」憤慨して行ったり来たりしながら、キティが言った。肉づきのいい体を鮮やかな金色のドレスで飾りたて、白髪交じりの金髪を凝った髪型にしている。ウィッテンガム公爵の屋敷から戻ってきたあと、彼女はローリーとルーカスに会うのは着替えてからだと言い張った。「だって、ナディーンはわたしの一番親しいお友だちなのよ!」

ローリーはルーカスと顔を見合わせた。彼女の父親の書斎だった部屋で、ルーカスは片方の手を炉棚について立っている。すでに日は暮れ、灯されたランプの明かりが彼のいかめしい顔に影を落としていた。顎のこわばりから、いらだっているのが見て取れる。

「ダシェル卿とわたしは、ニューカム卿のパーティでミセス・エジャートンとステファノが一緒にいるところを見たのよ」ローリーは言った。「ミセス・エジャートンは新しい愛人がいると言っていたんでしょう?」

「彼女があんな下劣な男と親しくなるわけがないわ! 見間違えたのよ」

「見間違いじゃないわ。ふたりは公然と——その場にいた全員から見える場所でキスをしていたんですもの」

キティが鼻を鳴らす。「だからといって、彼女がわたしの手紙を盗んだことにはならないわ。そんなひどいまねをするような人じゃありません!」

「でも、ミセス・エジャートンには機会があった。ステファノにも。おそらくふたりは共謀しているのよ。ステファノがセレステの婚約披露パーティに忍び込んだことは知っていた？」

継母は歩きまわるのをやめてローリーを見つめた。「なんですって？　この屋敷へ来たの？まあ、そんなのありえないわ。あの男がいれば、わたしが気づいたはずだもの。グリムショーだって絶対に阻止したでしょう。ここで起こることなら、何もかも知っているんだから」

ローリーは唇をすぼめた。たしかに奇妙だ。執事がステファノを見かけたのに、何かの理由で黙っていたというのはありうるだろうか？「グリムショーといえば、夜に屋敷を離れる許可をフォスターに与えているようだけれど、あなたは承知していた？　先日の夜、彼女が出かけるところを見たの」

「母親の具合がかなり悪いのよ。慢性的な病気らしいの。セレステとわたしの外出の準備さえ終えていれば、出かけてもかまわないわ。わたしは無慈悲な主人じゃないんですからね！」

ローリーは暗い庭園を見渡せるガラスのドアに近づいた。向こう側の裏門で、ちょうど出かけていくフォスターとぶつかったのだ。メイドのこそこそした様子を思い出すと、何かおかしなことが起きている気がしてならない。グリムショーがそのメイドとつながっている気もする。

「使用人の話は時間の無駄だ」ルーカスがいらだたしさのにじむ口調で言った。「ステファノとミセス・エジャートンに焦点を絞るべきだろう」

「ステファノだけでけっこうよ」スカートをひるがえして衣ずれの音をさせながら、キティが彼に向き直って言った。「わたしが彼をイングランドから追放するようミスター・パクストンに頼んだから、腹を立てているんだわ。あの男は復讐(ふくしゅう)のためにわたしを脅迫したのかもしれない。だけどナディーンは違う！　むしろ犯人はあなたの弟さんかもしれませんわ、侯爵閣下」

「ヘンリーが？」眉をひそめ、ルーカスは暖炉から離れた。「ばかばかしい」

「そうかしら？」キティが不信感をあらわにして彼を見る。「婚約披露パーティの夜、あなた方兄弟が居間で口論しているところを見たわ。手紙はその部屋に置いてあった、わたしの縫い物かごの中に隠してあったの。失礼ながら、あなたは無実かもしれませんけれど、ヘンリー卿はどうかしら？　次男ならほとんど何も持っていないでしょうから、わたしからお金を引き出して懐を肥やそうとしているのかもしれないわ！」

キティはいまでもルーカスを信じきれていないのだろう。彼が質店をまわってダイヤモンドのネックレスを探す手伝いをしてくれたと聞いて、キティは衝撃を受けていた。父親が書いた手紙を欲しがるルーカスが犯人に違いないという、レディ・ミルフォードの説を信じていたからだ。どうやらその非難の矛先を、今度は彼の弟に向けたらしい。

でも、ヘンリー卿がそんなことをするだろうか？　ひそかにセレステと会っていたことでは有罪かもしれないけれど、彼はハンカチを届けに来ただけだと説明していた。ふたりの関係について、ローリーは妹から真実を引き出すことができなかった。セレステは恥じらって、友人という以上は認めようとしなかったのだ。

ルーカスが怒りをあらわにして、キティのほうへ足を踏み出した。「まったく、女というのは！　男はレディの縫い物かごをつつきまわしたりしない。別の女性がやった可能性のほうがずっと高いだろう。つまり、あなたの友人のミセス・エジャートンだ。彼女がステファノと通じていることは疑いようがない」

「そんなばかな。それなら今夜、ナディーンに会ったときにきいてみるわ。セレステとわたしと一緒に、劇場でウィッテンガム公爵のボックス席に座ることになっているの」

「単刀直入に尋ねてはだめよ」ローリーは注意した。「実際に彼女が脅迫者だったらどうするの？　疑われていると警告することになってしまうわ！」

「こんなことを続けていても無意味だ」ルーカスがきっぱりと言う。「時間がない。悪党を罠にかける計画を練らなければ。次の支払期限は明日の夜だ。それまでに手紙を見つける必要がある――あなたが一〇〇〇ポンドを差し出したいなら話は別だが」

「まさか、そんなわけないわ」キティは力なく言うと、椅子にぐったりと座り込んでレースのハンカチで顔をあおいだ。「いずれにせよ、そんな大金を工面する手段がないもの。ああ、どうしたらいいの？」

ローリーは驚いて継母を見つめた。脅迫者を見つける報酬として一〇〇〇ポンドをもらう約束なのだから、お金がないわけはない。「だけど、わたしの持参金用だった蓄えがあるはずよ！」

「セレステの社交界デビューに費用がかかったから、もうないわ。それに結婚式！　ウィッテンガム公爵のお母さまから、式のあとの披露パーティの会食費用を払うように要求されているの。招待客は三〇〇人以上になるのに！」

怒りがこみあげてくる。裏切られた。偽りの約束にだまされて、盗まれた恋文を取り戻す手助けをさせられたのだ。こうなっては、ローリーの努力がまったく報われない可能性すら出てきた。どうすればいいのだろう？

あまりの怒りに言葉を失い、彼女はキティに背を向けて暗い庭園をにらんだ。あのお金を当てにしていたのに。ローリーとバーニスにとって、大切な資金になるはずだった。ハルシオン・コテージのために新しい家具を買い、古びた衣類を一新し、年を取ったおばの慰めになるものを何か提供しようと、すでに計画を立てはじめていたのだ。

そのとき庭園の暗がりで動くものが見え、ローリーはガラスに顔を寄せた。フードをかぶった人影が、薄闇をすり抜けて裏門の外へと姿を消していく。

フォスターだ！

ローリーはその場で決心した。ほかのすべてで失敗したとしても、少なくとも夜にメイドがどこへ行くのか、それだけは突き止めてみせる。

彼女はくるりと振り返った。「フォスターが出かけたわ。あとをつけてみる」

キティの驚愕した表情も、ルーカスのしかめっ面も無視して、ローリーは椅子の背からショールをつかみ、ガラスのドアを開けて冷たい夜気の中へ出ていった。ふたりにどう思われようとかまわない。怒りをぶつけて頭をすっきりさせるためにも、何か行動を起こす必要があった。

小道を急ぎ、蝶番をきしませながら門を押し開ける。闇がいっそう濃くなっている厩舎の陰に足を踏み出したとたん、まるで幽霊のように、すぐかたわらにルーカスが姿を現した。

「ついてこなくていいわ」きつい口調で言う。「あなたがステファノ以外を犯人と見なすつもりがないことはわかっているもの」

「女性が夜にひとりで外出するべきではない」

「フォスターは出かけているじゃない」

それについては何も言わず、ルーカスは大通りへ向かうローリーに歩調を合わせて歩きはじめた。濃い夕闇を背景に、ガス灯が黄色い月のように輝いている。音を立てて通り過ぎていく馬車で視界の一部がさえぎられるものの、歩道を急ぐ数人の通行人が見えた。ほとんどは、夜になって家に帰る労働者のようだ。

その直後、ローリーはフードをかぶったフォスターのほっそりした姿を見つけた。かなり遠い。メイドはマントに身を包み、通り沿いに並ぶ建物の前を急ぎ足で歩いている。

「彼女がいたわ！」

足を速めて距離を縮めてからは、少し離れたままあとを追った。交通量の多いピカデリーを横切ると、それまでより貧しい地域へと入っていく。夜の空気で頭が冷えたローリーは、ルーカスがそばにいてくれてよかったと思った。どんな犯罪者が隠れていないとも限らない、薄暗い路地を通り過ぎるときはとくに。

「かっとなってごめんなさい」フォスターの姿を視界にとらえつつ、ローリーは小声で謝った。「これが無駄骨にならないといいけれど」

「少なくとも早歩きはいい運動になる」

「フォスターとグリムショーのあいだには、何かおかしなことが起こっているわ。肌で感じるの」

「そうだとすれば、いずれわかるだろう」

「だけど、あなたはまだステファノが脅迫者だと考えているんでしょう」

「ああ、そうだ。彼は自ら恥知らずな人間だと示したんだからな。無垢な娘を食い物にするほど堕落した男なら、ほかの犯罪にも手を染める可能性はじゅうぶんある」

その確信に満ちた声に、ローリーは顔をあげてルーカスを見た。暗がりの中、断固とした様子で顎を引いた彼は厳しい表情をしている。社交界の人々の多くが背を向けたというのに、ルーカスは迷いなく彼女の味方をしてくれるのだと気づき、喜びに体が震えた。とはいえ、そのせいで脅迫者を見きわめる判断力を鈍らせてほしくない。

「あの建物に入っていくぞ」彼が言った。

前方に目を向けると、フォスターは棟続きの家のひとつの階段をのぼっているところだった。さびれた一帯で、通りにはごみが山積みになり、家々は小さく粗末だ。同じロンドンでも、このあたりに街灯はひとつもない。あちこちの窓からもれるろうそくの明かりのおかげで、ところどころ闇が途切れていた。

メイドは家の中へ姿を消した。ふたりは急いであとに続き、玄関前の階段をのぼった。塗料がはがれ、暗闇では何色かもわからないドアをルーカスが叩く。ローリーはショールをさらにきつく体に巻きつけた。彼が一緒にいてくれてありがたい、とあらためて思う。この家でどんな状況に出くわすかわからないときに、ひとりでいたくない。

ドアが少しだけ開いた。頭をすっぽり覆うモブキャップをかぶった猫背の老女が、隙間から外をうかがっている。「誰だい?」

「ミス・フォスターに緊急の伝言を持ってきました」ローリーはとっさに口実を考え出した。「会えますか?」

「ミス・フォスター? ああ、それならお入り」

すり切れた板張りの小さな玄関には狭い階段があった。キャベツのスープのにおいが漂っている。老女がオイルランプを掲げると、琥珀(こはく)色の明かりがしわだらけの丸い顔を照らし出した。

「わたしはミセス・マクファーソン。ここの主人だよ。ミス・フォスターはおやすみを言いに階上へあがってる。長くはかからないだろう。あんたたちはここで待ってるといい」

フォスターは病気の母親におやすみの挨拶をするために、はるばるここまで歩いてきたのだろうか? だとしたら、あとをつけてきたのはまったくの無駄だったということになる。

「ご迷惑でなければ」ローリーは言った。「わたしたちも階上へ行っていいでしょうか? とても重要なことなので、一刻も早く伝えたいんです」

「そういうことなら、まあいいだろう。誰の害になるわけでもないし。でも、あんただけだよ。男は入れちゃいけないことになってるからね。左側のひとつ目のドアだ。ノックはしないでおくれ。小さい子たちが起きちまう」

小さい子たち？ では、ここは女性専用の下宿屋に違いない。フォスターの母親のほかにも、幼い子どもを連れた女性たちが暮らしているのだろう。

驚いたローリーは思わずルーカスと顔を見合わせた。彼も同じ結論に達したらしい。きっと屋敷までの帰り道で、時間を無駄にした今回の訪問について意見されるだろう。悪くすれば、彼はまったく何も言わないかもしれない。沈黙に多くを物語らせて、無実のメイドを疑ったローリーに罪悪感を抱かせるのだ。

ミセス・マクファーソンがルーカスを小さな居間に案内しているあいだに、ローリーは急な階段をのぼっていった。暗くみすぼらしい廊下の両側に、閉じたドアがいくつか見える。彼女は左手の最初のドアを開けた。

そっと室内に入ると、そこは左右の壁沿いに簡易ベッドが並ぶ、薄暗い明かりが灯された寝室だった。それぞれのベッドに子どもが眠っている。

部屋の中ほどの、黒髪の男の子が横たわるベッドのそばにフォスターがひざまずいていた。男の子は五歳くらいだろうか。本を読む彼女の腕に体をすり寄せ、起きてはいるものの眠そうな目だ。

フォスターのやさしいささやき声に、ローリーは魅入られたように動けなくなった。めまいを覚えながら凝視する。目の前に広がる光景の説明は、たったひとつしかない。

やはりフォスターは嘘をついていた。彼女には息子がいたのだ。おそらく結婚せずに産んだために、秘密にしている息子が。あらゆる場合を想定していたローリーにも、この結末だけは思い浮かばなかった。

そのときフォスターがふと顔をあげ、恐怖に目を見開いた。

21

なんと男性は、結婚の形を取らずに女性を利用するのが好きなことか！

ミス・セラニー

フォスターは立ちあがろうとしたが、ローリーは身振りでそれを制した。「急がなくていいのよ」小声で言う。「ここで待っているから」

メイドはぎこちなくうなずき、男の子に注意を戻した。物語の続きを読む声を聞きながら、少年のまぶたがさがっていく。

ローリーはドアまで戻り、そばに置いてあったスツールに腰かけた。家族の私的な場面をのぞき見ている侵入者の気分だ。ここへ来たのは間違いだった。フォスターに隠しごとがあると思ったのは正しかったものの、キティの盗まれた手紙とはなんの関係もなかった。

ときおりちらりとローリーを見る様子から、秘密が見つかったフォスターの怯えが伝わってくる。それだけに、ローリーはこの場を立ち去ることができなかった。何も口外はしないと、メイドを安心させてやる必要がある。

フォスターが幼い男の子の体を上掛けでくるみ、かがみ込んでくしゃくしゃの黒い巻き毛にキスをした。男の子は頭が枕についた瞬間に、もう目を閉じていた。フォスターがろうそくを手に、重い足取りでローリーのほうへやってくる。顔が不安でこわばっていた。

ローリーはスツールから立ちあがり、廊下へ出た。フォスターが最後にもう一度子どもを振り返ってから、静かにドアを閉める。その淡いブルーの目には、まるですべてをあきらめたかのように光がなかった。

「どうやってわたしを見つけたんです、ミス・パクストン？」

「ダシェル卿と一緒にあとをつけてきたの」

「まあ、侯爵閣下もここに？」

フォスターがいまにも卒倒しそうに見えたので、ローリーは彼女に腕をまわした。

「どうか心配しないで。わたしは誰にも話さないし、それは彼も同じよ。さあ、階下へ行って、少し腰をおろしましょう」

呆然とした状態のまま、フォスターは導かれるままに急な階段をおりた。彼女が震えているのがわかり、ローリーはひどく不安にさせていることを申し訳なく思った。気の毒なこの女性はおそらく、この世が終わりを迎えたように感じていることだろう。ふつう使用人が婚外子をもうければ、不道徳だとして解雇されるのが当然だからだ。

玄関にたどりつき、フォスターを連れて狭い居間に入っていくと、ルーカスはミセス・マクファーソンと一緒にひとつきりのランプの明かりのそばに座っていた。ローリーたちを見て、さっと立ちあがる。表情から判断するに、もうミセス・マクファーソンからフォスターの幼い息子の話を聞いたに違いない。

ローリーがでこぼこした馬巣織り張りのソファに腰をおろしてメイドを隣に座らせると、ルーカスが口を開いた。「何か酒はあるかな、ミセス・マクファーソン？　ミス・フォスターには気つけ薬が必要なようだ」

「ウイスキーをちょいと飲めば効くだろう」老女は椅子から立ちあがって戸棚へ行った。太い腰にさげたリングから一本の鍵を取り出して開錠する。

まもなく差し出されたグラスにフォスターが口をつけた。ローリーは、強い酒に少しむせた彼女の背を軽く叩いて言った。「これですぐ気分がましになるわ」

フォスターの顔には絶望が浮かんでいる。「ミセス・パクストンに話すおつもりですか？　どうか知らせないでください。お願いです」

「もちろん言わないわ。ダシェル卿もよ。あなたを困らせるつもりはないの」

「でも……それならどうしてわたしのあとをつけたんです？」

ローリーはもっともらしい理由を考え出そうとした。盗まれた手紙や、脅迫者に渡したネックレスのことを話すわけにはいかない。おそらくフォスターは何も知らないだろう。

「散策しているときに偶然見かけたんだ」ルーカスが口を開いた。「女性が夜にひとりで歩くのは危ないと、ミス・パクストンが心配してね」

ローリーは感謝の視線を彼に向けた。うまい言い訳とは言えないけれど、フォスターは受け入れたようだ。手の中で落ち着きなくグラスをまわしながら言う。「マルコムに殺されるわ！　あまり頻繁に来てはいけないと警告されていたのに。でも、わたしたちのあの子の顔をできるだけ見たかったんです。恋しくてたまらずに！」

「マルコム？」

メイドの顔が赤らんだ。「ミスター・グリムショーのことです。あっ！　その名前で呼んではいけなかったんだわ。どうしましょう！」

新たな事実の発覚に、ローリーは雷に打たれたような衝撃を受けた。ルーカスと視線を交わす。「ミス・フォスター、詮索して悪いけれど、それはつまり、あなたの子どもの父親はグリムショーだということ？」

ルーカスが一頭立て二輪馬車（ハンサム）を止め、三人はそれに乗ってキティ・パクストンの屋敷へ戻った。フォスターは馬車が屋敷の裏手で止まるなり外へ出て、厩舎のほうへ走っていった。心配そうにちらりとうしろを振り返ってから、門をくぐって庭園の中へ姿を消す。馬車がそのまま移動して屋敷の正面にまわると、そこにはグローヴナースクエアへ帰るために、ルーカスの一頭立て四輪馬車（ブルーム）が待っていた。

ローリーはブルームに乗り込む前に足を止め、緑色に塗装されて真鍮製の金具がついた継母の屋敷のドアをにらみつけた。「いますぐ中へ入っていって、あの男に耳が聞こえなくなるくらいお説教してやりたいわ！」

「フォスターは子どもの存在が発覚したことを知らせるだろう」ルーカスが言った。「グリムショーにしばらく気を揉ませてから、好きなだけなじってやるといい。きみがどうするつもりかわかるまで、彼は良心の呵責にさいなまれながら待つことになる」

「ふん！　あの男に良心なんてあるものですか！」

　ひとたび息子の父親がグリムショーであることを認めると、フォスターは観念して一部始終を明らかにした。六年前、彼女はバースで、ある一家の家庭教師をしていた。ちょうど同じ時期にキティが湯治でバースを訪れたのだが、借りた屋敷の管理のためにグリムショーも同行させていた。ひと月の滞在中に彼はフォスターと出会い、彼女を誘惑した。のちに妊娠がわかると、フォスターは仕事をやめざるをえなくなり、グリムショーを頼った。すると彼は、赤ん坊が生まれるまで彼女がミセス・マクファーソンのところで暮らせるように手配した。そして出産後すぐに、フォスターをメイドとしてキティに推薦したらしい。

「あの男は彼女を見捨てることもできたんだ」屋敷へ向かって馬車が動きだすと、ルーカスが言った。「フォスターに手を貸した点は認めてやらないと」

「彼女と結婚するべきだったのよ。なんて男の人というのは、結婚の形を取らずに女性を利用するのが好きなのかしら！」

「ミス・品行(コンダクト)の次の随筆に、そう書かれているのが目に浮かぶよ」

　ローリーはため息をついた。「ミス・セラニーよ。冗談を言っている場合じゃないわ。それはそうと、あなたはどうしてグリムショーの味方をするの？　きっとあなたたち男性は、みんなでお互いにかばい合うんでしょうね」

「味方をしているわけじゃない。ただ論理的になろうとしているだけだ。使用人は結婚すると解雇される場合が多い。だから彼も困難な状況の中で、できる限りのことをしたと言えるかもしれない」

「大目に見る理由にはならないわ。それに思い起こしてみると、ロンドンへ戻ってからずっと、グリムショーは身を滅ぼしたわたしを嘲笑していた。自分こそ、フォスターを堕落させたくせに！」

ルーカスの手がローリーの手に重なった。あたたかい感触が安心感を与えてくれる。

「グリムショーはどうでもいい。重要なのは、彼の奇妙な行動の理由が判明したという点だ。すなわち、これでぼくもステファノに焦点を絞れるようになった」

馬車がルーカスの屋敷の前で止まった。そびえ立つ柱と明かりの灯った背の高い窓が並ぶ、まるで宮殿のように堂々とした建物だ。ローリーは手を引き、暗い馬車の中で彼をにらみつけた。「〝ぼく〟ですって？　お忘れのようだから言っておきますけど、なくなった手紙の件では、わたしたちはパートナーのはずよ」

「きみに自らを危険にさらすようなまねを許すわけにはいかない。ここで母と一緒にいるんだ。さあ、中へ入ろう。今夜ぼくが何をするつもりか話すよ」

ローリーはイタリア大使館の近くのしゃれた下宿屋の外で、建物に沿って植えられた茂みにしゃがみ込んでいた。ルーカスも彼女のそばで身をかがめ、細い路地の向こうに見える窓を注視している。雲が星を覆い隠しているせいで、あたりは真っ暗闇だった。ときおり雨粒がぽつんと落ちてきて頬に当たる。地面は冷たく、ルーカスが母親にあたたかいマントを借りてくれたことが本当にありがたかった。

ふたりの位置からは、ステファノの下宿の部屋がはっきりと見えた。明かりがついている窓はひとつだけ。問題の人物はそこで、机に座って何かを書いていた。黒い髪とオリーブ色の肌をランプの黄色い光が照らし出している。ステファノはときどき立って、近くのテーブルに置いたデカンターからワインをグラスに注ぎ足したり、葉巻をふかしながら歩きまわったりした。そのあとまた机に戻り、書き物を続けるのだ。

「草が伸びるのを観察するくらい退屈だわ」ローリーはささやいた。

「きみはここにいるべきではないんだ」ルーカスが小声で返す。「なぜ説得されて同行を許してしまったのかわからない。わが人生で最大の謎のひとつだよ」

「あなたひとりではできないから。それが理由よ」

「いや、できる。そうするべきだったんだ」

「ねえ、ここで見張りはじめてから、たっぷり一時間は経っているわ。ステファノは明らかに、今夜は出かけるつもりがないみたい。ミセス・エジャートンが劇場のあとで立ち寄るのを待っているんじゃないかしら」

「やれやれ、きみの言うとおりかもしれないな」ルーカスが懐中時計を取り出して蓋を開け、遠くの街灯からの明かりにかざした。「もうすぐ一一時だ。きみの説が正しければ、一時間もしないうちにミセス・エジャートンが訪ねてくるかもしれない。そうなれば、今夜はもう手紙を探す機会を得られないだろう」

「わたしの計画を実行するなら、話は別よ」

あたりは暗かったが、ローリーにはルーカスが顔をしかめるのがわかった。「絶対にだめだ」彼がうなる。「危険すぎる」

「安全に決まっているわ。あそこのテーブルに座っているだけなんですもの」彼女は路地の反対側を顎で示した。下宿屋の向かいの通りに、窓に明かりがついた小さなカフェがある。「まわりに人がたくさんいるはずよ。劇場の公演が終わればとくに」

彼のためらいを感じ、ローリーはもうひと押ししてみることにした。「あなたの馬車へ戻りましょう。紙とペンを持っているから手紙が書けるわ。それを馬丁にステファノのところまで届けさせるの。彼は間違いなく、わたしに会いにやってくる。手紙の捜索ができるよう、部屋から彼をおびき出すにはそれしかないわ」

ルーカスが小声で悪態をつく。「わかった、しかたがない。だが、無茶はしないと約束してくれ。あいつは危険な男だ」

「ばかばかしい。彼にはすでに最悪のことをされているのに」

「はたしてそうかな」

彼は立ちあがるとローリーに手を差し出し、引っ張って立たせてくれた。ずっとしゃがんでいたので、脚を伸ばせてうれしい。ところがルーカスはそこで終わらず、彼女が離そうとした手をきつく握り、かたい壁のようにたくましい体に引き寄せた。さっと頭をさげ、すばやく、だがしっかりと唇にキスをする。ローリーはうめきをあげて応え、顔にかかる冷たい雨もかまわずにキスを返した。

筋肉に覆われた広い胸の感触を確かめようと、ルーカスの上着の内側に手を滑らせる。指がウエストバンドに差し込まれた冷たい金属に触れた。

衝撃を受け、頭を引いてルーカスを見つめる。「拳銃を持ってきたのね！」

「もちろんだ。きみはステファノを信じているかもしれないが、ぼくは違う」

「大勢の人の中にいるんだから、絶対に大丈夫よ」

彼はローリーを抱きしめ、髪に頬をすり寄せて激しい口調で言った。「あの男を見くびってはいけない、いとしい人（マイ・ダーリン）。どんなに説得されても絶対にカフェを出るな。わかったか？」

彼女はうなずいてルーカスの胸に顔をうずめた。マイ・ダーリンですって！　めまいがするほどの喜びが心を舞いあがらせる。随筆に登場させたことを、彼は許してくれたと思いたい。呼吸のたびに松を思わせる香りを吸い込んでいると、鼓動が激しさを増すのがわかった。手紙のことなど忘れ、あたたかい腕に包まれてこのままここにいたい……永遠に。

でも、ルーカスの人生には別の計画がある。ローリーにもまた、思い描いている人生設計があった。執筆に打ち込むのだ。絶対に手に入らないものを欲しがって、時間を無駄にするわけにはいかない。

いまは盗まれた恋文を取り戻すのに専念するほうがいい。そのあとは、どんなことをしてでもキティから報酬をもぎ取る。お金と引き換えでなければ手紙を渡さないと脅迫してでも。

最初に試した窓には鍵がかかっていた。どんなに強く押しても、窓枠はびくともしない。

悪態をつき、ルーカスは物置小屋で見つけたぐらぐらする古い梯子(はしご)をおりて、隣の窓の下に移動した。時間はどんどん過ぎていく。手紙が届けられ、策略は見事に成功した。ステファノは寝室に飛び込んで何かを引き出しにしまうと、鏡の前で豊かな黒髪を撫でつけたり、手に息を吐いてにおいを確かめたりしてから、あわててドアの外へ出ていった。

それがわずか五分前のことだが、もう五時間くらい経った気がする。

ルーカスは梯子の位置を直し、いまにも壊れそうな段をふたたびのぼった。ふたつ目の窓枠を思いきり押したところで、梯子が激しく揺れた。とっさに窓台をつかんで体を安定させる。窓から侵入できない場合は、ポケットナイフでドアをこじ開けることになるだろう。しかし、やり方を知っているわけではない。

特権階級に生まれて運がよかった、とルーカスは不快な気分で思った。自分に犯罪者の暮らしが向いていないのは明らかだ。

ふたたび窓枠を押してみる。今度はわずかに動いた。それに励まされてもう一度強く押すと、耳障りな音を立てて窓が開いた。

ルーカスは細い隙間を乗り越え、暗い部屋の中におり立った。反対側の壁で弱い光が長方形にもれているのは、ドアの輪郭だろう。

そちらへ向かって、黒いかたまりに見える家具の横を通り過ぎていく。顔の前に手をかざしても、ほとんど見えないくらい闇が濃い。ベッドの柱にむこうずねをぶつけてしまい、思わずまた悪態をついた。

ドアにたどりついて開けると、そこは複数のテーブルと椅子が乱雑に置かれた小さな居間だった。磁器の小皿で葉巻の残りがくすぶり、あたりに煙のにおいが充満している。ステファノが何かを書いていた部屋だろう。ローリーと会うために急いでいたせいで、彼は明かりのついたガラス製のランプを机に置いたままにしていた。

ルーカスは忍び足で部屋を横切ると、机の引き出しを開け、雑然と入れられた書類を調べて手紙の束を探した。そのあいだじゅう、あの口のうまい色男はローリーに何をしているだろうと考えていた。挨拶のキスをしようとしただろうか？　テーブルの下で彼女に触ろうとするか？　あるいは、言いくるめてこの部屋に連れてこようとする？

あの嫌味なほど整った顔に拳を打ち込んでやりたい。あの男はすでに一度ローリーをだましたことのある、抜かりないやり手なのだ。もはや初心な娘でなくなったとはいえ、彼女はまたあいつの魅力に惑わされてしまうかもしれない。ろくでなしは、あの手この手を使ってつけ込もうとするだろう。身を守ることに関して、ローリーは自分の能力を過信している。

計画どおりに行動してくれることを祈るしかない。彼女の役割は、少しのあいだステファノを引きつけておくことだけだ。ローリーがいったいどんな話をしているか、それがわかればいいのだが。

こんな夜遅くにステファノに連絡した理由になる同情を引く話をでっちあげるとだけ言って、彼女は多くを語らなかった。ルーカス自身が関わる話の可能性もある。もしかするとローリーは、雇い主に誘惑されそうなので守ってほしいと頼んでいるのかもしれない。

だが、それは真実だった。

ルーカスは彼女への強い渇望に苦しめられていた。生きた獣が彼の体内に爪を立て、集中力を引き裂くのだ。ローリーのいない人生は考えられなかった。しかし、現実を直視しなければならない。家族のために、受け継いだ地位のために、四つの地所で働く者たちのために、ルーカスには果たすべき務めがある。ローリーの立場では好きなだけ批判的な随筆を書けるが、彼の立場の男性は愛のためだけに結婚はできない。

ペンやインク壺ががたがた鳴るのもかまわず、ルーカスは乱暴に引き出しを閉めた。机にあったのはイタリア語で書かれた書類だけ。でも、筆跡は確認できた。手の込んだ装飾が施された文字は、脅迫者が使っていたものと同じだ。これはステファノの罪を裏づけることにほかならない。なんとしてでも手紙を見つけなければ。

ルーカスは居間を見まわした。低俗な外交官なら、手紙の束をどこに隠すだろう？　大きな花瓶の中や、書棚に並んだ革装丁の本のうしろ、寝椅子や椅子のクッションの下まで調べた。居間にはもう、ほかに怪しい場所がない。

ランプを手に、ルーカスは寝室へ入っていった。化粧戸棚の上には、背に銀をあしらったくしとブラシのセットや、整髪用品が入った瓶、安っぽい飾りピンがいくつも散らばっていた。衣装戸棚の中身は服だけだったが、念のためにブーツや靴も振ってみた。

出かける前、ステファノは急いでこの部屋に入った。そして化粧戸棚に何かを突っ込んでいた。それを思い出し、ルーカスは戸棚の一番上の引き出しを開けた。けれども盗まれた手紙は見当たらず、折りたたんだクラヴァットの上に女性用のシュミーズがくしゃくしゃになって置かれているだけだった。

ミセス・エジャートンのものに違いない。

ローリーに会う前にステファノがそれを片づけた理由に思い至り、ルーカスは歯ぎしりをした。あの男は彼女をここへ誘い込もうともくろんでいるのだ。卑劣な女たらしは、このベッドで寝た愛人の下着をローリーに見せたくないと思ったのだろう。

ベッドの横のテーブルを調べようと部屋を横切る途中で、足元の床板がきしんだ。どうやらゆるんでいるらしい。もっとよく見るためにしゃがみ込んだ。ポケットナイフで床板をこじ開ける。

床下の狭い空間で何かが光り、ルーカスはランプを近くへ引き寄せた。ダイヤモンドのネックレスだ。

そしてその下には、ピンクのリボンで結ばれた手紙の束があった。

テーブルの下でステファノに膝をこすりつけられても、ローリーは顔をしかめないよう懸命に我慢していた。こっそり脚を彼から離す。ひっぱたいてやりたくてたまらないけれど、そんなことをすれば策略が台なしだ。

カフェは客であふれていた。ほとんどが伝統にとらわれない自由奔放な芸術家のような人たちで、男性はクラヴァットの代わりに色鮮やかなスカーフを結び、女性は派手できらびやかなドレスに異国風の宝石をつけている。中には、赤褐色のシニヨンを留めるのに細い絵筆を使っている女性もいた。そういう人々をもっと詳細に観察したいと思ったものの、ローリーはステファノの興味を引きつけておくための嘘をでっちあげるのに忙しかった。

ときおりハンカチで涙をかみながら、長年の追放生活をこと細かく説明し、そのあとロンドンに戻ってからは意地悪でわがままな継母にひどい扱いを受けていると、じっくり時間をかけて悲痛な物語を作りあげた。

「彼女がきみをダシェル卿の屋敷へ行かせたんだね」ステファノが怒りに声を震わせて言った。「きみのように立派なレディを生活のために働かせるなんて。しかも、あんなに冷酷な暴君のもとで！」

庭園でローリーを誘惑しようとしたところを邪魔されて、彼はルーカスに恨みを抱いているようだ。「そうなの。彼のところで働くように、キティに命じられたのよ」ステファノの思い込みに合わせて言う。「だけど、それだけじゃないの。彼女がしたことを話しても、あなたはきっと信じないと思うわ。ああ、どうすればいいか、誰を頼ればいいかわからない！あなたに相談することしか思い浮かばなくて」

ステファノが身を乗り出す。彼がこんな、ローマの彫刻のように大きな鼻をしていたとは知らなかった。黒い巻き毛が額にかかるよう入念に髪を整えていることも、以前は気づかなかった。「何をされたんだ、かわいい人？　きみのためなら、ぼくはなんだってするよ。手助けできるかもしれないから話してごらん」

手を握られるとわかったので、ローリーは半分空になったグラスを急いで持ちあげた。「認めるのも恐ろしいことよ。ねえ、先にお代わりをしてもいいかしら？」

「通りの向こうにある、ぼくの部屋のほうが落ち着けるかもしれない。母国からすばらしいワインを持ってきているんだ」

「まあ、でも、お部屋を訪ねるなんて不適切よ！」顎を引き、伏せたまつげのあいだから悲しそうに彼を見つめる。「だけど、あなたがわたしの話にうんざりしているなら、これ以上引き止めてはいけないわね」

「もちろんそんなことはないよ。ぼくの永遠の愛はきみのものだ！」

ステファノの合図で、給仕がテーブルにカラフェを運んできた。ワインが注がれると、ローリーは話を長引かせるために少しずつ口をつけた。

「途方に暮れているの」打ちひしがれた口調で言う。「どう話せばいいのかすらわからないわ。あなたが信じてくれないだろうって、それが心配で」

彼が襟を叩いてみせる。「信用してくれ、カリッシマ。ぼくは誰よりも忠実な、きみのしもべだよ」

「わかったわ。それなら話すしかないわね」劇的な効果を狙い、いったん口をつぐんでから続けた。「わたしが継母を脅迫したと非難されているの！」

ステファノの反応は滑稽と言ってもいいほどだった。茶色い目を見開き、驚きに体をびくりとさせる。彼はぽかんと口を開けた驚愕の表情でローリーを見つめた。

その瞬間、彼女の迷いはすべて消え去った。ステファノが犯人だと確信したのだ。さもなければ、そんなとんでもない非難は笑い飛ばしたに違いない。

「脅迫？」彼がごくりとつばをのみ込んだ。きしるように甲高い声だ。「きみが？」

「ええ。わたしが彼女のものを盗んだと言うの。そして引き換えに金品を要求する手紙を送ったと」

「何を……きみが何を盗んだと思われているんだ？」

「ばかげているのよ、本当に。ただの古い恋文なの。どうして価値があるのかわからない。だけど誓って、わたしは盗んでいないわ」ローリーはわざと下唇を震わせた。「あなたは信じてくれるわよね？」

「もちろんだよ、カリッシマ。でも、ぼくに何ができるだろうか」

ステファノが手を伸ばしてきた。今度は彼女も素直に手を握らせる。とはいえ、彼に触れられて鳥肌が立った。もはやステファノには嫌悪しか感じない。彼がすばらしいのはうわべだけだからだ。いったいどうして、こんなに浅はかでずるい男に恋をしたと思い込んでいたのだろう？

ルーカスが恋しくて胸がうずく。手を握っているのが彼ならよかったのに。ルーカスの姿が見えないかと、ローリーはカフェの入り口をちらりとうかがった。手紙を見つけ次第、ここへ来ることになっているのだ。

「お願いよ」ステファノに注意を戻して懇願する。「あなたなら何か考えつくはずだわ。継母に治安判事のところへ連れていくと脅されているの。明日の朝、警察に盗難届を出して取り調べてもらうつもりなのよ！」

彼の上唇が汗を帯びて光っている。「取り調べる？」

「そうよ。警察署から、事件の捜査のために警官たちがやってくるに違いないわ。きっとくまなく調べ尽くすでしょう。それで本当の悪党が見つかればいいんだけど。さもないと、わたしが監獄に入れられることになるもの」

「たかが手紙ごときで投獄されるとは思えないが。それにきみがやったという証拠もない」

「手紙だけじゃないの。キティは脅迫者にダイヤモンドのネックレスも渡したのよ。それが返ってこない限り、警察に取り調べられることになるでしょうね」

「だけど手紙がなくなったとき、きみはロンドンにいなかったのに」

「あら、なぜそれを知っているの？」ローリーは何も気づいていないふりで目を丸くした。

ステファノが激しくまばたきをする。「推測したんだ。きみは少し前に戻ってきたばかりだからね」

「それでも疑いはまだ晴れないわ。警察は継母の言葉のほうを信じるでしょう——とりわけ、わたしは身を滅ぼした女だから」涙をぬぐうようにハンカチを目に当てた。「ああ、ステファノ、わたしはいったいどうすればいいの？」

彼は椅子の背に身を預け、角張った顎をこすって生気のない目でローリーを見つめている。自分の罪をわたしに負わせるつもりだろうか？　なんて卑怯な男！　ほかはともかく、彼を不安にさせられたことだけはよかった。ローリーは屈折した喜びを感じた。

ステファノは、誰かに聞かれていないか確かめるように視線をあちこちへさまよわせた。周囲の人々はみなおしゃべりに興じていて、ざわめきとともに笑い声やグラスの触れ合う音が聞こえてくる。彼はローリーのほうへ身を寄せて小声で言った。「きみに聞かせたいことがあるんだ、オーロラ。だが、誰にも口外しないと約束してくれなくては」

「もちろん約束するわ！」

「きみの継母には友人がいる。ナディーン……ミセス・エジャートンだ。知ってるかい？」

「まあ、ええ、会ったことがあるわ。でも、彼女に助けを求めるべきだと思うなら……」

「違う！　誤解しているよ。ミセス・エジャートンは……ぼくの友人でもある。預かってほしいと手紙の束を渡された。とても大切なものだから、隠しておかなければならないと言われたんだ」

ローリーは胸がどきどきするのを感じた。手紙の件についてステファノが認めるとは思ってもいなかったのだ。警察の話をして、かなり怖がらせたのかもしれない。彼は共犯者に罪をなすりつけようとしているのだろう。

「手紙ですって！　わたしの継母が盗まれたものに間違いないの？」

「それほど詳しくは調べていないが、間違いないと思う。つまり、盗んだのはミセス・エジャートンだ。責められるべきは彼女であって、きみではないんだよ、カリッシマ。知っていれば、頼まれても隠すことを引き受けたりしなかったのに」

「手紙を隠したの？　どこにあるの？」

「ぼくの部屋の、誰にもわからない場所だ。ふつうなら見ようとも思わないところだよ」

ステファノの顔から不安が消え、代わりに優越感に満ちた気取った笑みが浮かんだ。このうぬぼれた男は、自分が誇らしくて自慢せずにはいられないらしい。けれども同時に、ステファノの自信がローリーを警戒させた。あまりに巧みに隠されていて、ルーカスが手紙を見つけることができなかったら？

ステファノがこのカフェに来てから三〇分以上が経つ。そのあいだじゅうルーカスは、机や引き出しといった、よくある隠し場所を調べていたはずだ。何か問題が起こっているに違いない。手紙が簡単に見つかったなら、いまごろはもうここへ来ているはずなのだから。

ローリーは目を大きく見開き、懇願の表情でステファノを見た。「お願い、手紙がどこにあるのか教えて。継母に返せたら、わたしは牢獄へ送られずにすむの」

「もっといいことを教えてあげよう、カリッシマ」黒い瞳を輝かせて、ステファノが手を差し出した。「さあ、その場所へ連れていってあげるよ」

22

一文なしのレディが貴族の男性に恋をするのは、実に愚かなことだ。

ミス・セラニー

ルーカスは早足でカフェに近づいた。明かりの灯った窓から大勢の客の姿が見える。顔に冷たい雨が降りかかっているにもかかわらず、高揚感が彼を活気づかせていた。手紙の束とダイヤモンドのネックレスは、両方ともコートの内ポケットに安全にしまい込んである。あとはステファノの脂ぎった手から、ローリーを取り返すだけだ。

あの悪党には牢獄がふさわしい。共犯者のミセス・エジャートンも。しかし実刑判決を求めるには、治安判事に浅ましい事実を告げる必要があった。そうなれば、ルーカスの父親がキティ・パクストンに書いた恋文のことが広く世間に知れ渡るだろう。おそらくきわめて扇情的な内容に違いないと、ルーカスは推測していた。

醜聞を避けたいと思うのは自分のためだけではない。手紙の件は母にも大きな苦しみを与えるだろう。ようやく社交界に復帰するくらい元気になったというのに、また夫の情事が公になれば、古傷が開いてしまうに違いなかった。母はすでにじゅうぶんつらい目に遭っている。

だからルーカスは、ステファノとミセス・エジャートンに別の罰を与えようと決めた。実行するのがいまから楽しみだ。

カフェのドアを開けた。たちまち話し声とグラスの触れ合う音に包まれる。ルーカスは入り口で足を止め、混み合ったテーブルに視線を走らせた。色鮮やかな服装から判断して、この店の客はほとんどが芸術家か俳優らしい。彼は目を凝らしてローリーを探し続けた。彼女はきっと、ここにいるような人たちを気に入るだろう。胸の痛みとともに、ルーカスは気づいた。明るく、生き生きとして型にはまらない――彼とはあまりにも違う人種だ。ローリーは彼らに溶け込んでいて、それでなかなか見つからないのかもしれない。

鉛筆のように細い口ひげを生やした背の低い男性が、急ぎ足で近づいてきた。

「お席をお探しですか?」

「濃い緑のマントを着た、黒髪の女性を探している。イタリア人の連れがいるはずだ」

「ああ、ステファノですね」カフェの主人が訳知り顔でうなずく。「残念ながら、ひと足違いでしたよ」

「出ていったのか?」

「ええ、数分前に」ルーカスの不安な表情に気づいたらしく、主人が顔を近づけて言った。

「卑劣な男ですよ、あれは。あの女性があなたの奥方でないことを――」

最後まで聞かず、ルーカスは外へ飛び出していた。足に火がついたように全速力で通りを渡る。ふたりはステファノの部屋へ行ったに違いない。ローリーはなぜ身の安全を無視するのだろう？　いったいどうして、またあのろくでなしにだまされるようなまねができるんだ？

ステファノが巧みに言いくるめて誘い出したに違いない。彼女を誘惑するために……あるいはもっとひどいことをするために。

ルーカスは路地に駆け込み、ランプの明かりがもれる窓を凝視した。ふたりがいる。ステファノは机にかがんで、羽根ペンで何かを急いで書いていた。ローリーはそのすぐそばに立っている。磁器のように白い肌とインクのように真っ黒な髪が、緑色のマントに映えてまばゆいばかりだ。一瞬、ルーカスは息が詰まった。彼女がひどい目に遭っていないようで本当によかった。

ローリーは警戒した表情で居間を見まわしていた。部屋の端へ近づき、暗い寝室をそっとのぞいている。ルーカスははっとした。おそらく彼女は、ルーカスがまだ室内のどこかにいて、いざとなれば助けに来てくれると信じているのだ。

まったく、ローリーときたら！　指示どおりカフェにいるべきだったのだ。こういうことが起こるかもしれないと恐れていた。彼女が思いつきで行動して、危険にさらされるかもしれないと。今度はここからローリーを連れ出さなければならない。前と同じ窓からの侵入は難しいだろう。開けるときに大きな音が出るので気づかれてしまう。つまりドアから入るしかないということだ。

腰の拳銃を引き抜き、ルーカスは下宿屋の玄関へ向かった。

ステファノが机でメモを書いているあいだ、ローリーは小さな居間の中をゆっくりと歩きまわった。住んでいる人が手を入れた気配はほとんどなく、明らかに独身男性のひとり住まいとわかる部屋だ。薄暗い寝室をのぞいた彼女は神経をとがらせた。ここにルーカスがいるはずだ。手紙が簡単に見つからない場所に隠されているなら、彼が発見できていない可能性は高い。

だからローリーは、玄関から部屋に入ってくるときにわざと大きな声で話した。ルーカスに到着を知らせ、ベッドの下かドアのうしろに隠れる時間を与えるために。

カフェを出てきたことは、きっと叱られるだろう。けれど、ほかに方法を思いつかなかったのだ。彼女にとってはこれが、手紙を取り戻して報酬の一〇〇〇ポンドを手に入れる唯一の機会かもしれなかった。危険を冒してでも、ステファノの前で芝居を続けなければならない。それも慎重に。だましていると気づかれれば、事態が悪いほうへ進んでしまう。

「何を書いているの？」ローリーはきいた。「手紙の場所を教えてくれるだけではだめかしら？」

ステファノが白い紙を手にして体を起こした。「まず、このメモをドアに留めておかなければ。誰かが訪ねてきても、これを読んで帰るように」

「それはつまり……ミセス・エジャートンのこと?」彼女はわざとふくれっ面をした。「まあ、今夜ここへ彼女を招待しているの? わたしはお邪魔かしら?」

「そんなことはないよ! 彼女は劇場のあとで、ワインを一杯飲むために立ち寄るだけなんだ。だが、きみがここにいることを知られるのはまずい——ぼくが彼女の信頼を裏切ったと思われてしまうだろうから」

「それならわざわざメモなんて置く必要はないのに。手紙を渡してくれたら、すぐに失礼するわ」

「そんなに急いで帰らないでくれ、カリッシマ。ふたりきりになるのはずいぶん久しぶりじゃないか。きみが恋しくてたまらなかったよ」

まばたきをする暇もなくステファノが前に飛び出し、ローリーをつかんで引き寄せた。唇を重ねようとしてくる。でもなんとか間に合って顔をそむけたので、彼の唇が頬をかすめただけですんだ。整髪料とワインのにおいで気分が悪くなり、彼女は針金のように巻きついている腕から逃れようともがいた。

「ステファノ、やめて! そんなことをすれば、手紙の話は嘘だったと思わざるをえなくなるわ。わたしを好きにするために、おびき寄せたんだと」

「きみの大切な手紙はちゃんと渡してあげるよ。だけどその前に、この甘美な肌を味わわせてほしい……」

ローリーの首筋に歯を立てたステファノが喜びのうめきをもらしたが、彼女は身をすくませないよう必死でこらえた。厄介な状況に陥ってしまった。騒いで抵抗して、彼を怒らせたくない。それはルーカスにも言えることだ。かっとしたら、彼女が手紙を手に入れる前に、ステファノと対決しようと寝室から飛び出してくるかもしれない。

ローリーはステファノの両肩をつかんで少しだけ押し戻した。「ご褒美は秘密の隠し場所を教えてくれたあとよ。約束するわ、教えてくれたら感謝を示すから。心からの感謝を」まつげをぱちぱちさせて、愛情がこもって見えるように微笑みを作る。

彼が上体を起こした。茶色い目が欲望で熱くなっている。「ああ、そうだね、カリッシマ。だけど先にこれをピンでドアに留めさせてくれ。そうすれば邪魔は入らなくなる」

ルーカスが邪魔してくれるわ。彼は寝室の隠れ場所で、ここへやってきたわたしに対してかんかんに怒っているに違いない。あとでキスと愛撫でなだめてあげよう。いまはただ、わたしがステファノから手紙を取り戻すまで、姿を現さないだけの分別をルーカスが備えていることを願うしかない。

イタリアの外交官は小走りでドアに向かった。ところがノブに手を伸ばしたところで、木製のドアをノックする大きな音が響いた。

ステファノはすっかりうろたえている。「ナディーンが来た！」声をひそめて言った。「どうすればいいんだ？」

「無視して」ローリーはささやいた。「そのうちあきらめて帰るわ」

指を唇に当て、ステファノは彼女がいる机のそばへ戻ってきた。目を見開き、神経を高ぶらせている。ミセス・エジャートンが脅迫者だと説明した手前、ローリーの前で彼女と顔を合わせたくないのだろう。

ミセス・エジャートンが開けようとしたのか、ドアのノブが軽く揺れた。でも、ドアには鍵がかかっている。帰ってきたときにステファノがかけたのだ。

ふたりとも黙り込んだせいで、居間には静寂が広がっていた。ローリーの胸にいらだちが押し寄せてくる。早く手紙を手にしたい。ステファノが秘密の隠し場所を示せばすぐにでも、欲望で熱くなっている彼の頭を冷ましてやるのに。ルーカスが代わりにやってくれるかもしれない。敵が初めからずっとここにいたと知れば、ステファノは仰天するのではないだろうか？

そのとき何かがぶつかる音がして、いきなりドアが大きく開いた。居間に男性が飛び込んでくる。彼は拳銃の銃口をステファノに向けた。

ローリーの心臓が猛烈な勢いで打ちはじめた。びっくりして目をしばたたく。

「ルーカス？」彼は寝室に隠れているはずなのに。

ステファノが驚きの声をあげた。見開いた目を拳銃に据え、その場に凍りついていたかと思うと、突然ものすごい速さで机から何かをつかむ。彼は背後からローリーをとらえて盾にした。ペンナイフの鋭く冷たい刃が喉に押し当てられるのを感じ、彼女は衝撃を受けた。

「臆病者め」ルーカスが嘲りをこめて言い放つ。「すぐに彼女を放せ」

「銃を置くんだ」ステファノが叫んだ。「床の上に。さもないと彼女を殺すぞ！　本気だ！」

ステファノの震えが伝わってきた。ローリー自身の心臓もとどろいている。うっかり刃が食い込まないように、彼女は身じろぎもせずに立ち尽くしていた。ステファノに乱暴なことができるとは夢にも思わなかった。それとも、ただ虚勢を張っているだけだろうか？　判断がつかない。

ルーカスはふたりを見据えていた。仮面をつけたように表情の動かない顔からは、何を考えているか読み取れない。やがて彼は身をかがめ、拳銃を床に置いた。

「こちらへ蹴ってよこせ」いらだった声でステファノが命じる。

ルーカスが指示に従った。銃が木の床の上を滑り、ステファノの足に当たって止まる。

「彼女を放せ。脅迫に関しては外交特権があるかもしれないが、殺人は違うぞ」

それが真実かどうかローリーにはわからなかったが、ステファノのためらいは感じられた。彼の不意を突くことができればと、めそめそしてみせる。「お願いだから傷つけないで」彼女はすすり泣いた。「あなたはわたしを愛していると思っていたのに。わたしたちは一緒になる運命なのよ」

ペンナイフがわずかに喉から離れた。いまだ。ローリーは拳銃を取ろうとかがんだステファノの足の甲を思いきり踏みつけ、身をよじって彼から逃れた。

それと同時にルーカスが突進してくる。彼はステファノをとらえると、顎に強烈な一撃を見舞った。イタリア人外交官はうしろへよろめき、壁にぶつかった。そして呆然としたまま床にくずおれると、顔を覆って赤ん坊のようにうめきはじめた。

ローリーは急いでふたりに駆け寄った。ルーカスの腕を取り、もう一発殴打しようとするのを止める。「お願いだから、もう殴らないで!」

「こんなものではすまないことをしたんだ」指の関節をこすりながら、ルーカスが怒りのこもった視線を彼女に向けた。「なぜ彼をかばおうとする? きみに危害を加えようとしたんだぞ!」

不機嫌なルーカスの顔を見ているにもかかわらず、彼女の胸は熱くなった。彼がローリーの名誉を守ろうとしてくれたと知り、全身がとろけそうな気持ちになる。いくぶん口調をやわらげて、彼女は説明した。「気絶させてはいけないと言いたかっただけよ。手紙の隠し場所を教えられるように」

「もう必要ない。手紙はダイヤモンドのネックレスと一緒にぼくのポケットの中だ」

「だけど……ステファノは誰にもわからない場所に隠してあると話していたのよ。だからわたしは彼についてここへ来たの」

「寝室のゆるんだ床板の下に入れてあった。それできみは、手紙のことを彼にどう説明するつもりだったんだ?」

「それも策略の一部よ。わたしが脅迫したと、キティに責められていると話したの。おかげで手紙を持っていることをうまく認めさせられたわ。当然ながら、彼はすべてをミセス・エジャートンになすりつけようとしたけれど」

「きみは……」涙のにじむ目で、ステファノが衝撃もあらわにローリーを見あげた。「きみはぼくをだましたんだな、カリッシマ！」

「彼女はおまえのカリッシマじゃない。ぼくのだ」ルーカスが嚙みつくように言う。「だましたのは、八年前におまえがしたことにふさわしい報いだよ」

ローリーの胸で生まれた火花が川のように大きな炎となって流れ落ち、体の一番奥の、もっとも秘めた場所にたまっていった。ルーカスに公然と彼のものだと言われたことが、うれしくてたまらない。抱きつきたかったけれど、彼は拳銃を拾いあげるために離れていってしまった。

そのとき、外の薄暗い廊下のほうで騒ぐ物音がした。開け放したままのドアから、ふたりの人間が姿を現す。がっしりした年配の男性がひとりの女性を引っ張っていた。その男性がルーカスの御者だとローリーは気づいた。御者はミセス・エジャートンの腕をきつくつかんでいる。

彼女の激怒した声が廊下に響き渡った。「手を離しなさい、このならず者！　さもないと叫ぶわよ！」

御者は抗議を無視して彼女を部屋の中へ引き入れ、まっすぐルーカスのもとへ向かった。

「連れてきました、旦那さま。ご命令のとおりに」

「ありがとう、ジョン。すまないが、部屋の外に立って見張っていてくれ」ルーカスが御者に拳銃を渡す。「このふたりのどちらでも、ぼくの許可なくここを離れようとしたら、遠慮なく撃ってかまわない」

「承知しました、旦那さま」御者は部屋を出てドアを閉めた。

ミセス・エジャートンが怒って息を吸い込むと、胸がふくらんでボディスがはちきれそうになった。黒いレースの縁飾りがついたルビー色の優雅なドレスが豊満な体を包み、赤く染めた白さぎの羽根が黒いボンネットで揺れている。「これは侮辱だわ！　ダシェル卿、どういうことなの？　それにあなた、ミス・パクストン！　いったいここで何をしているの？」

「それはあなたにお尋ねしたほうがよさそうだわ」ローリーは言った。「わたしの残り物で満足していらっしゃるようだし」まだ床に伸びてうめいているステファノを見る。

そこで初めて彼に気づき、ミセス・エジャートンが目を見開いた。手袋をはめた手を口元にやり、ステファノのそばに駆け寄って見おろす。「まあ、かわいそうに。この人たちに何をされたの？」

「当然の報いを受けたまでだ」ルーカスが口を開いた。「あるいは、ごく一部の報いかもしれないが」

彼を見るミセス・エジャートンの顔に狡猾な表情が浮かんだ。どこまで知られているのか把握しようとするように。「どういう意味かしら？　彼がまたミス・パクストンを誘惑しようとしたの？」

「そうだ。それだけでなく、これを持っていたことを知っても、あなたは驚かないと思うが」コートの内側に手を伸ばし、ルーカスが手紙の束を取り出した。

ローリーは思わず凝視した。数はそれほど多くなく、おそらく五通くらいだろう。ピンクのリボンできちんと束ねられている。こんな紙切れのために、どれほどの騒ぎになっていることか！

ミセス・エジャートンはじっと立ち尽くしていたが、わざとらしい笑い声をあげて言った。

「手紙ですって？　それがわたしとなんの関係があるのか想像もつかないわ」

ステファノが身じろぎした。傷ついた顔をしかめて口を開こうとする。「だけど、ナディーン――」

スカートの下から現れた黒い靴が、さりげなく彼を蹴りつけて黙らせた。

「ここの寝室の床板の下には、ほかにも隠されていたものがあった」ルーカスはダイヤモンドのネックレスを掲げた。手のひらの上で、ネックレスはランプの明かりを反射してきらきら光っている。「これはミセス・パクストンのもののようだ」

「ええ、間違いないわ」ローリーは請け合った。「結婚するときに父が贈ったの。彼女が持っている中で一番高級な宝石よ。あなたならよくご存じでしょう、ミセス・エジャートン」

「そうね、彼女がつけているところを見たことがあるわ。もっとも考えてみると、この一週間ほどは身につけていなかったようだけれど。いったいどうしてそれがここにあるの？」

「きみは知って――」ステファノが言いかける。

「黙って！」ミセス・エジャートンが彼をにらみつけた。「キティから手紙とネックレスを奪ったのはあなたでしょう。わたしはなんの関係もないわ。まったく何も知らないのよ」

ステファノの口からイタリア語の言葉が次々に飛び出してきた。それが悪態だということしか、ローリーにはわからない。「ステファノから聞いた話と違うわ」彼女は言った。「彼はすべてあなたが悪いと言っていたの」

「わたし？」ミセス・エジャートンが、手袋をはめた手を胸のあたりでひらひらさせる。「ばかばかしい。どうしてわたしが大切なお友だちを脅迫しなければならないの？」

「誰が脅迫と言った？」厳しいまなざしをミセス・エジャートンに据えて、ルーカスが尋ねる。

彼女の頬から血の気が引いた。「あなた――あなたが言ったと……」

「いや、ぼくは言っていない。手紙がミセス・パクストンのものだとも言わなかった」

ミセス・エジャートンが言葉をなくして唇を震わせているあいだに、ステファノがもがきながら立ちあがった。壁にもたれた彼の目は不機嫌そうで、顎は赤く腫れている。

「ナディーンの計画だったんだ」ステファノはわめいた。「縫い物かごに入っていた手紙を見つけたのは彼女だよ。ぼくはパーティで、彼女が盗むところを目撃した。そうしたら脅迫状を書くよう強要されたんだ！」

「黙っていられないの？」ミセス・エジャートンがぴしゃりと言う。「あなたには外交特権があるのよ。この人たちには何もできないわ」

「まったくの正反対だ」手紙とネックレスをコートのポケットに戻しながら、ルーカスが言った。「政府の有力者のひとりとして、ぼくはステファノが外交官の地位を失うようイタリア大使に働きかけることができる。とりわけ、彼には不品行なふるまいの前科があるのだから。あなたに関しては、ミセス・エジャートン、脅迫は重罪だ」

黒と赤のボンネットのせいで、彼女の顔は紙のように真っ白に見えた。「あなたが治安判事に話すわけがないわ。だって、その手紙には醜聞を引き起こすことが書かれているんですもの！」

「そうかもしれない。だが、あなたがミス・パクストンに――彼女の継母にもかけた迷惑を考えると、それを犠牲にしてもあなたが絞首刑になるのを見る価値はあるだろう」

ロープが締まるところを想像しているかのように、ミセス・エジャートンが手で首に触れた。一瞬ふらりとしたものの、体勢を立て直してステファノを振り返る。「黙って見ていないで。彼を止めて！」

「どうやって？」ミセス・エジャートンをにらみつけるあいだだけは痛む顎から手を離して、彼がきいた。「ぼくはきみのせいで職を失うんだぞ！」

ローリーはルーカスの様子をうかがった。平然とした顔をしているが、彼はふたりをもてあそんでいるのだ。父親が書いた恋文が裁判で公になることを、ルーカスが許すはずがない。いったい何をたくらんでいるのだろう？

ルーカスはミセス・エジャートンとステファノの前に進み出ると、両手を腰に当てて言った。「もうひとつの解決法がある。ミセス・エジャートンのきれいな首を救うことが可能な解決法だ」

「なんなの？」甲高い声をあげ、彼女はルーカスに駆け寄って腕をつかんだ。「どうか教えて。なんでも言うとおりにするわ」

ルーカスの厳しい視線にひるみ、ミセス・エジャートンがあとずさりする。

「あなたとステファノは、できるだけ早い船でイングランドから出ていくんだ。そしてふたりとも二度と戻らない」

「社交界を離れろというの？　永遠に？」

「そうだ。もし戻ってきたことが判明したら警察が全力をあげて探し出し、ふたりとも破滅させる。わかったか？」

「でも――」

「これは交渉ではないんだ。こちらの寛大な申し出を受けたほうがいい。さもないと絞首刑になるぞ。ぼくにとってはどちらでも変わりない」

ローリーは感心してルーカスを見つめた。完璧な解決方法だ。彼女が思いつくどの案より、はるかに賢い。ルーカスの有力な立場と輝かしい評判が、彼の下した判決にかなりの重みを持たせている。気難しく無慈悲に見えるルーカスが、実は鉄仮面の下にやわらかい心を持っているとは、このふたりには決してわからないだろう。

でも、ローリーは知っていた。ルーカスは彼女の名誉を守り、フォスターの秘密を口外せず、体の不自由な母親を大切にする。そして思わずつま先が丸まるようなやさしさでキスをして、ローリーをこの世で一番重要な女性であるかのような気分にさせてくれるのだ。

そう考えた瞬間、彼女は真実を直視した。愚かであろうとなかろうと、自分がダシェル侯爵との恋に真っ逆さまに落ちているという真実を。

玄関までの階段を歩いてのぼりながら、ルーカスはローリーの背にずっと手を当てていた。冷たい風がふたりに雨の粒を吹きかける。彼女と過ごせる時間が残り少ないことを、ルーカスは強く意識していた。手紙を見つけ、ネックレスを取り戻したからには、ローリーは彼のもとを去るだろう。もはやレディ・ダシェルのコンパニオンを続ける理由がないのだから。

ステファノとミセス・エジャートンはどちらも、ルーカスが出した案を受け入れた。情事の後始末をするため、彼らにはロンドンを離れるまでに数日の猶予を与えた。とくにミセス・エジャートンは、屋敷や持ち物の売却を任せる代理人を手配する必要があった。あわただしい出発の理由を誰かに尋ねられた場合には、婚約したので、結婚式のために早くイタリアへ行きたいからと答えることになっている。

玄関ホールでは、ジャーヴィスがふたりを出迎えた。「おかえりなさいませ、旦那さま、ミス・パクストン」

ルーカスは帽子とコートを渡した。「母はもう寝ているのかな？」

「はい、今夜はミセス・カルペパーがついていてくださっています。おふたりは今日、ずいぶんたくさんのお客さまをおもてなしになりましたよ。こう申してはなんですが、あれほど幸せそうな奥さまは見たことがありません」

少なくとも、その点はよかった。「弟は？」

「ヘンリー卿は早くに出かけられ、まだお戻りではありません。ほかに何か必要なものはございませんか？」

「お茶とサンドイッチを書斎へ持ってきてくれ」ルーカスはローリーを見た。「話の続きをしよう、ミス・パクストン。きみさえよければ」

「もちろんよ！」

彼女の茶色の瞳に喜びが躍っているのを目にして、ルーカスはつらい欲望に体が締めつけられるのを感じた。これはローリーとふたりきりで過ごす最後の機会になるかもしれない。自分の人生から歩み去る彼女を、どうやって見送ればいいのだろう？　時の流れをゆるやかにして、彼女との思い出を蓄える機会が欲しい。

ローリーがボンネットを取り、マントを脱いで執事に渡した。リーフグリーンのドレスは目を引く最新のデザインだ。そうしていると、彼女は夫とともにパーティから帰宅したばかりのレディに見えた。

だが、ローリーを妻にすることはかなわない。

現実を重く受け止め、ルーカスは大階段を通り過ぎて、屋敷の奥にある書斎へと彼女を導いた。大理石の長い廊下に、ふたりの足音が寂しく響く。今夜は先祖から受け継いだ屋敷が、家というより大きな墓のように感じられた。手紙を取り戻して、気分が高揚してもいいはずだった。アリス・キプリングとの結婚に障害がなくなったのだ。一週間足らず前には、自分の未来はもう決まったと思っていたのに。

いや、いまだって決まっていることに変わりはない。それなのに、人生の行路は以前にも増して骨の折れる務めに思えてならなかった。

ふたりは天井から床までの書棚と、大きなマホガニー材の机がある書斎へ入っていった。ここの机で、ルーカスはたびたび領地の台帳を細かく調べ、数字を入念に何度も調べて、父親が遺した莫大な借金を清算する方法がなんとか見つかるように願った。いまでは彼自身の借金でもある。巨額の富を注ぎ込むことだけが、極貧からルーカスを救うすべなのだ。彼には母親と弟を養い、将来の世代がやっていけるだけの遺産を作り出す義務がある。

愛のために結婚するなど、考えることすら許されない。

「あの手紙はわたしの継母に返すつもりなんでしょう？」ローリーがきいた。

ルーカスは手紙を取り出して、手のひらにのせた。とても軽い。「燃やしてしまえるとうれしいんだが。火をつけてもいいかな？」

「だめ！　わたしたちのものじゃないのよ。とにかく見せてちょうだい」

ローリーは彼の手から手紙をつかみ取り、ピンクのリボンを解いた。一番上の一通を机に置き、ランプの明かりで調べはじめる。指先を文字の上に走らせながら、眉をひそめて言った。「インクがかなり色あせているわ」

彼女が手紙を開くのを見て、ルーカスは近づいた。「ローリー、読んではいけないよ。それは私的な手紙だ」

「だから？　これを見つけるために大変な苦労をさせられたのよ。少なくとも、何が書いてあるかくらい知っておくべきだわ」

ローリーはルーカスのほうを見ようともせず、うわの空で話している。すでに最初の数行に目を通しているようだ。父親が書いたに違いない、みだらで大げさな言葉を、彼女の目に触れさせたくない。「こちらに渡すんだ」

彼が手紙をひったくると、ローリーが叫んだ。「ルーカス、待って！ 日付を見てちょうだい。キティは七年前にわたしの父が亡くなる少し前の浮気だったと言っていたの。だけど、この手紙は一九年近く前に書かれたものだわ」

ルーカスはいらいらと頭を振った。「それにどんな違いがあるというんだ？」

「大きな違いよ。だって情事は、キティと父が結婚する前に起こっていたということだもの」ローリーは手を伸ばし、彼の腕に指を食い込ませた。卵形の白い顔の中で、大きな茶色の瞳が痛ましげに光っている。「ああ、ルーカス、まさか……」

彼女が言葉にしなかった疑念がルーカスの頭に飛び移り、形をなしていく。血が凍った。そんなことはありえない……いや、あるのか？

ルーカスはゆっくりと口を開いた。「つまり、きみのお父上と結婚したとき、彼女はすでに身ごもっていたということだな。そしてセレステは……」

「あなたの異母妹よ。わたしのではなく」

23

上流社会は、品位を落としたレディに対しては残忍になる。

ミス・セラニー

継母の屋敷に到着すると、グリムショーがふたりを客間に案内してくれた。ルーカスの腕につかまって歩きながら、ローリーは執事の態度がいつもと違うことに気づいた。おそらくフォスターが話をしたに違いない。けれどもいまは、メイドや婚外子の息子の扱いについてグリムショーをとがめるつもりはなかった。それは別の日でもかまわないだろう。

セレステの出生にまつわる恐ろしい可能性に、なんとか頭をついていかせようとすることで精一杯だ。セレステが実の妹ではないと考えると、ローリーは胸が痛くなった。ふたりに血のつながりはまったくない。

キティは長いあいだ、その秘密をかたく守ってきたのだ。

客間では、継母が暖炉の前を行ったり来たりしていた。劇場へ出かけたときの金色のドレスを着たままの彼女は、ローリーの姿を見つけると急いで駆け寄ってきた。手にハンカチを握りしめ、目が涙で濡れている。

「オーロラ！　どうしてこんなに早くわたしの伝言を受け取ることができたの？　ほんの数分前に送ったばかりなのに」

「伝言？」

「気にしないで。あなたがここへ来てくれればそれでいいの！　大変なことが起こってしまったのよ」

「そうでしょうね」どうせ結婚式の準備でちょっとした問題でも発生したのだろうと思い、ローリーはそっけなく言った。「でも、あなたのささいな悩みを聞くために来たわけではないの」

「ささいですって？　なぜそんな残酷なことが言えるの？　しかもこんなときに！」キティは騒々しく泣きはじめた。「何もかもおしまいよ。台なしだわ！」

ルーカスが彼女のふくよかな体に腕をまわして寝椅子へと導いた。それからサイドボードへ行ってシェリー酒を注ぎ、戻ってきてキティの手にグラスを押しつける。

「これを飲み干して涙を拭くといい。そして、どんな問題が起きたのか話してください」

彼に命じられてキティはシェリー酒を飲み、濡れた顔をハンカチでぬぐった。

「セレステよ」途切れ途切れに言う。「ああ、神さま、あの子は行ってしまったの！」

継母に腹を立てていたことも忘れ、ローリーは急いで駆け寄った。「行ってしまったって、どういうこと？」

「今夜は頭が痛いからと言って、あの子は屋敷に残っていたの。わたしは少し前に劇場から帰ってきて、様子を見に寝室へ行ったわ」キティは震えながら息をつき、近くのテーブルを指さした。「あれが……あの手紙が枕の上に置いてあったの」

ローリーはくしゃくしゃになった紙を急いで手に取り、声に出して読んだ。

「〝お母さまへ。お知らせするのはつらいけれど、わたしはウィッテンガム公爵とは結婚できません。たとえ公爵夫人になっても、ひどくみじめで不幸せな人生を送ることになるでしょう。だから、心から愛する男性と駆け落ちします。お母さまはきっと心配で取り乱すでしょうけれど、お願いだから気を落とさないで！　彼は尊敬すべき立派な紳士で、わたしが彼を敬愛するのと同じだけ、わたしを大切に思ってくれています。次にお母さまと会うときまでには、わたしたちは夫婦になっているでしょう。どうかわたしのために喜んでください。あなたの娘、セレステより〟」

ローリーは驚愕して顔をあげ、ルーカスのほうを見た。恐怖に喉をつかまれて全身が凍りつく。セレステが婚約者以外の男性と駆け落ちした。思い当たる相手の名前はひとつしかない。

ヘンリー卿。

ルーカスの顔には衝撃と不安が表れていた。彼もまた、まさにこの部屋でふたりを目撃したときのことを覚えているのだ。頭を寄せて話したり笑ったりしていた彼らは、愛し合う若い男女そのものに見えた。ふたりのあいだには何かをたくらんでいるような雰囲気が……。

ルーカスがキティの腕をつかんできいた。「誰だ？　相手の男は誰なんです？」

キティは首を横に振り、ハンカチをねじった。「どうしてわたしにわかるの？　セレステはウィッテンガム公爵といて幸せなんだとばかり思っていたのに」

「もちろん幸せではなかったわ」ローリーはかっとなって言った。「そう警告したのに、あなたが聞こうとしなかっただけじゃないの」

継母の下唇がわなわなと震える。「まあ、わたしを叱らないでちょうだい、オーロラ。そうでなくとも、もうじゅうぶんにひどい気分なのに」

怒りを抑えようと努力しているのか、ルーカスが深く息を吸った。「ぼくたちは今夜、あなたの手紙を見つけた」そっけない口調で言う。「ミセス・エジャートンとステファノが、あなたを脅迫していたことを認めました」

彼はコートの内側に手を入れてリボンを巻きつけた手紙の束を取り出し、ダイヤモンドのネックレスと一緒にテーブルの上に放り出した。暖炉の明かりを受けて、ダイヤモンドが輝きを放つ。

「いまとなってはもう、どうでもいい問題だわ」手紙とネックレスに目をやったキティが痛ましい声で言った。「いずれにせよ醜聞は避けられない。セレステは公爵を振ったんですもの」

「どうでもいい問題ではない」ルーカスが鋭く言い返す。「あらゆる状況から判断して、あなたの娘が駆け落ちした相手は、ぼくの弟のヘンリーだと考えられるからだ」

ローリーは前に進み出た。「それが何を意味するか、あなたにもわかるでしょう？　ふたりは異母きょうだいなのね」

キティが生気のないガラスのごとき目でローリーを、次にルーカスを見た。否定しようとするかのように唇が動いたものの、言葉は出てこなかった。顔から血の気が引き、手にしたハンカチと同じくらい白くなる。うめきをもらしたかと思うと、彼女は気を失って寝椅子に倒れ込んだ。

一時間後、ローリーはルーカスの父親のものだったという古い二頭立て二輪馬車（カリクル）で、彼の隣に座っていた。すでに真夜中を過ぎている。ロンドンを出たあとはガス灯もなく、馬車は暗闇にのみ込まれていた。旅にどうしても必要なものをいくつか放り込んできた箱は、馬車のうしろに固定してある。ルーカスも、もっと速い馬車に乗り換えるために急いで屋敷へ戻った際、同じように必需品を入れた小型かばんを持ってきていた。

駆け落ちしたふたりを見つけるのに、どれくらいかかるかはわからない。でも、向かった先はグレトナグリーンのはずだ。イングランドと違ってスコットランドは、成人前の男女でも待機期間なしですぐに結婚できるから。彼らが悲劇的な過ちを犯す前に追いつけることを祈るしかない。

「ヘンリーがこの馬車に乗っていかなかったのは驚きだな」ルーカスが眉をひそめ、暗い道路を見つめながら言った。「ティルバリーのほうが速いのは速いが、夜に乗るのはかなり危険だ。まったく、あいつときたら、もっと分別があってよさそうなものだが」

厩舎からなくなっていたのはティルバリーだけだったらしい。だから彼らは、ヘンリーがそれを逃走に使ったに違いないと結論づけた。

不安と夜の冷気のせいで、ローリーはぶるっと体を震わせた。膝に毛布をかけていてよかった。カリクルには革製の幌(ほろ)がついているが正面は開いているため、風に吹かれた冷たい雨が顔に当たる。真っ暗な闇を照らすものは、前部に取りつけられたふたつのガラスランプだけだ。ルーカスの腕前を信じるしかなかった。蹄の音を響かせ、馬具を鳴らしながら、二頭の馬は夜の道を駆けていく。

「セレステだって、もっと分別を働かせるべきだったのよ」ローリーは言った。「ああ、早まったことはしないと約束させておけばよかった！」

膝に置いた彼女の手に、手袋をはめたルーカスの手が重なった。「きみだけじゃない。もっとヘンリーに厳しく目を光らせておかなかった、ぼくのせいでもあるんだ。だが、心配はいらない。ふたりは必ず見つかるよ」

ランプふたつのかすかな明かりでも、やさしいまなざしで見つめられているのがわかった。ルーカスの手のぬくもりと重みが心地よく、それに応えるようにローリーの内側が一気にあたたかくなった。結婚するために国境へ急いでいるのが自分たちならよかったのに。でも、ありえないことを願っても愚かなだけだ。

彼女のルーカスへの愛は、セレステとヘンリーの愛と同じく絶望的だった。

ルーカスが道路に注意を戻した。ただでさえ危険な夜の運転で彼の気を散らしたくなくて、ローリーは口をつぐんだ。代わりにそっと身を寄せてもだれかかる。こんなひどい状況でも、ルーカスと一緒にいられる時間を大切に味わっておきたかった。彼の言うとおりに、駆け落ちしたふたりに追いつけるといいのだけれど。

セレステを待ち受ける苦悩を思うと胸がつぶれそうだ。キティは本当の父親が誰か、彼女に話しておくべきだった。そうすればセレステも、ヘンリーと結婚しようとは思わなかったはずだ。

気つけ薬を嗅がせて意識を取り戻させたあと、キティはすべてを認め、ローリーの父親をだまして結婚に持ち込んだときのことや、彼が最終的には真相に気づいていたらしいことを打ち明けた。ローリーのみならず、キティも既婚男性に誘惑されるという重大な過ちを犯していたかと思うと、奇妙な感じがした。とはいえローリーの場合は、イタリアにステファノの妻がいることを知らなかったのだが。

北を目指すこのルートは、どうやらまっすぐ嵐の中へ向かっているらしい。冷たい飛沫（しぶき）がはねかかってくる。遠くで稲妻が光り、雷がとどろいた。雨の量は着実に増していて、いまでは激流のように降り注いでいる。カリクルの幌のおかげで土砂降りの雨に打たれるのは避けられたものの、顔に当たる雨が冷たく細い流れとなってマントの襟から内側へ染み込み、ローリーを震わせた。

やがて道路が泥沼のようにぬかるんでくると、ルーカスは馬車の速度を落とさざるをえなくなった。道のくぼみに大きな車輪がぶつかり、泥をはね散らしながら苦労して通り抜ける。すれ違う馬車は一台もなく、まるでこの世にふたりしか存在していないように思えた。もっともこんな嵐の夜は、良識ある人はみな、家のあたたかいベッドで過ごしているのだろう。風がうなりをあげて馬車に吹きつけた。雷の音がとどろくたびに、馬たちがひるんで荒い鼻息を吐く。ルーカスは一度ならず、二頭を誘導して溝から引き出さなければならなかった。

とりわけ大きな音で雷が鳴ったあと、彼は道路に目を据えたままローリーに顔を近づけた。「これ以上進むのは危険だ！」暴風雨の音に負けないように叫ぶ。「旅を中断しよう。あそこで」

まばたきでまつげから雨を払い、ローリーは前方に目を凝らした。暗闇を通してちらちら揺れる明かりが見える。宿屋だ。「セレステとヘンリーを見かけていないか、誰かにきけるかもしれないわね」

ルーカスがうなずいた。「心配するな、それほどの遅れにはならないだろう。わずかでも判断力があれば、弟もどこかで馬車を止めているはずだ」

馬車が宿屋の中庭に入ると、土砂降りの雨の中を馬番の少年が駆け寄ってきて馬を落ち着かせた。あたたかい休憩室に入る頃には、ローリーはすっかりずぶ濡れになっていた。水を滴らせながらドアのそばに立ち、主人と話をしに行くルーカスを待つ。彼らが言葉を交わす数分のあいだ、ローリーはマントを着ていても冷えきってしまった腕をこすっていた。

やがてルーカスが戻ってきた。コーヒーブラウンの髪は湿って乱れ、顔に笑みはない。

「残念ながら、ふたりを見ていないようだ」

「望みをかけていたのに……」

「それとあいにくこの嵐のせいで宿はほとんど満室で、部屋はひとつしか空いていない」熱を帯びた鉄灰色の瞳がローリーを見つめる。「きみの評判を守るために、ぼくたちは夫婦だと言うしかなかった」

24

貴族の独身男性が年を取ると品格が備わったと評されるのに、未婚のレディは二一歳で、もう売れ残りと見なされる。

ミス・セラニー

ローリーは小さな暖炉のそばのスツールに腰かけていた。ピンを抜いてほどいた髪の、湿った先の部分を指ですく。ボンネットをかぶっていたおかげで、髪はほとんど濡れていなかった。

その狭い寝室はひさしの下にあった。雨が屋根窓を流れ落ち、ときおり光る稲妻が窓ガラスを照らす。真夜中はとうに過ぎていて、大変な出来事のあった一日のあとでは、疲れ果てていても不思議はなかった。それなのにいま、彼女は期待に震えながら、生きていることを実感していた。

視線が、羽根枕を置いて青いカバーをかけたダブルベッドへとさまよう。いろいろなことがあったにもかかわらず、そしてふたりには未来がない状況にもかかわらず、ローリーはルいってしまった。
ーカスとあのベッドに横たわることを想像せずにいられなかった。彼は荷物を取って厩舎の馬の様子を確かめるため、みだらな妄想を止められないローリーをひとり残して部屋を出ていってしまった。

もはや何も知らない初心な若い娘ではない。彼女は自分が許せば何が起こるのか正確に知っていた。ルーカスが決して無理じいしないであろうことを思えば、決めるのはローリーだ。かつて彼女は間違いを犯して社交界を追放された。そんな目に遭ったのに、幸せな一夜を手に入れるために思いきった行動に出てもいいものだろうか?

ドアが静かにノックされた。はじかれたように立ちあがったとたん、小さな音を立ててドアが開き、ルーカスがあたたかい部屋の中をのぞいた。彼の姿を目にしただけで胸が苦しくなる。ルーカスは濡れて色濃くなった髪をうしろへ撫でつけていて、端整な顔があらわになっていた。雨のしずくが厚手のコートから床板に滴り落ちている。

ふたりの目が合った。ルーカスの視線がローリーのおろした黒髪からドレスの肩へさがり、そこから胸に進路を変えた。しばらく見つめたあとで彼はドアを閉め、ローリーの荷物が入った箱と自分の小型かばんを小ぶりなドレッサーの上に置いた。コートを脱いで壁のフックにかける。

ルーカスが振り返って彼女のほうへ歩きはじめたそのとき、空に稲妻が光り、彼のこわばった口元を照らし出した。「きみは少し休んだほうがいい」ルーカスは低い声で言った。「ぼくは床で寝るから」

彼はわたしを求めている。ああ、本当に欲しがっているんだわ。鉄灰色のきらめく瞳に、クラヴァットを解くぎこちない動きに、ローリーはルーカスの欲望を見て取ることができた。外の嵐で稲光が空を切り裂くように、お互いへの意識がまわりを取り巻く空気にひびを入れる。

ルーカスはブーツを脱ぐために火のそばのスツールに腰かけた。胸が上下して、呼吸が速まっているのがわかる。彼を求める恥知らずな情熱が、ローリーの体の芯を脈打たせた。レディとして育てられ、性的な欲求を抱いてはいけないと教えられてきた。けれど残りの人生をひとりで生きるなら、心の底から愛した男性との親密なひとときを、輝かしい思い出として持っておきたい。

ローリーは彼のほうに背中を向け、肩越しにやわらかくかすれた声で言った。「ドレスのボタンをはずしてもらえないかしら？」

しばらくのあいだ、聞こえるのは窓を叩く雨の音だけだった。やがてルーカスの重い足音が近づいてきた。彼がボタンをはずしやすいように、ローリーは背中に垂れる豊かな髪を片方の肩に寄せた。ルーカスの指がむき出しの首をかすめたとたん、切望の火花が体の隅々にまで飛び散った。力強くて器用で、しかもやさしい彼の触れ方が好きだ。ルーカスの手は、ドレスのボタンをはずして下着をあらわにしながらウエストへとさがっていく。

「あなたが」彼女は小声で言った。「コルセットのひももゆるめてくれたら、とても助かるんだけど」

突然、背後からウエストをきつくつかまれた。「ああ、ローリー！　なぜぼくにそんなことを頼むんだ？　正しいふるまいをしようと努力しているのに」

苦しげな彼の声が、ローリーにはうれしかった。彼女は振り向いてルーカスと向き合うと、かたい胸に両手を当て、彼が放つ熱を受け止めた。「今夜のわたしたちは夫婦だと言ったわね。だったら、ベッドをともにする以上に正しいことがある？」

ルーカスが飢えにぎらつく目で彼女を見おろした。良心と格闘しているらしい。それは彼の父親が堕落した行為にふけっていたせいだと、ローリーにはわかった。これまで彼はつねに、鉄の自制心で自らの情熱を抑えつけてきたのだ。彼女はしなやかに動いてルーカスを誘った。腰と腰を触れ合わせ、甘美な摩擦を楽しんで。

うれしいことに、ルーカスが喉の奥でかすれた音を発したかと思うと、いきなり彼女の唇を奪った。ローリーもすぐに応える。絡まり合う舌が、今度は彼女の喉の奥深くから弱々しい歓びの声を引き出した。彼は長く、激しく、挑発的にローリーの唇をむさぼった。そのあいだじゅう、両手はドレスの背中の開いた部分を上下に撫でている。やがて片方の手が胸のふくらみを包み、先端の上で親指が動くと、彼女は思わずルーカスにしがみついた。体の内側が溶けて燃えあがっているかのようだ。

ルーカスが顔をあげてローリーをきつく抱きしめたので、彼の激しい鼓動が感じられた。彼が唇を髪に滑らせ、耳に歯を立てて、それでもまだ足りないと言わんばかりに喉に舌を這わせる。それから、まるで甘美な花の蜜であるかのように彼女の下唇を吸いあげた。

「情けないことだが」ルーカスがささやく。「ぼくにはきみを拒む力がない」

彼の襟の内側に指をもぐり込ませたローリーは、あたたかい肌の感触に夢中になった。

「あなたに自制心を失わせることができるなら、わたしは喜んでいわくつきの女性を演じるわ」

彼が笑いともうめきともつかない音を発する。「どうしても忘れさせてくれないつもりか？あんな言い方をするべきではなかったよ」

「でも、本当のことよ」

「いや、ローリー、まったく違う。きみは内も外も美しい」

彼女の目の奥をのぞき込みながら、ルーカスが唇を合わせた。彼がつけていた冷酷な仮面ははがれ落ち、まなざしの中に誠実さがうかがえる。心からの切望が、彼の表情を豊かなものにしていた。間違ったことだとわかっていても、ローリーの胸に狂おしい希望がわき起こる。永遠に一緒にいられたらいいのに。ルーカスの肩を両手でつかむと、彼女はつま先立ちになって頬と頬を合わせ、ひげの生えかけた、ざらつく感触を楽しんだ。

「ああ、ルーカス」ため息をついて言う。「わたしを愛して」

ふたたび重なった彼の口がキスをむさぼると、それ以上のものが欲しくてめまいがした。ルーカスへの気持ちが花開き、切望が全身を包むまでに育っていく。彼はローリーが求めるすべてだった。決して手に入らないもののすべてでもある。彼女は心の隅で、ルーカスと一緒にいられるのはこの一夜だけだと理解していた。そのことが欲望に磨きをかけ、鋭く研ぎ澄ませていることも。

ドレスを肩からおろそうと、ルーカスがわずかに顔をあげる。ローリーは彼の手の下で身もだえした。早く脱ぎたくてたまらず、ぴったりした袖を強く引っ張る。足元にするりと落ちたドレスは、リーフグリーンの水たまりのように見えた。夢中でキスをする合間に、ふたりは互いの服をはぎ取り合った。脱ぎ捨てられた服が床の上に積みあがっていく。

ルーカスの肌をじかに感じたい。彼の下に横たわり、体の重みを受け入れたかった。けれどウエストまで裸になっても、ルーカスは彼女をベッドへ連れていこうとしない。ローリーの体を引き寄せ、またしても長いキスをするばかりだ。いらだたしさのあまり、ローリーは彼のズボンのウエストバンドに手を伸ばした。

ルーカスがその手をつかんで止める。「まだだ」ざらついた声でささやくと、唇をローリーの顔に滑らせはじめた。「さもないと、あまりにも早く終わってしまう」

「早くするつもりはないの?」

彼が頭を傾け、口の端に笑みを浮かべた。「快感の頂点に達したいなら、だめだ」

「いまでも快感を得られているのに」

ルーカスの微笑みがいたずらっぽい笑みに変わる。「もっとよくなるよ。はるかに。ぼくを信じてくれ」

そう言うなり彼は頭をさげ、ローリーの胸に注意を向けた。片方の手でふくらみを包み、先端をもてあそんでから口に含んで長く吸いあげる。ローリーは背中を弓なりにして目を閉じ、絹のような彼の髪に指をくぐらせた。熱が川となって下へ流れ、ひそやかな部分で火を燃えたたせる。こんなキスがあるとは知らなかった。それがこれほど心地いいということも。ルーカスが〝もっとよくなる〟と言っていたのはこれだろうか？　たしかにもっと……もっと欲しくなる。

彼はしゃがみ込んでローリーのガーターをはずし、絹のストッキングを脱がせた。肌に触れられて震えが走る。膝へ、そこから腿へと進んでいくキスに、彼女はいまにも気絶してしまうかもしれないと思った。脚の合わせ目と同じ高さにルーカスの顔があると気づき、興奮にのみ込まれそうになる。もっとも私的な場所を守る茂みを、彼の手が羽根のような軽さでかすめていった。でも、彼を求めて泣いている部分には触れようとしない。

「ルーカス」ローリーは懇願してうめいた。彼の広い肩をつかんで上体を起こす。「お願いだから……」

ルーカスの指が動いたとたん強烈な歓びがもたらされ、彼女は身震いした。彼は軽くもてあそんでから、敏感な襞の奥深くへと入っていく。恥ずかしさを感じるべきなのに、そうはならなかった。ローリーには理解できない、熱に浮かされたような期待が存在するだけだ。甘い緊張が体を張りつめさせ、肺を圧迫して呼吸を難しくさせる。

そして衝撃的なことが起こった。ルーカスが彼女の中に指を差し入れて撫でたのだ。魂を砕くような愛撫が、ローリーの唇から叫びをもぎ取っていく。噴きあがる恍惚感が外へ向かって放たれ、彼女の体を震わせた。こんな快感は知らない。やがて、ローリーをとらえて放さなかった熱狂的な歓びの潮流は徐々に引いていった。放心状態で空っぽになり、すっかり満ち足りている彼女を残して。

脚に力が入らないローリーを、ルーカスがさっと抱きあげた。「ベッドできみが欲しい」うなるように言う。「いますぐに」

そのかすれた声が彼女に、終わりにはほど遠いことを思い出させた。まだ体をつなげてもいないのだ。歓喜の海を漂いながら、ローリーは彼の首に腕をまわし、男らしい香りを深く吸い込んだ。「ええ」

ルーカスはベッドカバーをめくり、彼女を横たえた。窓の向こうで光った稲妻が、暗く輝く彼の瞳をあらわにする。身をかがめ、ルーカスは心をかき乱すようなキスを彼女の唇に落とした。「幸せかい？」

「ああ、ルーカス。こんな歓びが存在するなんて知らなかったわ」

「これで終わりではないよ、ダーリン」

彼はベッドのかたわらに立ち、ズボンを脱いで蹴り飛ばした。初めて目にする一糸まとわぬ男性の姿に、ローリーはうっとりした。完璧に作りあげられたルーカスのたくましい体は、女性らしい彼女の体とぴったり合うだろう。

彼はマットレスを沈ませて隣に横たわり、溶鉱炉のように熱い肌をローリーの曲線に沿わせた。腿にルーカスの熱いこわばりを感じる。だが、彼はすぐに欲望を満たそうとはしなかった。

代わりに彼女を腕に抱き、もつれた髪を指でやさしくすきはじめた。「これ以上進む前に、きみに知っておいてほしいことがある」かすれた声が、鼓動ひとつ分だけ途切れてから続く。「ぼくがきみを愛しているということだ」

ルーカスが与えてくれた体の快感が究極の歓びだと思っていた。けれども歓喜は翼を生やしてさらなる高みへ駆けあがり、涙がこみあげるほどの感情を彼女の上に降らせる。ローリーは手を伸ばし、両方の手のひらで彼の顔を包んだ。「ああ、ルーカス。わたしもあなたを愛しているわ。心の底から」

彼の口から熱いため息がこぼれた。「少なくとも今夜は、きみはぼくのものだ。ぼくだけのものだ」

「ええ、そうよ」

唇が重なり、ルーカスの舌の動きがローリーの下腹部へとつながる炎の川に火をつけた。これが真実の愛のキスなんだわ。ふたりで作り出した非の打ちどころのない楽園が、ひとつになろうとしている。それは彼女を解き放ち、向こう見ずな奔放さでルーカスに向かって身を投げ出させた。高潔すぎる彼は、自分が与えられる以上のものを約束することができないのだ。そしてふたりは永遠に一緒にいられるわけではないのだから、ローリーは彼の腕の中で過ごすこの一夜から、あらゆる幸福を引き出さなければならない。

ルーカスの大きな手が、まるで記憶に刻み込もうとするかのように、彼女の曲線をたどって胸から腰へとおりていく。ローリーもまた彼の体を探索する機会を楽しみ、かたい胸や、筋肉が盛りあがる腿や背中に触れた。ルーカスの喉に唇を押し当て、激しく打つ脈を感じ取る。塩からい肌を味わい、彼だけのものである魅惑的な香りを吸い込んだ。この先、松や革のにおいを嗅ぐたびに、ルーカスが恋しくなることだろう。

彼の手がふたりの体のあいだに入り込み、ふたたびローリーをもてあそびはじめた。じらしたり撫でたりして、すばらしい緊張をよみがえらせようとする。全身が、またあの頂点に達したいと懇願していた。今度は一緒に。ローリーが腰を揺らしてうめくと、ルーカスは彼女の背中をリネンのシーツに押しつけて覆いかぶさってきた。自分よりかたい皮膚がしなやかな肌の上を滑る感触に、思わずため息が出る。彼はどこもかしこもかたく、彼女はやわらかい。ふたりはお互いのために作られたのだ。ローリーは脚を開き、奔放に誘いかけた。

「お願いよ、ルーカス……」彼にささやく。「わたしを愛して」

「もちろんだ。永遠に愛するよ」

激しい口調でそう言うと、ルーカスが体を重ねてきた。心を躍らせる圧迫感とともに、彼女の中へ滑り込んでくる。ずきんとした痛みを伴う不快感を覚えたものの、それは一瞬だけだった。すべてをぴったりおさめると、彼は動きを止めた。荒い呼吸に合わせて胸だけが上下している。ルーカスが彼女をきつく抱きしめて目をのぞき込んだ。遠くで光った稲妻が、驚きに張りつめた彼の顔を照らし出す。

「なんてことだ」ローリーの表情を探りながら、彼がささやいた。「きみは処女だったのか。ぼくはてっきり……」

「みんながそう思っていたわ」彼女は言った。「でもごらんのとおり、たったいままで、奪われる歓びを完全に味わったことはなかったの」ルーカスの下で腰を動かす。鋭く息を吸い込んだ、彼の反応がうれしかった。「そしてとても楽しんでいるわ。ものすごく」

「ローリー……ぼくはこの瞬間を夢に見ていた。ずっと以前から」

ルーカスがキスで唇をふさぎ、欲望の強さを伝えてくる。彼の舌は自在に動いて、ローリーの中で渦巻く快感を高めていった。〝ずっと以前から〟どういう意味だろう？ ふたりが八年ぶりに顔を合わせたのは今週のことなのに。でも、いまはまともに頭が働かない。

そして次の瞬間、ローリーは自分の中にルーカスがいる感覚と、ふたりがひとつになろうとしていることのほかは何も考えられなくなった。キスをしながら、彼が情熱を厳しく抑制しているかのように身を震わせるのを感じる。抑制などしてほしくない。束縛されない自由な熱情を追い求めたい。たとえどこへ導かれようとも、この激しい興奮に従う機会が欲しかった。彼女はルーカスにしがみつき、いざなうように腰を動かして、ともに欲望を乗りこなそうとした。

ルーカスの胸の奥からうめき声が響く。彼はキスを解き、ローリーの髪に顔をうずめた。首筋に舌を感じると同時に、ルーカスが中に突き入ってくるのがわかった。繰り返し前後に動き、頭がどうかなりそうな摩擦を生み出して、嵐をかきたててくる。

キスをし、愛撫して、ふたりはこれまで以上に荒々しいリズムを刻んで身を揺らした。血が沸騰し、心臓がルーカスのそれと同じ速さで打っている。ローリーは首をのけぞらせ、彼の動きに合わせて背中を弓なりにした。全身の感覚が、ふたつの体がつながっている部分に集まる。彼女は自分が断崖の縁にいることに気づいた。そしてひとつになった高揚感がこれ以上ないほどにふくらんだ瞬間、ローリーの内で嵐がはじけ、歓喜の雨が降り注いだ。

至福のときはまだ続いていたが、ルーカスはもう一度強く突き入れたかと思うと身をこわばらせた。うめくようにローリーの名を呼びながら、自らを解き放って彼女の上にくずおれる。ふたりの荒い呼吸が徐々におさまり、動悸が静まっていった。

ローリーは眠気を催すような充足感の中を漂っていた。両手をルーカスにまわし、その大きな体の重みをいとおしむ。窓に当たる雨の音が、余計に幸せを感じさせてくれた。嵐に遭わなければ、こんなふうにあたたかい繭のような腕に包まれて、彼に寄り添うことはなかっただろう。

これが愛し合う喜びなのだ。愛する男性と完全に調和している、この状態が。ローリーはぼんやりと思った。彼なしで、どうやって生きていけばいいのだろう？

彼女なしで、どうやって生きていけばいいかわからない。

気だるい満足感に浸っていたルーカスの頭に、正気が戻るにつれて冷たい現実が入り込んできた。だが、彼はそれを押し戻した。務めに向き合うのは明日でもじゅうぶんだ。責任を負い、問題を解決し、決定を下すことには慣れている。でもいまだけは外の世界を消し去って、このひとときを堪能したい。

ローリーは一糸まとわぬ美しい姿のまま、穏やかに満ち足りた様子で彼の下に横たわっていた。漆黒の髪が枕に広がり、ルーカスの汗で湿った体にもまとわりついている。目は閉じられ、唇はキスのせいで薔薇色だ。彼は心臓をぎゅっとつかまれたような痛みを感じた。ローリーが自分の内まで迎え入れたのはルーカスだけだった。未来のないふたりにとってはどうでもいいことのはずなのに、それが彼の心をとらえた。彼女は男なら誰でも夢見る完璧な女性だ。美しく、魅惑的で、奔放。

そしてぼくを愛している。

ローリーがそう言ったのを耳にして、彼の中に激しい喜びが生まれた。それと同時に動揺も。あの瞬間にわれを失った彼女が、欲望を正当化するためにルーカスを愛していると思い込んで口走っただけだと思いたい。彼自身、告白したすべての言葉に偽りはなかったものの、ローリーにも自分と同じ苦しみを味わわせると思うと胸が痛くなった。

彼女を押しつぶさないよう、ルーカスは体をずらした。ローリーと向き合うようにして横たわる。彼女がかすかな抗議の声をあげてまぶたを開け、美しい茶色の目をあらわにした。微笑むと、いっそう大きくなって輝きを増す目だ。

ローリーが手をあげて彼の唇の輪郭をたどった。「現実なのね」小さな声で言う。「何もかも、すばらしい夢にすぎないかもしれないと不安だったの」

彼女の指をとらえて軽く歯を立てる。「そうだとしたら、ぼくたちは一緒に夢の中にいるんだ」

「この瞬間をずっと以前から夢見ていたというのは、どういう意味だったの？」

ルーカスは彼女の頰にかかった髪をやさしくうしろへ払った。「ハイドパークで乗馬をするきみを初めて見た瞬間から、愛していたんだ。きみは目をきらきらさせて、まわりの紳士たちの注目を一身に浴びて笑っていた。ぼくも彼らと同じくらい――いや、もっときみに夢中だった」

ローリーが目を見開いた。枕に肘をついて上体を起こすと、髪が裸の胸にかかった。

「だけど……八年も前のことだわ」

彼は誘惑してくる胸のふくらみから視線を引きはがした。口の片端をあげて皮肉な笑みを浮かべる。「そのとおり」

「想像したこともなかったわ！　だってあなたはいつも、わたしをにらみつけていたじゃない。一度だけダンスを申し込まれたけれど、あなたはほとんどしゃべらなかった。お天気から舞踏会の混雑ぶりまで、わたしはあらゆる話題を持ち出して会話しようとしたのに」

彼に心を開かせようとするローリーの努力が思い出される。当時のルーカスは礼儀正しくするのに必死で、明るく生き生きした娘を追いかけるようなまねを自分に許すことができなかった。「雄弁な質ではなかったからね」

「今夜のあなたはかなり雄弁に思えるけれど」物言いたげな表情が、彼女の顔をやわらかくしている。「〝内も外も美しい〟だなんて。本気なの？」

「もちろんだ」

ローリーはまだ疑わしげだ。これまで経験してきたことのせいかもしれない。ステファノにだまされ、八年間も社交界から追放され、家族からものけ者にされて。それでも彼女は前向きな活力を失わなかった。

「だけど、わたしはもう二六歳で、婚期を過ぎているわ」

「ぼくは三二だが、年老いたことになるのかな？」

「男性は年を取っても品格が備わったと見なされる。でも女性が未婚の場合は、二一歳で売れ残りよ」

結婚の話題が出て、ふたりの視線が絡まった。ローリーの目に浮かぶ傷つきやすさが、ルーカスの胸を貫いた。未来の話をして、このひとときを台なしにしてはならない。彼女の気をそらさなければ。「そのテーマで随筆を書くなら、筆名を変えるべきだと思うな」

「どうしてミス・セラニーという名前を嫌うの？」彼女が憤慨して言った。

「おとなしすぎる。ミス・行儀（ビヘイビング）のほうが好きだ」

からかわれたローリーがくすくす笑ったが、ルーカスはさらに彼女のおなかをくすぐった。ローリーが歓声をあげて身をよじり、彼を押し戻そうとする。ベッドの中の会話はいつのまにか楽しい取っ組み合いに発展し、数分も続くと互いに息が切れてきた。このうえなく幸せな気分だ。こんなふうに、からかいが愛撫へと変わる場合はとくに。

サテンのようになめらかな胸を撫でながら、ルーカスはキスでふたりの唇を封印した。ローリーが口を開いて甘いため息をつき、彼の首に両腕をまわす。彼女は興奮と快楽の味がした。ほっそりした体をやさしく撫でるうちに、ふたたび欲望が燃えあがった。早すぎる。いましがた精を解き放ったばかりのはずだ。それなのに、彼の体は血をたぎらせて反応していた。

外の雨音が小さくなっていく中、今度はゆっくりとローリーを愛し、情熱を高まらせていった。大切なのは歓びを追い求め、欲しいままにむさぼることだけだ。心を捧げた女性と愛を交わすのが堕落だとは少しも思わない。ローリーとなら、この行為は正しく、完璧だと感じられる。お互いを愛することは、ふたりを結びつける誓いなのだ。

これが永遠に続けばいいのに。ルーカスはただそれだけを願った。

25

紳士のお世辞を信じるのは愚行の極みである。

ミス・セラニー

かちっという小さな音がして、ローリーは夢も見ない深い眠りから呼び覚まされた。まどろみと目覚めの中間の、穏やかな状態でぼんやりと漂う。忘我に身を任せ、ふたたび沈み込んでいきたいという誘惑はとても強かった。けれども明るさに刺激され、彼女の意識はゆっくりと覚醒していった。

目を開けると、屋根窓から早朝の光が差し込んでいた。低い天井と見覚えのない小さな部屋に困惑して目をしばたたく。寝具は乱れ、隣の枕は誰かが頭を置いていたように見えた。シーツにはまだぬくもりが残っている。そのとき、前夜の出来事がどっとよみがえってきた。

ルーカスがローリーを愛撫し、天国へ連れていってくれた。ふたりは二回も体を重ねた。二度目はじれったいほどゆっくりで、このうえなくすばらしかった。最後の記憶はうしろから抱き寄せられ、一緒に眠りに落ちたことだ。

ルーカスはどこにいるのだろう？

彼の小型かばんは化粧戸棚の上になかった。ローリーの身のまわりのものを入れた箱だけが残っている。先ほどは小さな音がして目が覚めた。あれは彼がドアを閉めた音だったに違いない。

ローリーは動揺して起きあがった。ルーカスはわたしを残して、ひとりで出発したのだろうか？ あれほどすばらしい夜をともに過ごしたあとで、まさかそんなことをするはずがない。いえ、いなくなった理由はそこかもしれない。ふたりは二度と顔を合わせないほうがいいと判断したのかも。

裸のままベッドから飛びおりたとたん、床の冷たさに思わずつま先が丸まった。冷え冷えとした空気が意識をはっきりさせてくれる。取り乱す必要などない。ルーカスはきっと、杭(くい)につないだ馬の様子を見に階下へ行ったのだろう。セレステとヘンリーをつかまえたければ、できるだけ早く出発するべきなのだから。

ああ、妹の苦境をすっかり忘れていたなんて信じられない。

罪悪感を覚え、ローリーは急いで体を清めた。ありがたいことに、洗面台にはルーカスが取ってきてくれたらしい湯の入ったピッチャーが置いてある。濡らした布を脚のあいだに滑らせると、肌が敏感になっているのがわかった。床に散らばった服は、ルーカスに脱がされたときのことを思い出させる。ベッドの乱れた寝具が視界に入り、もう一度ふたりでそこに横たわりたいという欲求に駆られた。

けれど、それは不可能なのだ。

鋭い痛みに胸が苦しくなった。ルーカスに愛されたときのことを、いつまでも夢見心地で反芻（はんすう）している暇はない。急いで街道へ出て、セレステが恐ろしい間違いを犯す前につかまえなければ。

だがドレスの背中のボタンを留めようとうしろにまわした手はこわばってうまく動かず、着替え終わるまでにずいぶん時間がかかったように思えた。もつれた髪をとかし、頭の上でひとつにまとめる。小さな鏡の前で身なりを整える自分の姿を目にしたとたん、愚かなまねだと気づいた。ルーカスのために美しく装おうとしていたのだ。でも、夫婦として過ごした夜はもう終わり。お互いに納得ずみだったはず。

喉のつかえをのみ下し、ローリーは麦わらのボンネットをかぶって緑色のリボンを顎の下で結んだ。箱とマントを手に、最後にもう一度だけ、ルーカスの腕の中で歓びを味わった乱れたベッドに目を向ける。

それから部屋を出ると、彼女は断ち切るようにドアを閉めた。狭い階段をおりながら、気持ちを落ち着かせるために何度も深呼吸する。内心の悲嘆を顔に出してもしかたがない。ルーカスの足元に倒れ込み、水たまりができるほど涙を流してもどうしようもないのだ。ふたりとも大人なのだから、わたしは礼儀正しくふるまい、何もなかったふりをする努力をしなければならない。

結局のところ、彼はダシェル侯爵なのだ。条件のいい結婚をする義務がある。評判の傷ついた女は、情事の相手としてしかふさわしくないだろう。

階段の下までたどりついたところで、ローリーははっとして足を止めた。廊下の開いていたドアのひとつから、ルーカスが現れたのだ。いつもどおりの黒ずくめの、完璧な装いだった。鉄灰色の目に冷たい表情を浮かべている。彼が仮面のような顔つきに戻っているのを見て、ローリーの胸はわずかにしおれた。無理だとわかっていても、せめて微笑みを見たかった。

ルーカスは出てきたばかりの部屋を無言で指し示し、脇へよけてローリーを中に通した。入ってみると、そこは宿泊客用の客間になっていた。卵とハム、トーストとジャムなどの朝食の皿が並んでいる。すでに食事をすませた客もいるようだ。朝食のテーブルの向こうに見える窓辺のベンチに、若い男女がひと組いるだけだった。ローリーはブロンドの娘に注意を引かれた。

うれしい衝撃が彼女に力を与えた。手にしていた箱とマントを落とし、小さな部屋を走って横切る。「セセ!」

セレステがぱっと立ちあがり、姉妹はかたく抱き合った。その瞬間、ローリーは血のつながりなど関係ないと悟った。セレステが大切な妹であることは変わらない。涙で視界がかすみ、ぎゅっと目を閉じた。安堵で胸がいっぱいになる。やがてふたたび目を開けてわずかに体を引いたところで、ローリーの視線は急いで立ちあがった若い紳士に留まった。砂色の髪に緑の瞳、顔に散ったそばかすを見て、目をしばたたく。「そんな……ヘンリー卿じゃない。

あなたはペリー・ダヴェンポートね」

青年はかなり緊張した様子でお辞儀をした。「あの……そうです」声が少し甲高くなっている。「おはようございます、ミス・パクストン」

ルーカスが進み出てローリーに話しかけた。「きみの妹はぼくの弟と駆け落ちしたわけではなかったようだ。ぼくもつい数分前に、人騒がせなこのふたりがここで朝食をとっていることに気づいたばかりなんだよ」

セレステが青年と腕を組んで言った。「ペリーを愛しているのに、どうしてほかの人と駆け落ちするの？　ヘンリー卿は連絡係を務めてくれただけよ。とても親切で、わたしたちが計画を立てる手助けをしてくれたの」

「あいつとは話をつけなければならないな」ルーカスが暗い声で言う。

ローリーは困惑して若いふたりを見つめていた。彼らもこの宿でひと晩を過ごしたのは明らかだ。「だけど……理解できないわ。宿のご主人は、あなたたちのような見かけの人はここにいないと言ったのに」

「茶色い髪の紳士とブロンドの娘について尋ねられたのだから、主人がそう言ったのも不思議はない」ルーカスが説明する。「ペリーは砂色の髪だし、セレステは変装していたんだ」

「黒髪のかつらをかぶっていたの」ベンチに置かれたくしゃくしゃのかつらを指して、セレステが言った。「ペリーが思いついたのよ。ご両親の家の屋根裏の、衣装かばんの中にこれが入っているのを見つけたんですって。とても賢いと思わない？」

セレステは愛情に満ちた目を若者に向け、彼もいとおしげな表情で見つめ返した。ふたりはお互いに夢中だ。その光景はローリーの心を揺り動かした。セレステは横柄で年の離れたウィッテンガム公爵といるときより、ずっと幸せそうに見える。

「きみたちはもちろん、別々の部屋で休んだんだろうな」ルーカスが口を開いた。

ふたりはうしろめたそうに視線を交わした。ごくりとつばをのみ込んで、ペリーが認めた。

「ひと部屋分の宿代しか持ち合わせていなかったんです。でも、何もありませんでした。命にかけて誓えます！」

「ペリーは暖炉のそばの床で寝たのよ」セレステが断言した。「完璧に紳士だったわ」

ローリーは我慢できずにルーカスを見た。彼が完璧な紳士でなくてよかった。彼女を凝視するルーカスの目に、一瞬だけ炎がちらつくのがわかった。ルーカスもまた、ふたりの激しい夜を思い出しているのだ。心の底から彼を欲しいと思う気持ちがこみあげてくる。少なくともわたしは、あの思い出をいつまでも大切にしまっておくことができるだろう。

また険しい目つきに戻り、ルーカスがペリーを見た。「駆け落ちは紳士のすることではない。きみが昨夜どれほど立派にふるまったとしても、駆け落ちしたという事実は変わらないんだ」

赤面したせいで、ペリーの色白の肌にそばかすが際立って見えた。だが、彼は胸を張って言った。「そのとおりです、ダシェル卿。もちろんわかっています。ですが、セセにみじめな一生を送らせるほうが、ぼくにとってはもっと紳士らしくない行為なのです」

両手をうしろで組み、ルーカスはゆっくりした足取りでふたりの前を往復した。「どうやって彼女を支えるつもりだ？」

「ぼくはオックスフォードで法律を学んでいるんです。卒業するまでは、放課後に法廷弁護士の事務所で働くつもりです」

「わたしは若いレディたちに絵を教えるつもりよ」セレステが声をあげる。「それに結婚持参金の三〇〇〇ポンドがあるわ」

「きみの母上には、その金の引き渡しを拒否する権利がある」ルーカスが指摘した。「きみは未成年で、母親の同意を得ずに結婚しようとしているのだから」

セレステが打ちひしがれた顔でローリーを見た。「お母さまは本当にそんなことをすると思う？」

そうは思えない。心配させた報いとして脅しをかけるくらいはするかもしれないけれど、最終的にはキティが折れるだろう。彼女はセレステを、ルーカスの父親との情熱的な情事の末に生まれた娘を溺愛しているのだ。ローリーの胸に痛みが広がった。ルーカスとは異母きょうだいなのに、セレステはまだそれを知らない。彼は兄として、するべきことをしようとしている。つまり自分の行動がどんな結果を引き起こすか、セレステにわからせようとしているのだ。

「キティは昨夜、ひどく取り乱していたわ」ローリーは言った。「どれほどの心配をかけたか想像してごらんなさい。きっと一睡もできなかったんじゃないかしら」

幸せな表情は薄らいでしまったものの、セレステは譲らなかった。「苦しませたことは申し訳ないと思うわ。だけど、ほかに方法がなかったの。お母さまは婚約の破棄を絶対に許さなかったはずよ。あのままでは公爵と結婚させられて、みじめな暮らしを送ることになっていたわ」

「貧しい暮らしもみじめなものだ」ルーカスがそっけなく言う。「食べさせたり、服を着させたりしなければならない小さな子どもがいる場合はとくに。きみたちはふたりとも贅沢に慣れている」

ペリーがセレステに腕をまわした。「セセがぼくの妻でいてくれる限り、すべてを捨ててもかまいません。二月に二一歳になれば遺産も入ってくる。たいした額ではありませんが、ぼくが事務弁護士になるまではそれで乗りきれるでしょう」

セレステが彼に身を寄せ、愛情をこめて目を見つめた。「大好きなペリー、あなたさえいれば、高価なものなんていらないわ」

ふたりがやさしく言葉をかけ合う姿を見て、ローリーは胸が詰まった。わたしとルーカスも、こんなふうに幸せになれればいいのに。

そのとき、彼のあたたかい指がローリーの指を包んだ。息をのんで顔をあげると、ルーカスが頭を傾けてドアを示した。手を握ったまま、彼はローリーを引っ張って外の廊下へ出た。ふたりだけで話をするためだ。

ルーカスが身をかがめた。視線が彼女の唇に移る。ローリーは一瞬だけ、彼がキスをするつもりかもしれないと愚かな期待を抱いた。朝食をとるためにほかの宿泊客が廊下に出てくる可能性があったが、ルーカスを求める気持ちが抑えきれずにふくらんでくる。

けれども彼はローリーを抱き寄せてはくれず、耳元でささやいただけだった。

「彼らにどう話すべきだろう?」

その落ち着いた様子に、ルーカスが真実の愛よりも果たすべき務めを重んじていることを思い出した。「彼らに話す?」ローリーもささやき返す。「ふたりの結婚を止める理由はないわ。セレステに公爵との結婚を強要したら許さないわよ!」

「きみは誤解している。ぼくは彼女の出生の秘密について尋ねたんだ。きょうだいで結婚する恐れがなくなったことを考えると、いま伝えるのは賢明だろうか?」

ルーカスの言うとおりだ。すべてが変わってしまった。セレステが駆け落ちした相手がヘンリー卿なら、忌まわしい話を告げざるをえなかっただろう。

「いますぐセレステに知らせる必要があるとは思えないわ」ローリーは言った。「ロンドンに戻って、キティとこの問題を話し合ってからのほうがいいかもしれない」

「ぼくもそう考えていたところだ」

ルーカスはまだローリーの手を放していなかった。親指で軽く手のひらを撫でられると、肌がぞくぞくして心臓が跳ねた。視線が絡み合う。つかのま、彼の鉄灰色の瞳が情熱をたたえて燃えあがったものの、それはすぐに消え、つかんでいた手も離れてしまった。

うしろへさがったルーカスは、ふたたび冷酷な侯爵の顔に戻って言った。「ペリーの馬車は嵐で車輪が損傷した。修理のために宿に残していかなければならないだろう。きみがかまわなければ、ぼくはカリクルに乗るから、若い恋人たちに付き添ってロンドンまで郵便馬車で戻ってほしい」懐中時計で時間を確認する。「三〇分以内に出発できるかな?」

「大丈夫よ」

喉が締めつけられ、ローリーはそのひと言を口にするのが精一杯だった。つまりこれで終わりなのだ。どこかですれ違うときを除いて、ルーカスに会うことは二度とないだろう。彼に雇われ続ける理由がなくなったのだから。

ルーカスはアリス・キプリングと結婚するのだから。

胸は張り裂けていたが、ローリーはなんとか礼儀正しく笑みを浮かべた。それでも唇が震えるのは止められない。彼の横を通り抜けようとしたところでウエストをつかまれ、頬をそっと撫でられた。「ロンドンに戻ったら訪ねていくよ、ローリー。今日が無理なら明日の朝に。約束する」

彼女を放し、ルーカスは休憩室のほうへ歩いていった。背の高い姿がドアの向こうに見えなくなるまで目で追う。これ以上、彼は何を話すというのだろう?

失望とともに答えが浮かんだ。

ルーカスは長年守ってきた信念を捨てようとしているのだ。裕福な女相続人と結婚して、ローリーには愛人になるよう求めるつもりに違いない。

26

婚期を逃した独身女性は名誉のしるしにキャップをかぶる。

ミス・セラニー

翌朝遅くローリーが客間に入っていくと、薔薇色の縞模様の寝椅子にレディ・ミルフォードが座っていた。ローリーは頭痛を口実に寝室にこもっていた。でも、本当は頭痛のせいではない。この丸二日間の出来事で疲労困憊していたにもかかわらず、彼女はほとんど眠れなかった。いま一番したくないのが、脅迫についてレディ・ミルフォードと話をすることだ。彼女の思いがけない訪問は、それが目的に違いなかった。

ラベンダー色の絹のドレスに身を包んだ華やかなレディ・ミルフォードが、隣のクッションを軽く叩いて言った。「おはよう、ミス・パクストン。さあ、ここに座って」

ローリーは相手の前に進み出たものの、座ることは拒否した。「残念ですけれど、気分がすぐれないんです。ここへ来たのは、これをお返しするためです」深紅のハイヒールを入れた、青いベルベットの袋を手渡す。「もうすぐノーフォークへ帰るので、必要になることもありませんから」

「ノーフォークへ帰るですって？　まあ、どうか座ってちょうだい。年だから、首を伸ばして見あげるのがつらいのよ」

ローリーはしぶしぶ腰をおろすと、古いブルーのドレスのスカートを整えた。

「ダシェル卿とわたしが盗まれた手紙を取り戻したことは、もうご存じだと思います。詳細をお知りになりたければ、わたしの継母とお話しされるほうがいいでしょう」

「ミセス・エジャートンが外国の外交官と婚約したことは知っているわ。ふたりはイタリアに住むために、まもなくイングランドを離れるんですってね」

「ええ。だから、ルーカスが――ダシェル卿が犯人だとおっしゃったのは間違いだったんです。あの問題に関して、彼はまったくの無実でした」

「どうやらそのようね」

「それと彼が投資に失敗して遺産を失ったという噂を広めるのも、やめていただかないと。ダシェル卿が貧窮しているのは、完全に彼の父親のせいなんです！」

レディ・ミルフォードが鋭い目でローリーを見た。「ダシェル侯爵にはあなたという、必死で守ってくれる人がいるのね、ミス・パクストン」

頬がかっと熱くなった。とげとげしい口調で話してしまったことに気づき、ローリーは膝の上で拳を握りしめた。心の内をあらわにするつもりはない。「不当なことが嫌いなだけです」ぎこちなく説明した。

「わかるわ。レディ・ダシェルのコンパニオンは続けないの？」

「もちろんです。もともと手紙を見つけるための一時的なものでしたから。それに、その役割はおばのほうが向いているようで」

ひとりでノーフォークへ戻ることを考え、ローリーは息が詰まるのを感じた。昨日、彼女はダシェル・ハウスにいるバーニスに宛てて、ハルシオン・コテージに帰りたいと記した手紙を送ったのだ。するとおばからの返事には、すばらしい時間を過ごしているので、社交シーズンが終わるまでロンドンにとどまりたいと書いてあった。

だが、ローリーは耐えられなかった。まもなく発表されるルーカスの婚約の知らせを新聞で読むかもしれないのに、残ることなどできない。もしかすると、明日にでも起こりうる出来事だ。

ここへは昨日、セレステとペリーと一緒に戻ってきた。セレステを抱きしめるべきか、それとも叱るべきか、キティは迷っていた。ペリーは彼女にとがめられる前に立派にふるまった。高潔かつ紳士的な態度で言い分を述べ、セレステとともに主張を譲らず、ついには真剣に結婚するつもりであることをキティに納得させたのだ。

それから二四時間が過ぎた。ルーカスは遅くとも今朝までには訪ねると約束したけれど、いまはもう昼近い。むなしい喪失感がローリーの胸をうずかせていた。彼を待ってそわそわしているとは、なんて哀れなのだろう。ルーカスはきっと、今週ほとんど相手ができなかったことでミス・キプリングをなだめるのに忙しいに違いない。

「前に会ったときのあなたは、そんな行き遅れの女性がかぶるようなキャップをつけていなかったわよね」レディ・ミルフォードが気づいて言った。

見つめられて落ち着かない気分になり、ローリーは結いあげた髪を覆う帯状のレースに手で触れた。昨夜、古いレースのショールを切り、縁を縫って作ったものだった。ふたりで質屋を訪ねた日に、ルーカスが彼女の首から取ったショールだ。

「二六になる女性にふさわしいものです。結局、わたしが棚に売れ残っているのは間違いないんですから」

「ダシェル侯爵も同じ意見なの?」

頬の赤みが強くなり、顔全体が熱くなった。レディ・ミルフォードの唇の端があがって、巧妙な笑みを形作る。まるでローリーとルーカスが宿屋で分かち合った、あの情熱的な夜のことを知っているかのように。でも、それはありえない。レディ・ミルフォードは駆け落ちのことも、壊れた婚約のことも聞いているはずがないのだ。ウィッテンガム公爵ですら、まだ知らされていない。使用人たちは秘密を守る誓いを立てさせられていた。公爵が到着するまで、醜聞が表に出ないようにするためだ。セレステは公爵に、都合がつき次第訪ねてほしいと頼む手紙を書いていた。

「ダシェル侯爵? わたしが身につけるもののことで、なぜ彼の意見を――」

ドアのところでグリムショーが咳払いをする音が聞こえ、ローリーは口をつぐんだ。あまりにも気分が沈んでいたせいで、まだ婚外子の息子の件で彼に説教できていなかったが、傲慢だった態度はすでに謙虚なものに変わっていた。「ダシェル卿がお越しになりました、ミス・パクストン」

ルーカスが姿を現す。ローリーの倦怠(けんたい)感はたちまち消え去った。全身が活気づき、心臓が早鐘のように打ちはじめる。頭がくらくらして、肺に空気が送り込めない。

彼の視線はまっすぐローリーに向いている。彼女は寒い日の一杯の熱い紅茶のように、それを受け入れた。濃紺の上着とチャコールグレイのズボンを身につけ、男らしい顔を引き立たせる白いクラヴァットを喉元に結んだルーカスはハンサムだった。今日の表情からは、頑固な傲慢さは感じられない。とりわけ口の端にかすかな笑みを浮かべていると前より近づきやすく見え、ローリーは胸がうずいてきゅっと丸まったような気がした。

ぽかんと見とれていたことに気づき、彼女は礼儀正しさを装った。ルーカスがそのためにやってきたに違いない恥ずべき申し出をされたら、冷笑して断ろうと決めている。

彼はゆっくりした足取りで客間に入り、緊張のために身じろぎもせず座っているローリーのほうへまっすぐ向かってきた。ところが彼女には話しかけず、レディ・ミルフォードにお辞儀をして言った。「いつものごとく、蜘蛛の巣のように計略を張りめぐらしていらっしゃるようですね」

レディ・ミルフォードがすみれ色の瞳をきらめかせて優雅に立ちあがる。「そんなことを口にするところを見ると、あなたはもう蜘蛛の巣にかかったの、ダシェル侯爵？」

「そうであることを願っていますよ」

「では、ここでのわたしの仕事は終わったようだから失礼するわ」深紅のハイヒールが入った青いベルベットの袋を手にして、彼女はローリーにあたたかく微笑みかけた。「ごきげんよう、ミス・パクストン」

ローリーが当惑して見ていると、伯爵未亡人はルーカスのうしろでうろうろしていたキティにひと言挨拶だけして、滑るような動きで去っていった。

レディ・ミルフォードの姿が見えなくなったとたん、キティがあわただしく現れ、ルーカスにへつらうような笑みを向けた。「もう一度、お礼を言わないと。あなたに助けていただかなければ、どんな噂をされていたことか」

「たいしたことではありません」

「いいえ、たいしたことですとも！　はるばるニューマーケットまで行ってくださったのよ！　それからウィンブルドンへも。嵐の中でひと晩じゅう手綱を握っていたあとだというのに。セレステとわたしは、あなたにとてつもなく大きな借りができたわ」

「ニューマーケットですって？」ローリーは困惑してきいた。「どういうこと？」

「気にしなくていい」明らかに気まずい様子で、ルーカスが言う。

キティが彼を無視してローリーに説明した。「ダシェル卿はセレステの代わりにウィッテンガム公爵と話をすると申し出てくださったの。でも公爵は昨日、競馬に出かけて、そのあとご友人を訪ねる予定だった。だからダシェル卿は彼を見つけるために、あちこち探しまわらなければならなかったのよ。そしてお互いの同意によって婚約を破棄することにしたと新聞に発表するよう、公爵を説得してくださったの。つまり醜聞にはならないわ。まあ、少しくらい話題になるでしょうけど、少なくともセレステが公爵を振って別の男性と駆け落ちしようとしたことは、誰にも知られずにすむでしょう」

「セレステが結婚すれば知れてしまうわよ」ローリーは指摘した。

「それなりの期間を空ければ問題ないだろう」ルーカスが口を挟む。「ペリーは秋まで待つことに同意した」

「セレステが反対するわ！」

「まさにいま、居間でペリーがセレステと話をしているところよ」そわそわした様子でキティが言った。「まあ、いけない！　すぐ彼らに付き添わなければ！」公爵夫人という冠を娘につけさせることができなくなったにもかかわらず、継母はひどく楽しそうに部屋を出ていった。

ルーカスとふたりきりになったと気づいたとたん、ローリーの心臓が早鐘を打ちはじめた。彼は鉄灰色の瞳にやさしさを浮かべて彼女を見つめている。ルーカスを軽蔑したかった。でも、彼は醜聞を隠すために尽力してくれたのだ。いったいどうして？

ローリーはウエストのところで指を組み合わせた。「自分の異母妹だから、セセを助けなければいけないと感じたんでしょうね」

「それがぼくの第一の目的だと信じているんじゃないだろうな」

「ほかにどんな理由があるというの？　ついでに言うと、キティはセレステに本当の父親が誰か告げることに同意したわ。わたしの妹は自分に異母兄がふたりいることを知るべきですもの。あなたもヘンリー卿も、セレステと過ごしてあの子をよく知りたいと思ってくれるわよね」

ルーカスが近づいてくる。「きみがまだセレステを自分の妹と見なしていてうれしいよ。もっとも、実際そうなることを願っていたんだが」

ローリーはあとずさりした。彼のまなざしのいたずらっぽい輝きに気を取られて、よく理解できない。「何を言っているのかわからないわ」

「そうかな？　今日、きみと話すために訪ねてくることは伝えたはずだが」

「それ以上、言わなくていいわ。あなたの愛人にはなりませんから！」

「愛人になってくれとは頼んでいない。これからも頼むつもりはない」彼は長い一歩で距離を詰めると、ローリーを抱き寄せた。そこでいぶかしげに彼女を見る。「ところで、なぜ頭の上におかしな敷物をのせているんだ？」

「敷物じゃなくてキャップよ。威厳のある年かさのレディはこれをつけるの」

「つまり婚期を逃した女性だな」ルーカスはピンをはね飛ばして四角いレースの布をむしり取り、暖炉の中へ投げ入れた。レースがたちまち炎に包まれる。「きみにはもう必要ない」

「ルーカス！　ゆうべ一時間近くかけて縫ったのよ！」

「マイ・ダーリン、知性ある女性にしてはずいぶん鈍いな。ぼくが今日ここへ来たのは……妻になってほしいときみに頼むためだ」

口がぽかんと開いた。膝から力が抜けそうだ。倒れずにすんでいるのは、ルーカスが抱き止めてくれているからにほかならない。彼女の胸の内では、喜びと信じられないという思いが渦巻いていた。急速にふくれあがった希望の雲に包まれながらも、ローリーはルーカスが本気で彼女と結婚するはずがないと自分に言い聞かせた。でも、無防備に愛をあふれさせた彼の表情は多くを物語っている。

ルーカスが彼女の唇に指を走らせた。「ミス・セラニーが言葉を失うなんて、まずありえないことだな」

やっとのことで声を出せるようになった。「あなたはわたしと結婚できないわ。ミス・キプリングと結婚する必要があるんだから」

「ミス・セラニーの最新の随筆を読んで大切な教訓を得たんだ。そして昨日、新たに見つかった異母妹であり、もうすぐきみの義理の妹になる女性からも同じことを学んだ。真の愛を感じていなければ、結婚するのは間違いだ。それにアリスのように愚かな娘と結婚したら、悲惨な人生になるだろう。ぼくが好きなのはもっと……さっき、きみはなんと言ったかな？ ああ、〝威厳のある年かさの女性〟だ」

「だけど……お金が……五万ポンドは……」

「ロンドンの屋敷と、地所を二箇所ほど売らなければならないだろうな。贅沢はやめて田舎に移ることになるだろう。しばらくのあいだ切り詰めて暮らすことになってもかまわないかな、ダーリン？」

「ああ、ルーカス。貧乏には慣れているわ。わたしにとっては珍しくもなんでもないことよ」

「だったら、どうかもうぼくをじらして苦しめないでくれ」彼は上着の内側に手を入れ、上品なダイヤモンドの指輪を取り出した。「先祖代々伝わる唯一の宝なんだが、これをつけてくれないか、ローリー？　ぼくの妻になってくれないだろうか？」

「ええ、もちろんよ！」

ルーカスが指に指輪をはめると、彼女の目に幸福の涙があふれた。唇を重ねて激しいキスをする。抱きしめ合っているうちに、ローリーは幸せがじわじわと染み込んでくるのを感じた。彼と人生を重ねられるなんて夢のようだ。これまで想像してきたどんなことよりもすばらしい。

彼女は頭をうしろへ傾けた。「でも、ルーカス、本当にいいの？　レディ・ミルフォードから、あなたがいまよりもっと上の地位を目指していると聞いたわ。わたしの正体が知れたらどうするの？　だって、随筆を書くのをやめることはできないもの！」

ルーカスがローリーの頰に鼻をすり寄せた。息がかかって肌がぞくぞくする。

「きみにそんなことを求めるつもりはない。ミス・セラニーであるきみを愛しているんだ。ジュエルのきみも。ミス・ローリー・パクストンのきみも。全部が合わさって、きみという人間になるんだよ。変えてほしいことはひとつだけだ」

「やっぱり何かあるのね。できすぎた話だと思ったわ」

彼が忍び笑いをもらした。「変更の必要があるのはきみの名字だ。ダシェル侯爵夫人ローリー・ヴェールになるのはどうかな？」

彼女はルーカスの肩越しに手を掲げ、指できらめく指輪をうっとりと見つめた。

「ああ、ルーカス」幸せなため息をつく。「もちろんいいわ。早ければ早いほうがいい。わたしたちは秋までなんて待てないわ！」

「ふむ。ささやかな式なら、おそらく数日で手配できると思うが……」

ローリーは彼の顔を両手で包んだ。「待って、もう少しで忘れるところだった。キティはわたしが手紙を見つけたら、一〇〇〇ポンドくれると約束したの。なんとかして彼女から、お金を絞り取ってみせるわ！」

「おや、悪いやつめ。報酬があることをぼくに隠していたな」

にやりとしたルーカスがキスをしようと身をかがめる。だが唇が触れるか触れないかのうちに、廊下のほうから話し声が聞こえてきた。ローリーは離れようとしたが、ルーカスは彼女のウエストに手をまわして放そうとしない。誰がやってきたのか確かめようと、ふたりはそろってうしろを振り返った。

バーニスがレディ・ダシェルの車椅子を押して客間に入ってきた。そのあとに、いつもどおり半分酔っぱらった足取りのマードックが続く。侯爵夫人がバーニスに文句を言っていた。

「あなたのところの使用人は、わたしを階上に運ぶときにつまずきかけたのよ。まったく、最近の雇い人ときたら、ぞっとするわ！」

ルーカスはローリーを連れて進み出ると、かがんで母親の頬にキスをした。

「使用人といえば、ひとり失うことになりますよ。あなたのコンパニオンは義理の娘になるんです」

バーニスが息をのみ、ローリーに駆け寄ってふくよかな胸に抱きしめた。「まあ、信じられない！　本当に愛しているんでしょうね？」

「心の底から愛しているわ、おばさま。ルーカス以上に愛せる人がいるとは思えないの」ローリーは彼に微笑みかけた。ルーカスに笑みを返されると、そのあたたかさに一瞬心臓が止まりそうになった。

「こりゃあ驚いた、乾杯しないと」マードックが宣言した。「ピッチャーにラムを入れてこよう」背を向けて、よろめきながら客間を出ていく。

「それで、あなたはわたしに代わって侯爵夫人になる気なのね」レディ・ダシェルが鼻にかけた眼鏡を押さえて、車椅子からローリーを見あげた。しわの寄った顔に、わずかながらやさしさがのぞいている。「まあ、あのめそめそした女相続人よりはましだわ。だけど、あなたには自分のお金がまったくないはずよ。どうやらわたしたちは救貧院に引っ越さなくてはいけないようね」

「なんとかしますよ、母上」ルーカスがきっぱりと言った。

「なんとかなるものかしら」バーニスが口を挟む。「あなたがあの娘から手に入れようとしていたのは五万ポンドじゃなかった？　わたしが喜んでその金額を出してあげるわ」

ローリーは驚いておばを見た。「なんですって?」

「商船で旅をしていたとき、わたしのオリーは抜け目なく投資をしたのよ。カナダでは毛皮と材木、ブラジルでは宝石、アフリカでは金鉱。わたしはそれらを売ったお金を王立取引所に置いていて、いまではかなりの額になっているわ」

「おばさま、そんなことありえないわ! だって、あの小さな石造りのコテージでは、あんなにつましい暮らしをしていたのに!」

バーニスが肩をすくめる。「わたしはあまり欲がない人間だから。お金はあなたのために蓄えておいたのよ。もちろん、セレステにもいくらかあげられるけど。わたしはただ、あなたが真実の愛のために結婚すると確信したかったの」

ローリーには衝撃が大きすぎた。呆然とした状態のまま守銭奴のおばをぎゅっと抱きしめ、ルーカスのそばに戻ってもたれかかる。彼も同じくらい驚いているようだ。

「ええ、真実の愛よ」ローリーはルーカスを見あげて微笑んだ。「これ以上ないくらい、たしかだわ」

「ああ、ぼくも同じだ」人前にもかかわらず、ルーカスは心をこめてローリーにキスをした。

「この世に愛よりもすばらしい宝物は存在しない」

訳者あとがき

その赤い靴を履いた女性は、必ずや愛する男性と結ばれる――〈シンデレラの赤い靴〉シリーズも本書で六作目になりました。社交界の重鎮であるレディ・ミルフォードが若い頃、ロマ族の女性からもらったという不思議な魔力を持つ赤いハイヒール。いま彼女は、自分に幸せをもたらしたその靴をふさわしいと思う女性に履かせ、幸福へのチャンスを与えることを自らの使命と考えているのです。

今回、レディ・ミルフォードが選んだのはローリー・パクストン。美貌で才気煥発、心のあたたかな女性です。かつては社交界に華々しくデビューし、多くの男性の胸をときめかせたのですが、妻子ある外国人外交官にたぶらかされ、抱擁しているところを人に見られて社交界から追放されてしまいました。いまはおばのバーニスと田舎暮らし。昔の浮ついた自分とは縁を切り、筆名を使って週刊新聞に女性の自立と地位向上を促す記事を書いています。レディ・ミルフォードは偶然ローリーの継母の秘密を知ったことから、彼女を言葉巧みにロンドンへ誘い出し、ダシェル侯爵ことルーカス・ヴェールの屋敷に彼の母親のコンパニオンとして送り込みます。

ところが、ルーカスにはすでに意中の人がいました。彼が求めているのはその女性本人というより、彼女の両親が持つ莫大な財産。破産寸前の一族を救うには、自分が私情を抑え、裕福な女相続人と結婚するしかない――そう心に決めていたのです。実は、かつて社交界デビュー当時のローリーに恋い焦がれたこともあるルーカスですが、コンパニオンに応募してきた彼女をそっけなくあしらいます。

一方ローリーのほうも、彼の屋敷で働くのはある目的があってのこと。理不尽な性差別がまかり通る社交界に復帰するつもりもないし、当然ながら身勝手な貴族の男と個人的な関わりを持つ気はいっさいない……。

こんなふたりなのですが、さて、レディ・ミルフォードの思惑はどうなるのでしょう？赤い靴は今回も魔法を起こすのでしょうか？　物語をじっくりとご堪能ください。

ところで本書を読んで印象に残るのは、ひとつにはローリーの、ヒストリカルロマンスのヒロインとしてはいささか人間くさいキャラクターではないでしょうか。本来はしっかりとした女性なのに、若気の至りで色男にころりと引っかかってしまったり、その後は随筆家として女性の自立を説きながらも、ロンドンの華やかな生活にちょっとばかり未練を残していたり。けれども彼女はそうした過去の過ちやときおりの気持ちの揺れもひっくるめて自分を肯定し、決して卑屈になることなく、前に進んでいく強さ、したたかさを持っているのです。社会に対しても意識が高く、どこでもはっきりと自分の意見を述べます。実際に一九世紀半ば頃には、ローリーのように新聞雑誌に文章を寄稿し、女性の参政権や高等教育を訴える女性たちがちらほらと現れていたようです。それがやがてはフェミニズム運動へと広がっていくのですが、ローリーはそんな〝新しい女〟の先駆けと言えるでしょう。

また強い女性といえば、脇役のおばあさんたち。ひと癖もふた癖もあるレディ・ダシェルとバーニスの丁々発止のやりとりには、くすりとさせられてしまいます。

六巻にわたって楽しませてくれた〈シンデレラの赤い靴〉シリーズは、本編でひとまず閉幕となります。ですが、レディ・ミルフォードは、困難な状況にある女性にこれからも魔法の靴をさずけてくれることでしょう。

ドレイクは新シリーズDukes and Governessの発表を控えています。こちらを楽しみに待ちたいですね。

二〇一八年六月

ライムブックス

シンデレラの魔法(まほう)は永遠(えいえん)に

著　者　　オリヴィア・ドレイク
訳　者　　井上絵里奈(いのうええりな)

2018年7月20日　初版第一刷発行

発行人　　成瀬雅人
発行所　　株式会社原書房
〒160-0022東京都新宿区新宿1-25-13
電話・代表03-3354-0685　http://www.harashobo.co.jp
振替・00150-6-151594
カバーデザイン　松山はるみ
印刷所　　図書印刷株式会社

落丁・乱丁本はお取替えいたします。
定価は、カバーに表示してあります。
 ISBN978-4-562-06513-4 Printed in Japan

メアリ・バログ
山本やよい［訳］

終わらないワルツを子爵と

戦地で負傷して盲目になったダーリー子爵ヴィンセントは、クラレンス家の居候で孤児のソフィアに危機を救われた。そのせいで家から追い出されたソフィアに責任を感じたヴィンセントは、彼女に求婚するのだが!? 第2巻。　1100円（税別）

ライムブックス